新典社研究叢書317

源氏物語と周辺文芸の研究

山上義実　著

新典社刊行

はじめに

本書は、筆者の学生時代以来五十年近くにわたる研究作業をまとめたものである。大学三年の夏、『源氏物語』を初めて通読して以来、人生のほとんどがこの物語をより深く理解することに費やされ、その作業は今に続いている。「第一章『源氏物語』の主題と構想」は、現時点におけるその集大成である。『源氏物語』の第一部三十三巻は、長編的な巻々と短編的な巻々から成り、短編的な巻々が後に挿入されたものであるとよく説明されるが、なぜそういうことがなされたのであろうか。また、光源氏の生涯を語ることから始まった物語が、なぜ大君や浮舟という女性たちの物語で終っているのか。作者紫式部が読者に語りかけたかったものは何なのか。物語を読み始めて以来常に念頭にある、こうした疑問に対する自分なりの解答をまとめたものである。

第二章、第三章は、第一章から漏れた『源氏物語』及びその周辺文芸に関する論稿を収録した。その時々の問題意識のもとに執筆されたものであり、全体のまとまりには欠けるが、文芸作品の魅力と価値を解明したいという筆者の研究の基本姿勢はどの論にも共通しているのではないかと思う。

なお、本書における『源氏物語』本文の引用は、新編日本古典文学全集『源氏物語』（阿部秋生・秋山虔・今井源衛・鈴木日出男校注・訳、小学館刊）により、巻数と頁数を記した。

目 次

第一章　『源氏物語』の主題と構想

第一節　『源氏物語』の構想に関する考察

近年『源氏物語』は、『日本古典文学大辞典』(1)の解説にも見られるように、第一部（桐壺の巻から藤裏葉の巻までの三十三巻）、第二部（若菜上の巻から幻の巻までの八巻）、第三部（匂宮の巻から夢浮橋の巻までの十三巻）の三部作として把握され、主題も物語の進行と共に変化、発展していると説明されることが多い。さらに、第一部は主人公光源氏の長い生涯を語る巻々（若紫系の巻々、あるいは紫上系の巻々と呼称される）と主人公の長い生涯には関わらずその巻限りの恋愛譚を語る巻々（帚木系の巻々、あるいは玉鬘系の巻々と呼称される）との二系列からなり、青柳（阿部）秋生氏は、若紫の巻が最初に執筆され次いで紅葉賀、花宴、葵、賢木、花散里、須磨の巻々が書かれ、その後帚木、空蟬、夕顔、末摘花の巻々が書かれて今の位置に挿入され、須磨の巻以降現在の巻の順に執筆され、少女の巻前後頃に桐壺の巻が書かれて首巻に据えられたと説く。(2)また、武田宗俊氏は、紫上系の巻々十七巻が先に書かれ完結していた所に玉鬘系の巻々十六巻が後記挿入されたものであると説明する。(3)両者の見解は、特に玉鬘十帖（玉鬘、初音、胡蝶、蛍、常夏、篝火、野分、行幸、藤袴、真木柱の十巻）の扱いに大きな違いがあり、必ずしも同じであるとは言えないが、『源氏物語』の第一部を若紫系の巻々と帚木系の巻々の二系列の物語からなり、帚木、空蟬、夕顔、末摘花等の帚木系の諸巻は後記挿入されたと把握する点は一致している。

確かに、『源氏物語』の実態を見つめるとき、第一部の物語は主人公の長い生涯に渡る物語を語ろうとする巻々と、主人公の長い人生はあまり問題とせずその巻に登場する女性との恋愛の様相のみを語ろうとする巻々の二系列から成ることは誰しも認めざるを得ない所であろうし、短編的な巻々が長編的な巻々の後に挿入されたという解釈も極めて可能性の高い仮説であると言える。一体、作者はなぜ一応出来上がっていたまとまりのある物語の中に、別な物語を挿入していったのであろうか。いまだ明確に解明されているとはいえない帚木系の巻々の後記挿入の理由について考察していきたい。併せて一作品の中で主題が進化、発展しているとはどういうことであるのか、その具体的な様相について考えてみたい。

一　帚木系の巻々の後記挿入をめぐって

一

『源氏物語』は、当初紫上系の物語が基本であり、一人の英雄の波瀾に富んだ生涯の物語として出発したであろう。そして、それは貴種流離譚を踏まえた出世成功の物語と、若き日の罪への応報による晩年の悲劇とを基本の構想とするものであったと思われる。それが、なぜ物語の流れを断ち切り、異質な物語を挟み込むことになったのであろうか。帚木系の巻々の中の帚木、空蟬、夕顔の三巻は、帚木の巻の冒頭と夕顔の巻の末尾にそれぞれ序文と跋文かと思われる相照応する文章が置かれており、三巻同時にまとまって構想、執筆されたかと思われるが、その跋文に次のようにある。

かやうのくだくだしきことは、あながちに隠ろへ忍びたまひしもいとほしくてみなもらしとどめたるを、など帝の皇子ならんからに、見ん人さへかたほならずものほめがちなると、作り事めきてとりなす人ものしたまひければなん。あまりもの言ひさがなき罪避りどころなく。　　（夕顔　第一巻　195～196頁）

このようなごたごたした煩わしい話は、光源氏自身ひたすら内密にしていたので話すのを控えていたのであるが、どうして帝の御子だからといって欠点もなく褒めてばかりいるのかと、いかにも作り話のように受け取る人がいるので敢えて話したというのである。「かやうのくだくだしきこと」は、三巻の中に語られた空蟬や夕顔相手の恋愛譚を指すことは明らかであろうが、何を「作り事めきてとりなす」というのかは明確でない。現行の『源氏物語』では帚木の巻は第二巻目に位置し、それ以前の物語としては桐壺の巻のみである。しかしながら、文章から受ける感じは、空蟬や夕顔の物語に匹敵する光源氏を中心とする様々な物語を指しているように思われ、帚木三帖の後に置かれている若紫系の巻々の物語を指していると解すると納得がいく。右の叙述によると、帚木三巻は、それまでの物語が主人公を褒めてばかりいていかにも作り物語めいているのに不満を感じ付け足されたものであると理解することができる。そして、若紫系の巻々の物語は「作り事」めいた性格を色濃く留めるものであることは概ね認めざるを得ない所であろう。

桐壺、若紫、紅葉賀等々の巻々には、主人公の光源氏を褒め讃える記事が枚挙にいとまがない。作者は、光源氏を容姿・容貌を始めありとあらゆる面において傑出した偉大な英雄として造形しようとしたと思しく、常に他に抜きんでた理想的な人物として描いている。花宴の巻、朧月夜との初会の場面で突然抱きとめられた朧月夜が「ここに、人」

と声を発した時光源氏は次のように言う。

まろは、皆人にゆるされたれば、召し寄せたりとも、なんでふことかあらん。ただ忍びてこそ

（花宴　第一巻　357頁）

朧月夜は、この言葉によって相手が光源氏であることを知り、安心し身も心も許していく。まさに光源氏は誰からも許されており、世界は光源氏中心に回っているといえる。

さらに、主人公の人物造形ばかりでなく物語の展開の仕方においても、若紫系の物語はいかにも作り物語めいた性格があるといえよう。主人公の生涯が予め占いや夢解きによって読者に示され、主人公の人生最大の危機が死者の霊や神仏の示現によって救われるという超現実的な要素があり、途中波瀾がありつつも最後がめでたしめでたしで終る点などがそうである。『源氏物語』第一部の基本は、結局の所口承書承の古代伝承物語の話型を踏まえた昔物語（古物語）の世界であるといわれるのもその故であろう。

こうした若紫系の巻々の物語に比して、帚木の巻の物語は随分と様相を異にする。主人公を光源氏にしていることは変わりないが、光源氏だけを中心とする物語ではない。巻の前半は四人の男性による女性に関する座談会であり、世の中の階層は上、中、下の三品に分かれ中の品にこそ興味深い女性がいるといったことや、どういう女性が妻とするには最も良いかなど無遠慮に語られ、その後それぞれが実際に体験した女性とのやり取りが語られる。主な語り手は左馬頭であり、頭中将が時折合の手を入れ、光源氏は専ら聞き役である。体験談も左馬頭が二話、頭中将と式部丞が一話ずつ語っているのに対し、光源氏は一つも話していない。座談会全体としては、女性はそれぞれ一長一短があ

り、理想的な女性は中々得難いという男性の歎きで終っているようであるが、それぞれが不幸に終わっている四つの体験談の不幸の原因の過半は男性の側にあるようにも読み取れ、男の身勝手さが浮き彫りになるような内容になっているといえよう。光源氏の人生の一コマを語る物語というよりも、当時の世相への評論であり、男女の遣り取りを写実的に描く世態小説、風俗小説であるというべきである。

帚木の巻の後半は、座談会の内容に刺激を受け中の品の女性に興味を持った光源氏が受領階級の人妻である空蟬に忍んで行く物語であるが、空蟬の巻に引き続き語られ、次いで夕顔の巻では同じく中の品の女性夕顔との恋の経緯を語る。空蟬の物語、夕顔の物語ともに、若紫系の巻々の物語とは様相を異にし、光源氏を誉め称える記事は乏しく、結局は失敗に終わる恋の物語であり、主人公の欠点や弱点、無力で弱々しい一面なども語られている。女性の側に立っての叙述もあり、光源氏だけを中心とする物語とはなっていない。理想化された偉大な英雄の生涯の物語というよりも、写実的で現実的な男女の一つの恋の物語であるといえよう。

以上のように、若紫系の巻々が先に書かれ帚木系の巻々が後記挿入されたとした場合、その理由は作者自身物語の中で断っているように、主人公をあまりにも誉めそやしいかにも作り事めいた物語になっている点に不満を感じ、その修正を図ろうとしたものであると解釈することができるであろう。若紫系の巻々の物語が本格的に語られる前に、極めて現実的・写実的な帚木三巻が置かれることにより、物語全体の持つ昔物語風の印象が随分と緩和されているように筆者には思われる。

二

さて、作者は自分自身語り終えた物語に満足できないものを感じていたとした場合、藤壺の描き方、葵上の描き方、冷泉帝の出産前後の描き方などにも大いなる不満を感じていたのではないかと思われる。藤壺の物語は、現行の『源氏物語』では光源氏との馴れ初めの場面がなく、失われた巻などが想定されているほどであり、総じて作者は詳細に語ろうとしていない。特に藤壺の内面が分かりにくい。冷泉帝の出産後秘密の漏洩を恐れて慄き、東宮の地位安泰のために必死に光源氏の接近を拒む母親としての心情は描き出されているが、中宮の地位にあり桐壺帝の寵愛を受ける身でありながらどのような思いで光源氏の愛を受け止めていたのか、その肝心の愛の葛藤について触れる所はない。それ故藤壺の女性像、人物像は常に曖昧である。藤壺は、光源氏の永遠の愛の対象であり、永遠の憧れの対象は明確な像を結ばない方がよく、曖昧であるのは作者の物語上の技法によるものであるとの解釈もあるが、果たしてどうであろうか。後に光源氏が准太上天皇の栄位に到るのは、冷泉帝の隠れた実父であったことが大きい。臣籍に降下した一世の源氏が異例の出世を遂げ、准太上天皇という栄位に到るにはそれ相応の事情がなくてはならず、光源氏と藤壺の密通は『源氏物語』の基本的な構想を担う不可欠の事件であったろう。その事件を描く際、当事者三人の誰をも憎まれ役にせず読者が納得する藤壺の心情を描き出すことは至難の技であり、作者は詳細に描出することを避けておいたのではなかろうか。つまり、物語の基本的な筋の展開を重視し、人物の造形を二の次にした結果なのではないかと思われる。

光源氏の最初の妻である葵上もまた、藤壺同様読者が納得し共感できる一人の生きた女性として描き出されているとはいえない。周囲の誰からも祝福される美男美女の似合いの夫婦であり、幸せになって当然な境遇にある二人が、なぜ心通わせることができなかったのか。父は左大臣、母は皇女という高い誇りを持って常に端然と取り澄ましている妻に、つい足が遠退いてしまうという光源氏側の事情は多少描かれているが、自分以外の女性に限りない思慕を寄せ、人目を忍ぶ通い所を複数持つ夫をどう受け止め、どう対応しようとしていたのかという葵上の心情が具体的に語られることはない。夫の女性関係に気付いていたかどうかさえ不明である。葵上の物語の中で最も印象的な場面は、葵上の死の直前、参内する光源氏との別れにおいて互いが互いを情愛を籠めてじっと見つめる場面と、葵上の死後、長らく喪に服していた光源氏が参院のため初めて左大臣邸を辞去しようとする時の悲しみに満ちた邸内の描写である。葵上の物語は、生前の本人の姿よりも、死後の周辺の人々の嘆き悲しむ姿が紙幅を費やして丁寧に描き出されており、そのことを通して物語における葵上の存在の大きさを改めて印象付けているといえよう。

葵上は、一世の源氏として臣籍に降下した主人公を左大臣家と結び付け、一子夕霧を残して早くに世を去る、また夫婦関係が不仲であることによって主人公が様々な女性遍歴を重ねひいては紫上を手元に引き取ることを可能にするという物語の構想上必要な範囲内でのみ描かれており、不仲であることによる女性の内面の葛藤を掘り下げて描くなど、現実に生きる一女性として全体的に描き出されているとはいえない。後に展開される六条御息所や明石君の物語を読み進む時、特にその感を強くする。

六条御息所の物語における第一の役割は、冷泉帝時代における光源氏の勢力基盤を形成する重要な人物秋好中宮を、養女としてもたらす点にあったであろう。冷泉帝は光源氏の隠れた実子であり、実の娘を入内させることはできず、養女を冷泉帝の后とし後宮を制するというのは、極めて巧妙な作者の物語の構想であったといえる。物語に描き出される六条御息所は、光源氏との愛情の葛藤に悩み、無意識の裡に物の怪となって葵上を取殺したことを深く恥じ、絶ち難い愛執を断ち切って伊勢に下る哀切な姿が印象的である。局面局面における御息所の内面描写は詳細であり、現実に生きる一女性として説得的に描かれているといえる。

御息所は、ものを思し乱るること年ごろよりも多く添ひにけり。つらき方に思ひはてたまへど、今はとてふり離れ下りたまひなむはいと心細かりぬべく、世の人聞きも人笑へにならんことと思す。さりとて立ちとまるべく思しなるには、かくこよなきさまにみな思ひくたすべかめるも安からず、釣する海人のうけなれや、と起き臥し思しわづらふけにや、御心地も浮きたるやうに思されて、なやましうしたまふ。

（葵　第二巻　30～31頁）

葵の巻に見られる六条御息所の内面描写の一つである。光源氏の心を見限って伊勢に下ろうかと思うが、それも心細くまた世間の物笑いにもなろう、かといってこの上なく見下げられている都にこのまま留まるのも辛いことと、あれこれ思い悩み病に至る御息所の心情が極めて精細である。また、次のような描写も様々な事柄を思量し複雑に揺れ動く繊細な女性心理を肌理細かく追った表現として注目される。

あな心憂や、げに身を棄ててや往にけむと、うつし心ならずおぼえたまふをりをりもあれば、さならぬことだに、人の御ためには、よさまのことをしも言ひ出でぬ世なれば、ましてこれはいとよう言ひなしつべきたよりなりと思すに、いと名立たしう、ひたすら世に亡くなりて後に恨み残すは世の常のことなり、それだに人の上にては、罪深うゆゆしきを、現のわが身ながらさる疎ましきことを言ひつけらるる、宿世のうきこと、すべてつれなき人にいかで心もかけきこえじ、と思し返せど、「思ふもものを」なり。

（葵　第二巻　36～37頁）

左大臣の姫君には物の怪がひどく起こり、それは六条御息所の生霊や父大臣の御霊であるという噂を耳にし、自分としては他人の不幸を願う気持ちはないが物思いの故に身から遊離した魂にそうしたことがあるかもしれない、姫君と思われる女性のもとへ行き現実とも思われない猛々しい気持ちになってその女性を乱暴に引きづり回していると夢に見ることが度重なっていると、六条御息所について語ったすぐ後に続く文章である。「さならぬことだに、人の御ためには、よさまのことをしも言ひ出でぬ世なれば」自分はどう悪く言われるかわからない、亡くなった後に恨みを残すのでさえ罪深く忌まわしいのに、現実の身にあって物の怪になったなどと世間に取沙汰されるのは何と恥ずかしく辛いことか、以後一切つれない人を思うことはすまいと思いつつ、そう思うことがすでに深く心捉われていることなのでしたという右の描写は、噂好きな世間の人々の人情の機微を穿ち、愛執に苦悩する女性心理の綾を余すところなく描き出した深い内面描写として一読忘れ難い。六条御息所は、源氏物語の中で物の怪の女として特異な強い存在感があり、物の怪に成らざるを得なかった光源氏との関わり、内面の苦悩など説得的に語られていて、冷泉帝時代における政権基盤の重要人物である秋好中宮を光源氏のもとにもたらすという物語における基本的な役割をつい見忘れてしまうほどである。

同様のことは明石君に関しても言えるであろう。明石君の基本的な役割は、言うまでもなく光源氏に将来国母となる姫君をもたらす点にあるだろう。明石君の物語は、夢告げを信じ一族の再興を願う明石入道が住吉の神の導きに従い、都落ちした罪人光源氏と娘を結び付け、その子供がやがて国母になるという現実にはあり得そうもない夢のような物語であるが、そこに語られる物語は、伝奇的・浪漫的な要素はあるものの決していかにも作り事めいた物語ではなく、極めて現実的・写実的な物語である。明石君にしても、現実に生きる一女性として十分説得的に描き出されているといえよう。

①内に入りてそそのかせど、むすめはさらに聞かず。いと恥づかしげなる御文のさまに、さし出でむ手つきも恥づかしうつつましう、人の御ほどわが身のほど思ふにこよなくて、心地あしとて寄り臥しぬ。

②女、思ひしもしるきに、今ぞまことに身も投げつべき心地する。行く末短げなる親ばかりを頼もしきものにて、何時の世に人並々になるべき身とは思はざりしかど、ただそこはかとなくて過ぐしつる年月は、何ごとをか心をも悩ましけむ、かういみじうもの思はしき世にこそありけれと、かねて推しはかり思ひしよりもよろづに悲しけれど、なだらかにもてなして、憎からぬさまに見えたてまつる。（明石 第二巻 248頁）

③正身の心地たとふべき方なくて、かうしも人に見えじと思ひしづむれど、身のうきをもとにて、わりなきことなれど、うち棄てたまへる恨みのやる方なきに、面影そひて忘れがたきに、たけきこととはただ涙に沈めり。（明石 第二巻 260〜261頁）

（明石 第二巻 270頁）

①は光源氏の初めての文に対し父明石入道の勧めにもかかわらず返信を認める気になれない明石君の心情を叙したものであり、②は光源氏との結婚後兼ての心配通り訪れの間遠な光源氏に予想以上に悲嘆に沈む自らの心を見つめる明石君、③は都に帰る光源氏との別れに際し、拙い運命を歎き光源氏への恨みと愛執に涙に沈むしかない明石君のそれぞれの姿を叙したものである。光源氏との結婚は夢のような玉の輿であるが、それに伴う不安や苦悩も一通りではない。物語はそうした明石君一家の喜びと悲しみを、人物の心の動きを中心に丁寧に語っている。

親たちは、ここらの年ごろの祈りのかなふべきを思ひながら、ゆくりかに見せたてまつりて思し数まへざらん時、いかなる嘆きをかせんと思ひやるにゆゆしくて、めでたき人と聞こゆとも、つらういみじうもあるべきかな、目に見えぬ仏神を頼みたてまつりて、人の御心をも宿世をも知らで、などうち返し思ひ乱れたり。

結婚直前の親たちの思いを描いたものである。二人の結婚は確かに仏神の導きを信じた明石入道の強引な計らいによるものであり、それ自体非現実的ないかにも作り事めいた趣向であるが、右のような叙述に出会う時極めて現実的・写実的な物語として読み進めることになるであろう。明石君物語は、都に召喚される光源氏と明石一家との別れの場面と共に、生まれた姫君を明石君から引き離し二条院の紫上のもとへ連れ出す場面が最も感動的である。あれこれ思い悩み耐えがたい寂しさ辛さを耐え、姫君のために紫上に託すことを決意する明石君の姿は哀切であり、読者の涙腺を刺激しないではいない。こうした六条御息所、明石君の物語と見比べるとき、藤壺や葵上は現実に生きる一女性として十分に描き出されているとは言えないのではないか。作者自身も当初感じなかった不満を物語の進行と共に徐々に感じていったのではないかと思われてならないのである。

三

現実性・真実性に欠け物語のあり様に不満を感じるといった場合、冷泉帝の誕生に当たって桐壺帝をはじめ誰一人光源氏の子供であることに気付く者はいなかったと語られる点もその一つである。藤壺の出産は宮中に伝えられていた予定の月より二ヶ月以上遅れており、生まれた子供は光源氏に瓜二つであった。藤壺自身次のように秘密の漏洩を恐れ慄いている。

さるは、いとあさましうめづらかなるまで写し取りたまへるさま、違ふべくもあらず。宮の、御心の鬼にいと苦

（明石　第二巻　254頁）

しく、人の見たてまつるも、あやしかりつるほどのあやまりをまさに人の思ひ咎めじや、さらぬはかなきことをだに疵を求むる世に、いかなる名のつひに漏り出づべきにか、と思しつづくるに、身のみぞいと心憂き。

（紅葉賀 第一巻 326頁）

また、生まれた皇子を間にして桐壺帝、藤壺、光源氏の三人が初めて対座した時の光源氏と藤壺の様子は次のように語られる。

中将の君、面の色かはる心地して、恐ろしうも、かたじけなくも、うれしくも、あはれにも、かたがたうつろふ心地して、涙落ちぬべし。（中略）宮は、わりなくかたはらいたきに、汗も流れてぞおはしける。中将は、なかなかなる心地のかき乱るやうなれば、まかでたまひぬ。

（紅葉賀 第一巻 329頁）

こうした状況の中で誰も二人の関係に気付かなかったというのは不思議である。特に桐壺帝が、顔色を変え様々な心の乱れに落ち着きなく退出する光源氏や、汗を流して緊張している藤壺の様子に、何の違和感も感じなかったというのは不自然にも思われる。もっとも、『源氏物語』の様々な読みの中には、桐壺帝は冷泉帝の実の父が光源氏であることに気付いていたとする解釈があり、中には「源氏と藤壺とを近付け、二人を恋愛関係へと導いたのは桐壺帝であった」とまで考える論文も複数見られる。(4) しかしながら、物語の本文ではあくまでも桐壺帝が二人の関係を知っていたとする記事、あるいは知っていたことを窺わせるような記事は一つもない。むしろ知らないでいると解釈する方が適当な記事ばかりである。藤壺の出産した皇子に初めて対面した折の桐壺帝の心情は次のように語られる。

あさましきまで紛れどころなき御顔つきを、思しよらぬことにしあれば、また並びなきどちはげに通ひたまへるにこそはと思ほしけり。いみじう思ほしかしづくこと限りなし。（紅葉賀　第一巻　328頁）

光源氏が二条院に女性を住まわせ左大臣家の人々が嘆いているとの噂を耳にした桐壺帝の思いは次のように語られる。

すきずきしううち乱れて、この見ゆる女房にまれ、またこなたかなたの人々など、なべてならずなども見え聞こえざめるを、「いかなるものの隈に隠れ歩きて、かく人にも恨みらるらむ」とのたまはす。（紅葉賀　第一巻　335頁）

好色めいた振る舞いがあり、周辺の女房や女性の誰彼に執心しているとの噂も聞かないのに、どのような人目に隠れた女性に忍び通いをして人から恨まれているのだろうという右の口振りには、桐壺帝が息子をそれほど色好みと思ってはいず、彼の女性関係に何ら批判的な思いを抱いていなかったことが感じられる。年配の色好みの女房源典侍と光源氏との戯れの場面を垣間見した時の桐壺帝の様子も、「似つかはしからぬあはひかなと、いとをかしう思されて、「すき心なしと、常にもて悩むめるを、さはいへど、過ぐさざりけるは」とて笑はせたまへば、」（紅葉賀　第一巻　338頁）と描き出されている。息子の色好みの振る舞いを微笑ましく眺めているといえる。生まれたばかりの冷泉帝を間に桐壺帝、藤壺宮、光源氏の三人が対座した緊迫した場面の直後に、このような桐壺帝の光源氏の女性関係に対する思いを描いているということは、桐壺帝は光源氏と藤壺宮との関係に何の疑いも抱いていなかったと読み取るべきなのであろう。紅葉賀の巻は次のような文章で締めくくられている。

皇子は、およすけたまふ月日に従ひて、いと見たてまつり分きがたげなるを、宮いと苦しと思せど、思ひよる人なきなめりかし。げにいかさまに作りかへてかは、劣らぬ御ありさまは、世に出でものしたまはまし。月日の光の空に通ひたるやうにぞ、世人も思へる。（紅葉賀　第一巻　348～349頁）

皇子は月日が経つにつれて益々光源氏と瓜二つになり、藤壺宮は戦々恐々の思いであるが、世間の人は誰一人気付かないようであるというのである。薄雲の巻において冷泉帝は、藤壺宮の死後夜居の僧都から出生の秘密を知らされた時衝撃を受け深く懊悩している。

上は、夢のやうにいみじきことを聞かせたまひて、いろいろに思し乱れさせたまふ。（薄雲　第二巻　453頁）

つまり、冷泉帝は実の父が光源氏であることをそれまで全く知らなかったということであり、「またこのことを知りて漏らし伝ふるたぐひやあらむ」との冷泉帝の質問に対し夜居の僧都は「さらに。なにがしと王命婦とより外の人、このことのけしき見たるはべらず。さるによりなむ、いと恐ろしうはべる。」（薄雲　第二巻　452頁）と答えている。冷泉帝出生の秘密は、それを知る少数の人々によって固く守られ結局世に漏れでることはなかったということなのであろう。現実性に乏しく信じ難い気もするが、このように語っている以上このように読み取っておくべきなのではあるまいか。それを桐壺帝は気付いていたとするのは恣意的な解釈であり、ましてや光源氏と藤壺を密かに結びつけたのは桐壺帝であるとまで解釈するのは、第二部に描かれる応報の物語の意義をも損ない兼ねず、行き過ぎた解釈と言わざるをえないと筆者には思われる。作者にとって後の光源氏の異例の出世を描くためには、隠れた帝の実父であるという秘密は守り通されなくてはならなかったのであろう。偉大な英雄の数奇な生涯を描くという物語の基本的な主題と構想の故に、人の世の現実性・真実性に目をつぶらざるを得なかったのではないかと思われる。

後の物語には世間に対して秘密は守り通せるものでなく、噂好きでおしゃべりな世間の口を防ぐことはできない、時に真実よりも噂の方が真実になるとして、登場人物が深く思い悩む場面が再三描かれている。一、二例を挙げる。浮舟の物語において薫の庇護の下に暮らしながら匂宮の愛情を受け行く末を心配する浮舟の内面が次のように語られている。

かく心焦られしたまふ人、はた、いとあだなる御心本性とのみ聞きしかば、かかるほどこそあらめ、また、かうながらも、京にも隠し据ゑたまひ、ながらへても思し数まへむにつけては、かの上の思さむこと、よろづ隠れなき世なりければ、あやしかりし夕暮のしるべばかりにだに、かうたづね出でたまふめり、まして、わがありさまのともかくもあらむを、聞きたまはぬやうはありなんや、と思ひたどるに、……（浮舟　第六巻　158頁）

情熱的に愛して下さる匂宮は浮気な性分と聞くのでほんの一時のことであろう、また心変わりせず長く世話をしてくれた場合中君がどう思うであろうか、「よろづ隠れなき世」なので「わがありさまのともかくもあらむを」聞きつけないことはなかろうと思い悩み、自分に落度があって薫に疎まれた場合はこの世に生きていることはできないだろうと心を痛める。そうして、薫に匂宮との関係を知られた時、入水自殺を決行しようとするのである。

夕霧の巻に展開する夕霧と落葉宮の物語も、二人の関係が世間の噂になる所からその悲劇性が深まっていく。落葉宮の部屋から朝帰りする夕霧の姿を目撃した律師が、加持の折母御息所に二人の関係を問い質し、結婚に反対である旨強く主張する。驚いた御息所は女房の小少将を呼んで事情を聞き、次のように嘆く。


「障子は鎖してなむ」と、よろづによろしきやうに聞こえなせど、「とてもかくても、さばかりに、何の用意もなく、軽らかに人に見えたまひけむこそいといみじけれ。内々の御心清うおはすとも、かくまで言ひつる法師ばら、よからぬ童べなどはまさに言ひ残してむや。人は、いかに言ひあらがひ、さもあらぬことと言ふべきにかあらむ。すべて心幼きかぎりしもここにさぶらひて」……

(夕霧 第四巻 419〜420頁)


真実はどうであれ一旦噂にされた以上どうしようもない、誤解を招くような不用意で軽率な振舞いをしたことが問題であると女房を責め、皇女に相応しい気高い人生を歩ませたいと願っていたのに、逆に身分に相応しくない浮名を流してしまうことであると深く落胆する。結局このことが御息所の死期を早め、落葉宮の苦悩を深めていくことになるのである。

また、以上二例のような深刻な事件ではなく軽い笑劇として描かれている程度ではあるが、玉鬘物語の中にも世間に秘密にしようとしていたことが何時の間にやら噂として広まっているという様子が描かれている。娘として引き取っている玉鬘が実は内大臣の娘であることを打ち明け、内大臣に腰結役を願って裳着の儀式を執行した折、世間の取沙汰が煩わしいのでしばらくこのことは内密にしようと約束し、固く口止めしていたのに、光源氏の思惑に反し世間に漏れていたという様子が次のように語られている。

世の人聞きに、しばしこのこと出ださじと切に籠めたまへど、口さがなきものは世の人なりけり。自然に言ひ漏らしつつ、やうやう聞こえ出でくるを、かのさがな者の君聞きて、……

（行幸　第三巻　320頁）

玉鬘の実父が内大臣であるということばかりでなく、玉鬘が尚侍として出仕するということまでも噂されており、それを聞きつけた近江君が自分こそ尚侍に推薦してもらえると思っていたのにと弘徽殿女御の面前で恨み言を言い、兄弟たちに散々からかわれるという話に展開している。

第二部に描かれる柏木と女三宮との密通も柏木の不用意な手紙によって光源氏の知る所となっており、『源氏物語』において重要な秘密が最後まで世間に隠し通されたということは極めて異例である。作者の現実認識は、それとは逆にどのような秘事も結局は世間に漏れ出てしまうものであるという所にあったのではなかろうか。冷泉帝の出生の秘密が世間に守り通されたという筋の展開は、作者が世の中の真実に目をつぶった少し無理をした構想だったのだと思われる。

二　紫上の役割の変更をめぐって

一

一人の理想的な英雄を創造し、その人物の数奇な生涯を語ろうとした物語は、主人公及び主人公の生涯を重視するあまりいかにも作り事めいた物語となり、作者にとって満足できないものになっていったのではなかろうか。特に、六条御息所や明石君物語を語り進めていく中で、藤壺や葵上の描き方に不満を感じ、主人公一人を中心とする物語でなく、主人公を取り巻く女性たちそれぞれの姿をも十分に描き出す物語を、いわば人の世の実態、人間の真実、人生の真実に迫るような物語をと考えていったのではなかろうか。そこで、若菜上の巻以降の光源氏晩年の物語の構想を大幅に変更し、それに見合うように語り終えていた物語に新たな物語を挿入して、物語全体の軌道修正を図ったものではないかと思われるのである。物語の構想の大幅な変更とは、物語における紫上の役割の変更であり、応報物語の内容の変更である。物語の書き始められた当初の紫上の役割は、夕霧と過ちを犯して子供を出産し、光源氏に罪の応報を与えるというものだったであろう。桐壺帝の実子である光源氏が、父の最愛の妻である藤壺と通じ子供を儲けるという罪に正しく照応するのは、晩年兄朱雀院の要請によって迎えたそれ程愛情の感じない妻女三宮に親友の息子柏木が通じるという形よりも、実子夕霧が最愛の妻紫上に通じ子供ができるというものである。その方が光源氏に与える衝撃も計り知れず、罪と応報の物語としてはより完全な形になっていたであろう。実際その構想を窺わせる痕跡が現行の『源氏物語』にないわけではない。「野分」の巻の夕霧による紫上垣間見の場面もその一つであろう。激しい野分の吹き荒れた早朝、六条院に見舞いに訪れた夕霧は思いがけず紫上の麗姿を垣間見する。

見通しあらはなる廂の御座にゐたまへる人、ものに紛るべくもあらず、気高くきよらに、さとにほふ心地して、春の曙の霞の間より、おもしろき樺桜の咲き乱れたるを見る心地す。あぢきなく、見たてまつるわが顔にも移り来るやうに、愛敬はにほひ散りて、またなくめづらしき人の御さまなり。（中略）御前なる人々も、さまざまにものきよげなる姿どもは見わたさるれど、目移るべくもあらず。

（野分　第三巻　265頁）

一目心奪われ、恋人である雲居雁以上に念頭を去らず、こうした人とこそ一緒に生活したい、そうしたら寿命も延びることであろうなどと考えている。

中将、夜もすがら荒き風の音にも、すずろにものあはれなり。心にかけて恋しと思ふ人の御事はさしおかれて、ありつる御面影の忘られぬを、こはいかにおぼゆる心ぞ、あるまじき思ひもこそ添へ、いと恐ろしきこと、とみづから思ひ紛らはし、他事に思ひ移れど、なほふとおぼえつつ、来し方行く末ありがたくものしたまひけるかな、（中略）さやうならむ人をこそ、同じくは見て明かし暮らさめ、限りあらむ命のほども、いますこしはかならず延びなむかし、と思ひつづけらる。（野分　第三巻　269頁）

若菜下の巻の女楽の場面や御法の巻の紫上臨終の場面の記事によると、以後紫上は夕霧の永遠の憧れの女性であったようである。光源氏自身、自らの経験を踏まえて夕霧を極力警戒し、紫上やひいては女三宮に厳しく注意すると共に、彼女らの身辺に近付けないように配慮していた。光源氏にとって柏木は思わぬ伏兵であったわけである。また、光源氏の生涯の骨子を成し、当初物語の最重要事件であったはずの密通事件を担う女三宮が若菜上の巻に初めて登場するのも不思議であり、柏木も玉鬘十帖に描かれている柏木とは細かな点でいろいろな違いがあり、役柄に相応しいように描き直されているのではないかと思われる。一方、夕霧とその母葵上は、今ある『源氏物語』では光源氏の第一子であり、最初の正妻であるという割には物語全体における役割が希薄である。それが、夕霧が密通事件の一方の当事者であった場合には、葵上も夕霧をこの世に残す女性として重要であり、両者共に大きな存在感を持っていたであろう。

当初予定されていた紫上と夕霧の密通事件が、なぜ女三宮と柏木との関係に変更になったのか。それは、紫上を通して語りたいものが変わったということなのではなかろうか。夕霧と罪を犯し苦悩する物語以上に、女三宮の降嫁によって己の存在基盤のはかなさに気付き、あるべき生を模索して苦悩する姿をこそ描き出したかったのではないか。物語全体も、傑出した英雄の波瀾に富んだ生涯を語るだけの物語ではなく、登場人物それぞれを現実に生きる人間として内面から描き、人の世の実態、人間の真実、人生の真実に迫るものをと考えていったのであろう。今ある『源氏物語』は、光源氏晩年の悲劇の内容が女三宮降嫁による紫上の苦悩の物語と密通事件とに二分され、もはや罪と応報の物語とだけはいえないものになっている。光源氏にとって、紫上の苦悩と心理的離反および病と死が、柏木と女三宮の裏切り以上に大きな悲劇であったようであり、『源氏物語』の第二部は、心の平安を求めてあるべき生を模索する紫上の物語ともなっている。また、主人公光源氏の敵役である柏木、女三宮の人生、人間性をも肌理細かく描き出し、ひいては柏木の未亡人落葉宮にも照明を当て、生き辛い女性の生のあり様を物語っている。登場人物それぞれの人間の真実、人生の真実に迫る写実的、現実的な物語になっているといえよう。紫上の役割の変更は、物語の主題の変更であり、物語の方向性の大きな変更であって、それに見合うように既に語られた物語も手直しする必要があり、帚木、空蟬、夕顔等の帚木系の巻々の後記挿入はそのための操作だったと思われるのである。

二

さて、罪と応報の物語の内容を変え、物語全体の方向性を変更したのは、物語執筆途上の何時の時点だったのであろうか。その問題を考える手掛かりが、若菜上の巻の女三宮降嫁により苦悩する紫上と極めて類似する彼女の姿を語る朝顔の巻にあるように思われる。以下、朝顔の巻を通してその問題について考えてみたい。

朝顔姫君とは、桐壺帝の弟式部卿宮の姫君である。帚木の巻に「式部卿宮の姫君に朝顔奉りたまひし歌などを、すこし頬ゆがめて語るも聞こゆ。」（帚木　第一巻　95頁）と、光源氏の言い寄る女性の一人として登場する。その後、葵、賢木、朝顔、少女、梅枝、若菜上、若菜下の各巻に、その折々の光源氏との関わりがごく簡単に物語られる。従来朝顔姫宮は、六条御息所と同様な境遇に陥ることを厭い、光源氏を賛美し憧れる世の多くの女性たちと等し並みに扱われることを潔しとせず、再三に渡る光源氏の求愛を拒み続ける女性として説明される。今改めて朝顔姫君関係の記事を読み直してみてもまさにその通りであり、新たに付け加えるべき点とて何もない。朝顔姫君は、誇り高く光源氏の求愛を拒み続け、『源氏物語』において主人公光源氏の魅力に取り込まれることのない唯一の女性として特筆されるべきであろう。とはいっても、朝顔姫君は、光源氏との交流を一切受け付けないというのではない。彼の美貌と才能はよく理解し、むしろ折節に受け取る消息によって他に抜き出た存在であることを理解するが故に逆に多くの愛人の一人にはなりたくないと思うのであって、遠く離れての手紙の往来には素直に応じている。光源氏は、そうした彼女の対応に好意を感じ、間遠ではあるものの折節の消息は絶えない。葵上を亡くした悲傷の中での遣り取りにおいては、朝顔姫君に理想的な女性のあり方を感じ、紫上を教育する上での一つの目標にしている。朝顔姫君が斎院に立った後も斎院の御所にまで消息を送り続け、弘徽殿女御側の光源氏批難の一つにされている。こうした二人の交流は、晩年まで引き続き、彼女の出家にあたって光源氏はこの上ない愛惜と寂寥とを感じている。

なべての世のことにても、はかなくものを言ひかはし、時々によせて、あはれをも知り、ゆゑをも過ぐさず、よそながらの睦びかはしつべき人は、斎院とこの君とこそは残りありつるを、かくみな背きはてて、斎院、はた、いみじう勤めて、紛れなく行ひにしみたまひにたなり。なほ、ここらの人のありさまを聞き見る中に、深く思ふさまに、さすがになつかしきことの、かの人の御なずらひにだにもあらざりけるかな。（若菜下　第四巻　263頁）

光源氏にとって朝顔姫君は、四季折節の情趣をよく理解し、遠く離れていても親しく遣り取りできる数少ない女性の一人であり、思慮深く優雅な点では他には得難い女性であった。結局、二人は男女の契りのないままに長く交流を続け、光源氏にとって彼女はこの上ない折節の心の慰めであったといえよう。

ところが、朝顔姫宮はその人生全体が掘り下げて描かれることはない。朝顔の巻にしても、朝顔という名前を巻名にしていながらも、必ずしも彼女を中心とする巻であるとはいえないようである。朝顔姫君を求めて桃園宮邸を訪れる場面が二箇所あるが、いずれも彼女との対面の前に女五宮との対面の様子が長々と語られ、源典侍の登場などもあって、物語の来し方を振り返り今ある光源氏の情況を静かに見つめ直すといった内容が、求婚譚と同等の重みを持つといえる。その他本巻には、朝顔姫君と光源氏が結婚した場合のことを考えて深刻に心を悩ます紫上や、その紫上を慰めようと童女たちの「雪まろばし」を見ながら問わず語りに過去の女性たちを批評する光源氏、紫上を前に自らを話題にされたことを契機に夢枕に立って恨み言を言う藤壺、死後の世界において罪の苦患に苦しむ藤壺の姿に強い衝撃を受け、暗澹とした思いで阿弥陀仏を念じる光源氏の様子などが物語られている。いずれかというに、紫上や藤壺に関する記事の方がむしろ読者にとって印象深い内容となっているといえよう。朝顔姫君の物語は、次の少女の巻の冒頭にも見られる。女五宮の熱心な勧めにも従わず、「いまさらにまた世になびきはべらんもいとつきなきことになむ」（少女　第三巻　19頁）と結婚拒否の思念の固い朝顔姫君と、「わが心を尽くし、あはれを見えきこえて、人の御気色のうちもゆるばむほどをこそ待ちわたりたまへ、さやうにあながちなるさまに、御心やぶりきこえんなどは思さざるべし。」（少女　第三巻　20頁）と、あくまで姫君の気持を尊重し、力づくで思いを遂げようとはしない光源氏の姿が描かれる。そこには、二人の関係の最終的な形が物語られているといえよう。藤壺を慕う光源氏の絶望的な悲しみの深い余韻の中で朝顔の巻を閉じ、二人の関係の最終的な締め括りは次の少女の巻でなされているといえる。

それでは、朝顔の巻は一体何を語ろうとしたものであろうか。この点に関しては既に吉岡曠氏が「鴛鴦のうきね」(5)という論文の中で詳細に整理しているように、森藤侃子氏は紫上を揺さぶろうとしたものであると言い(6)、秋山虔氏はその森藤氏の説を踏まえて、紫上の女主人公としての据え直しをなそうとしたものであると言う(7)。これに対し、清水好子氏はこの巻の第一主題を藤壺への鎮魂歌と読み取る(8)。一方、吉岡氏の論文では言及されていないが、これらの論文に先立って池田亀鑑氏は「朝顔の巻は、構想的には、薄雲の巻の中に位置してもよい巻である。（中略）主要テーマは、朝顔の君に対する昔の恋が再燃してくるといふこと、それにつけ紫の上の不安と嫉妬が新しく家庭生活をおびやかすといふこと、この二点にあるといってよい。」と言い、また、「最後に藤壺の亡霊をゑがき、さむざむとした雰囲気の中で、この巻をとぢた構想は見事である。（中略）藤壺物語の最後の巻と見るべきであろう。」とも言う(9)。こうした様々な見解の中で池田氏の説に最も共感を覚える。つまり、朝顔の巻は、紫上の揺さぶりや藤壺への鎮魂を目的として書かれたものではなく、第一の動機は朝顔姫君への求婚にあり、それを描くことによって必然的に想定される紫上の不安・動揺に筆が及び、最後は当時の光源氏の心の状態を反映して藤壺鎮魂となったものと筆者には読み取れる。総じて、藤壺を亡くした後の光源氏のあり様を描いた巻であるといえよう。

藤壺と朝顔姫君との深い関連については、森藤侃子の鋭い指摘がある。氏は、帚木の巻の物語への初登場の際、朝顔姫君は「光源氏が「胸つぶれて」思った藤壺の代わりに、人の耳目をひいていた」こと、賢木の巻で右大臣方による光源氏追放の理由の一つに朝顔斎院への犯しがあげられていたことを踏まえ、朝顔姫君は「源氏と藤壺の秘密を

（中略）世間の目から外し、あるいは隠蔽する役割を負って」創造され、「本来藤壺と盾の表裏の関係にあり、当初から藤壺に付随し、その代行者としての役割を負って創出されたとみていいのではなかろうか」と言う。[10] 傾聴すべき卓見であろう。

さらに、朝顔姫君は、よく考えてみると当初から物語に登場する上流貴婦人の中にあって光源氏の結婚相手としてもっとも相応しい女性であったといえよう。葵上亡き後、その地位を襲うもっとも適当な女性は、東宮の未亡人である六条御息所ではなく、家柄も良くまだ結婚していない朝顔姫君であったといえる。彼女は、葵上の死の二年後賀茂の斎院となって神域に入り、光源氏の手の及ばない所となるが、それでもなお折節の二人の往来は絶えなかった。その彼女が、父式部卿宮の薨去により斎院の地位を退下したというのである。「斎院は御服にておりゐたまひにきかし。大臣、例の思しそめつること絶えぬ御癖にて、御とぶらひなどいとしげう聞こえたまふ。」（朝顔　第二巻　469頁）と、光源氏の求愛が語られるのも自然な成り行きであるといえよう。

物語全体の流れは、明石の地から政界に復帰し、徐々に政権基盤を整え、明石姫君を二条院の紫上のもとに引き取り、夜居の僧都の奏上により冷泉帝が自らの出生の秘密を知るなど、更なる栄華の獲得に向かおうという所である。少女の巻や玉鬘の巻から始まる次の段階の物語、つまり紫上を女主人公にする六条院における栄華の物語を語り進めるに先立って、社会的・客観的にはもっとも正妻たるに相応しい朝顔姫君との関係に結着をつけておくことが必要だったのではなかろうか。[11]

三

藤壺の死に関連して語り始められる朝顔姫君への求婚であるが、求婚譚そのものとしては、朝顔姫君の結婚拒否の意志が固く、何ら新たな展開を示すものではない。むしろ、そのことによって引き起こされる紫上の不安・動揺の方が読者の興味を惹きつける。特に、この巻での紫上の姿と後の若菜上の巻における女三宮降嫁の折のそれとが極めて類似する点に注目される。秋山虔氏や今井源衛氏は、「この「槿」巻における紫上像には後の「若菜」の巻に至って彼女がになわせられるであろう問題がすでに提起されている。[12]」とか、「その後年の紫上の姿の前兆がはっきりと刻印されている事を見逃す事はできないであろう。[13]」と言う。確かに、後の物語の伏線かと思わざるを得ない程に両者はよく似ている。しかし、伏線とした場合になぜこの時期にその伏線を置いたのか、またどうしてこうもよく似た物語を同じように繰り返す必要があったのか、不思議に思われる。

こうした疑問を念頭に、二つの場面を改めて読み比べてみると、よく似ている中にも大きな違いがあることに気付く。身分、世評が高く、自分以上により正妻たるに相応しい女性の出現に、光源氏の寵愛の衰えを予測し世間体を考えて、深く動揺する紫上の姿は同じであり、表現までも酷似している。

①御心など移りなばはしたなくもあべいかな。年ごろの御もてなしなどは立ち並ぶ方なくさすがにならひて、人に押し消たれむことなど、人知れず思し嘆かる。（中略）よろしきことこそ、うち怨じなど憎からずきこえたまへ、まめやかにつらしと思せば、色にも出だしたまはず。（朝顔　第二巻　478〜479頁）

②かかりけることもありける世をうらなくて過ぐしけるよと、思ひつづけて臥したまへり。（朝顔　第二巻　480頁）

③今はさりともとのみわが身を思ひあがり、うらなくて過ぐしける世の、人笑へならむことを下には思ひつづけたまへど、いとおいらかにのみもてなしたまへり。（若菜上　第四巻　54頁）

④年ごろ、さもやあらむと思ひしことどもも、今はとのみもて離れたまひつつ、さらばかくにこそはと、うちとけ

ゆく末に、ありありて、かく世の聞き耳もなのめならぬことの出で来ぬるよ、思ひ定むべき世のありさまにもあらざりければ、今より後もうしろめたくぞ思しなりぬる。

（若菜上　第四巻　65～66頁）

①②は朝顔の巻の記事であり、③④は若菜上の巻の叙述である。内容的には勿論のこと、文章表現の上でもごく近いものがあるといえよう。

一方、また違いも見られる。一つには紫上の姿である。若菜上の巻の女三宮降嫁では、③④にも見られるように、将来の不安を思い、世間体を気遣って深く思い悩みながらも、表面は平静を装い決して外に出そうとしない。女房や世間に対してばかりでなく光源氏にも本音は見せず、隔絶した孤独の中で苦悩に耐え、やがて出家を切願するに到る。朝顔の巻の紫上は、「まめやかにつらしと思せば、色にも出だしたまはず」といわれながらも、恋文の執筆に余念のない光源氏を見ては「気色をだにかすめたまへかし」（朝顔　第二巻　479頁）と嫉妬の念を燃やし、桃園宮邸を訪れようと暇乞いする光源氏に若君をあやしながら見向きもせず「馴れゆくこそげにうきこと多かりけれ」（朝顔　第二巻　480頁）と怨み言を投げかける。夜離れが重なる時には光源氏の目の前で涙を流すこともあり、光源氏の慰めと戒めに拗ねた態度を取りもする。

二条院に夜離れ重ねたまふを、女君は戯れにくくのみ思す。忍びたまへど、いかがうちこぼるるをりもなからむ。

（朝顔　第二巻　488頁）

まろがれたる御額髪ひきつくろひたまへど、いよいよ背きてものも聞こえたまはず。

（朝顔　第二巻　489頁）

朝顔の巻の紫上には、女三宮降嫁の折には見られない女性の生な感情の素直な発露が見られる。孤独の深さ、苦悩の深刻さに大きな違いがあるといえよう。

もう一つの大きな違いは、光源氏の紫上に対する気遣いである。女三宮降嫁の折には、朱雀院の要請を受け入れた直後から紫上のことを思いあれこれと思い悩んでいる。

このことをいかに思さむ、わが心はつゆも変るまじく、さることあらんにつけては、なかなかいとど深さこそまさらめ、見定めたまはざらむほど、いかに思ひ疑ひたまはむ、など、やすからず思さる。

（若菜上　第四巻　51頁）

新婚三日目の夜物思いに沈む紫上の様子に「などて、よろづのことありとも、また人をば並べて見るべきぞ、あだあだしく心弱くなりおきにけるわが怠りに、かかることも出で来るぞかし」（若菜上　第四巻　63〜64頁）と涙を流して反省する。紫上の心の痛みを我がこととし、これまでのように素直に寄り添ってこない紫上の態度に深く心を痛める。女三宮降嫁による不幸は、紫上ばかりでなく、紫上の様子を見て心を痛める光源氏のものでもあったのである。それに対し、朝顔の巻での光源氏は、「馴れゆくこそげにうきこと多かりけれ」と、拗ねた態度で恨み言を言う紫上を目の前にしても、振り切って外出する。紫上の心痛を十分承知しながらもなお朝顔姫君への求婚を続けるのである。相手の拒絶が固く真実裏切るまでには至っていないせいであろうか、紫上に向う光源氏には余裕があり、いかにも子供をあやすかのように宥め賺している。

おとなびたまひためれど、まだいと思ひやりもなく、人の心も見知らぬさまにものしたまふこそらうたけれ（中略）いといたく若びたまへるは誰がならはしきこえたるぞ

（朝顔　第二巻　489頁）

特に、藤壺の夢にうなされ、紫上によって起こされた時の光源氏には注目される。

御答へ聞こゆと思すに、おそはるる心地して、女君の「こは。などかくは」とのたまふにおどろきて、いみじく口惜しく、胸のおきどころなく騒げば、おさへて、涙も流れ出でにけり。今もいみじく濡らし添へたまふ。女君、いかなることにかと思すに、うちもみじろかで臥したまへり。

（朝顔　第二巻　495頁）

夢にうなされ目覚めた後も、呆然としてただ涙を流すだけの光源氏は、すぐ側で心配そうに見つめる紫上に何の説明もしていない。紫上の方も、光源氏の様子にただならぬ気配を感じたことであろうが、物語はその後の二人の遣り取りを一切語ろうとしない。藤壺のことを思い所々に御誦経をさせ、自らも一心に阿弥陀仏を念じる光源氏の姿を描くだけである。この当時光源氏の心をもっとも強く深く捉えていたのはやはり藤壺であり、思いがけずその藤壺の苦患に苛まれ自分を恨む姿に対面して衝撃を受け、紫上を思いやる余裕もなかったというのであろうか。朝顔の巻は、藤壺を追慕し、悲嘆に沈む光源氏の姿を描き、深い余韻を残して終わる。その意味において、本巻の主題を藤壺鎮魂にあるとする見解も十分に首肯し得るものであるといえよう。

朝顔の巻における紫上の不安・動揺は、朝顔姫君の結婚拒否の強い姿勢によって間もなく解消されるが、若菜上の巻における女三宮降嫁は、より深刻に自分の人生を見つめ直す契機となり、光源氏との生活から脱却し、出家を望む

に到る。それは、光源氏にとっても、柏木と女三宮の裏切り以上に人生の根幹に関わる大きな問題であった。つまり、若菜上の巻においては、朝顔の巻に見られた二人の間柄における問題が、より深化・発展した形で改めて描き直されていると見ることができるであろう。紫上の当初の役割は夕霧と密通して子供を儲ける点にあったろうと考える筆者にとって、朝顔の巻と若菜上の巻の紫上を巡る物語が一部表現も同じくする極めて類似した内容となっていることの説明としては、前者が後者の伏線として描かれたとするよりも、後者は前者の深化・発展した物語として改めて描き直されたものであると見る方が納得がいく。光源氏青年期の波瀾に富んだ物語を語り終え、栄華を極める中年期の新たな物語を語り始めるにあたって、整理しておく必要のあった朝顔姫宮との関係を構想していく中で、若菜上の巻以降の紫上の物語が着想され、物語全体の方向性を大きく変えていくことになったのではないかと思われるのである。

四

見てきたように、紫上物語の構想変更は朝顔の巻執筆のあたりと考えるものであるが、朝顔の巻直前の薄雲の巻の巻末近くに、光源氏の次のような言葉がある。折しも二条院に里下がりした秋好中宮を相手に様々な話をする中での一節である。

はかばかしき方の望みはさるものにて、年の内ゆきかはる時々の花紅葉、空のけしきにつけても、心のゆくこともしはべりにしがな。春の花の林、秋の野の盛りを、とりどりに人あらそひはべりける、(中略)いづれも時々につけて見たまふに、目移りてえこそ花鳥の色をも音をもわきまへはべらね。狭き垣根の内なりとも、そのをりの心見知るばかり、春の花の木をも植ゑわたし、秋の草をも掘り移して、いたづらなる野辺の虫をも住ませて、

人に御覧ぜさせむと思ひたまふるを、いづ方にか御心寄せはべるべからむ
（薄雲　第二巻　461～462頁）

ここに語られているのは、光源氏の理想とする住まいと生活であり、六条院造営とそこでの栄華を極めた生活の中に実現されている。明らかに少女の巻以降に展開する物語の先取りをしているといえよう。また、同じ場面で光源氏は秋好中宮の姿をまだ一度も拝したことがないのは残念であると胸をときめかし、次のように言寄る。

おほやけの御後見仕うまつる喜びなどは、さしも心に深くしまず、かやうなるすきがましき方は、しづめがたうのみはべるを、おぼろけに思ひ忍びたる御後見とは思し知らせたまふらむや。あはれとだにのたまはせずは、いかにかひなくはべらむ
（薄雲　第二巻　460頁）

さすがに相手が実の息子冷泉帝の妻であり、中宮という高い地位にある女性であって、礼儀を踏み外すほどの強引な振舞いはできず自制しているが、後の玉鬘に求愛する光源氏の姿と極めて近似している。若い貴公子の注目を集める六条院の花として迎えた娘玉鬘に自分自身心奪われ惑乱する玉鬘物語は、秋好中宮に替えてより恋愛の自由な身寄りのない玉鬘を据え、多少不道徳で興味本位な中年光源氏の色好みの実態を描いたものであるとも読み取れる。つまり、薄雲の巻末執筆時点には玉鬘を中心とする物語の構想が明らかにあったことを意味し、そのことは当然夕顔物語も既に書かれていたかその構想はあったということを示しているといえよう。作者は、『源氏物語』を書き始めるにあたって大枠は構想しつつも細部まで厳密に決めていたわけではなく、須磨、明石を流浪し再び都に返り咲くあたりまでは具体的な構想をもって執筆を始め、権勢の座に登りつめた後の物語がある程度明確な形をなしたのは薄雲、朝

顔の巻執筆の頃であったというのではなかろうか。

武田宗俊氏は、玉鬘系の巻々と呼ばれる十六巻を一括して紫上系の巻々とは別伝の物語であり、後記挿入されたものであるという。しかしながら、武田氏自身、玉鬘の巻以下十帖は「同系の前六帖と違い、筋がはっきりと紫上系と区別せられて居らず、これまで並行して来た両系を総合して書いた形となって居る。」と書き記すように[14]、帚木・空蟬・夕顔・末摘花・蓬生・関屋の六巻と玉鬘以下十巻とには大きな違いがあり、別々に考えるべきであろう[15]。前半の六巻は、紫上系の巻々との接続が悪く、内容的にも光源氏の本来の生活とは違う「隠ろへごと」の世界であり、これらを取り除いても紫上系の物語には何の影響も与えない。まさに後記挿入であると考えた方が合理的であると言えるが、後半の玉鬘十帖は、紫上と秋好中宮とによる春秋の争いが少女と胡蝶の両巻に渡って描かれ、夕霧と雲居雁の物語が乙女の巻に始まり常夏・野分・行幸等の巻の記述を受けて梅枝・藤裏葉で解決を見るといったように紫上系の巻との連接照応がある。さらに、もっとも重要なことは玉鬘十帖の物語を別にしてその間の光源氏本来の物語はないということである。玉鬘十帖の世界は、六条院における光源氏の本来の生活であり、主人公の功なり名遂げた後の充足した栄華の実態を描き出したものとして不可欠の物語であるといえよう。後記挿入されたのは前半の六巻のみであり、薄雲・朝顔の巻あたりで既に完成していた物語に大きな修正を施した作者は、少女の巻以降新たな物語観に従って今見られる巻の順序通りに書き続けていったものと思われる。

『源氏物語』第一部紫上系の巻々の物語は、要所要所に史実を踏まえ、一見現実的・写実的な物語に見えるが、よく見ると理想化された主人公を中心とし、筋の展開の基本を古代伝承物語の話型に取る総じて昔物語風の世界である。その主人公を相対化し、周辺の人々をも主人公と対等に内面から描き、より人の世の実態に迫ろうとした帚木系の巻々の物語こそ当時にあっては斬新な物語であったといえよう。近代心理主義小説にも匹敵するといわれる第二部以降の物語は、帚木系の物語の手法と内容を洗練させ深化させていったものであるといえる。物語執筆途上における作者の物語観の変化、それに伴う紫上の役割の変更と物語の軌道修正は、『源氏物語』を偉大な文学作品たらしめる重要な出来事であったと筆者には思われる。

注

（1）『日本古典文学大辞典』（岩波書店、昭59）第二巻「源氏物語」の項目参照。

（2）青柳（阿部）秋生「源氏物語執筆の順序―若紫の巻前後の諸帖に就いて―」（『国語と国文学』昭14・8月・9月号、後に『日本文学研究資料叢書　源氏物語（Ⅲ）』（有精堂、昭46）、『解釈と鑑賞別冊　源氏物語（Ⅰ）成立論・構想論』（至文堂、昭57）、『テーマで読む源氏物語論4　紫上系と玉鬘系―成立論のゆくえ』（勉誠出版、平22）等に再録）参照。

（3）武田宗俊「源氏物語の最初の形態」（『文学』昭25・6月・7月号、後に武田宗俊『源氏物語の研究』（岩波書店、昭29）、『日本文学研究資料叢書　源氏物語（Ⅰ）』（有精堂、昭44）、『解釈と鑑賞別冊　源氏物語（Ⅰ）成立論・構想論』（至文堂、昭57）、『テーマで読む源氏物語論4　紫上系と玉鬘系―成立論のゆくえ』（勉誠出版、平22）等に再録）参照。

（4）坂本昇『源氏物語構想論』（明治書院、昭56）第二章2「冷泉帝誕生に関る疑惑」、深澤三千男「藤壺物語主題論―イノセント光源氏の一環として」（『源氏物語研究集成』風間書房、平10）等参照。熊谷義隆「桐壺帝の密通認知―その可能性と高麗の相人の予言」（『源氏物語の世界―方法と構造の諸相―』風間書房、平13）も「若宮を立坊させようとする桐壺帝の意図には、光源氏と共通する帝王としての素質を見たこととともに、光源氏を立坊させえなかった無念さ光源氏への負い目にも近い感情が作用していたことを見逃せない。」と言い、桐壺帝は密通を知っていて積極的に若宮立坊を成したと読み取る。

（5）吉岡曠「鶯鶯のうきね―朝顔巻の光源氏夫妻」（『中古文学』第十三号（昭49・5）、第十四号（昭49・10）掲載。後に

『作者のいる風景　古典文学論』（笠間書院、平14）に所載）参照。
（6）森藤侃子「槿斎院をめぐって」（都立大学『人文学報』三三号（昭38）に掲載。後に『源氏物語―女たちの宿世―』（桜楓社、昭59）に所載）参照。
（7）秋山虔「紫上の変貌」（『源氏物語の世界―その方法と達成―』東京大学出版会、昭39）参照。
（8）清水好子『源氏の女君　増補版』（塙書房、昭42）第一部8章「藤壺鎮魂歌」参照。なお、吉岡曠前掲論文では、永井和子氏も松尾聡・永井和子校註『源氏物語・朝顔』の解説の中で清水好子氏と同様に藤壺を中心に捉えていると言う。
（9）池田亀鑑『新講源氏物語』（至文堂、昭26）朝顔の巻の項参照。
（10）森藤侃子「槿巻の構想」（秋山虔・木村正中・清水好子編『源氏物語の世界』第4集（有斐閣、昭55）掲載。後に『源氏物語―女たちの宿世―』に所載）参照。
（11）森藤侃子氏は、「槿斎院をめぐって」における、朝顔の巻は紫上に揺さぶりをかけるために描かれたとする自説に対し、後の「槿巻の構想」においては「今それを否定するわけではないが、修正あるいは、複数の視点の必要を感じている。少なくとも紫上と同等あるいはそれ以上に、藤壺と齋院の関係を考慮に入れないと総体としての朝顔巻はとけないのではないかと思う。」と言い、「朝顔巻の事件は、むしろ藤壺死去をうけて源氏の妻妾の序列化を、この時期に整備・策定し、六条院創出に備える事にあったのではなかろうか。」と言う。
（12）秋山虔前掲論文参照。
（13）今井源衛「紫上」（山岸徳平・岡一男監修『源氏物語講座』第三巻、有精堂、昭46）参照。
（14）武田宗俊「源氏物語の最初の形態再論」（『文学』昭27・1、後に武田宗俊『源氏物語の研究』（岩波書店、昭29）、『テーマで読む源氏物語論4　紫上系と玉鬘系―成立論のゆくえ』（勉誠出版、平22）等に再録）参照。
（15）玉鬘十六帖のうち、前半の六帖と後半の十帖を分けて考えるべきであるという見解は、『テーマで読む源氏物語論4　紫上系と玉鬘系―成立論のゆくえ』の武田宗俊「源氏物語の最初の形態再論」の解説にもあるように、栖原茂子「源氏物語第一部成立論史並びにその評論」（吉岡曠編『源氏物語を中心とした論攷』笠間書院、昭52）、田中隆昭「二人の養女・秋好中宮と玉鬘―光源氏の栄華の構想―」（『源氏物語　歴史と虚構』勉誠社、平5）等にも見られる。

第二節　『源氏物語』の世界

光源氏の生涯を語ろうとする所から出発した『源氏物語』は、紫上を中心とする新たな物語が構想されることによって物語全体の様相が大きく変わり、光源氏だけの物語ではなく光源氏を取り巻く女性たちの物語ともなり、光源氏没後書き継がれた宇治十帖は明らかに薫の物語というより以上に大君、浮舟の物語になっているといえよう。以下、作者の興味・関心がより強く注がれていったと思われる紫上、大君、浮舟の物語を取り上げ、その物語に籠められた作者の思いを探っていきたい。

一　紫上の物語

一

『紫式部日記』の「消息文」と呼ばれる記事の中に次のような一節がある。(1)

よろづつれづれなる人の、まぎるることなきままに、古き反古ひきさがし、行ひがちに、口ひひらかし、数珠の音高きなど、いと心づきなく見ゆるわざなりと思ひたまへて、心にまかせつべきことをさへ、ただわがつかふ人の目にはばかり、心につつむ。まして人のなかにまじりては、いはまほしきこともはべれど、いでやと思ほえ、心得まじき人には、いひてやくなかるべし、物もどきうちし、われはと思へる人の前にては、うるさければ、ものいふことももの憂くはべる。（240～241頁）

古い手紙や書籍を探し出して読み、数珠の音高やかに読経したりするのはあまり好感の持てるものではないと、召し使う女房たちの目を憚って慎み、ましてや人中に交っては言いたいことがあっても、理解してくれそうにない人には言っても無駄であろうと思い、何かと人を非難し自分こそはと思っている人の前ではものを言うことも億劫に思われるというのである。また、左衛門の内侍という人が、帝が源氏の物語を人に読ませて聞き、「この人は日本紀をこそ読みたまふべけれ。まことに才あるべし」（244頁）と言ったということをもとに、式部は大層学問をひけらかしていると殿上人たちに言いふらし「日本紀の御局」という渾名を付けているという話を紹介し、召し使う女房たちの前でさえ慎んでいるのに宮仕えの場でどうして学問をひけらかすことがあろうか、普段は「男だに才がりぬる人は、いかにぞや、」（244頁）と思い、一という文字も書かないようにし、屏風の上に書いてある文字さえ読まないようにしているのであると、書き記している。口うるさい世間のあり様、人と人との意思疎通の難しさ、人付き合いの煩わしさを深く感じ、緊張した自己抑制の中で日々を過ごす紫式部の姿が見られる。もはや自分の真の姿を周りの人々から理解されることを諦めているかのような孤独感が感じられる。

作者のこうした思いを反映してか、『源氏物語』の特に若菜の巻以降には様々な形での登場人物間の心の行き違いがよく見られ、他との心の交流を持ち得ないことが人生悲劇の大きな要因の一つと考えられていたのではないかと思われる。

若菜上の巻、朱雀院による女三宮の婿選びの過程の中で、光源氏への取り次ぎを依頼される左中弁の言葉に、次の一節がある。

さるは、この世の栄え、末の世に過ぎて、身に心もとなきことはなきを、女の筋にてなむ、人のもどきをも負ひ、わが心にも飽かぬこともあるとなん、常に内々のすさび言にも思しのたまはすなる。げにおのれらが見たてまつるにもさなむおはします。方々につけて御陰に隠したまへる人、みなその人ならず立ち下れる際にはものしたまはねど、限りあるただ人どもにて、院の御ありさまに並ぶべきおぼえ具したるやはおはすめる。

（若菜上　第四巻　30〜31頁）

古注を含めこれまでの『源氏物語』の注釈書の大方は、右の左中弁の言葉を、光源氏が常に話している事柄をそのままに伝えたものと言葉通りに解釈している。(2) そうした中で石田穣二・清水好子校注『源氏物語』（新潮日本古典集成）は、「わが心にも飽かぬこともある」の部分に「源氏の心中としては、藤壺とのことをはじめとして、女性問題で不如意であったことを言うものと見られる。」と注し、「げに」以下を「源氏の述懐を、左中弁なりに解釈したのである。世間の常識として当然のことである。」と説明している。(3) 光源氏の言葉をその真意とは別に、ある意味では誤解ともいえる左中弁なりの解釈の下に話したものと見る両氏の見解に共感を覚える。

かの院こそ、なかなか、なほいかなるにつけても、人をゆかしく思したる心は絶えずものせさせたまふなれ。その中にも、やむごとなき御願ひ深くて、前斎院などをも、今に忘れがたくこそ聞こえたまふなれ

（若菜上　第四巻　28頁）

朱雀院に対する女三宮の乳母の言葉である。左中弁のみならず乳母もまた同様の意見を述べているということは、社会的地位・身分に相応しい高貴な妻のいないのが光源氏の唯一の不満らしいという見方が、世間一般の通念であったといえよう。光源氏自身内心そうした思いが決してなかったとはいえないが、常にそのことを意識し口にしていたというのには疑問を感ずる。准太上天皇に相応しい身分の高い妻のいないのが唯一不満であるともしも光源氏が口にした場合、最も心を痛めるのは紫上であろう。紫上を傷付けるそうした言葉を、軽々しく常に口にしていたとはとても思えない。もともと光源氏が女性に求めていたものは、第一に趣味・教養の豊かさであり人柄の魅力であった。時には容姿・容貌以上に性格の良さや嗜みの深さに惹かれる光源氏の姿は、空蟬や花散里との関係の中に見ることができる。自ら手塩にかけ好み通りに養育した紫上がまさに理想通りの女性として成長し、琴瑟相和す安定した夫婦生活を送る当時にあって、その紫上とは別に正妻格の高貴な女性を求める思いがそれ程強くあったとは思えない。少なくとも、物語の中に光源氏の言葉として、あるいは内面心理の説明として叙述されることは一度もない。

ただ、光源氏に「女の筋にてなん、わが心にも飽かぬこともある」という思いがあったのは確かであろう。そして、それを折にふれて周囲の人々に漏らすことがあったであろうことも推測し得る。物語の中にも、紫上や秋好中宮を相手にそうした話をする光源氏の姿を二、三度見ることができる。しかし、それは左中弁が言うような意味でではなく、藤壺や葵上あるいは六条御息所、朧月夜といった不本意なままに終った過去の女性関係を指してのものであったと思

われる。朝顔の巻や若菜下の巻における紫上との対話の中でも、葵上、六条御息所、朧月夜との関係に触れ「いとほしく悔しきことも多くなむ」（若菜下 第四巻 210頁）といい、思わしくない状態のままに終った責任を自分の中に強く認め深く反省している。藤壺に関しては、事の性質上類稀な人間的魅力を称賛するのみでそれ以上のことを口にはしていないが、内面では永遠に癒され難い思いを感じていたのは確かであろう。

紫上にさえ真実を語り得ない様々な思いの下に発せられた「わが心にも飽かぬこともある」という言葉が、内容の詳細を知り得べくもない左中弁や乳母たちによって、彼らなりの常識に基づいて理解されることは十分にあり得ることであり、右の左中弁の言葉には、光源氏の本意と左中弁の解釈との間にいささかならぬずれが存するのではなかろうか。しかし、いかに誤解に基づくものであったとしても、やがて乳母の口を通して朱雀院に伝えられる時は次のようにより強くその趣旨が徹底されている。

しかじかなむ、なにがしの朝臣にほのめかしはべしかば、かの院にはかならずうけひき申させたまひてむ、年ごろの御本意かなひて思しぬべきことなるを、こなたの御ゆるしまことにありぬべくは伝へきこえむ、となむ申しはべりしを、いかなるべきことにかははべらむ。（若菜上 第四巻 31頁）

女三宮の六条院への降嫁決定には、仲介の労を取る乳母や左中弁が頗る重要な役割を果たし、彼らのこうした言葉が決定的な意味を持つことになる。いわば、光源氏の言葉が彼の真意とは別の意味でより増幅されて伝わり、女三宮の降嫁を招いているといえる。

他との交流を欠き互いの真意を理解し得ないまま勝手な思い込みの中で心を苦しめ、悲劇を深めていくという事例は、光源氏晩年の重大事件である柏木・女三宮密通事件の中にも見ることができる。二人の関係は柏木の一方的な懸想と突然の暴力的な行動によってなされたものであり、両者の間には何の心の交流もないのであるが、光源氏は合意の上でのことと思い、女三宮は年老いた自分を嫌い若い柏木に惹かれたのであろうと思い込んでいる。そこから来る悔しさが抑えきれず怨み言となって口から漏れ、女三宮を出家へと追い詰めていく。自分自身の過去の罪を思い恋故の過ちは批難できないとして大目に見ようとする光源氏の内心を知る由もない柏木は、何気なく漏らされた光源氏の老いの繰り言に強い断罪の響きを聞き回復不能の病に沈む。柏木と女三宮の間にあっても心の断絶は深く、柏木は女三宮に「あはれとだにのたまはせよ」（柏木　第四巻　291頁）とほんの一片の同情を求めながらも得られずに息を引き取る。

人物間のやむを得ない心の行き違いが事件の悲劇的な展開をもたらすということは、このほか夕霧と落葉宮との物語や大君物語、浮舟物語等々『源氏物語』後半の主要な物語いずれの中にも見ることができ、作者紫式部は他との心の交流を十分に成しえない孤立した状況が人間悲劇の大きな要因の一つと考えていたのではないかと思われる。

二

女三宮降嫁以後の紫上の苦悩も、光源氏との心の断絶にあり、その苦悩を他の誰とも共有し得ずたった一人の胸の中で苦しまざるを得なかった点にあったように思われる。女三宮が六条院に降嫁する直前の光源氏と紫上との関係は、「今の年ごろとなりては、ましてかたみに隔てきこえたまふことなく、あはれなる御仲なれば、しばし心に隔て残したることあらむもいぶせきを」（若菜上　第四巻　51頁）と言われる程のまさに琴瑟相和す仲睦まじい状態にあった。皇孫とはいいながら母親の身分がそれ程でもなく、必ずしも准太上天皇の正妻に相応しいとはいえない紫上は、人間的・女性的な魅力によって光源氏の寵愛を一身に集め、六条院の女主人として安定した生活を送っていた。そこに突然朱雀院の愛娘、女三宮が新たな妻として六条院に入ってくる。当然光源氏の正妻は女三宮となり、六条院の生活も女三宮を中心に営まれることとなる。衝撃を受け、思い悩む紫上。物語は、深い苦悩の中で己を見つめ直し、以後の生を模索する紫上の姿や、変わりゆく二人の関係に苦悩する光源氏のあり様を描き出していく。それは、朝顔の巻で途中立ち消えになった紫上の問題を改めて問題としたものであり、一夫多妻が許容されている当時の社会における第一夫人たり得ない多くの女性たちの苦悩を、紫上の姿を通して追求していったものであるといえよう。

女三宮の六条院への降嫁を光源氏から初めて聞かされた時の紫上の反応は、「あはれなる御譲りにこそはあなれ。」（若菜上　第四巻　52頁）という一言の恨みもない極めて穏やかなものであった。しかしそれは、本音を偽っての返答である。内心は世間の物笑いになるであろうことをあれこれ考え、「をこがましく思ひむすぼほるるさま世人に漏りきこえじ」（若菜上　第四巻　53頁）と思っている。つまり世間に対して体裁を取り繕う対応が、光源氏に対しても成されているのである。新婚三日間、女三宮の元に夜離れなく通う光源氏の衣服の世話をしながらふっと物思いに沈む紫上の姿に、「などて、よろづのことありとも、また人をば並べて見るべきぞ、あだあだしく心弱くなりおきにけるわが怠りに、かかることも出で来るぞかし」と反省し、「今宵ばかりはことわりとゆるしたまひてんな。これより後のとだえあらんこそ、身ながらも心づきなかるべけれ。またさりとて、かの院に聞こしめさむことよ」（若菜上　第四巻　64頁）と言葉をかける光源氏に紫上は、「みづからの御心ながらだに、え定めたまふまじかなるを、ましてことわりも何も。いづこにとまるべきにか」（若菜上　第四巻　64頁）とそっけなく答え、思い悩む胸の中を一言も伝えようとしない。そして、紫上の突然の不幸に同情し不穏な先行きを心配する女房たちを窘めるように次のように言う。

かくこれかれあまたものしたまふめれど、御心にかなひていまめかしくすぐれたる際にもあらずと、目馴れてさうざうしく思したりつるに、この宮のかく渡りたまへるこそめやすけれ。（中略）等しきほど、劣りざまなど思ふ人にこそ、ただならず耳たつこともおのづから出で来るわざなれ、かたじけなく心苦しき御事なめれば、いかで心おかれたてまつらじとなむ思ふ

（若菜上　第四巻　66〜67頁）

光源氏の元には沢山の女性がいるが希望にかなう華やかな高貴な身分の方はなく、皆見慣れて淋しく思っている所にこの姫宮がお輿入れになったのは素晴らしいことである、自分と同じか劣った身分の人であったら不快に思い見過ごせないこともあろうが、何とか目障りなと疎んじられることのないようにしたいというのである。この度の婚姻は光源氏の長年の夢が叶う喜ぶべきことであるという見方は当時の世間の大方の見方でもあり、自分と同等か劣った身分の者であれば不平不満を訴えることもあるが、身分が上の場合は我慢し遠慮するしかないという考えも当時の常識に従った穏当なものであったろう。愛する夫が新しい妻を迎えるという女性にとって最も耐えがたいことも、その不条理を正論として主張できない世の中であり、男女の間には時に互いに共感し得ない大きな隔たりがあったであろう。紫上が自分の苦悩を光源氏に一言も語ろうとしなかったのはその故であろう。「今の年ごろとなりては、ましてかたみに隔てきこえたまふことなく、あはれなる御仲なれば」と言われた二人の関係は大きく変わることになり、紫上ばかりでなく光源氏もまたあれこれと心を痛めることになる。こうした二人の様相は、光源氏が何十年ぶりかで朧月夜のもとを訪ねていく物語の中にも具体的に読み取ることができる。

三

朱雀院の山籠もりによって一人二条院に移り住む朧月夜に、日ごろ今一度の対面を望んでいた光源氏は何度か便りを送り、あってはいけないことと思いつつも朧月夜の側近の女房の兄を手引きとして逢いに行く。末摘花の病気見舞いにという口実で六条院を出ようとする光源氏への紫上の対応は、次のように描かれる。

いといたく心化粧したまふを、例はさしも見えたまはぬあたりを、あやしと見たまひて、思ひあはせたまふこともあれど、姫宮の御事の後は、何ごとも、いと過ぎぬる方のやうにはあらず、すこし隔つる心添ひて、見知らぬやうにておはす。

（若菜上　第四巻　79〜80頁）

そわそわとめかし込んで出かける光源氏を、末摘花を見舞うと言うのは嘘できっと朧月夜に会いに行くのだろうと思いつつも、素知らぬ振りをしていたというのである。光源氏との間に距離を置き、突き放して見ようとする紫上の心境が明らかである。朧月夜と相逢って帰った時の二人の対面はさらに興味深いものである。

いみじく忍び入りたまへる御寝くたれのさまを待ちうけて、女君、さばかりならむと心得たまへれど、おぼめかしくもてなしておはす。なかなかうちふすべなどしたまへらむよりも心苦しく、などかくしも見放ちたまへらむと思さるれば、ありしよりけに深き契りをのみ、長き世をかけて聞こえたまふ。

（若菜上　第四巻　85頁）

そっと人目を忍んで入ってくる光源氏の寝乱れた姿に、朧月夜と共寝した後だろうと思いながら素知らぬ風を装う紫上に、どうしてこうも見限ってしまったのだろうと嫉妬されるのよりも辛く、これまで以上に永遠の愛を誓い慰めようとする光源氏。問われた訳でもなく特に漏らす必要も無いのに朧月夜とのことを、「物越しに、はつかなりつる対面なん、残りある心地する。いかで、人目咎めあるまじくもて隠して、いま一たびも」（若菜上　第四巻　85頁）と一部を偽って報告する。以後の二人のやりとりは次のように語られる。

うち笑ひて、「いまめかしくもなり返る御ありさまかな。昔を今に改め加へたまふほど、中空なる身のため苦しく」とて、さすがに涙ぐみたまへるまみのいとらうたげに見ゆるに、「かう心やすからぬ御気色こそ苦しけれ。ただおいらかにひきつみなどして教へたまへ。隔てあるべくもならはしきこえぬを、思はずにこそなりにける御心なれ」とて、よろづに御心とりたまふほどに、何ごともえ残したまはずなりぬめり。

（若菜上　第四巻　85〜86頁）

いくら平静を装っていても光源氏から直接朧月夜とのことを聞くと紫上は、新しい妻を迎えたうえに今また昔の恋を復活させるのは、はかなく頼りない身としては辛くてなりませんと言って涙ぐむ。孤独な胸の中でいかに深く苦悶していたか窺えよう。光源氏は、その悩みを率直に訴えようとしないよそよそしい紫上の態度を責め、何とか機嫌を取り結ぼうとする中に朧月夜とのことを洗いざらい話してしまったという。光源氏の苦悩は、苦悩する紫上の姿を目の前にする所にあるが、そればかりでなく紫上がその苦悩を自分に一言も語ろうとしない点にそれ以上の苦痛を感じていたといえよう。一心同体ともいえるこれまでのような心の繫がりを持ち得ないことが最も大きな悩みであったといえる。

なお、朧月夜との情交の復活は、光源氏に対する紫上の心の変化を問題とする場合、女三宮の降嫁にはない新たな意味があったことも見落としてはいけないであろう。(4) 女三宮の降嫁は、一面において朱雀院の強い要請によるものであった。藤壺の姪にあたる女三宮への興味・関心がなかったとはいえないが、光源氏は紫上に対し「女三宮の御事を、いと棄て難げに思して、しかじかなむ宣はせつけしかば、心苦しくて、え聞こえ辞びずなりにしを」（若菜上　第四巻　51頁）と結婚を承諾した理由を説明し、紫上もその言葉通りに受けとめ、「かく空より出で来にたるやうなることにて、のがれたまひがたきを、憎げにも聞こえなさじ、わが心に憚りたまひ、諫むることに従ひたまふべき、おのがどちの心より起これる懸想にもあらず」（若菜上　第四巻　53頁）と自分に言い聞かせている。したがって、愛情の問題としては光源氏の心を信用できる余地がまだ残されていた。しかしながら、朧月夜との交情は純粋に光源氏の心の問題である。しかも、誰かの要請によるものではなく、朱雀院を裏切り世の規範を踏み外しての、抑えがたい好き心に惹かれての行動であった。女三宮との結婚に加え、紫上は改めて男女間の恋愛における光源氏の信用し難い心を強く感じていたのではないかと思われる。

四

女三宮の降嫁から五年後、冷泉帝が退位し今上帝が即位、明石女御出産の第一皇子が東宮と成る。移り変わる世の情勢を説明する中で、紫上について次のように語られる。

年月経るままに、御仲いとうるはしく睦びきこえかはしたまひて、いささか飽かぬことなく、隔ても見えたまはぬものから、「今は、かうおほぞうの住まひならで、のどやかに行ひをもとなむ思ふ。この世はかばかりと、見はてつる心地する齢にもなりにけり。さりぬべきさまに思しゆるしてよ」とまめやかに聞こえたまふをりをりあるを、「あるまじくつらき御事なり。みづから深き本意あることなれど、とまりてさうざうしくおぼえたまひ、ある世に変らん御ありさまのうしろめたさによりこそ、ながらふれ。つひにそのこと遂げなん後に、ともかくも思しなれ」などのみ妨げきこえたまふ。（若菜下　第四巻　166～167頁）

年月が経つにつれて円満で仲睦まじく何不足ない夫婦関係に見えながら、紫上は真剣に出家を願い出る時々があったという。女三宮以上の寵愛を受け、これまでと同様六条院の女主人として安定した幸福な生活を送っているかに見えて、内心深く苦悩し続け、最後に至った結論が出家ということであったというのであろう。出家することは、光源氏との結婚生活を断念し、俗世を棄て仏道生活に入ることを意味する。六条院の生活の中ではこの先幸福にはなり得ないと思い切ったことを意味しよう。紫上の苦悩は、女三宮への嫉妬や光源氏への怨嗟といった具体的な個人に対する愛憎を超えて、院の寵愛する内親王を正妻に持つ男性の多くの妻妾の一人として生きる己の存在基盤そのものにあった。幼い頃に掠奪同様にして光源氏に引き取られ養育された紫上は、これといった地位身分、財産、後見人となく、光源氏の愛情のみによって安定した生活を得ているが、その愛情がいつまで続くか分らない。光源氏という個人を信用できないというのではなく、もともと男女間の愛情ははかなく移り変わりやすいものである。「目に近く移ればかはる世の中を行く末とほくたのみけるかな」（若菜上　第四巻　65頁）という女三宮の六条院入り直後に読まれた独詠歌には、これまでそのことに無自覚であった自分を反省し、光源氏との関係を見つめ直す紫上の心情が表われている。こうした思いのもとに、確かな生きる支えを求め、心の平安を求めて出家を希望したというのであろう。また、六条院の正妻は女三宮であることを良く理解する紫上は、光源氏の愛情がやがて女三宮に移るであろうことを恐れつつも、女三宮以上の愛情を得ることに安住し得ない思いもあったであろう。朱雀院や東宮へ気遣い、世間の評判を考えて絶えずあれこれ心を悩ましていたことと思われる。

紫上の出家への思いは、光源氏・明石女御一行による住吉参詣の記事の後にも次のように語られている。

（女三宮は）二品になりたまひて、御封などまさる、いよいよはなやかに御勢ひ添ふ。対の上、かく年月にそへて方々にまさりたまふ御おぼえに、わが身はただ一ところの御もてなしに人には劣らねど、あまり年つもりなば、その御心ばへもつひにおとろへなん、さらむ世を見はてぬさきに心と背きにしがな、とたゆみなく思しわたれど、さかしきやうにや思さむとつつまれて、はかばかしくもえ聞こえたまはず。内裏の帝さへ、御心寄せことに聞こえたまへば、おろかに聞かれたてまつらんもいとほしくて、渡りたまふこと、やうやう等しきやうになりゆく、さるべきこと、ことわりとは思ひながら、さればよとのみやすからず思されけれど、なほつれなく同じさまにて過ぐしたまふ。（若菜下　第四巻　177頁）

女三宮は二品に昇叙し、ますます華やかに勢力が増す。朱雀院のみならず今上帝への気遣いもあり、光源氏の寵愛は徐々に紫上と同じようになっていく。光源氏の愛情がすっかり衰える前に出家したいと願いつつも紫上は、小賢しい振舞いに受け取られようかと遠慮し強く口にすることができない。危惧する事態が徐々に現実化しつつある中で内心深く思い悩みながら、表面上はなにげなく穏やかに過ごしていたという。悩みを誰に打ち明けることもできず、孤独な胸の中でたった一人で思い悩まざるを得なかったことが、紫上の苦しみをより大きくしていたように思われてならない。内攻するしかない煩悶がやがて肉体をも蝕み、病に沈む。その発病のきっかけもまた、光源氏との心の断絶の認識にあったように思われる。

朱雀院の五十御賀に院と帝の面前で琴《きん》の琴を演奏することになった女三宮のために、光源氏は自分の名誉にも関わることとして二、三ケ月の間昼夜付きっ切りで教授する。その総仕上げとして催された六条院での女性だけによる演奏会の終了後、久方ぶりに紫上と対座し、しみじみと話を交わす。その中で、自分は幼い頃から人とは違った幸運を得、現在もなお類稀な声望と栄華の中にいるが、また一方頼りにすべき人々を次々に亡くしたのを始め人並み以上の悲しい目を見ることも多かった、物思いの離れぬ身故にこれまで長生きできたともいえる、それに比してあなたはあの須磨への別れ以外これといって辛いことはなかったでしょう、后といった高い身分の人でも宮中の生活の中で人と争ったり穏やかならぬ悩みがきっとあるものです、親もとの深窓で過ごすほどの安心はないですが、それと同様の生活を送るあなたは人並み以上の幸運にあると分かっているでしょうか、思いがけず女三宮がお渡りになったのには不快な思いをしたかもしれないがそれにつけても私の一層深まる愛情を聡明なあなたのこと故理解していることでしょう、と言う。光源氏のこの言葉は、私の保護と愛情に包まれてあなたは人並み以上に幸福だったでしょうと、幸福の押し売りをしているかのようであり、男性の身勝手さと独り善がりがある。紫上の真意をどの程度汲み取っていたか分からず、少なくとも女三宮降嫁以降の深い歎きをほとんど理解していないと言わざるを得ない。これに対する紫上の応対は次のように描かれる。

「のたまふやうに、ものはかなき身には過ぎにたるよそのおぼえはあらめど、心にたへぬもの嘆かしさのみうち添ふや、さはみづからの祈りなりける」とて、残り多げなるけはひ恥づかしげなり。（若菜上　第四巻　207頁）

「心にたへぬもの嘆かしさ」を「さはみづからの祈りなりける」と自分の内面だけの問題とし、それ以上光源氏に何も語ろうとしない。「残り多げなるけはひ」とは、言いたいことを心に沢山残している風情という意味であろう。光源氏の言葉に対する反論も女三宮降嫁以来の苦悩も一切語ろうとせず、次に口にするのは「まめやかには、いと行く先少なき心地するを、今年もかく知らず顔にて過ぐすは、いとうしろめたくこそ。さきざきも聞こゆること、いかで御ゆるしあらば」（若菜下　第四巻　207〜208頁）という出家の願いであった。紫上の苦悩を敏感に感じ取り深く心を痛めているはずの光源氏が、どうしてこういう言い方をしたのであろうか。光源氏としては、女三宮よりも誰よりも自分が愛しているのは貴女であることを理解して、自分を信じて心から寄り添っていてほしいと言いたかったのであろう。心から結びついていたこれまでの二人の関係を取り戻したいという思いから出た言葉が、結局は紫上の心の琴線に触れるものではなかったのであろう。いずれにしろ、ここには二人の間に大きな心の断絶があると言わざるを得ない。

この後、光源氏は問わず語りに過去の女性たちの批評を長々と語り、夕方女三宮のもとへ渡る。一人残される紫上は、夜遅くまで眠ることもなく女房の読む物語に耳を傾けながら、「あやしく浮きても過ぐしつるありさまかな、げに、のたまひつるやうに、人よりことなる宿世もありける身ながら、人の忍びがたく飽かぬことにするもの思ひ離れぬ身にてややみなむとすらん、あぢきなくもあるかな」（若菜下　第四巻　212頁）と物思いを続け、暁方に発病する。紫上の発病は、自らの存在基盤のはかなさを根底とし、女三宮降嫁以来の不断の緊張と苦悩、女楽が催されるまでのこれまでにない光源氏の長い夜離れなどによるものであろうが、久方ぶりに光源氏と対話したその直後に発病したということは、対話の内容が紫上の心にもたらした影響も決して軽視できないであろう。理解してもらうことを断念する程の光源氏との心の断絶の認識が、直接的な発病の契機となっていたのではなかろうか。

五

紫上の病は、その後一向に回復せず、「こころみに所を変へたまはむ」（若菜下　第四巻　214頁）と二条院に移転する。紫上の抜けた六条院は火の消えたような寂しさであり、これまでの賑わいは紫上一人の威勢であったかと思われたという。人少なでひっそりしている六条院に、四月賀茂祭りの御禊の前日、女房たちがそれぞれ祭りの準備に追われている隙をぬって柏木が侵入し、女三宮と過ちを犯す。深く物思いに沈む女三宮を病気と見て取る女房たちからの報告に、驚いて見舞いに駆けつける光源氏。久方ぶりの女三宮の元からすぐさま立ち返ることもできず、重体の紫上が気にかかり心ここにあらずの状態にある光源氏に「絶え入りたまひぬ」（若菜下　第四巻　233頁）との便りが来る。目の前が真っ暗になり正気もないまま二条院に向うと、周辺の大路は人々が立ちこみ、邸内からは泣き騒ぐ声々が聞こえる。屋内では女房たちが後を追おうと泣きまどい、一部の僧侶は御修法の壇を壊し帰り支度を始めている。それでもなお諦めきれず、光源氏は優れた験者を召し集めて加持祈禱をさせ、自らも必死の思いで仏に祈願する。その時、これまで一向に現れなかった物の怪が現れ、憑坐に移して調伏する間に漸く紫上は息を吹き返す。その後病勢は一進一退を繰り返すが、六月になり快方に向かう。その時の様子は次のように描かれる。

亡きやうなる御心地にも、かかる御気色を心苦しく見たてまつりたまひて、世の中に亡くなりなむも、わが身にはさらに口惜しきこと残るまじけれど、かく思しまどふめるに、むなしく見なされたてまつらむがいと思ひ隈なかるべければ、思ひ起こして御湯などいささかまゐるけにや、六月になりてぞ時々御頭もたげたまひける。
（若菜下　第四巻　242～243頁）

「かかる御気色」とは、思わしくない紫上の病状に面やつれするほどに心配する光源氏の様子を指す。半ば意識もない朦朧とした心地の中で紫上は、自分としては惜しい命とも思わないが、言いようもなく深く心を痛める光源氏の姿にこのまま死に絶えたのではあまりに思い遣りのないことであろうと気力を奮い起こして薬湯を飲み始め、徐々に回復したというのである。自分のためではなく光源氏を気の毒に思う気持ちの故に生きる意欲を掻き立てているといえる。女三宮降嫁以降光源氏との間に心の距離を置き、内心強く出家を望んでいた紫上が、ここで光源氏に深い思いやりの気持ちを示す点に注目される。

総じて、死を掻い潜って蘇生した後の紫上には大きな心境の変化が見られる(5)。若菜下の巻に描かれる次のような二人の遣り取りの中にもそれを読み取ることができよう。紫上の小康状態の折、女三宮の見舞いに六条院を訪れる光源氏は、女三宮宛の柏木の手紙を手にして帰る。熟読吟味し、紛れようもなくはっきりと二人の関係を示す文面と筆跡に激しい衝撃を受け、様々に懊悩煩悶する。平静を装いつつも内面の苦悶の明らかな光源氏の様子に、紫上は女三宮を心配しての悩みだろうと理解し、「心地はよろしくなりにてはべるを、かの宮のなやましげにおはすらむに、とく渡りたまひにしこそいとほしけれ」（若菜下　第四巻　256頁）と、六条院に滞在せんことを勧める。女三宮の病気そのものはそれ程でもなく安心しているが、院や帝が心配し再三に渡って便りがあるようだ、女三宮を少しでも粗略にすると院や帝それぞれがあれこれ気遣うことが気の毒であるという光源氏の言葉に、次のように言う。

内裏の聞こしめさむよりも、みづから恨めしと思ひきこえたまはむこそ、心苦しからめ。我は思しとがめずとも、よからぬさまに聞こえなす人々かならずあらんと思へば、いと苦しくなむ　（若菜下　第四巻　256頁）

そうして、六条院へは一緒に帰ろうと言う光源氏の誘いに、「ここには、しばし、心やすくてはべらむ。まづ、渡りたまひて、人の御心も慰みなむほどにを」（若菜下　第四巻　257頁）と答える。光源氏の物思わしげな風情を女三宮を心配してのことだろうと理解しても、何ら嫉妬することなく素直に六条院に渡ることを勧める。社会的な外聞や面子を考えてのことではなく、純粋に光源氏や女三宮への思い遣りとしてである。院や帝の思惑ではなく女三宮御自身が恨めしいと思うであろうことこそが気の毒なのですという言葉には、自らの切実な体験を踏まえての同じ女性としての女三宮への心底からの同情と労りがあるといえる。また、この場の紫上には、女三宮降嫁直後の内面の不快を押し隠して理想的に振舞おうとする痛々しい葛藤や苦悩は見られず、ごく自然な人情の流露としての同情や配慮があるといえよう。生々しい苦悩・煩悶から脱却し、現世的な私利私欲からも解放された平穏で安定した心情があるように思われる。我欲我執から離れての光源氏への深い思いやりの心情は、御法の巻にも次のように描かれる。

みづからの御心地には、この世に飽かぬことなく、うしろめたき絆だにまじらぬ御身なれば、あながちにかけとどめまほしき御命とも思されぬを、年ごろの御契りかけ離れ、思ひ嘆かせたてまつらむことのみぞ、人知れぬ御心の中にもものあはれに思されける。（御法　第四巻　493頁）

自分は後に残して心配な絆とてなく、この世に対する何の未練も執着もないが、自分の死によって光源氏が思い嘆くであろうことだけが唯一心にしみる悲しみであるというのである。自分自身の死の悲しみは別にして、嘆き悲しむであろう光源氏の心を忖度し、「人知れぬ御心の中」で心を痛める。自己愛から離れた純粋で無償の思い遣りがここにはあるといえる。紫上の発病後周章狼狽し寝食も忘れて回復を祈願する光源氏。その光源氏への紫上のこうした無私の愛情。ここには、二人の心の断絶どころかこの上なく素晴らしい愛の姿が描き出されていると読み取ることができよう。

六

死の病から蘇生して以後の紫上の光源氏に対する深い思い遣りと労りの心情を見てきた。しかしながら、この愛情は通常の男女間の愛とは違う形の愛情と言わざるを得ないようである。御法の巻の右の引用文のすぐ後に次のような叙述がある。

後の世のためにと、尊きことどもを多くせさせたまひつつ、いかでなほ本意あるさまになりて、しばしもかかづらはむ命のほどは行ひを紛れなくと、たゆみなく思しのたまへど、さらにゆるしきこえたまはず。

（御法　第四巻　493～494頁）

後世のために尊い仏事を多く営み、どうにかして出家をし余生を勤行一筋の生活をしたいと常に願い口にもしていたが、光源氏は決して許さなかったという。光源氏の必死の看護に胸打たれほかならぬ光源氏のために生きようと思い、また死んで後の光源氏の悲嘆を深く気遣う一方において、発病以前から抱いていた出家の希望は蘇生して以後も強く持ち続けているのである。

御ゆるしなくて、心ひとつに思し立たむも、さまあしく本意なきやうなれば、このことによりてぞ、女君は恨めしく思ひきこえたまひける。わが御身をも、罪軽かるまじきにやと、うしろめたく思されけり。

（御法　第四巻　494～495頁）

夫の許可なく一人で出家するのは体裁悪く不本意なことであり、出家できないことで光源氏を恨みに思い、我が身の罪障深さを恐れていたともいう。光源氏との生活を断ち切ることを意味する出家を第一の希望とする心情からする思い遣りは、通常の男女間の愛とは別なものであろう。現実的な愛の欲念から解放された境地からする深い労りや同情であり、男女間の愛情を超えた別な形の愛情と見るべきである。

蘇生して以後の紫上の光源氏への愛情が通常の男女間の愛とは別なものであろうということは、あくまでも通常の男女間の愛の中にある光源氏の心情と比較することによってより明瞭に窺われる。両者の違いは、次のような歌の詠み合いの中にも読み取ることができる。若菜下の巻、長い病床の中で珍しく気分が良く、髪を洗い手入れさせた庭を眺めて横たわる紫上の元に光源氏が訪れ、涼しげな池に咲く蓮の花や葉、その葉の上にきらめく露を見てしみじみと対座し、次のように詠い合う。

消えとまるほどやは経べきたまさかに蓮の露のかかるばかりを（紫上の歌）

契りおかむこの世ならでも蓮葉に玉ゐる露の心へだつな（光源氏の歌）

（若菜下　第四巻　245頁）

この世だけでなく来世においてもほんのわずかばかりも心隔てをなさいますなと、あくまでも紫上との一心同体、一蓮托生の生を願う光源氏に対し、紫上は光源氏への愛執ばかりでなく現世への執着そのものをも放下し、何の心の痛みもなく静かに自らの死を見つめている趣である。紫上の歌は、庭を見るために珍しく起き上がる紫上の姿に「かくて見たてまつるこそ夢の心地すれ。いみじく、わが身さへ限りとおぼゆるをりをりのありしはや」（若菜下 第四巻 245頁）と涙を流して喜ぶ光源氏に詠いかけられたものであり、私が元気にしているのはたまたまのことであり、蓮の葉の露が消え残っている間だけでも生きていられるかどうか分からないはかない命なのですと、自分の死を覚悟しておいてほしいと願う思いも込められているといえよう。光源氏の「玉ゐる露の心へだつな」という言葉には、自分との間に心の距離をおく紫上を感じ、どうにかして女三宮降嫁以前の身も心もすっかり自分に寄り添う紫上を取り戻したいという欲念があるように思われる。二人の愛情の質の違いが読み取れるであろう。

同様のことは、御法の巻の紫上の死の直前に明石中宮を交えた三人で詠み交わす歌からも読み取れる。紫上の病気見舞いに二条院に里下がりしていた明石中宮が宮中に帰参する挨拶の為に紫上と対座している所に光源氏も訪れ、秋風に吹かれる前栽を見ながら次のように詠い合う。

おくと見るほどぞはかなきともすれば風にみだるる萩のうは露（紫上の歌）
ややもせば消えをあらそふ露の世におくれ先だつほど経ずもがな（光源氏の歌）
秋風にしばしとまらぬつゆの世をたれか草葉のうへとのみ見ん（明石中宮の歌）
（御法 第四巻 505頁）

「おくと見る」の「おく」は、露が置くと、起きている意の「起く」の掛詞であり、私が起きて元気にしていると見えてもほんの束の間のこと、一瞬の風に吹き消される萩の葉の露のようにすぐに消えはてることでしょうと、自らのはかない命を風前の萩の露に重ねて静かに見つめる紫上に対し、光源氏は「おくれ先だつほど経ずもがな」と、先を争って消える露と同じようなはかないこの世ではあるが生きるも死ぬも一緒にいたいと、いついかなる時も紫上と共にあらんことを願っている。明石中宮の歌は、それぞれ固有の感慨を詠む二人の歌とは違い、秋風にほんのわずかばかりも留まっていないはかない露の命をどうしてよそ事と見るでしょう、私達もみな同じことなのですと一般的な無常観を詠んでいるといえる。三人三様の精神の境地からするそれぞれの詠歌であり、作者の見事な描き分けに感動される。紫上の歌は、「かばかりの隙あるをもいとうれしと思ひきこえたまへる御気色を見たまふも心苦しく、つひにいかに思し騒がんと思ふに、あはれなれば、」（御法　第四巻　504頁）という光源氏への気遣いから詠まれたものであるといい、光源氏のはかない期待を牽制し死別の覚悟を促す思いからの詠歌といえる。自分自身では自分の死を静かに受け入れているといえよう。紫上への現世的な愛執に強く捉われ、いついかなる時も共にあらんことを切願する光源氏と比較する時、紫上の心のあり様がそれとは異質なものであることがより明瞭に読み取れるように思われる。我欲我執を去り、光源氏への愛執を絶ってひたすら出家を願う紫上が、それでも示す光源氏への深い思い遣りは、もはや通常の恋愛、男女の愛とはいえず、別な形の愛情と考えるべきであろう。総じて、御法の巻の紫上は、光源氏ばかりでなくかつて寵愛を競った明石君や花散里、ひいては関わりのあった総ての人々に私利私欲を去った心からの愛惜の念が寄せられ、穏やかに死を迎えている。

若菜上の巻以降の紫上の物語は、女三宮の降嫁により第一夫人ではあり得なくなった六条院においてどう生きていくかを模索する物語であり、多くの妻妾を持つ男性の愛情だけを支えとする己の存在基盤のはかなさや、心からの共感と理解の不可能な男女間の現実を見つめ、心の平安を求めて仏道に救済を求める物語であるといえる。結婚生活に絶望したとはいっても、二人の関係は完全に断絶してしまうわけではなく、互いに対する深い労りや気遣いはあり、一面に置いてこの上ない仲睦まじい関係の中にあるともいえる。しかし、それは、紫上の場合通常の男女の愛情からのものとはいえず、男女の愛を超えた別の形の愛情からする心の交流であるというべきであろう。若菜上の巻以降の『源氏物語』には、紫上ばかりでなく、女三宮、落葉宮、宇治の三姉妹等々男性との関わりで深刻に苦悩する女性の姿ばかりが描かれ、幸福な恋愛の物語は一つもない。作者紫式部は、一夫多妻が許容され男尊女卑が常識であった当時の社会にあって、結婚という形での女性の幸福にほとんど絶望に近い思いを抱いていたのではないかと思われるが、そうした作者が、男女間の心の架け橋として現実のはるか遠くに思い描いていたものは、男女が男女の愛を超えた別な形の愛情―友愛あるいは人間愛によって心を通わせる姿だったのではなかろうか。

二 大君の物語

『源氏物語』宇治十帖に登場する大君は、志深く誠実な薫の愛を退け、周囲の人々の思惑に反して最後まで結婚を拒む特異な女性として知られる。無常観を根底とする愛情への不信、俗世に背を向ける宗教的な性格、皇孫としての家名を守ろうとする誇り高い精神等々、その結婚拒否の理由が様々に指摘され、いずれに重点を置くかによって微妙に異なる大君像が次々に提出されている。そうした中で、大君は決して薫を嫌っていたわけではなく、逆に強く心惹かれつつも拒んだのであるという薫への恋情の存在を認める点においては、大方の論者に共通するといえよう。更には、より積極的に大君の生全体を薫との愛の永世化を求めようとした愛の物語であると捉える見解も、森一郎氏(6)をはじめ吉岡曠氏(7)、古田泰子氏(8)等、決して少なくない。現在広く流布する新編日本古典文学全集『源氏物語』(9)、玉上琢弥著『源氏物語評釈』(10)などにも、本文の背後に抑制された大君の薫への深い愛情を読み取る注釈が何箇所かに渡って見られ、いわばこのことは『源氏物語』読者の一般的な通念に近いともいえる。一面において、愛しつつ拒むという女心の不可解さが、絶えず読者の探究心を刺激し続け、多くの論文を生み出させているともいえよう。

しかしながら、大君が薫を深く愛していたというのは、それ程に自明の事柄であるのだろうか。「この人の御けはひありさまの疎ましくはあるまじく……」（総角　第五巻　240頁）、「心ばへののどかにもの深くものしたまふを、げに人はかくはおはせざりけりと見あはせたまふに、ありがたしと思ひ知らる。」（総角　第五巻　287頁）といった文章は確かに存する。しかし、疎ましく嫌いではないという反応と好きということとは違い、思慮深く落着いていて素晴らしい人であると理性で理解することと、感覚的・官能的にその人に心惹かれることとは別な事柄であろう。私見によると、結婚を拒む大君の姿勢及び思念は繰り返し描かれても、恋する彼女の確実な描写は見当たらない。大君には薫に対する共感と断絶が見られ、人間として交流、共感しつつも、異性としての彼は徹底して拒み続ける。その拒絶は執拗にして強烈であり、狐疑逡巡し恋情との板挟みに苦悩する姿は何ら認められない。したがって、愛しつつも拒んだと読み取る必要は全くなく、大君は一度も恋情を抱くことなく、いわば異性間の恋愛の磁場に己の感情を解き放すことなく、終始薫と応対し続けたと考える事もできるのではないか。むしろ、そう解釈した方が、何ら不可解さを残すことなく最後まで結婚を拒む彼女の心情をすっきりと理解することができ、又物語の表現にも忠実なように思われる。大君は内心深く薫を愛していたという通念への疑問のもとに、彼女の内面を改めて見直し、併せて『源氏物語』全体における大君の生の意義について考えてみたい。

一

大君は、零落して宇治の地に隠棲する自らの境遇を思い、薫の求婚を受ける以前より既に、男性の接近に頗る防御的であったようである。椎本の巻に、時折訪れる軽薄な懸想人に対する誇り高い毅然とした八宮家の人々の様子が次のように語られている。

まれまれはかなきたよりに、すき事聞こえなどする人は、まだ若々しき人の心のすさびに、物詣での中宿、往き来のほどのなほざり事に気色ばみかけて、さすがに、かくながめたまふありさまなど推しはかり、侮らはしげにもてなすは、めざましうて、なげの答へをだにせさせたまはず。（椎本　第五巻　177〜178頁）

右は八宮に関する説明ではあるが、大君も全く同様の思いでこうした父の意向に積極的に従っていたであろうことは容易に推測し得る。また、再三送られる匂宮からの手紙に対し父の勧めもあって筆を執るのは中君であり、大君は、「姫宮は、かやうのこと戯れにももて離れたまへる御心深さなり。」（椎本　第五巻　176頁）と説明される。八宮の死後、悲しみのあまり返事の書けない中君に代わって一度は返歌するものの、二度目にあってはあまり風流ぶった応対をした後に過ちがあって亡き父宮の御霊に疵をつけてはいけないとして差し控え、更に文章、筆跡共に秀逸な匂宮の手紙を見て次のように考える。

そのゆゑゆゑしく情ある方に言をまぜきこえむもつきなき身のありさまどもなれば、何か、ただかかる山伏だちて過ぐしてむ、（椎本　第五巻　196頁）

薫との応対にあっても、心厚く生活の援助をする後見人としての彼へは徐々に打解け言葉を交わしつつも、懸想めいた話になるとたんに口を噤む。自らの恋の恨みをも含め匂宮の求愛に応じない理由を厳しく問い詰める薫に対し、次のように答える。

なほかかるさまにて、世づきたる方を思ひ絶ゆべく思しおきてけるとなむ思ひあはせはべれば、ともかくも聞こえん方なくて。（総角　第五巻　226頁）

彼女の同様な生きる姿勢については、薫と対話する弁君の口を通しても語られる。

もとより、かく人に違ひたまへる御癖どもにはべればにや、いかにもいかにも、世の常に、何やかやなど思ひよりたまへる御気色になむはべらぬ。（総角　第五巻　228頁）

男性との軽率な関係を極力警戒し、半ば結婚を諦めて現状通りの埋もれた生活を望む大君のこうした思念は、俗聖と呼ばれた父宮の強い影響と、「深き心にたづねきこゆる人」は絶えてなく、稀に訪れるのは「侮らはしげにもてなす」若人だけであったというこれまでの生活の中で培われたものであろうが、心深く求愛する薫を前にしても揺らぐことはなかったもののようである。その点、道心深く常に出家を思い、わずかながらも現世に執着を残すまいとする自らの信念に反し、大君を知ることによって徐々に恋に囚われていく薫とは対照的であるといえる。

大君にとって薫が心惹かれる特別な存在であったわけではなく、結局は油断できない異性の一人であり、しかも零落した宮家の姫君として最も身構えざるを得ない上流貴顕の一人でしかなかったことは、強引に御簾内に押し入られ、触れ合うばかりの身近さで激しく求愛された折の彼女の反応及び思念の中に最もよく読み取ることができる。総角の巻、八宮の一周忌の準備に訪れた薫は、夜遅くまで対座し機会を捉えて御簾内に入る。道心深く穏和ないつもの態度とは裏腹に恋する男性そのものと化し、身近に迫って意中を訴える薫を前に、大君はただ「むくつけく」「うとましく」「恥づかしく」感じ、「言ふかひなくうし」と思うばかりである。情熱的な恋の告白も、「かかる心ばへながらつれなくまめだちたまひけるかな」（総角　第五巻　236頁）と逆に不快に思う。こうした事態こそは父宮の言いおいた「あるまじき事」ではないかと思い悲嘆に沈む。明方の別れに際してやりとりする歌も、「鳥の音もきこえぬ山と思ひしを世のうきことは尋ね来にけり」（総角　第五巻　239頁）と、薫との経緯をひたすら「世のうきこと」と捉え、身の不幸を訴えるものであった。ここには、密かに心寄せる男性から激しく言い寄られた女性の、抵抗し抑制しつつも湧き上がる内面の感激といったものは少しも見出すことはできない。突然の出来事による物なれない処女の喜びとも悲しみともつかない戦きや恥じらいであるともいえないであろう。薫との対面はこれが初回ではなく、求愛の言葉も婉曲な形であれ既に幾度も耳にしている。心の準備は十分にできていたはずである。

吉岡曠氏は、この場の大君を、表面の抵抗とは裏腹に男と結ばれることを覚悟し、ただやつれた喪服姿を恥じていただけにすぎないといわれる。そして、一旦覚悟しながら薫の自制によって何事もなく夜が明けたことが、即ち「その心の動きが男によって受けとめられることなく宙に浮いてしまった悲しみ」が、意識下の深い心の傷となり、薫を断念する唐突な決心となり、その後も増殖を続けて、大君の生き方を決定していった」のであるという(11)。複雑微妙な女心の深層を鋭く剔抉する興味深い解説であるが、本場面の文脈の背後に、恋の喜びと絶望という大君自身さえ気付いていない女心の激しい起伏を読み取ることは筆者にはできない。物語の中に描かれた大君は、あくまでも薫の情熱的な求愛を「あるまじき事」「世のうきこと」と意識し、「むくつけく」「うとましく」感じ、悲嘆に沈むだけである。

少なくとも、作者はそのように語っており、それ以外のいかなる内面をも暗示する言葉は一言も見出すことはできない。物語の表現に素直に従う限り、この夜の薫の振舞いは、大君にとって意識の深層では許容している受け入れて良いものでは決してなく、できるなら避けたい迷惑な煩わしいもの以外の何物でもなかったと思わざるを得ないのである。

こうしたことのあった翌朝、大君は、誰一人頼れる者なく世を過す身の不幸をつくづくと思い、様々な思念を重ねながら改めて薫との結婚を断念する次のような決意をする。

(イ)この人の御けはひありさまの疎ましくはあるまじく、故宮も、さやうなる心ばへあらばと、をりをりのたまひ思すめりしかど、みづからはなほかくて過ぐしてむ、我よりはさま容貌も盛りにあたらしげなる中の宮を、人並々に見なしたらむこそうれしからめ、人の上になしては、心のいたらむ限り思ひ後見てむ、みづからの上のもてなしは、また誰かは見あつかはむ、(ロ)この人の御さまの、なのめにうち紛れたるほどならば、かく見馴れぬる年ごろのしるしに、うちゆるぶ心もありぬべきを、恥づかしげに見えにくき気色も、なかなかいみじくつつましきに、わが世はかくて過ぐしはててむ、

(総角の巻　第五巻　240頁)

ここに見られる大君の思念は、結婚を断念して現状通りに世を過そうという決意の程は二度に渡って明確に述べられているものの、それに至る理由が十分説得的・論理的に説明されているとはいえない。特に傍線（イ）の箇所は、薫への好意を述べる前半と彼との結婚を断念する後半との繋がりが唐突であり、非論理的である。その後に、妹のこと後見人のこと、気が引ける程立派過ぎる薫のこと等々問題点が二、三指摘されているが、いずれも決定的な理由と

はいえず、彼女の真意は言葉の背後に大幅に推測せざるを得ない所である。

前夜の反応に引き続きこうした決意をする大君を見るとき、少なくともいえることは、薫は彼女にとって結局の所恋しい男性ではなかったらしいということである。いい人であると理性で分かりはしても、結婚したいと思う程感覚的・官能的に惹かれるものではなかったといわざるを得ない。薫が普通並みのありふれた男性であるならば長年親しんだしるしに承諾してもいいのだがという傍線（ロ）のような思考は、明らかに恋愛とは別次元の感覚であろう。

更にまた傍線（ロ）の部分は、薫が大君にとって独身主義の考えを打破する程の魅力的な存在でなかったというばかりでなく、「恥づかしげに見えにくき気色」であるが故に、他の男性以上に結婚し辛い相手であるともいう。この点に関し、森一郎氏は次のように解説する。(12)

並みの男とのことだったらあるいは「うちゆるぶ心もありぬべきを」だが、立派な薫にそんなことはつつましくて、と思う大君の心の底は薫への敬慕に満ちているではないか。中君をと決意した心底には、妹への愛もさることながら、容姿の卑下、後見という条件についての卑下があり、何よりも、相手（薫）がもし並みの男だったら応じもしようがという心に、薫への卑下、つまり慕情があるのだ。

大君の心情の中に薫への深い愛情を読み取るものであるが、果たしてどうであろうか。この場での大君が、好きなるが故に相手が偉大に見え、自らの卑小さが感じられて愛を断念せざるを得ないとする程に、限りない愛情を薫に寄せていたとはどうしても思えない。これ以前も以後も物語の中に恋する大君の姿が明確に描き出されることは一度もないのである。例えば、匂宮に徐々に傾斜していく中君の心情は次のように描写される。

・正身も、いささかうちなびきて思ひ知りたまふことあるべし。（総角　第五巻　279頁）

・久しうとだえたまはむは、心細からむと思ひならるるも、我ながらうたてと思ひ知りたまふ。（総角　第五巻　283頁）

・たぐひ少なげなる朝明の姿を見送りて、なごりとまれる御移り香なども、人知れずものあはれなるは、ざれたる御心かな。（総角　第五巻　284頁）

また、後の浮舟に関しても匂宮に対する恋心の存在は、物語の叙述を通してはっきりと読み取れる。

・いとをかしげに書きすさび、絵などを見どころ多く描きたまへれば、若き心地には、思ひも移りぬべし。（浮舟　第六巻　132頁）

・そなたになびくべきにはあらずかしと思ふからに、ありし御さまの面影におぼゆれば、我ながらも、うたて心憂の身やと思ひつづけて泣きぬ、（浮舟　第六巻　144頁）

大君の場合、こうした類の異性に心惹かれる描写はどこにもない。終始薫の接近を煩わしく感じ、できるなら避けたいと思うだけである。物語を通して見られる彼女の苦悩も、周囲の思惑に抗して自らの生き方を貫こうとする苦闘であり、厳しい情況の中で必死に宮家の体面を保持しようとする苦渋であって、薫への恋情とその断念からくる恋の葛藤であるとはいえない。傍線（ロ）での大君の思いも、森氏の言う慕情故の断念ではなく、表現通り薫があまりにも立派すぎ気後れがして結婚できないというものであったろう。物語の少し前に、風情豊かな匂宮の手紙を前に交際するには不似合いな自分たちの情況を思い、「ただかかる山伏だちて過ぐしてむ」(椎本 第五巻 196頁)と決意する大君の姿が見られた。それと同様の心情だったのではなかろうか。即ち、薫との結婚を断念する大君の思考の背景にあったものは、恋の葛藤ではなく、プライドの問題であったのだと思われる。

大君は、負目のある屈辱的な結婚はしたくなかったのであろう。結婚するとしたら宮家としての格式を整えた正式なものでなければならず、不如意なままでの略式な結婚や、相手の庇護に一方的に縋るだけのものは自尊心が許さなかったに違いない。後見人の不在を結婚拒否の理由にあげるのも、一つにはその意味であろう。また、千原美沙子氏も既に指摘しているように(13)、薫が女性に与える印象はまず第一に「恥づかし」という感情であったらしい。中君も「いといたく澄みたる気色の、見えにくく恥づかしげなりしに」(総角 第五巻 283頁)といっており、彼女たちは等しく薫に対し何か打解け得ない窮屈さを感じている。恐らく、彼は、時に社会的地位・身分に相応しい装いをかなぐり捨てて情熱に身を委ねる匂宮とは違い、いついかなる時でも今を時めく上流貴顕という社会的情況そのままに、威儀を正した隙のない振舞いをしていたものと思われる。その点、大君は、他の男性以上に没落宮家という自らの出自を意識せざるを得ず、強い劣等意識に捉われざるを得なかったのではなかろうか。

日向一雅氏は、大君の結婚拒否の理由を八宮から受けつぐ「家」観念と「恥」の意識に支えられた貴種の精神にあるとし、その間の事情を詳細に分析しているが(14)、深く共感される。大君の宮家としての家の意識はまた当時の社会環境にあっては彼女自身の矜持でもあり、人間の尊厳でもあったと思われる。したがって、家の名誉を維持することはそのまま個人の名誉を維持することに通じ、自分自身の人間としての誇りを守り通すことを意味していたであろう。軽率な結婚を必要以上に警戒する大君の中には、家名を守ろうという意識と共に、女性としての個人的な屈辱や苦痛を回避したいという思いが分かち難く混在していたように思われる。宮家の家格に相応しく、しかも対等の関係で結婚できる相手を望み得べくもない現実の状況を省み、異性への心を閉ざして現状通りの山里での隠棲を望む彼女の生き方は、その意味で「世の中」の苦痛、悲嘆を回避し、個人の尊厳を犯されることなく誇り高く生きようとする当時の女性の一つの生きる方途であったといえよう。

二

強引な形で激しく求愛された折の大君の心情及び思念を通し、薫が彼女にとって決して恋しい男性ではなかったこと、その「恥づかしげに見えにくき気色」の故に他の男性以上に畏縮せざるを得ない存在であったらしい様子を見てきた。更に、薫の中には都の上流貴顕としての無意識の慢心や優越感があり、それが誇り高い大君の自尊心を微妙に刺激し、二人の心底からの融和を妨げていたのではないかと思われる点も二、三見られる。元々道心深く早くより出家を望み、努めて権門の姫君には近付こうとしなかった薫が、大君にだけは徐々に心惹かれ恋の擒となってしまうのも、一つには没落して山里に隠棲する宮家の姫君としての彼女を、少々軽んずる思いが無意識の中にあったせいではなかろうか。世間の中に自分を繋縛する権門の家柄ではないこと、即ち、結局は自分の思い通りにどうにでもなるだろうという思い上がりが、「もし心より外の心もつかば、我も人もいとあしかるべきこと」（匂宮　第五巻　30頁）という恋に対する普段の厳しい警戒心を多少油断させていたのではなかろうかと思われる。

また、思いがけず姉妹の弾奏を耳にし、その後しばし大君と対座した薫が、「聞こえはげまして、御心騒がしたてまつらん」（橋姫　第五巻　153頁）と匂宮を訪れ、いかにも彼の好き心を刺激するように言い続ける様子は、宇治の姫君たちを恰好な恋愛遊戯の対象と見る都の軽薄な色好みと何ら変わりないといえる。

この聞こえさするわたりは、いと世づかぬ聖ざまにて、こちごちしうぞあらんと、年ごろ思ひ侮りはべりて、耳をだにこそとどめはべらざりけれ。ほのかなりし月影の見劣りせずは、まほならんはや。（橋姫 第五巻 154頁）

こうした言葉が、俗事に背を向け八宮家に親しく出入りする誠実な薫の口から発言されることに意外な感を受けもするが、彼の中に彼女たちを多少侮りを含んだ興味本位の目で見る一面も確かにあったのであろう。死期を予感し一入心細さを感じる八宮から死後の後見を託された薫は、姫君たちと対座しつつ次のように感じたという。

宿世ことにて、外ざまにもなりたまはむは、さすがに口惜しかるべう領じたる心地しけり。（椎本 第五巻 183頁）

大君との関係におけるあくまでも無理強いをせず次第に打解けるのを待とうとする薫の不可解な程の悠長さの中には、この「領じたる心地」からくる余裕の念もあったのではなかろうか。即ち、八宮亡き今頼る者とて誰もなく唯一の後見人である自分にいつかは必ず靡くはずであるという自信が、性急に思いを遂げようとしない理由の一つであったであろう。そこにはまた、女性に常に持て囃される青年の習いとして、嫌われることなど思ってもみない思い上がりの感情が、何程か存したようにも思われる。こうした薫の潜在的な自信や慢心が、宮家の格式を守り常に対等に応対しようとする大君の繊細で敏感な矜持に何の影響も与えていなかったとはとても思えない。就中、二度に渡る几帳内への無断侵入や一言の相談もない計略的な匂宮の中君への手引きなどは、大君の意思を著しく無視した行動であり、明らかに彼女の心を大きく傷付けるものであったろう。

いち早く気付き中君を残したまま這い隠れる二度目の接近において大君は、特にそのこと故に薫を深く恨み批難することはない。半ば予想していた振舞いのようでもあり、大方の世の習いとして甘受している風でもある。しかし、逃れる場所とて特になく、粗末な壁際の屏風に遮られた「むつかしげなる」所に身を潜め、惨めな身の宿世を省みて深く悲嘆に沈む彼女の中に、薫の無礼な振舞いを屈辱的に感じる思いが全くなかったとはいえないだろう。薫の勝手な計らいによる匂宮と中君の結婚は、さすがに強い衝撃を大君に与え、「言ふかひなき心幼さも見えたてまつりにける怠りに、思し悔るにこそは」（総角　第五巻　265頁）とか「なほ、いとかく、おどろおどろしく心憂く、なとり集めまどはしたまひそ。」（総角　第五巻　266頁）と薫に向いはっきりと批難の言葉を口にする。薫の懸想を避け併せて妹に世の通常の幸せをもたらしたいという唯一の望みを打ち砕くその事実は、彼女を深い絶望と無力感に沈め、薫への信頼を大きく傷付けるものであったろう。薫の計略は、一夜中君を残したまま行方を暗ました彼女への報復的な意味合いもあったように思われるが、また匂宮との結婚を宮家の人々が喜ばないはずがないという大君の真意とは全く反する世間の常識からする思い込みもあり、この間二人は互いに独断と独りよがりの行動によって互いの心を深く傷付け合っているといえる。

見てきたように、薫の中には八宮家を軽く侮る意識が潜在的にあり、そうした薫は大君にとって決して全面的に信頼でき、心を解放できる存在ではなかったと思われる。後、訪れの間遠な匂宮を自分たち一家を蔑ろにする不実なものとして心を傷める大君は、「中納言の、とざまかうざまに言ひ歩きたまふも、人の心を見むとなりけり、」（総角　第五巻　300頁）と薫をも同列に見なし、強い不信の念を漏らしている。父八宮にとっては唯一結婚を許せる特別な男性であっても、彼女には本質的に匂宮と変わりない警戒すべき都人の一人でしかなかったもののようである。

因みに、大君は妹の幸福を考えて身を犠牲にして薫を譲ろうとしたという説明をよく聞く。しかし、それは正確な捉え方とはいえないであろう。確かに、他の都人とは一味違う薫の誠実さは十分認めてい、彼との結婚が中君に幸福をもたらすであろうことを強く信じていたことも事実であろうが、愛を犠牲にしてというのは当たらないであろう。中君を薫にと考える最初の言葉は、「せめて恨み深くは、この君をおし出でむ」（総角　第五巻　244頁）というものであり、薫の懸想を逃れるために代わりに妹を差し出すというに近い。中君を残したまま一人這い隠れる場面にしても、「いかにするわざぞと胸つぶれて、もろともに隠れなばやと思へど、さもえたち返らで、わななくわななく見たまへば、」（総角　第五巻　252頁）とか、「あらましごとにてだにつらしと思ひたまへりつるを、まいて、いかにめづらかに思し疎まむといと心苦しきにも、」（総角　第五巻　252頁）などといわれる。妹の幸福を考えて積極的に二人を結び付けようとしたというよりも、やむを得ずに自分一人だけ逃れ出たというのが正しく、幾分大君の身勝手ささえも感じられる。愛する人を他に譲ろうとする女心の悲しさなどは少しも見出すことはできない。元々、熱心に求愛するしかも自分も愛する男性を、互いの思いを確かめることもなく簡単に他の女性に差し向けることができるものであろうか。一旦寄せた思いは中々変更できなくてと大君の意に従おうとしない薫の方が、恋愛感情としてむしろ無理のない自然なものであり、こういう発想をすること自体既に大君は恋愛の世界に身を置くものではなかったといわざるを得ない。

三

やがて、大君は中君の結婚生活の中に恐れていた宮家の恥と女性の悲しみを見つめ、結婚嫌悪の念を益々強める。懇ろに求愛する薫に対しても、妹のこと、世の一般のあはれ深い話題には素直に応じ親密に対話を重ねながら、最後の結婚という一点だけは決して許そうとしない。病の床で手ずからの看護受け夫婦同様の状態にありながらもなお避けようとする。

なほかかるついでにいかで亡せなむ、この君のかくそひゐて、残りなくなりぬるを、今はもて離れむ方なし、さりとて、かうおろかならず見ゆめる心ばへの、見劣りして我も人も見えむが、心やすからずうかるべきこと、もし命強ひてとまらば、病にことつけて、かたちをも変へてむ、さてのみこそ、長き心をもかたみに見はつべきわざなれ　（総角　第五巻　323頁）

現世に留まる限り薫との結婚を逃れ得ないならば、死かもしくは出家したいという右の思念を見るとき、彼女の結婚嫌悪の念がいかに強烈な揺るぎないものであったか窺われよう。宮家の体面を保持し心の平安を求めて誇り高く生きようとする自らの生の課題のもとに、大君は厳しく自制し結局最後まで恋愛の世界に心を解放することはなかったといえるのではなかろうか。

なお、大君の右のような思念に対し、森一郎氏は愛の永世を目途したものであるといい[15]、千原美沙子氏は自己愛の充足を求めたものであり、「男に汚されることなくしかも限りない憧憬の対象でありたいという願いのために、自己を破壊していく悲しい生き方であった。[16]」という。しかし、大君の結婚拒否は、まず第一に薫との間での「長き心をもかたみに見はつべきわざ」として考え出されたものでなく、人心への不信感、無常感が最初にあり、男性の心変りの故にやがて屈辱的な思いをするであろうことを回避する方便としての生の姿勢であった。結婚しない方がかえって互いへの好意を持続できるであろうという思いは、いわば二次的付属的な理由であり、薫との結婚を拒み続ける自分への理論武装として考え出されたものであるともいえる。

大君の生は、自己愛の充足のために自他共に破壊していくという否定的なものでは決してなく、恵まれたとはいえない境遇に身を置く女性が、人間としての尊厳や矜持を傷付けられることなく平安に生き行く必死の足掻きであり、そのために男女間の愛情の世界に最後まで厳しく心を閉ざすしかなかったというものであろう。少なくとも、そう考える方が紫上の生―生涯を光源氏の妻として過し、深い愛情を受けつつも愛の無常の認識と第一夫人たり得ない身の上故に絶えず苦悩し、遂には心の平安を求めて強く出家遁世を願うに至る人生―の後を受け継ぐ物語として意味深く読み味わうことができるように思われる。こうした大君の生は、周囲の女房たちの理解の範囲外であったらしいことが端的に示すように、幾分観念的にすぎ決して常識的であるとはいえないが、しかし作者の厳しくも真摯な思索の結果描き出された苦悩を回避して生きる女性の考えられる一つの人生の姿であったことは確かなのではなかろうか。

四

さて、これまでは専ら二人の断絶の面だけに注目してきた。いうまでもなく、大君は薫を頑なに拒む一方であったわけでは決してなく、深く交流しその対話に心の慰みを感じていたことも事実である。元々、薫の大君への接近は、自ら口にするように、通常の懸想とは違い「定めなき世の物語」を隔意なく語り合おうという人間的な交流を求めてのものであった。徐々に心惹かれ激しく求愛する渦中にあっても、懸想人としての他に後事を託された後見人としての一面を常に忘れてはいない。大君もそうした薫には徐々に打解け心を開く。生来無常厭世の思いを持ち、俗世に背を向けて仏道を志向するという共通した傾向を持つ両者は、二人だけに通じる理解と共感があったように思われる。

大君の薫に対する融和的な態度は、不思議なことに、妹の結婚生活を見、独身のまま世を過す決意を新たにして以後逆に一段と深まっている。匂宮との比較のもとに、無理無体な行動をせず思い遣り深い薫に安心し信頼を深めた故か、あるいは自分の決意に自信を持ち迷いがなくなったせいであろうか。特に、病気以後は「日ごろ、訪れたまはざりつれば、おぼつかなくて過ぎはべりぬべきにやと口惜しくこそはべりつれ」（総角　第五巻　318頁）と、恋の告白とも受け取れる積極的な好意を示す。枕元に近付き看護する薫を敢えて拒もうとせず、病状の許す限り素直に応答する。二人の関係は、周囲の人々に既に結婚しているものとの印象を抱かせる程親密なものであったらしい。結婚は拒みつつ頗る融和的な態度を示すこうした大君の心情をどう理解したらいいのだろうか。物語は次のように説明する。

むなしくなりなむ後の思ひ出にも、心ごはく、思ひ隈なからじとつつみたまひて、はしたなくもえおし放ちたまはず。（総角　第五巻　319頁）

死後薫の中に強情な思いやりのない女性でいたくないと思うのはとりもなおさず深く愛しているからに他ならないとし、この間の大君の態度を恋愛感情の素直な発露であると読み取る解釈が多い(17)。しかし、懸想めいた言葉には「うるさうも恥づかしうもおぼえて、顔をふたぎたまひり。」（総角　第五巻　318頁）と、あくまでも拒む姿勢を示す彼女を見るとき、必ずしもそうとばかりもいえない。なによりも、恋愛感情からする友好的な態度であったならば、殊更言い訳がましくこうした説明を添える必要はなかったであろう。ここは表現通り「心ごはく、思ひ隈なからじ」との思いのもとに薫の振舞いを敢えて拒みはしなかったというのであり、心の抵抗を押して意識的にするあたり、恋愛感情というよりは別な形の親愛の情、友愛とか人間愛とかいうに近いものとして考えた方がいいのではなかろうか。「ものおぼえずなりにたるさまなれど、顔はいとよく隠したまへり。」（総角　第五巻　325頁）とか、「ここら久しくなやみて、ひきもつくろはぬけはひの、心とけず恥づかしげに、」（総角 第五巻 327頁）などと描写される、常に一線を画し緊張感を失わずに応対しようとする臨終間際の大君の態度もまた、自他との障壁を払い馴れ親しむことに喜びを感じる恋愛感情とは異質のものであるといえる。即ち、大君は恋情に囚われることは一度もなく、異性としての薫は徹底して拒み続けるが、人間的な交流までも退けたわけではなく、友人としての薫は深く受け入れ、『源氏物語』において他に類例のない異性間の親密な共感の世界を築き上げていたといえるように思われる。

今にも息絶えそうな大君を前に薫は、「かやうのはかなしごとも、つつましげなるものから、なつかしうかひあるさまにとりなしたまふものを、今はとて別れなば、いかなる心地せむ」（総角 第五巻 322頁）と、心を乱していたという。大君の拒絶に常に嘆いていたかに見える薫ではあっても、死の危機に際して省みるときそこにあった二人の心の交流がいかにかけがえのない貴重なものであったか認識され、喪失の不安に慄いている。彼は、知らず知らず当初求めていた「定めなき世の物語」を語る相手としての大君は既に手にしていたといえる。それでもなお満足できず不遇を託たざるを得なかったのは、無意識の中にそれ以上のもの、即ち自らの心と言葉を裏切って世の通常の懸想人と同じく肉体をも含めた大君の総てを求めていた故であろう。一方が恋愛の成就を、一方が友愛のみを求める二人の関係は、長期的な安定を得ることはできず、結局大君の死で終らざるを得なかったもののようである。

結婚という形ではなく友愛の世界で心の交流を深める二人のこうした関係は、大君の生きる姿勢のみによって生み出されたものではなく、匂宮とは違い仏道への志向が強く女性に肉体的快楽のみでなく心の対話を求める薫であったからこそ可能であったともいえる。そして、結婚という形が必ずしも女性に完全なる幸福をもたらすものではなかった当時の社会にあって、二人の関係は、作者の思い描く一つの素晴らしい男女の関係だったのではなかろうか。

三　浮舟の物語

大君の死後、物語は浮舟登場までのしばらくの間、匂宮の妻として都に移り住む中君を中心に展開する。夕霧右大臣の六君の婿となり夜離れを重ねる匂宮との結婚生活に苦悩し、最後まで薫を拒み続けた姉大君の賢明さを思いながらも、中君は紫上や大君とは違った人生を選び取っていく。匂宮の愛の不確かさを知悉し、物思いの絶えない生活であることを充分承知しながら、匂宮の妻として生きていくことを決意し、可愛らしい妻を演じて、少しでも匂宮の心を繋ぎ留めるようと努力する。その人生は、女房や世の人々から「さいはひ人」と高く評価されるように、当時にあって極めて常識的・現実的なものであり、多くの人々の共感しやすいものであったように思われる。また、中君の悩みは、匂宮の二心と共に大君の死後徐々に強まる薫の懸想にあった。匂宮の妻の座を脅かしかねない薫の懸想も、大君に酷似する異母妹浮舟を紹介し、その恋情を浮舟に振り向けることによって危険を回避し、現実に破綻を来すことなく日常の生活を営み続けていく。宇治十帖の物語は、置かれた状況の中で必死に心の平安を求め、周囲の人々の理解を超えた次元にまであるべき生を模索する大君、浮舟という二人の女性の間に、それと比較・対照するかのように多くの人々の共感しやすい極めて常識的・現実的な中君の人生が描かれているといえる。そして、いずれかというに作者の問題意識は、女性としての心の辛さや痛みをただ耐え忍ぶだけの中君の生よりも、女性の悲劇の根源的な解決を求めて当時の常識的なあり方を踏み越えてまで真実の生を模索する大君や浮舟の人生にあったように思われる。そこで、紫上の物語、大君の物語についで浮舟の物語について見ていきたい。

一

『源氏物語』の最終巻夢浮橋は、弟小君のもたらす薫からの手紙を、「所違へにもあらむに、いとかたはらいたかるべし」（夢浮橋　第六巻　393頁）と押し返す浮舟と、小君からの報告を受けどこかの男性に匿われているのではないかと品のない推測をする薫の姿を描いて終わる。浮舟の現実拒否の姿勢は厳しく、二人の精神的な距離は絶望的な程に遠い。果たして、『源氏物語』五十余帖を語り続けてきた作者の、男女間の関係に対する最終的な観念は、ここに物語られている通りの断絶しかあり得ない厳しいものだったのであろうか。浮舟の物語は、紫上や大君の生の後を受けて、三たび女性の幸福な人生のあり様を探っていったものであるといえる。これまで見てきたように、紫上の最後の境地は、光源氏との結婚生活に絶望し強く出家を望みながらも、なお光源氏への深い思いやりや労りの情を見せる愛情豊かなものである。大君の場合も、結婚を求める薫は徹底して拒否する一方、「定めなき世の物語」を隔意なく語り合おうとする彼には徐々に打ち解け、親密な共感の世界を築き上げている。結婚生活に絶望し男女の恋愛を拒絶しつつも、別な形の愛情によって男性との間に豊かな人間的交流を持つ二人の女性の後に、物語全体を締めくくる形で描かれている女性が、男性を俊拒し孤独の世界に閉じ籠るだけであるというのは、釈然としない。

もとより、夢浮橋の末尾は、未解決・未整理の問題を様々に残したままでの終息であり、古来完結か中絶かの議論の絶えない所である。物語られたままでの浮舟や薫の状況はいかにも中途半端であり、読者はどうしてもその先の展開に思いを巡らさないではいられない。浮舟物語の終わりは、物語の終わった所で終わるのではなく、読者それぞれの想像と思索に委ねられているともいえる。夢浮橋の巻の終わりともいえない終わり方は、登場人物のその後の人生に対する読者それぞれの思索を積極的に求める作者の意図的な欄筆であったともいえよう。

浮舟物語の、ひいては『源氏物語』全体の結末に対する一解釈として、物語後の浮舟や薫のあり様を想像し、浮舟にとっての真の救済とは何であり、作者紫式部の男女の関係に対する最終的な観念はどのようなものであったかを考えてみたい。

自死し果てたかと思われた浮舟が再び登場する手習、夢浮橋の二巻は、様々な意味で浮舟の再生、救済の物語であるといえる。それは、瀕死の状態を横川僧都一行に発見され、妹尼君の献身的な看病によって蘇生し、やがて現実に生きる唯一の方途として出家を遂げるという物語の展開に関していえるばかりでなく、浮舟の描かれ方全体に渡って強く印象付けられる所でもある。「いと若ううつくしげなる女」（手習　第六巻　286頁）とか「みめのこよなうをかしければ」（手習　第六巻　288頁）という容姿・容貌の美の描写が頻出すると同時に、「あてなるけはひ限りなし」（手習　第六巻　286頁）「さすがにいとやむごとなき人にこそはべるめれ。」（手習　第六巻　287頁）「いかで、さる田舎人の住むあたりに、かかる人落ちあぶれけん」（手習　第六巻　291頁）とのように、いかにも田舎人とは思えない人品高貴な、身分高い家柄の姫君として描かれる。さらに、横川僧都は「げにいと警策なりける人の御容面かな。功徳の報いにこそかかる容貌にも生ひ出でたまひけめ。」（手習　第六巻　293頁）と、浮舟の容貌を功徳の報いであると言い、浮舟にとりついた物の怪は「されど観音とざまかうざまにはぐくみたまひければ、この僧都に負けたてまつりぬ。今はまかりなん」（手習　第六巻　295頁）と、観音の加護の厚い女性であるとまで言う。東屋、浮舟の両巻においては、姿形の美しさへの描写はあるものの、人品の高貴さや内面美、教養美への言及はない。功徳の報や観音の加護の厚い存在であるとの描写に至っては、入水以前の薄幸な浮舟像との間に大きなズレをさえ感じさせるものである。このような浮舟像の差異は、薫、匂宮から見た浮舟と横川僧都や妹尼君達から見られた浮舟の違いが表現に表れたものであるとも、正体不明の見ず知らずの浮舟を尼君達が親身に献身的に愛育する理由付けとして浮舟の美質を強調したものであるとも、その理由は様々に考えられるであろうが、また一つには優れた美質を持ち他から抜き出た特別な存在としての昔物語風の女主人公として設定し直そうとしたものであるともいえよう。出家した尼姿でさえも「経に心を入れて読みたまへるさま、絵にも描かまほし。うち見るごとに涙のとめがたき心地するを……」（手習　第六巻　351頁）と妹尼君を感動させ、「いとかくは思はずこそありしか、いみじく思うさまなりける人をと、わがしたらむ過ちのやうに、惜しく悔しう悲しければ、つつみもあへず、もの狂ほしきまでけはひも聞こえぬべければ退きぬ。」（手習　第六巻　351〜352頁）とのように中将を惑乱させるなど、総じて「手習」の巻における浮舟は、多少理想化されているのではないかと思われるまでにその美しさが強調されている。妹尼君によってかぐや姫同様の天降った「いみじき天人」（手習　第六巻　299頁）に擬される浮舟は、小野の僧庵の総ての人々から愛され労られ、一家の花ともてはやされる。そうした生活を通してはじめて浮舟は、徐々に傷ついた心を癒し、過去を振り返り未来を考える力を得ていくことができたのであるともいえる。

二

手習、夢浮橋を浮舟再生、救済の物語であると見た場合、従来過去の悲劇的な恋愛を思い出させ、出家への意志を固めさせる契機と専らに解される中将求婚の挿話にしても、浮舟にとっては嫌悪すべき災難であったばかりでなく、より根底的には深い救済の意味を持つものであったことを見落としてはならないであろう。(18) 手習の巻は、横川僧都の物の怪調伏によって漸く正気の人となり、妹尼君の愛情の籠った看護のもとに傷付いた心身を養う浮舟の目の前に、かっての妹尼君の娘婿であった中将が登場し、以後浮舟出家までのしばらくの間、中将の浮舟への恋の物語として展開する。この中将の登場に関して、薫、匂宮との恋の物語を差し置いて今なぜ新たな人物による新たな恋の開始なのかという違和感を禁じ得ない。また、薫、匂宮との愛の板挟みに散々苦悩し疲弊し、蘇生した後も「尼になしたまひてよ。さてのみなん生くやうもあるべき」（手習　第六巻　298頁）と強く出家を望み「世の中になほありけりといかで人に知られじ。聞きつくる人もあらば、いといみじくこそ」（手習　第六巻　299頁）とひたすら現世に背を向ける浮舟に、なぜまた新たな人物による新たな求愛なのかといった疑問も感じられる。

もとより物語の展開は、再三に渡る中将の接近に浮舟は一度も応答することなく「なほかかる筋のこと、人にも思ひ放たすべきさまにとくなしたまひてよ」（手習　第六巻　322～323頁）と心に念じ、妹尼君の初瀬参詣への留守中横川僧都に泣訴し、あわただしく出家する。浮舟の出家は、直接的には中将の求愛を避けるためのものとして描かれ、中将の挿話の持つ意味も、浮舟に過去の悲劇的な恋愛を思い出させ、出家への意志を固めさせる点にあるとするのが従来の一般的な解釈である。(19) しかしながら、中将求婚の挿話を出家への最後の一押しとしてだけ解釈することに満足できないものを感じる。それでは物語の意図を十分に汲み取っていないのではないかという懸念が感じられてならない。何かの為に便宜的に構想されたにしては、中将と尼君達とのやり取りの描写が事細かく丹念であり、中将の僧庵訪問は浮舟の出家した後もなお続いているのである。特に、小鷹狩りのついでに立ち寄る三度目の訪問の場、すなわち浮舟の冷たい無反応に気分を害し立ち帰ろうとする中将を妹尼君が偽りの代詠によって引き留め、一夜笛と琴の演奏を楽しむという場面などには、浮舟と中将との間を取り持つというより以上に、尼君達は自分達自身中将と座を共にし月を愛で琴を奏することに無上の喜びを感じているのではないかと思われる風情がある。物語自体僧庵でのみやびな遊宴の様子そのものを描くことに意を注いでいるとも読み取れる。中将の登場は、薫と匂宮の愛の板挟みに苦悩する浮舟の去就を追ってきた読者の目にはいかにも唐突であるが、視点を変えて妹尼君の立場からした場合、過去から引き続く時折の日常的な出来事の一つである。小野の僧庵には小野の僧庵の、物語には描かれていない部厚い日常の流れがあるのであり、中将と尼君達とのやり取りは強くそのことを感じさせる。いわば、中将の僧庵訪問の描写は、浮舟が今身を置く小野の僧庵の日常生活の一風景の描出であり、その世界は薫や匂宮とは階層を異にし、身内に紀伊守や常陸の北の方などのいる「中の品」の世界である。浮舟の継父である常陸の介とほぼ同様の階層に属する人々の世界であるといえよう。

浮舟の物語では、全体的に上流貴顕とは別の少し品下った中流階層の世界がよく描かれ、二つの階層の社会的な落差が浮舟の悲劇の根本的な原因を成しているといえる。物語の本格的な開始である東屋の巻の冒頭よりして既に常陸の介邸とそこに出入りする人々の利に聡く品のない現実的・打算的な様子が生き生きと描かれ、浮舟の身の移動に伴って三条あたりの小さな家、宇治の山荘、宇治川の対岸の因幡の守の領ずる小家等々、薫や匂宮が日常出入りすることのない場が次々と事件展開の主要な舞台とされる。また、事件本意、情況本意の物語の展開と密接に関連して、匂宮の浮舟発見における大内記、薫に匂宮の秘密を察知させる随身、危機感を盛り上げる内舎人等々、これまでの『源氏物語』にはかつてなかった程の下衆と呼ばれる人々の登場と活躍が見られる。特に浮舟付きの女房である右近と侍従、匂宮の従者時方の活躍は著しい。これらの人々の存在なくしては、匂宮と浮舟の関係の進展はあり得なかったであろう。浮舟の巻の後半における匂宮に好意を持つ侍従と薫贔屓の右近の二人の会話は、浮舟の引き裂かれるそれぞれの思いを代弁しているかのようであり、物言わぬ浮舟に代って彼女の心の葛藤を読者に明示しているともいえる。浮舟失踪後の蜻蛉の巻前半などは、この二人の女房を軸に物語は展開しているといえよう。(20)

そしてまた、両階層間の落差が、母中将の君や女房の目を通して印象深く描かれ、二つの世界のあり様が対照的、立体的に描き出されている。中将の君の見た最初の匂宮の光景は次の様に描かれる。

ゆかしくて物のはさまより見れば、いときよらに、桜を折りたるさましたまひて、わが頼もし人に思ひて、恨めしけれど心には違はじと思ふ常陸守より、さま容貌も人のほどもこよなく見ゆる五位、四位ども、あひひざまづきさぶらひて、このことかのことと、あたりあたりのことども、家司どもなど申す。また若やかなる五位ども、顔も知らぬどもも多かり。わが継子の式部丞にて蔵人なる、内裏の御使にて参れり、御あたりにもえ近く参らず、
（東屋　第六巻　42〜43頁）

浮舟を引き取りたいという薫からの申し出をまともに考えてみようともしなかった中将の君は、この一見により「この御ありさま容貌を見れば、七夕ばかりにても、かやうに見たてまつり通はむは、いといみじかるべきわざかな」（東屋　第六巻　43頁）、「なほ今より後も心は高くつかふべかりけり」（東屋　第六巻　44頁）と考えを一転するに至る。作者は、上流貴顕以外の人を一方的に否定し去るのではなく、匂宮の前では全然見栄えせず「いとどしく悔らはしく」（東屋　第六巻　45頁）思われた婿の少将が、常陸の介邸では「いづこかは劣る、いときよげなめるは」（東屋　第六巻　79頁）と見られ、「いと見しやうににほひなく人わろげにも見えぬを、かの宮なりしは異少将なりけり」（東屋　第六巻　80頁）と中将の君に思わせるなど、身を置く場所によって相対的に素晴しくもみすぼらしくも見えるという幅広い複眼的な人間認識を示しているが、また一方、中将の君に次のような現実認識を語らせてもいる。

世の人のありさまを見聞くに、劣りまさり、賤しうあてなる品に従ひて、容貌も心もあるべきものなりけり。わが子どもを見るに、この君に似るべきやはある、少将をこの家の内にまたなきものに思へども、宮に見くらべたてまつりしは、いとも口惜しかりしに、推しはからる、
（東屋　第六巻　82頁）

浮舟の悲劇の根本的な原因も、こうした階層間の落差と密接に結び付いたものであることは、改めて指摘するまでもないであろう。薫が大君に酷似する女性として強く心引かれながら終始世間体をはばかって公然と求愛できなかったのも、浮舟が八宮の娘という貴種性を持ちながら社会的には常陸介の娘と認定される「中の品」の女性であった為であり、宇治の山荘に引き取ってからもなお大君の外形的な形代というより以上の気持を持ち得なかったのは、浮舟の田舎育ちからくる教養の低さの故であった。匂宮にとっての浮舟もまた、正式な結婚相手などでは決してなく、「姫宮にこれを奉りたらば、いみじきものにしたまひてむかし」（浮舟　第六巻　155頁）と思わせる女房階級の一人であり、その恋がいかに浮舟を「心ざし深しとはかかるを言ふにやあらむ」（浮舟　第六巻　130頁）と感動させる激しく情熱的なものであったとしても、所詮熱しやすく冷めやすい一時の恋愛遊戯でしかないことは、彼女の死後すぐに他の女性に心の慰みを求めていく所からも明らかである。死を決意し徐々にその準備をする浮舟の深刻な姿に比して、京に迎える消息への返信のないことに「すこし心やすかるべき方に思ひ定まりぬるなめり」（浮舟　第六巻　188頁）と激しく苛立つ匂宮の、相手のことを真剣に思いやってみようともしない身勝手でわがままな姿を見る時、恋愛における両者の姿勢の違いが明瞭に窺われる。やがて予想される三人の破局の回避を自らの死に求めていった浮舟の心理には、確固とした帰属する場を持たず常に「さすらいの人生」(21)でしかなかったこれまでの生い立ちと共に、二人の男性との間にあるこのような大きな身分的落差も甚大な影響を与えていたであろうと思われる。紫上、大君、浮舟と、『源氏物語』の主題を担う三人の女主人公は、ともに男性との関わりの中で多くの苦悩を経験し、やがて恋愛に背を向け仏道に救済を求めるという同様の生の軌跡をたどるが、紫上よりも大君、大君よりも浮舟と徐々に身を置く社会的環境が品下り、それと共により厳しく辛い人生を歩まされているといえる。最後に登場する浮舟は三人の中で最も身分が低く、作者紫式部と同様の受領階級に属し、その社会的身分とも密接に関連して最も過酷な人生を歩んでいるといえよう。

そして、高貴な血筋を受けながら零落する女性は、浮舟に限ったことではなく、蜻蛉の巻の後半に描かれる宮の君や小宰相の君もまた同様であり、いわば数多く存する悲劇的な運命に苦悩する女性の一つのあり方として浮舟の人生が描き出されているといえる。八宮と兄弟の父式部卿宮の死後、継母の取り持つ馬頭との結婚を嫌い女一宮のもとに出仕する宮の君に関し、薫は次のような感慨を抱く。

もどかしきまでもあるわざかな、昨日今日といふばかり、春宮にやなど思し、我にも気色ばませたまひきかし、かくはかなき世の衰へを見るには、水の底に身を沈めても、もどかしからぬわざにこそ　（蜻蛉　第六巻　264頁）

「水の底に身を沈めても」とは、強く浮舟を意識しての言葉であろう。父宮が春宮に入内させようとしていた娘がはかなくも宮仕へに出るという衰運を見る時、進退極まって入水するのも非難できないことであるというのであり、女房として出仕するも入水自殺するも世間体としては同じく恥ずかしい零落であるとし、宮の君も浮舟も同様の境遇にある女性として見ているといえる。また、時折親密に話を交す小宰相という女一宮付きの女房に対し、薫は次のように思う。

見し人よりも、これは心にくき気添ひてもあるかな、などてかく出で立ちけん、さるものにて、我も置いたらましものを　（蜻蛉　第六巻　246頁）

物語は、小宰相の君に関して「容貌などもきよげなり、心ばせある方の人と思されたり、同じ琴を掻き鳴らす爪音、撥音も人にまさり、文を書き、ものうち言ひたるも、よしあるふしをなむ添へたりける。」（蜻蛉 第六巻 245頁）と説明する以外、身分、境遇、生い立ち等への説明は一切ない。したがって、どのような境遇の女性かは薫同様読者にとっても不明であるが、薫が、浮舟よりも奥ゆかしい風情があり妻の一人として世話をしてもよいのだがと考えている所から、社会的地位、身分は浮舟と比して大きな径庭のない女性であると見ることができよう。こうした宮の君や小宰相の君と同様の境遇にある女性は当時また他にも多数存在したらしいことは、「これこそは、限りなき人のかしづき生ほしたてたまへる姫君、また、かばかりぞ多くはあるべき」（蜻蛉 第六巻 275頁）という薫の言葉や、「いとやむごとなきものの姫君のみ多く参り集ひたる宮と人も言ふを」（蜻蛉 第六巻 262頁）といった明石中宮のもとへ出仕する侍従の思いなどからも窺われる。高貴の血筋を受けながら悲運の人生を歩む浮舟のような女性は、決して珍しい例ではなかったのである。

三

以上のように浮舟の物語が社会的階層間の落差を強く問題とし、悲劇の原因がそれと密接に関連するものであるとした場合、中将の求愛は薫や匂宮のそれとは大きく意味を異にするものであるといえよう。中将は、薫や匂宮とは社会的階層を異にし、浮舟とほぼ同様の階級に属する。彼との結婚は、薫、匂宮との場合のように特別な困難や支障が予想される訳でもない。また、中将は最初に浮舟の結婚相手として登場する計算高い現実家の少将とは違い、思いやりの厚い優しい誠実な人柄とされる。内省的・厭世的な性格でもあり、一人閉じ籠り決して人と交わろうとしない浮舟に、「世に心地よげなる人の上は、かく屈したる人の心からにや、ふさはしからずなん。もの思ひたまふらん人に、思ふことを聞こえばや」（手習　第六巻　314頁）と共感を示す。すなわち、中将は、これまで登場してきた男性達の中で浮舟にとって最も相応しい結婚相手であり、身分相応の通常の安定した生活が期待できる最上の相手であったといえる。

中将の人柄を深く慕い「この君の御心ばへなどのいと思ふやうなりしを、よそのものに思ひなしたるなん、いと悲しき。など忘れ形見をだにとどめたまはずなりにけん」（手習　第六巻　306頁）と娘の死によって彼との縁の絶たれることを嘆き悔やむ妹尼君は、亡き娘の再来とも思う浮舟を得て「同じくは、昔のやうにても見たてまつらばや」（手習　第六巻　309頁）と再び婿として通わせることを願う。その思いは小野の僧庵に集う総ての尼君達も同じであったようであり、次のように語られている。

御前なる人々、「故姫君のおはしまいたる心地のみしはべるに、中将殿をさへ見たてまつれば、いとあはれにこそ。同じくは、昔のさまにておはしまさせばや。いとよき御あはひならむかし」と言ひあへるを、……（手習　第六巻　307頁）

つまり、二人の結婚は、周囲の誰から見ても似合いの祝福すべきものだったのであり、若く美しい浮舟がかたくなに中将との応対を拒む様は、尼君達の理解し難いものであった。あまりにも強情で冷淡な浮舟の態度は、礼儀を欠く非常識なものともされ、側近くの尼君からは「世の常なる筋に思しかけずとも、情なからぬほどに、御答へばかりは聞こえたまへかし」（手習　第六巻　316頁）と、中将への返信を強く勧められている。物語は、中将との結婚を浮舟の幸福であると信じて疑わず、積極的に仲を取り持とうとする周囲の人々と、「ひたぶるに亡きものと人に見聞き棄てられてもやみなばや」（手習 第六巻 317頁）と念じ、男性との遣り取りに強い嫌悪と苦痛を覚える浮舟の心との隔たりを繰り返し描く。あたかも周囲の女房達との対立抗争の中で薫との結婚を拒み通す大君の物語の繰り返しとも見えるほどに、それとよく似た様相を示す。勿論、浮舟の心は薫、匂宮という過去の男性と事件によって占められ、中将などは何程の存在でもなく、今ある求愛を拒むというより以上に、それに重ねて過去の恋愛を必死に振り払おうとしているともいえ、大君の薫拒否と浮舟の中将拒否とを同列に論じることはできないであろう。しかし、周囲の強い意向に反し理想的ともいえる結婚を意固地な程に拒み通すことは同じである。浮舟は、高貴な男性二人との恋愛の悲劇的な葛藤を経験し、もはやいかなる種類の恋愛も徹底して嫌悪する境地にあり、現世に生き続ける唯一の方途として「世の中」の交わりを絶った出家遁世の生活を志向するという意味において、大君の精神的な境地と頗る近似した心の状態にあるといえるであろう。このような浮舟の精神的な境地を読み取ることが出来る点にこそ、中将求婚のより本質的な意味があるのではなかろうか。

四

小野の僧庵での尼君達の善意に囲まれた穏やかな生活の中で徐々に心身の健康を回復する浮舟は、静かに深くわが身を振り返り、現実に生きる唯一の方途として出家を遂げる。妹尼君の留守をねらい、横川僧都に泣訴してあわただしく剃髪するその出家によって、浮舟は、果たして真の意味の救済を入手したといえるのであろうか。

されば、月ごろたゆみなくむすぼほれ、ものをのみ思したりしも、この本意のことしたまひて後より、すこしはれぱれしうなりて、尼君とはかなく戯れもしかはし、碁打ちなどしてぞ明かし暮らしたまふ。行ひもいとよくして、法華経はさらなり、こと法文なども、いと多く読みたまふ。（手習　第六巻　354頁）

出家後の浮舟の日常生活の描写である。物思いに沈んでばかりいた浮舟が、心晴れて尼君と冗談や碁を楽しみ、仏道に勤しんでいるというのであり、出家が大いなる心の平安をもたらしていたことは確かである。しかし、出家後珍しくも中将からの便りを手にし、それへの返歌として詠まれる「心こそうき世の岸をはなるれど行く方も知らぬあまのうき木を」（手習　第六巻　342頁）という歌が端的に示すように、将来の不安はまだまだであり、安心立命の境地からは程遠い。薫と匂宮の愛の板ばさみに人生を踏み外した心の傷は深く、自分の生存を昔の人々に知られることをひたすら恐れる。妹尼君達にも決して素性を明かさず、世間から身を隠すことばかりを願っている。出家の喜びは、「世の中」に交わる必要のなくなったこと、ひとまずは安全圏に避難できたことの喜びであり、問題の根本的な解決になっている訳ではない。浮舟にとっての真の救済は、過去の出来事、人々と今一度正面から向き合い、そこを乗り越えた所に、つまり今ある心の不安、恐怖から解放された所にあるのではなかろうか。過去の経緯をいつまでも秘密にしたままで僧庵の人々との良好な関係を維持することは不可能であろうし、過去から遁走しているばかりでは根底的な心の平安を得ることはできないであろう。

物語は、浮舟出家のすぐ後に、女一宮の夜居に伺候する横川僧都が明石中宮相手にそのことを話す場面があり、その数頁後には大尼君の孫の紀伊守が物語に初めて登場し、僧庵の人々に薫の近況をもたらす場がある。次いで明石中宮から薫への情報伝達、薫の横川訪問へと続いており、物語の進行自体浮舟出家のすぐ後に薫との再会の場へと展開しているといえる。すなわち、浮舟の物語は、浮舟の出家によって終わるのではなく、もう一つ大きな山場として薫との再会、浮舟の過去との対面があるということを物語自体が示しているといえる。
　横川僧都と薫の手紙を携えた小君の訪問に、浮舟は、自分が僧都の文面にある当の女性であることを決して認めず、薫の手紙には返事はおろか受け取ろうとさえしないが、一方、妹尼君に対し、私は正気も失せ魂もどこかに行ってしまったみたいでよく思い出せない、紀伊守の話していた事は自分と関係したことかとも思うがよくわからないと言い、続けて次のように言う。

今日見れば、この童の顔は小さくて見し心地するにもいと忍びがたけれど、今さらに、かかる人にもありとは知られでやみなんとなん思ひはべる。（中略）この僧都ののたまへる人などには、さらに知られたてまつらじとこそ思ひはべれ。かまへて、ひが事なりけりと聞こえなして、もて隠したまへ　（夢浮橋　第六巻　389～390頁）

　この童や僧都の言う人には決して知られたくないと思うので何かの間違いであるとして私を匿って下さいという右のような言い方は、自分が当該の女性であることをはっきりと口では言わないまでも、半ば以上認めてしまっているといえる。妹尼君も、小君に対し「御文御覧ずべき人は、ここにものせさせたまふめり。」（夢浮橋　第六巻　390頁）と言い、浮舟の言葉をそのままに信じてはいないようである。再三の督促にも顔を衣に引き入れ沈黙する浮舟を、「いと見苦しき御事かな。あまりけしからぬは、見たてまつる人も、罪避りどころなかるべし。」（夢浮橋　第六巻　393頁）と非難する。物語は、小君との応答を拒む浮舟の姿を描いて終わるが、その先の展開を考えた場合、いつまでも今のままの状態が続くとは思えない。浮舟の態度は多少片意地であり、不自然である。僧庵での穏やかな出家生活を続ける以上、周囲の人々の善意に応え自らの素性、宇治院で発見されるに至った経緯について早晩告白せざるを得ないであろう。薫にしても、「人の隠しすゑたるにやあらん」（夢浮橋　第六巻　395頁）と疑ったまま放置しておくとは思えない。情況を確認すべく第二、第三の働きかけがきっとあるはずである。やがて両者の対面へと展開するにちがいない。対面した後、二人はどうなるか。

恐らく、薫と再会しどのような話をしようとも、浮舟は、還俗し男女の関係を復活することは決してないであろう。蘇生以後の男女関係への嫌悪の強さや固い現実拒否の姿勢がそのことを証している。しかし、結婚は拒否しても、薫を全面的に拒み、人間的な交流をも受け付けないということはないであろう。中将との応対を避け大尼君の部屋に逃げ込んで、一夜眠れぬまま過去を振り返る浮舟は、薫に関して次のような思いを持つ。

はじめより、薄きながらものどやかにものしたまひし人は、このをりかのをりなど、思ひ出づるぞこよなかりける。かくてこそありけれと聞きつけられたてまつらむ恥づかしさは、人よりまさりぬべし。さすがに、この世には、ありし御さまを、よそながらだに、いつかは見んずるとうち思ふ、なほわろの心や、かくだに思はじ、など心ひとつをかへさふ。（手習　第六巻　331〜332頁）

父宮の顔も知らず、せっかく近付きになれた姉上とも思いがけない出来事の為に離れた状態となり、自分を迎えて下さるという人に頼って漸く不幸な身の慰みを得ようかという矢先に、それを壊してしまったのは、少しでも宮様を愛しいと思ったのが間違いだったのだと、匂宮との官能の喜びに心引かれた自分を深く反省する浮舟は、「こよなく飽きにたる心地す。」（手習　第六巻　331頁）と匂宮を激しく嫌悪する一方、薫に対しては、右のように、この世でいつかありしながらの御姿を拝見する機会があるだろうかと思う程に慕わしい思いを感じている。出家した後の静かな生活の中でも、色も香も昔と変わらず咲き匂っている軒端近い紅梅に、「袖ふれし人こそ見えね花の香のそれかとにほふ春のあけぼの」（手習　第六巻　356頁）と懐かしんでいる。新編日本古典文学全集『源氏物語（6）』の頭注は「匂宮のことをいうと解するが、薫のこととする説もある。」と記すが、歌を詠じて懐かしむ程の人は、嫌悪する匂宮では決してあり得ないと思われる。薫に対するこのような好意は、彼が、母や乳母が喜ぶ中君と同等の安定した上流生活を提供する存在であったことと同時に、官能的な快楽のみを求める匂宮と違い、会話や音楽などを共に楽しむという人間的な触れ合いをも求める男性であったことによるのではなかろうか。薫が浮舟に求めていたものは、恋愛の対象であり心の友でもあった大君の身代りであり、浮舟の社会的境遇と知的教養の遅れから多少軽視する面はあるものの、社会的に粗略な扱いにならぬよう十分に配慮していた。薫の持つこうした人間的な誠実さが、男女の関係を徹底して厭離しつつも、ある慕わしさを感じさせていた理由ではないかと思われる。

中将の働きかけに対して逃げ隠れ沈黙を押し通すばかりであった浮舟が、出家した後は逆に中将からの消息に返歌を認め、時には「はらからと思しなせ。はかなき世の物語なども聞こえて、慰めむ」（手習　第六巻　353～354頁）という言葉に対し、「心深からむ御物語など、聞きわくべくもあらぬこそ口惜しけれ」（手習　第六巻　354頁）と受け答えをしている。内容的には冷たく拒む返事ではあるものの、会話を交わすだけの融和的な態度は示している。したがって、薫を相手にした場合であっても、復縁を迫る話には固く背を向け押し黙ることはあっても、それ以外の話には心を開き徐々に打ち解けていくであろうことは十分に予想される。特に、紀伊守の口から、薫が八宮の娘の死を嘆き川の流れを見下ろして「見し人は影もとまらぬ水の上に落ちそふ涙いとどせきあへず」（手習　第六巻　359頁）と涙にくれていたという話を聞いた後である。「忘れたまはぬにこそは」（手習　第六巻　360頁）としみじみと感激しており、薫への親愛の情を一段と深めていたはずである。薫の出方にもよろうが、匂宮との関係、入水の決意、出家後の心境等々言いにくい事をも徐々に打ち明け、薫からの理解も得て、二人の心の交流を更に深めていくことも十分に考えられる。今ある心のわだかまりを解消し、薫からの援助と協力のもとに、完全なる心の平安を求めて穏やかな出家生活を続けていくであろうという推測は、決して恣意的な想像とばかりはいえないであろう。場合によっては薫をも出家へと導き、法の友として共々仏道精進に勤しむという生活も考えられていいのではなかろうか。このような展開こそ浮舟にとっての本当の救済であるように思われる。

五

筆者は以上のように考えるものであるが、浮舟に救済はあり得ても迷妄の極みというほかない薫に救済は考え難く、夢の浮橋は両者の断絶を描いて終っているとする解釈が、現在においてより一般的なようである。例えば、仁平道明氏は「いとねぢけたる色好み―薫像とその背景―」という論文の中で次のように言う。[22]

浮舟の救済と薫の救済を物語の行く手に見ようとする見解もあるが、薫に視点を据えてみるならば、夢浮橋巻の終わりには、そのような読み方を引き出すべき方向性は見出しがたいのではないか。浮舟が薫の庇護のもとでやすらかな出家生活を送り、薫もまたそのような浮舟の存在によって救済されるということを夢想させるものは、そこにはない。（中略）薫に救済は約束されていない。

小町谷照彦氏もまた、「夢の浮橋」という歌語は、男女の道の途絶えを意味するという森朝男氏、今井源衛氏等の説を踏まえ、「どうも薫と浮舟との仲はすっかり隔絶し、浮舟は薫の理解を越えた世界に行き去り、俗世に薫は一人取り残されてしまったらしい。『源氏物語』は、男女の愛の不毛という現実を、峻烈に浮き彫りにしたところで終わっているということになろうか[23]」と言われる。「新たな「手習」「夢浮橋」の世界における浮舟出家の痛切きわまりない物語に薫は関与しうる人間ではありえない。[24]」と言う秋山虔氏、「物語の最後の男女関係を描いたこの浮舟と薫の場合には、空蟬と源氏、紫上と源氏、大君と薫などには認められた共有する精神的な基盤というべきものが、まったく欠落している。もはやこの薫と浮舟の物語になると、それまでの物語が求めていた男女関係における精神的なつながりの追求、という問題は切り離されたかに、あるいは、そこにあまり期待しなくなったかに見える[25]」と言う増田繁夫氏も同様に薫と浮舟の間に深い断絶を見、両者の和解、共感による救済などあり得ないとするものである。確かに、物語は両者の心の距離を印象深く描いた所で終わっており、物語の語りかけに忠実に従うかぎり二人の和解と交流を読み取るのは極めて困難ということになる。それでもなお、夢浮橋の巻の結末をそのまま物語の終わりとして受け止めることに釈然としないものを感じる。『源氏物語』の至る所に限りなく優しく暖かい人間愛の精神を感じさせる作者が、物語の最後に男女の愛の不毛という過酷な現実の相を描くのみで終わっているとはどうしても思えない。現実の厳しさ、救済に至る道の困難さより、安易なハッピーエンドで終わることはできなかったにしても、傷つき悩む人間の救済の方途を望む思いはあり、その方向性を、決して声高に主張することはないにしても、示唆的には語っているのではないだろうか。浮舟や薫の真の救済と考えられる両者の法の友としての末永い交流の可能性を、迷妄の極みというはかないと評される薫の側から今一度考えてみたい。

両者の断絶と薫の迷妄性を強く読者に印象付けるのは、専ら夢浮橋の巻巻末の薫の姿による。が、果たして虚しく手紙を持ち帰った小君を見て「すさまじく、なかなかなり」と思い、「人の隠しすゑたるにやあらん」（夢浮橋　第六巻　395頁）と思い巡らす薫は、浮舟の今ある境地とは遥かに隔たった低俗極まりないものであると解するしかないのであろうか。手習の巻における浮舟の変化をまったく知らない薫としては、やむを得ないささやかな誤解であり、一旦相逢って浮舟の真の姿を理解した時には深い共感の世界を形成する可能性は十分あるものと解することはできないであろうか。もともと、浮舟は、東屋の巻冒頭に説明のあるように、薫が消息を送ることさえ世間体を憚らざるを得ない身分の低い女性である。

筑波山を分け見まほしき御心はありながら、端山の繁りまであながちに思ひ入らむも、いと人聞き軽々しうかたはらいたかるべきほどなれば、思し憚りて、御消息をだにえ伝へさせたまはず、（東屋　第六巻　17頁）

由緒ある重々しさや高貴性に欠け、大君のような深い内面性を感じさせることはない。薫は、受け答えの乏しい田舎びた風情に落胆しつつも、大君の外形的な形代を得たことで満足しようとする。宇治の山荘に住まわせて以後、匂宮との関係ができ内面に複雑な思いを抱える浮舟を、恐らくは自らの薫陶の賜物と感じてであろうか、「やうやうものの心知り、都馴れゆくありさまのをかしきも、こよなく見まさりしたる心地したまふに」（浮舟　第六巻　145頁）と感じる時はあるものの、随身から匂宮との関係を知らされた時は強い不快感と軽蔑の念を覚えている。

ありがたきものは、人の心にもあるかな、らうたげにおほどかなりとは見えながら、色めきたる方は添ひたる人ぞかし、この宮の御具にてはいとよきあはひなり、（浮舟　第六巻　175頁）

自分への裏切りを知っても、事の真相を正そうともせず、中途半端な状態のまま関係を維持するのも、「やむごとなく思ひそめはじめし人ならばこそあらめ、なほ、さるものにておきたらむ、今はとて見ざらむ、はた、恋しかるべし」（浮舟　第六巻　175頁）という浮舟を軽視した思いからである。総じて、浮舟に対する薫の評価は低く、大君や中君と相対する時よりも心の程度を一段下げた多少敬意を欠いた対応にならざるを得なかったもののようである。入水を決意し失踪して以後の浮舟は、心身の深い苦悩から徐々に回復し、周囲の反対を押し切って出家を遂げ、様々な経典の読誦と勤行に勤しむ毎日であり、精神的・内面的にも大きく成長しているといえるが、そのことを知らない薫の浮舟観は、漁色家の匂宮の相手として相応しい色めいた女性であると思っていた当時のままである。疑い深い厳しい推測をしたとしてもやむを得ないことであったといえよう。

手習の巻巻末で、小宰相を通して浮舟生存の報に接した薫は、「いかでかはたしかに聞くべき、下り立ちて尋ね歩かんもかたくなしなどや人言ひなさん、」（手習　第六巻　366頁）と、まず第一に世間体を気にし、次に匂宮との関係を疑い、匂宮も関わっているのならばあのまま亡くなった人と思いなして自分のもとへ取り返して逢おうとの思いは二度と持つまいと思い悩む。小君を連れて横川僧都に会いにいこうとする道の途中でもなお次のようにあれこれと狐疑逡巡する。

さすがに、その人とは見つけながら、あやしきさまに、容貌ことなる人の中にて、うきことを聞きつけたらんこそいみじかるべけれと、よろづに道すがら思し乱れけるにや。（手習　第六巻　368～369頁）

「うきことを聞きつけたらん」について、新編日本古典文学全集『源氏物語』の頭注は、「失踪後にまた男ができたのではないかとの邪推」と注する。[26] こうした思いの延長上に夢浮橋の巻巻末の反応があるのであり、送った手紙を拒まれた時に誰か他の男性に匿われているのではないかと疑うことは、薫としては極自然な思考経路であったといえよう。

それにしても、浮舟の生存を確認しようとするにあたって、まず第一に世間体や面子を気にし、出家している尼に男性関係を疑うなど、品のないあさましい姿である。「その聡明とはいえ人目をはばかってばかりいる世俗的な処世術や浅薄な浮舟観、中途半端な恋愛態度は、せつない浮舟の生きざまと対照的である。（中略）その心の位相は遠く隔っている。[27]」との解釈に深い共感を覚えるのも確かである。が、また一方、薫の立場からしては、自分を裏切って匂宮と通じ失踪した身分低い女性への反応としては、せいぜいこの程度でしかなかったともいえる。多少理想性を損なう品のない邪推ではあるが、浮舟ごとき女性への薫の思いとしては、あり得る一つの現実的な姿として読み取るべきなのであろう。

薫は、時折品のない俗人的な姿をさらすことがあるが、光源氏の後を引き継ぐ『源氏物語』の主人公の一人であり、選ばれた人のみが持つ生来の独特の体臭を持ち、世間にもてはやされる身分高い理想の貴公子であることは間違いのない所である。宿木の巻の一節に次のような草子地がある。

かく女々しくねぢけて、まねびなすこそいとほしけれ、しかわろびかたほならん人を、帝のとりわき切に近づけて、睦びたまふべきにもあらじものを、まことしき方ざまの御心おきてなどこそは、めやすくものしたまひけめとぞ推しはかるべき。（宿木　第五巻　480頁）

右は、当代の女二宮を得ても心慰まず亡き大君を慕い、中君の出産した若宮を見て自分のものとして見てみたいと羨ましく思う薫の姿を描き、はかなく亡くなった大君と通常の夫婦となり、このような子供を残していたならばとばかり思われ、晴れがましい名誉の妻のもとに一日も早くと期待する気持ちが少しも起こらないのはあまりにどうしようもない君の御心であると、薫の胸の内を批判的に描いたすぐ後に続く文章である。物思う薫の内面をそのままに描いていくと、いかにも「女々しくねじけて」「わろびかたほならん人」のように思われるが、帝がそのような人を特別贔屓にし、縁組みを結ぼうなどと思うはずもなく、実務上の才覚などはこの上なく有能で立派であったのだと思うべきなのであろうというのである。社会的な外面とどうにもならないことをくよくよと思い悩む内面の落差。そのことを十分に意識し、意図的に描いているかに思われる草子地である。有能で素晴らしく何事にも優れた理想的ともいえる人物の、凡人と同様に不如意な人生の成り行きにあれこれと思い悩む女々しい内面の姿を描いたのが薫であったのだということもできるであろう。深刻な苦悩を乗り越え、必死に仏道に縋ろうとする浮舟を、およそ実態とはかけ離れたあらぬ邪推をする薫ではあるが、社会的には権大納言兼右大将の地位にあり、当代の女二宮を妻に持つ将来を嘱望される貴公子であることも事実である。当時の多くの読者は、薫から正当に理解されない浮舟に深く同情することはあっても、薫を浮舟よりも劣位に置き、浮舟の精神的境地に遠く及ばない愚者と見ることは決してなかったのではなかろうか。すなわち、物語の終末にあたっての二人の断絶は、薫の迷妄性を印象付けるものとしてではなく、社会的身分・境遇を乗り越えて浮舟が正しく理解され、真の救済に至る道の遥かさを示すものとして描かれたのではないかと思われるのである。それでもなお、薫の姿は主人公としての理想性を損なう品位のないあさましいものであるとするならば、それは、親友である匂宮の裏切りと大君形代の喪失、度重なる不如意な事の成り行きによって深く心傷つき、正常でない精神の状態にあった故であると解釈したい。大君の物語の中にあっても、深く誇りを傷付けられたと思われる時、教養ある貴公子とも思えない品位を欠いた発言をする薫の姿を見ることができる。女房の手引きにより姉妹の寝室に侵入しながら大君に逃げられ、中君と何事もなく夜を過ごした翌朝、弁君に向かって薫は次のように言う。

来し方のつらさはなほ残りある心地して、よろづに思ひ慰めつるを、今宵なむまことに恥づかしく、身も投げつべき心地する。棄てがたく落しおきたてまつりたまへりけん心苦しさを思ひきこゆる方こそ、また、ひたぶるに、身をもえ思ひ棄つまじけれ。（中略）宮などの恥づかしげなく聞こえたまふめるを、同じくは心高くと思ふ方ぞことにものしたまふらんと心得はてつれば、いとことわりに恥づかしくて、また、参りて人々に見えたてまつらむこともねたくなむ。（総角　第五巻　256頁）

大君に無断で侵入した無礼は棚に上げ、恥をかかせられた自らの恨みのみを被害者的に訴える。後に残す二人のことを心配していた八宮を思い、出家もできないでいるのにと恩着せがましいことを言い、さらには同じ結婚するなら身分の高い匂宮ととの高い望みを持っていることがはっきり分かったので、もうここには恥ずかしくて来れないなどと、僻んだ言い方をする。薫は同様のことを大君に面と向かい次のように言う。

今は言ふかひなし。ことわりは、かへすがへす聞こえさせてもあまりあらば、抓みも捻らせたまへ。やむごとなき方に思しよるめるを、宿世などいふめるもの、さらに心にかなはぬものにはべるめれば、かの御心ざしはことにはべりけるを、いとほしく思ひたまふるに、かなはぬ身こそ置き所なく心憂くはべりけれ。なほ、いかがはせむに思し弱りね。（総角　第五巻　265頁）

弁君の手引きにより今頃匂宮は中君と結ばれているだろうとの薫の話に衝撃を受け、深い怒りと嘆きに言葉もなく沈黙する大君への口説きの言葉である。身分の高い方へと心寄せのようですが宿世というものは思い通りにはならないもので、かの宮の望みは別な人のようです、気の毒には思いますがどうにもならないものと諦めて貴女は私の気持ちを受け入れて下さいという言い方は、皮肉な嫌味でしかない。結婚するならより身分の高い匂宮となどと一度として思ったことのない大君にとって、まともに弁解する気にもなれない甚だしい誤解であり、不快感と嫌悪感を感じるしかなかったであろう。侵入した目の前で逃げられたことの深い恥辱と遺恨の念が言わせる言葉ではあろうが、大君のみならず自分をも傷付ける品のない物言いである。およそ物語の主人公に相応しくないあさましい姿であるといえよう。浮舟に対してあらぬ邪推をする薫と共通した面があるといえる。

作者は、薫を光源氏の後を引き継ぐ世間に評判の高い貴公子とし、人々にもてはやされる栄華の様は筆を惜しまず褒めそやしながら、決して光源氏のような世俗を超越した英雄とはしない。あくまでも「ただ世の常の人ざま」(第五巻 17頁)であるとし、常に一定の距離を置いて、時に痛烈な批評の草子地を交え、人間的な弱さ、卑しさ、愚かさをも描く。薫は、英雄的な面と反英雄的な凡人の面を併せ持つ、頗る人間臭い主人公である。常に世間体を気にし、まず第一に世間の人々からどう思われるかを行動の基準にする世俗的な一面も薫の基本的な性格の一つであり、いかにも平安朝の貴族社会に生きる現実的な人物らしい一面である。中君への思いがいよいよ募り、抑えようもない激情にすぐにも行動に移りそうな自分を必死に堪えて薫は次のように思う。

かくのみ思ひては、いかがすべからむ、苦しくもあるべきかな、いかにしてかは、おほかたの世にはもどきある

まじきさまにて、さすがに思ふ心のかなふわざをすべからむ

（宿木　第五巻　453頁）

薫は、欲望のままに行動する奔放な匂宮と違い、いついかなる場合でも世の規矩を越えることができないのである。道ならぬ恋にしてもどうにかして世間の非難を受けない形での解決方法はないものかと思い悩む。結局は、いつまでも思い切った行動は取れず、欲望を抑えて悩み続けるしかない。また、次のような心中思惟の中にも、常に世間の目に映る自分を考え、他との比較を通してあるべき自分の態度・行動を決定する薫の姿を見ることができよう。

げにことなることなきゆかり睦びにぞあるべけれど、帝にも、さばかりの人のむすめ奉らずやはある、それに、さるべきにて、時めかし思さんをば、人の譏るべきことかは、ただ人、はた、あやしき女、世に古りにたるなどを持ちゐるたぐひ多かり、

（蜻蛉　第六巻　241頁）

浮舟の失踪後、母中将の君に消息を送り、感謝感激の返信と幼い子供達を皆出仕させたいとの口頭での返答を受け取った折の思いである。常陸介一家と突然交際することの世間体を気にし、帝への入内や世間での結婚の例を持ち出し、それとの比較の中で身分低い女性と関係を持った自分を正当化しようとするのである。薫がこのように世間の目に頗る敏感であったのは、自らの社会人としての栄華を保障する出生への疑惑があり、絶えず世間の噂を気にせざるを得なかった生い立ちと深く関連しているであろうことはいうまでもないであろう。もっとも、世間体を気にする傾向は、薫にとって必ずしも欠点ばかりとはいえない。社会人として優秀で、人々の信頼の厚いのも、常に世間の期待に添う行動を心掛け、常識に逆らうことのない真面目さからきているともいえる。小宰相の口から浮舟生存の報を得

た最初の反応が世間体を気にするものであったのも、社会人としての誠実で優秀な一面の逆の表れであったともいえよう。

以上、薫と浮舟の心の断絶を印象付ける夢浮橋の巻巻末は、薫の救いようのない迷妄性からくるものではなく、浮舟の精神的成長を知らないやむを得ない誤解であり、両者の社会的地位・身分からして薫を浮舟の精神に遠く及ばない低俗な者と見ることは、当時の読者の常識に逆らうことであり、無理があるであろうことを論じてきた。更には、両者の内面は、精神的断絶どころか極めて近い境地にあり、一旦誤解が解け、互いの真の姿を理解した時には、法の友として親密な関係を形成し得る十分な可能性があるとも考えられるのである。以下、その点について見ていきたい。

六

いうまでもなく、薫は、物語の開始から既に、「世の中を深くあぢきなきもの」（匂兵部卿　第五巻　29頁）に思い「心にまかせてはやりかなるすき事をさを好まず」（匂兵部卿　第五巻　30頁）秘かに出家遁世を願う奇特な青年として設定される。罪の子としての薫の道心の行方が物語の大きな興味の一つであることは、誰しも認める所であろう。物語は、法の友として通い続ける宇治の八宮邸での大君との出会いから恋に捕らわれ、大君の死後は妹の中君を、更には異母妹浮舟を身代わりとして求め続ける恋の物語として展開し、道心の深まりは極めて曖昧なものでしかないが、薫が出家を本意とする道心深い青年であることは終始変わりない。薫の恋に思い悩む心情は、常に道心との関わりの中で描かれることになる。大君の死後、既に匂宮の妻となっている中君への思いに苦しむ薫の姿は、次のように描かれる。

なほ、この御けはひありさまを聞きたまふたびごとに、などて昔の人の御心おきてをもて違へて思ひ限なかりけんと、悔ゆる心のみまさりて、心にかかりたるもむつかしく、なぞや、人やりならぬ心ならんと思い返したまふ。そのままに、まだ精進にて、いとど、ただ、行ひをのみしたまひつつ、明かし暮らしたまふ。

（宿木　第五巻　400頁）

中君の様子を見聞きする度ごとに亡き大君の意向に背いた自分が悔やまれ、それもこれも自分の心からしでかしたことであると思い煩うままに、毎日勤行一途に明かし暮らしていたというのである。中君への執着に苦しむ一方、仏道精進にも深く傾注する薫の姿を見ることができる。また、帝の意向に添わざるを得ず心ならずも女二宮を妻に迎え、高い宿世を得意に感じられる一方、大君を恋う気持ちは慰められず、来世においてはじめて何の因縁か理解でき苦しみから離れることもできようかと、ひたすら仏道に心を寄せる薫の内面が次のように説明される。

宿世のほど口借しからざりけりと、心おごりせらるるものから、過ぎにし方の忘られればこそはあらめ、なほ、紛るるをりなく、もののみ恋しくおぼゆれば、この世にては慰めかねつべきわざなめり、仏になりてこそは、あやしくつらかりける契りのほどを、何の報いとあきらめて思ひはなれめと思ひつつ、寺のいそぎにのみ心をば入れたまへり。

（宿木　第五巻　486〜487頁）

浮舟失踪の後も、恋しく悲しく辛い思いの中で、早くから出家の願いを持ちながらいつまでも俗世に留まっている自分を仏が憎み、発心を起こさせようと辛い経験をさせているのだろうかと思い、勤行ばかりしていたという。法華八講終了後ふと垣間見た女一宮の姿に陶然とし、妻の女二宮に同様の服装をさせて眺めようとするその合間にも、「例の、念誦したまふ。」（蜻蛉　第六巻　252頁）と叙述される。すなわち、女性の官能的な美に心を奪われ、その欲望の充足を図りながら一方で勤行に勤しんでいたというのであり、浮舟喪失の惑乱の中で、色好みの煩悩に引きずられながらも、念仏修行を決して忘れてはいない薫の姿を見ることができる。薫自身、自らの道心を次のように反省している。

やうやう聖になりし心を、ひとふし違へそめて、さまざまなるもの思ふ人ともなるかな、その昔世を背きなましかば、今は深き山に住みはてて、かく心乱らましや　（蜻蛉　第六巻　251頁）

深い道心を持ちながら現世の恋に捕らわれ様々に物を思い煩う自らの心の状態を的確に把握しているといえる。薫は、道心の故に厳しく心を律し、一途に出家を目指すというのではなく、世俗の人としての自然な心の赴きに身を委ね、結果的にいつまでも現世に踏み留まっているかのようである。まさに岡崎義恵氏の言う「道心ある者がどのようにしてそれを妨げられるかを描いたもの」が薫の一生であるといえる(28)が、そうした中にあってもやはり徐々に道心を深め、特に浮舟失踪以後の蜻蛉の巻においては、深い人生無常の感慨、恋に惑乱する心を自制しての強い出家への念願など、もはや出家するしかないという精神的な情況の中で停滞し彷徨する薫の姿を見ることができる。現世における深い苦悩、孤独の苦しみ、救済を求めての仏道への志向と、薫と浮舟とは、極めて近似した精神的な境地にあるといえよう。

また、薫が大君に求めていたものは、単に男女の肉体的な交渉ではなく、時にはそれ以上に「定めなき世の物語」

を隔意なく語り合おうとする人間的な心の交流であった。そこには、八宮に代わる法の友としての相手を求めるという意味もあったであろう。大君の死後その面影を求めて執着する中君に対してもその点同様であったことは、中君に語りかける次のような言葉によっても知れる。

あるまじき心のかけてもあるべくはこそめざましからめ、ただかばかりのほどにて、時々思ふことをも聞こえさせうけたまはりなどして、隔てなくのたまひ通はむを、誰かは咎め出づべき。世の人に似ぬ心のほどは、皆人にもどかるまじくはべるを。なほうしろやすく思したれ
（宿木　第五巻　447頁）

総じて、薫の女性との交流は、女房階級の女性を相手にした場合であっても、一時の慰めとしての肉体的な交渉を求めるものばかりではなく、会話を通しての人間的な触れ合いを求めるものであった。蜻蛉の巻において明石中宮との会話の中で、大納言の君は薫と小宰相の君との関係を次のように説明する。

人よりは心寄せたまひて、局などに立ち寄りたまふべし。物語こまやかにしたまひて、夜更けて出でなどしたまふをりをりもはべれど、例の目馴れたる筋にははべらぬにや。宮をこそ、いと情なくおはしますと思ひて、御答へをだに聞こえずはべるめれ。
（蜻蛉　第六巻　256～257頁）

吉澤義則『源語釈泉』は、当本文を解説して次のように言う。(29)

「例の目馴れたる筋」とは、世間にざらにある肉体的交渉の伴ふ「すき」であり、「すき」の堕落したものである交際を指していったのであって、薫と小宰相との交際は、それの伴はない純なる、また、本質的なる「すき行為」であったことをいってゐるのである。

「すき」の本質的な意味は肉体的な交渉を伴わない交際であり、それの伴うものは堕落した「すき」であるという「すき」の意味に対する解説の当否はしばらく置くとして、大納言の君の言葉通りに受け取るならば、薫と小宰相の君との交際は肉体的交渉のない清らかなものであったということになろう。多少信じられない思いがするものの、明石中宮も「まめ人の、さすがに人に心とどめて物語するこそ、心地おくれたらむ人は苦しけれ。心のほども見ゆらんかし。小宰相などはいとうしろやすし」（蜻蛉　第六巻　256頁）と言っており、少なくとも薫との交際は、容姿・容貌のみでなく人間としての精神的な内容も求められるものであると考えられていたとはいえるであろう。また、「（匂宮の懸想を）などか、さしもめづらしげなくはあらむと心強くねたきさまなるを、まめ人は、すこし人よりことなりと思すになんありける。」（蜻蛉　第六巻　245頁）という説明もあり、小宰相の君は、興の赴くまま次々と新しい女性と関係を結ぶ匂宮を、多くの女性と同列に扱われるのは嫌であるとして拒み続け、そのことによりかえって薫は好意を寄せていたという。一人一人の女性に誠実に対応し、時に男女関係以上に言葉を通しての人間的な触れ合いを求める女性との交流のあり方は、匂宮とは著しく対照的であり、薫に特徴的なものであったといえよう。もとより、薫の女性関係は常にこうした精神的なものばかりではなく、世の通常の官能的快楽を求めるもののあったことも事実である。

例の、寝ざめがちなるつれづれなれば、按察の君とて、人よりはすこし思ひましたまへるが局におはして、その

夜は明かしたまひつ。　　　　　　　　　　　　　　　　　　　　　　　　（宿木　第五巻　418頁）

宿木の巻には、ここにいう按察の君との具体的な交情の様が描写され、続けて次のように説明される。

かりそめの戯れ言をも言ひそめたまへる人の、け近くて見たてまつらばやとのみ思ひきこゆるにや、あながちに、世を背きたまへる宮の御方に、縁を尋ねつつ参り集まりてさぶらふも、あはれなることほどほどにつけつつ多かるべし　　　　　　　　　　　　　　　　　　　　　　（宿木　第五巻　419頁）

匂宮と同様の一時的な軽い好色の振る舞いも少なからずあるのであり、それ故逆に薫が大君喪失に耐えられず、中君、浮舟とその身代わりを求め続けるのは、本能的欲望に引きずられてのことではなく、より多く精神的飢渇感からであったといえるであろう。

浮舟生存の報に接し、横川僧都を仲介に再会を図ろうとするのは、男女関係の復活を第一の目的とするものではなく、生存を確認し親族にも知らせ、これまでの経緯を親しく語り合おうとするものである。したがって、浮舟と相逢って、現世の苦悩と罪障からの救済を求めて必死に仏道に縋る浮舟の真実の姿を見た時には、深く共感し協力と援助を惜しむことはないであろう。男女関係を排した法の友としての関係を形成し、その中で交流を深めていくことも十分考えられる。深刻な苦悩を通して精神的に成長し、容姿容貌のみならず内面的にも大君の形代に相応しい今ある浮舟によって、大君喪失の飢渇感を癒し、本来の願いである出家を果たすべく徐々に道心を深めていく可能性も十分あり得るといえよう。

物語の終局に描かれる薫と浮舟の断絶は、両者の心の距離を、就中薫が浮舟の精神的境地に遠く及ばないための心の距離を示すものではなく、身分低く無力な浮舟が薫から正当に理解され、真の救済に至る道の遥かさ、現実の厳しさを暗示するものなのではなかろうか。両者の精神的な境地は、むしろ頗る近似しており、和解し共感し、人間的な交流を深めて共に心の平安を得るに至る可能性は十分に残されているように思われるのである。

七

手習、夢浮橋の二巻において浮舟を支え、生かしているものは、小野の僧庵の人々の善意、就中妹尼君の母性愛であり、横川僧都の仏弟子を導く師としての愛情であるといえよう。親子の情愛は、往生の妨げとして仏教界においては克服されるべき情念であろうが、亡き娘の身代わりとして献身的に愛育する妹尼君の浮舟への愛は、母性愛としかいいようがない。紀伊守から頼まれる法要の衣を裁ち縫いつつ、浮舟の尼姿を惜しみ実の母に同情して言う次のような言葉は、出家した尼君とは思えない人情味溢れるものである。

ここには、かかる世の常の色あひなど、久しく忘れにければ、なほなほしくはべるにつけても、昔の人あらましかばなど思ひ出ではべる。しかあつかひきこえたまひけん人、世におはすらんや。かく亡くなして見はべりしだに、なほいづこにあらむ、そこととだに尋ね聞かまほしくおぼえはべるを、行く方知らで、思ひきこえたまふ人々はべらむかし

（手習　第六巻　361〜362頁）

横川僧都もまた戒律に囚われない自在の人である。人間性への鋭い洞察を持ち、人間の自然な感情への理解も深い。

浮舟の突然の出家の懇請に、親や夫の有無をよく確認もせず、妹尼君の猛烈な反対を十分予測できながらも、すぐさま剃髪の儀を執行するのは、浮舟の必死の様相に深く同情した故であろうし、薫の訪問を受け「もとの御契り過ちたまはで、愛執の罪をはるかしきこえたまひて、一日の出家の功徳ははかりなきものなれば、なほ頼ませたまへとなむ。」（夢浮橋　第六巻　387頁）と、浮舟に還俗を勧める手紙を認めるのも、[30]浮舟生存の確認に思わず感涙に咽ぶ薫の表情に、並一通りでない愛執の強さを感じ取り、そうした強い愛情を持つ貴公子からの求愛を拒否することの浮舟の困難さを思ってのことであろう。戒律遵守の為の厳しい心の葛藤を強いるのではなく、自然の人情の充足を勧めているといえる。

僧都は、浮舟に出家生活の心構えを説いて次のように言う。

常の世に生ひ出でて、世間の栄華に願ひまつはるる限りなん、ところせく棄てがたく、我も人も思すべかめる。かかる林の中に行ひ勤めたまはん身は、何ごとかは恨めしくも恥づかしくも思すべき。このあらん命は、葉の薄きが如し　（手習　第六巻　348頁）

小野の僧庵に集う尼君達は、まさに僧都の言う栄華の願いを断ち切った、いわば世捨人であるといえる。が、それ以外の面においては普通の生活者とほとんど変わりない。月、花、琴を愛し、親族の訪問を喜び、親子の情、恋愛の情に深い理解を示す。極めて人情味豊かな人々である。浮舟は、こうした人々の仲にあって、横川僧都を仏道の師とし精神の支えとして出家生活を続けていこうとしているのである。人と人との関係、交流は様々である。男女の関係も、恋愛だけとは限らず、恋愛を排除した心の交流もあっていいのではなかろうか。友情による交際が互いの心の潤いとなり生の支えとなることもあり得よう。出家した男女が友人として長くつき合うことも考えられていいのではなかろうか。

作者紫式部が物語を締め括った後に思い描いていた世界は、浮舟はやがて薫や母中将の君と再会し、僧庵の人々に自らの素性、過去の経緯を打ち明け、薫の援助のもとに出家生活を続ける。あるいは薫自身浮舟に触発されて出家し、共々横川僧都を師とし、法の友として末永い心の交流を続けていくといったものではなかったかと思うのである。

四　花散里の物語

以上、紫上、大君、浮舟という『源氏物語』後半部の主題的な女性たちの物語を通して、結婚という形での女性の幸福に絶望的な思いを持つ作者は、男女が男女の関係を超えて一人の人間対人間として心を通わせる所に男女間の断絶の悲劇からの救済を見ていたのではなかったかと論じてきた。異性関係を超えた心の交流といった場合、六条院における花散里が注目される。光源氏の妻妾の一人として六条院の一郭に住まい、紫上に並ぶ重々しい待遇を受けながら、彼女は光源氏との男女の関係は疾うに絶えているという。容貌も醜く肉体関係もない彼女が、妻妾の一人として光源氏の側に存在し続けるのはなぜか。作者は二人の関係をどういう思いのもとに描いていったのであろうか。

一

花散里は、通常光源氏の妻妾の一人として六条院の夏の御殿に住まう女性を指すが、早くに藤村潔氏による詳細な指摘があるように、この呼称は物語の中において終始一貫して一人の女性を指してはいない(31)。物語に初出の光源氏の歌「橘の香をなつかしみ郭公花散里をたずねてぞとふ」では、桐壺帝の麗景殿女御と光源氏の愛人である妹の三の君が住む邸宅を指し、須磨の巻の次のような記事は明らかに三の君ではなく麗景殿女御を指している。

花散里の心細げに思して、常に聞こえたまふもことわりにて、かの人もいま一たび見ずはつらしとや思はんと思せば、その夜はまた出でたまふものから、いとものうくて、いたう更かしておはしたれば、……
（須磨　第二巻　174頁）

光源氏と男女の関係にある「かの人」とは区別して「花散里」と表現しており、麗景殿女御を指していると解釈すべきであろう。須磨の巻には、姉と妹のどちらを指すか明確にはし難いものの、直接的には姉女御を指すかと思われる用例がもう一例ある。明石の巻の巻末や澪標の巻の表現は妹三の君を主に指しているかと思われ、松風の巻以降ははっきりと三の君を指す呼称に固定していく。

・まことや、かの明石には、返る波につけて御文遣はす。（中略）かの帥のむすめの五節、あいなく人知れぬもの思ひさめぬる心地して、まくなぎつくらせてさし置かせけり。（中略）花散里などにも、ただ御消息などばかりにておぼつかなく、なかなか恨めしげなり。
（明石　第二巻　275〜276頁）

・二条院の東なる宮、院の御処分なりしを、二なく改め造らせたまふ。花散里などやうの心苦しき人々住ませむなど思しあててつくろはせたまふ。
（澪標　第二巻　284〜285頁）

・東の院造りたてて、花散里と聞こえし、移ろはしたまふ。西の対、渡殿などかけて、政所、家司など、あるべきさまにしおかせたまふ。東の対は、明石の御方と思しおきてたり。

（松風　第二巻　397頁）

明石の巻巻末の「花散里」は、光源氏と男女の関係にある明石君や筑紫の五節と並称されてい、澪標の巻の記事も二条院の東院に迎えようとするかつて関係のあった女性たちを問題にしている文脈である所から、「花散里」は主に三の君を指していると考えられる。松風の巻の用例は、東院に移り住む女性についての説明であり、明らかに特定の個人を指しているといえる。松風の巻以降の呼称の固定化には、「花散里」という呼称で共に呼ばれていた麗景殿女御の登場が松風の巻以降一度もなく、いつの間にやら物語から消えていることと深く関わっていよう。麗景殿女御の物語からの立ち消えが、「花散里」という呼称の曖昧さを払拭しているともいえる。

物語の主要人物の呼称が、当初邸宅を指し、そこに住む姉妹の姉から妹へと徐々に固定していくというのは頗る興味深い現象であるが、このことは花散里という女性の役割が物語の進行と共に変化していることを意味していよう。花散里は、物語への登場の当初から光源氏の妻妾の一人として二条院東院および六条院に住まいし、彼の日常生活の運営に重要な役割を果たすべく構想されていた訳ではないと思われる。物語に初登場の光源氏との対面の場は次のように描かれる。

西面には、わざとなく忍びやかにうちふるまひたまひてのぞきたまへるも、めづらしきに添へて、世に目馴れぬ御さまなれば、つらさも忘れぬべし。何やかやと、例の、なつかしく語らひたまふも、思さぬことにあらざるべし。仮にも見たまふかぎりは、おし並べての際にはあらず、さまざまにつけて、言ふかひなしと思さるるはなければにや、憎げなく、我も人も情をかはしつつ過ぐしたまふなりけり。それをあいなしと思ふ人は、とにかくに変るもことわりの世の性と思ひなしたまふ。ありつる垣根も、さやうにてありさま変りにたるあたりなりけり。
（花散里　第二巻　157〜158頁）

三の君個人についての具体的な描写は極めて少なく、むしろすぐ続く光源氏の女性関係一般についての説明に筆が割かれており、あたかも三の君は、光源氏の不実な対応にも拗ねたり恨んだり心変わりすることなく誠実に待ち続ける数多くの女性たちの一つの例として描かれているという印象を受ける。(32) もともと花散里の巻自体、本巻に初めて登場する女性との新たな恋の様相を語るといったものではなく、花散里邸訪問の途中立ち寄る中川あたりの女の心変りを通して光源氏の社会的逆境からくる私生活上の変化を具体的に語り、(33) そうした中でもなおこれまでと同様の厚意を持ち続ける女性との会話に、桐壺帝在位当時の昔を偲び、しばし心の慰安を得るという物語であり、(34) 恋人の三の君以上に姉麗景殿女御が大きな役割を果たしているといえる。「花散里」という呼称が、女御を中心とする姉妹及びその邸宅を指す所以であろう。

麗景殿女御姉妹は、桐壺院没後他に頼る人なく専ら光源氏の援助に縋る境遇にあり、光源氏の失脚はそのまま自らの生活の浮沈に関わる。それ故光源氏の不幸を自らの不幸として嘆き悲しみ、須磨流謫の折には困窮する生活の中で同情の涙を流し、ひたすら帰京を待ち侘びるしかなかった。須磨の巻に描かれる「花散里」も、恋人としての姿というよりも、荒れ果てる邸宅の中で遠く須磨の地にいる光源氏を頼るしかない侘しい生活人としての姿である。

花散里も、悲しと思しけるままに書き集めたまへる御心ごころ見たまふは、をかしきも目馴れぬ心地して、いづれもうち見つつ慰めたまへど、もの思ひのもよほしぐさなめり。

荒れまさる軒のしのぶをながめつつしげくも露のかかる袖かな

とあるを、げに葎よりほかの後見もなきさまにておはすらんと思しやりて、長雨に築地所どころ崩れてなむと聞きたまへば、京の家司のもとに仰せつかはして、近き国々の御庄の者など催させて仕うまつるべきよしのたまはす。（須磨　第二巻　196頁）

ここでの「花散里」も、三の君とは限らない。むしろ、送られる歌から生活の困窮を読み取り屋敷の修理を指示している所から歌い手は女御であり、したがって「花散里」も直接的には姉女御を指すかと思われる。光源氏の失脚により生活に行き詰る女性は他にも数多くいたであろう。花散里の描写は、そうした物語には登場しない多数の女性たちの姿を想像させる。つまり、須磨の巻における花散里は、光源氏の不幸を我が身の不幸として嘆き悲しみ、帰京を待ち侘びる、紫上以外の多くの女性たちの一つの例として描かれ、そのことによって光源氏の須磨流謫をより一層「あはれ」深いものにしているといえよう。

花散里の光源氏の妻妾としての姿が専ら描かれるのは、二条院東院に転居して以降であるが、明石の巻あたりから「花散里」の呼称が妹三の君を中心とするものに変り、物語における姉妹の比重が逆転する。澪標の巻の花散里邸訪問の場は、花散里の巻におけるそれとは逆に、「女御の君に御物語聞こえたまひて、西の妻戸には夜更かして立ち寄りたまへり。」（澪標　第二巻　297頁）と、女御との対話の具体的な描写はなく、三の君との逢瀬が贈答歌を交えて詳細に描かれる。光源氏の政界復帰以後の物語の構想の具体化と共に、花散里の物語における位置と役割が明確化し、それに応じて呼称が妹三の君に固定し、麗景殿女御は物語から退場していったものと思われる。

二

明石の巻を堺に役割が変化するとはいっても、光源氏と肉体関係にある不特定多数の女性の一つの例として描かれるという花散里の基本的な性格は変わりないといえる。二条院東院の改築を語る際にも、「花散里などやうの心苦しき人々住ませむなど」と、光源氏の保護下にある多数の女性の代表として花散里の名が挙げられ、また明石君及び「かりにてもあはれと思して、行く末かけて契り頼めたまひし人々」（松風　第二巻　397頁）を集めて住ませようとする東院は、彼女の住む西の対に政所、家司が置かれる。東院の家政執行機関が西の対に置かれるということは、花散里が当院の女主人として遇されているということを意味しよう。六条院落成の折、「紫のゆかり」として光源氏の心に特別な意味を持つ紫上、光源氏の社会的・政治的権勢の形成に無くてはならない明石姫君の実母の明石君と並んで花散里が迎え入れられるのは、東院の女主人格であり多数の妻妾を代表する存在であった故であろう。光源氏の人生に大きな意味を持ち、物語への登場の当初から印象深く個性的に描き分けられていた紫上や明石君とは違い、多くの愛人の一人という以外格別個性的な印象を持たず、姉麗景殿女御と一緒に扱われていた花散里が特に選ばれて六条院に入るのは、とりもなおさず紫上、明石君以外の多くの妻妾の代表としてであったと思われる。

二条院東院に住む花散里の生活は次のように説明される。

東の院の対の御方も、ありさまは好ましうあらまほしきさまに、さぶらふ人々、童べの姿などうちとけず、心づかひしつつ過ぐしたまふに、近きしるしはこよなくて、のどかなる御暇のひまなどにはふと這ひ渡りなどしたまへど、夜たちとまりなどやうにわざとは見えたまはず。ただ御心ざまのおいらかにこめきて、かばかりの宿世なりける身にこそあらめと思ひなしつつ、ありがたきまでうしろやすくのどかにものしたまへば、をりふしの御心おきてなども、こなたの御ありさまに劣るけぢめこよなからずもてなしたまひて、侮りきこゆべうはあらねば、同じごと人参り仕うまつりて、別当どもも事怠らず、なかなか乱れたるところなくめやすき御ありさまなり。
（薄雲　第二巻　437～438頁）

日中暇な折にふと訪ねる時はよくあるが、夜わざわざの泊まりはなく、花散里もそれを自分の運命として穏やかに受け入れ素直に応対する。夫婦関係がないといっても軽んじた扱いはなく、紫上と同等の待遇をし、人の出入りも多く家政を取り仕切る者も精勤し諸事滞りなく理想的な生活であったという。澪標の巻の逢瀬の場で花散里は、「などて、たぐひあらじといみじうものを思ひ沈みけむ。うき身からは同じ嘆かしさにこそ」（澪標　第二巻　298～299頁）と、女性の恨みともいえる言葉を口にしてい、それまでは逢瀬の度ごとに男女の契りが持たれていたと思われるが、東院という近くに住んで逆に夫婦の関係が絶えているといえる。六条院に移り住んだ後においても夫婦の関係は次のように描かれる。

大臣はこなたに大殿籠りぬ。（中略）今はただおほかたの御睦びにて、御座なども別々にて大殿籠る。などてかく離れそめしぞと殿は苦しがりたまふ。（中略）床をば譲りきこえたまひて、御几帳ひき隔てて大殿籠る。け近くなどあらむ筋をば、いと似げなかるべき筋に思ひ離れはてきこえたまへれば、あながちにも聞こえたまはず。
（蛍　第三巻　207～209頁）

五月五日、宮廷での節会の後夕霧を中心とする若い貴公子が六条院の馬場に集まり騎射等の遊宴を楽しむ蛍の巻の一節である。宴は夜遅くに終り、見物に訪れた光源氏はそのまま馬場のある東の御殿に泊まることになるが、花散里とは寝床を別にし几帳を隔てて休んだという。光源氏は多少心苦しく思うものの、花散里はすっかり諦めていて同衾の気持ちは少しもないと語られる。

花散里が、女性として愛されることのない妻の境遇を「かばかりの宿世なりける身にこそあらめ」と穏やかに受け入れていた一つの理由は、自らの容貌の醜さにあったように思われる。花散里の容貌に関し夕霧の目を通して次のように語られる。

ほのかになど見たてまつるにも、容貌のまほならずもおはしけるかな、かかる人をも人は思ひ棄てたまはざりけり（中略）向かひて見るかひなからむもいとほしげなり。かくて年経たまひにけれど、殿の、さやうなる御容貌、御心と見たまうて、浜木綿ばかりの隔てさし隠しつつ、何くれともてなし紛らはしたまふめるもむべなりけり、と思ふ心の中ぞ恥づかしかりける。（少女　第三巻　67～68頁）

これまで一度も説明されることの無かった花散里の容貌が、少女の巻に至って夕霧の目を通して初めて描かれる。美しいとも言えないこのような人を父はよくも見捨てないことである、向かい合って見て甲斐のないのは残念であり、父が直に会おうとしないのも無理のないことだと思慮している。花散里の容貌は人並み以下であるというのであろう。夕霧の批評が決して恣意的なものでないことは、右にすぐ続く次のような草子地によっても確認される。

もとよりすぐれざりける御容貌の、ややさだ過ぎたる心地して、痩せ痩せに御髪少ななるなどが、かくそしらは

しきなりけり。（少女　第三巻　68頁）

光源氏自身の目を通しても次のように描かれる。

縹はげににほひ多からぬあはひにて、御髪などもいたく盛り過ぎにけり。やさしき方にあらねど、葡萄鬘してぞつくろひたまふべき、我ならざらん人は見ざめしぬべき御ありさまを、かくて見るこそうれしく本意あれ、……（初音　第三巻　147頁）

自分以外の男性であったらとっくに見捨てるであろうこのような不美人を長らく世話をし続けることは「うれしく本意あれ」と思う光源氏の中には、我儘を押さえ相手を思いやる誠実さへの自己満足だけでなく、容姿・容貌ではない花散里の人間としての別の良さを理解し愛する自分への秘かな自慢もあったかと思われるが、いずれにしろ花散里は光源氏にとって美人ではなく女性的・官能的な魅力に乏しい女性であったといえる。

美人でもなく男女関係も絶えているにしても、二人の関係は頗る円満であり仲睦まじいものであったという。

東の院にながむる人の心ばへこそ、古りがたくらうたけれ。さはたさらにえあらぬものを。さる方につけての心ばせ人にとりつつ見そめしより、同じやうに世をつつましげに思ひて過ぎぬるよ。今はた、かたみに背くべくもあらず、深うあはれと思ひはべる（朝顔　第二巻　493～494頁）

朝顔の巻の紫上相手に問わず語りする光源氏の言葉である。「ながむる人」とは、いつも放って置かれ物寂しい日々を過ごす人という意味が込められていよう。そうした待遇にも怨嗟し離反することなくいつまでも可憐さを失わない花散里を、光源氏は余人には出来ない気立ての素晴らしい女性として感激し、今では互いに離れられそうになく深く心を交し合っているという。与えられた境遇を素直に受け入れ常に従順な花散里を、光源氏は紫上に次ぐ妻として重々しく扱い、夕霧や玉鬘の養育を託すことになる。夏の御殿の女主人として六条院の生活に大きな存在感を持つ花散里の姿は、夕霧を中心とする若人達の騎射の遊宴や夕霧主催による光源氏四十の賀宴の場などに具体的に読み取ることができる。

三

肉体関係はないものの光源氏夫人として重々しく扱われるこうした特異な花散里の物語上の役割に関し、既に多くの論攷が積み重ねられている。坂本曻氏は、花散里の六条院における存在意義の重要性を詳細に分析し、それは「夕霧の母親たるに相応しくあるべく源氏が用意した待遇」であるという。[35] 沢田正子氏は、光源氏をめぐる夫人の一人、夕霧の母儀、紫上の脇役という三つの視点から分析し、「それらが三様に相からみ合ってひとつの生が融合されているところに特徴がある」といい、そうした人物を造型した意味を「人間の、ことに女人の宿命ともいえる男女の愛憎を超越した、人間愛、母性的情愛の体現、理想的女人像の達成ということができよう。[36]」という。加納重文氏は、坂本説を「すでに成人している夕霧に、養育の実質的な意味は、あまりないだろう。（中略）夕霧にとって、花散里の存在は、あって便利ではあるけれども、なくてならないというものではないのである。」と批判し、沢田説に関し「その労は多とするけれども、努力の方向は、それぞれの要素を析出することよりも、それらを全体として貫く、人間像の中心にあるものを摘出して、そこから全体像を把握するところに、むけられるべきではなかったかと思う。」と言う。そして、「六条院の妻たちは、「女性群」としてまとまることによって、源氏の理想的な「妻」たりえているのかも知れない。「おんな」の部分、「身分」（ここは少し弱いのであるが）の部分は紫上、「母」の部分は明石女君、「主婦」の部分は花散里、といったように。(37)」と言う永井和子氏の意見に賛意を表し、「紫上と花散里は、お互いの欠けた部分を補い合って、妻と恋人との両方の要素を備えた、完全な女性像を実現していることがわかる。」と言い、「源氏にとって紫上は永遠に恋愛をする存在であるけれども、そういう恋愛の対象であるにふさわしくない属性を花散里に託すことによって、紫上の永遠を保とうとしたということではないだろうか。」と言う。(38)

いずれも、物語の緻密な読みに基づく傾聴すべき卓見であり、特に加納氏の見解に共感を覚えるが、筆者はまた多少別な風に考える。女性として愛されない花散里の設定は、恋愛の対象である紫上の永遠性を保つ為にあるという見解は深く共感できるが、紫上と花散里とが「おんな」と「主婦」の部分を分け持っているという解釈はいかがであろうか。確かに、花散里は夕霧や玉鬘の養母の役を果たし、裁縫・染色の技芸に優れているとされるが、紫上もまた十分に「主婦」の勤めを果たしているといえる。光源氏が須磨・明石へ流離した時に二条院の家政を管理し通したのを始め、明石姫君や女一宮を養育し、光源氏四十賀や自らの発願による法華経千部の供養を主催し、女三宮の持仏開眼供養にも会場設営、諸道具の準備等に奉仕している。「御衣どもなど、いよいよたきしめさせたまふものから、うちながめてものしたまふ気色、いみじくらうたげにをかし。」（若菜上　第四巻　63頁）と女三宮のもとへ通う光源氏の衣服を調整する姿が描かれ、明石姫君の出産に際し若宮の世話に甲斐甲斐しく立ち働く紫上の様子が、「白き御装束したまひて、人の親めきて若宮をつと抱きゐたまへるさまいとをかし。」（若菜上　第四巻　109頁）と描かれている。野分の巻において、光源氏は女房を指図して衣装を縫製する花散里の様子を見て次のように思う。

何にかあらむ、さまざまなるものの色どもの、いときよらなれば、かやうなる方は、南の上にも劣らずかしと思す。

（野分　第三巻　281～282頁）

「南の上にもおとらずかし」という言い方は、紫上もまた花散里と同等かそれ以上に染色・裁縫に優れていることを意味しよう。恐らく、花散里の用務は夕霧や玉鬘の為であり、光源氏の衣服の調整は総て紫上がしていたものと思われる。彼女は、染色・裁縫・薫物・育児とあらゆる面において頗る優秀な形で六条院の「主婦」の勤めを果たしていたのではなかろうか。したがって、花散里は、紫上に替わって「主婦」の役目を受け持つ為に必要だったのではなく、光源氏の妻妾の一人として必要だったのである。つまり六条院に住む妻妾として、永遠の恋人である紫上、明石姫君の実母の明石君のほかに、その他大勢の妻達を代表する存在としての花散里が必要だったのだと思われる。初音の巻に、二条院東院に生活する多数の女性達の様子を語る次のような叙述が見られる。

かやうにても、御陰に隠れたる人々多かり。みなさしのぞきわたしたまひて、「おぼつかなき日数つもるをりをりあれど、心の中は怠らずなん。ただ限りある道の別れのみこそうしろめたけれ。命ぞ知らぬ」など、なつかしくのたまふ。いづれをも、ほどほどにつけて、あはれと思したり。我はと思しあがりぬべき御身のほどなれど、さしもことごとしくもてなしたまはず、所につけ人のほどにつけつつ、あまねくなつかしくおはしませば、ただかばかりの御心にかかりてなん、多くの人々年を経ける。

（初音　第三巻　157～158頁）

新年の挨拶に六条院に住む女性達を一人一人訪ね、その後二条院の東院に赴き末摘花、空蟬を訪問する。その直後の一節である。年に数度言葉を交わすだけの希薄な関係の中でもなお光源氏の妻妾として生きる女性達。物語に一度も具体的に登場することのないこうした多数の女性を擁して光源氏の生活はあったということなのであろう。あたかも力ある帝が多数の女御、更衣を持つのと同じように、光源氏にも多数の妻妾がいたのである。花散里は、そうした不特定多数の妻の代表として六条院入りするのであり、絶大な権勢を誇る英雄としての光源氏像の形成にどうしても必要な存在だったのであろう。そしてまた一面、光源氏を取り巻く妻達は、寵愛を競って相反目し対立することなく、紫上を中心に円満に安定していなければならなかった。男女関係のない妻という花散里像はその為に必要だったのである。容姿容貌に恵まれ、明石姫君の実母であるにかかわらず、田舎育ちの受領階級の出身という身分故に最後まで紫上と対等の場には立ち得ない明石君と同様に、花散里は容貌の不備という条件を与えられ紫上を脅かす存在にはなり得ないのである。恋人としての紫上の永遠性を保つ為とは、こうした意味に解釈すべきなのではなかろうか。

四

花散里は、常に温和、誠実であり、光源氏に従順である。しかし、その従順さは、沢田正子氏が既に鋭く指摘するように、生来の無欲や鈍感からくるものではなく、物思いの限りを尽くし、辛さ悲しさの極みの果てに到達した境地であったと思われる。花散里の内面の葛藤は物語の中に表面的に描かれることはほとんどないが、光源氏との逢瀬の折に「憂き身からは、同じ嘆かしさにこそ」と恨みの言葉を口にしてい、訪われることのない我が身を「憂き身」とし「嘆き」の中に日々過ごしている様子が窺われる。また、晩年近く夕霧との会話の中で、「ものの例に引き出でたまふほどに、身の人わろきおぼえこそあらはれぬべう。」（夕霧　第四巻　471頁）と自嘲気味に我が身を振り返る姿が見られ、夫婦関係の絶えた妻が社会的に女性として決して体裁の良いものではないことを充分に自覚していたことが分かる。多くを求めず置かれた境遇に自足するその穏やかな姿は、自己の分際を知る聡明さと自己抑制の不断の努力の賜物であったのである。女性として愛されることがなくても怨嗟し離反することなく、時には異性としてよりも友人のように心を通わせることの出来る花散里のような女性は、光源氏にとって大変都合よく、こうあってほしい女性の一つのあり方だったのではなかろうか。一夫多妻制のもとにあって、夫婦が仲睦まじく円満な関係を築くことのできる一つのあり方でもあったように思われる。

花散里は、あくまでも紫上の脇役であり、決して主役ではない。光源氏や紫上等の主人公の都合のよいように造形された人物像ではあるが、そこに描き出された光源氏との男女関係を超えた心の交流は、やがて物語の後半になり女性の幸福を追求していった時にそれまでにない別な大きな意味を持って作者の中に位置づけられていったのではないかと思われるのである。

注

（1）『紫式部日記』本文の引用は、中野幸一校注・訳「紫式部日記」（日本古典文学全集『和泉式部日記・紫式部日記・更級日記・讃岐典侍日記』小学館、昭46）により、頁数を記した。

（2）『花鳥余情』に「さるはこの世のさかへ末の世にすきて　これは源氏のつねにの給事を左中弁の物語するなり」とあり、『弄花抄』『細流抄』『孟津抄』『岷江入楚』『源氏物語湖月抄』『源氏物語新釈』、また現代一般に流布する池田亀鑑校註『源氏物語』（日本古典全書）、山岸徳平校注『源氏物語』（日本古典文学大系）、阿部秋生・秋山虔・今井源衛校注・訳『源氏物語』（日本古典文学全集）、玉上琢弥『源氏物語評釈』等総て同様の注を施している。

（3）石田穣二・清水好子校注『源氏物語五』（新潮日本古典集成、昭55）24頁頭注参照。
（4）小野村洋子『源氏物語の精神的基底』（創文社、昭45）第六章第一節参照。
（5）倉田実『紫の上造型論』（新典社、昭63）第十章「蘇生の感懐」参照。
（6）森一郎「宇治の大君と中君」（『源氏物語作中人物論』笠間書院、昭54）参照。
（7）吉岡曠「源氏物語作中人物論　大君」（秋山虔編『別冊国文学　源氏物語必携』学燈社、昭57）参照。
（8）古田泰子「「宇治十帖」大君の世界―そのいわゆる結婚拒否について―」（『平安文学研究』第七十一輯、昭59・6）参照。
（9）新編日本古典文学全集『源氏物語（5）』の頭注参照。
（10）玉上琢弥『源氏物語評釈』第十巻（角川書店、昭42）参照。
（11）注（7）に同じ。また、「「薫論」補遺」（『源氏物語論』笠間書院、昭47）にも同じ趣旨の論述が見られる。
（12）注（6）に同じ。
（13）千原美沙子「大君・中君」（山岸徳平・岡一男監修『源氏物語講座』第四巻　有精堂、昭46）参照。
（14）日向一雅「八宮家の物語―「家」観念と「恥」の契機を軸として―」（『源氏物語の主題』桜楓社、昭58）参照。
（15）注（6）に同じ。
（16）注（13）に同じ。
（17）新編日本古典文学全集『源氏物語（5）』の頭注、玉上琢弥『源氏物語評釈』第十巻など参照。
（18）高橋和夫「宇治十帖―浮舟物語」（『源氏物語』の創作過程』右文書院、平4）参照。
（19）秋山虔「浮舟をめぐっての試論」（『源氏物語の世界』東京大学出版会、昭39）、広川勝美「浮舟再生と横川僧都」（『仏教文学研究（4）』昭41）、工藤進思郎「浮舟の出家をめぐって―中将の挿話の持つ構想的意義―」（『文芸研究』第61集、昭44・2）等々参照。
（20）新編日本古典文学全集『源氏物語（6）』213頁頭注参照。
（21）増田繁夫「浮舟の出家」（『源氏物語と和歌』古代文学論叢第4輯、武蔵野書院、昭49）、木村正中「寄る辺なき女」（講座『源氏物語の世界』第9集、有斐閣、昭59)、長谷川政春「さすらいの女君　浮舟」(『物語史の風景』若草書房、平9)等々参照。

(22)　仁平道明「いとねぢけたる色好み―薫像とその背景―」(『源氏物語とその前後　研究と資料』古代文学論叢第十四輯、武蔵野書院、平9)参照。

(23)　小町谷照彦「夢のわたりの浮橋―夢浮橋巻―」(源氏物語講座4『京と宇治の物語　物語作家の世界』勉誠社、平4)参照。

(24)　秋山虔「薫大将の人間像」(『源氏物語の世界』東京大学出版会、昭39)参照。

(25)　増田繁夫「帚木三帖と空蟬の意味―源氏物語の主題―」(『源氏物語とその前後　研究と資料』古代文学論叢第十四輯、武蔵野書院、平9)参照。

(26)　新編日本古典文学全集『源氏物語(6)』369頁の頭注参照。

(27)　注(26)に同じ。

(28)　岡崎義恵「光源氏の道心」(『源氏物語の美』宝文館、昭35)参照。

(29)　吉澤義則『増補　源語釈泉』(臨川書店、昭48)参照。「すき」の語義に関しては、「すきごとの内容としては、やはり性の交渉までを含めて理解すべきものであろう。」(西村亨『王朝恋詞の研究』慶応義塾大学言語文化研究所、昭47)という解釈もあり、今後の検討としたい。

(30)　横川僧都から浮舟への手紙を、還俗を勧奨するものではないとする見解も、多屋頼俊「宇治十帖の結末」(『源氏物語の思想』法蔵館、昭27)、門前慎一「宇治十帖の構成と浮舟の還俗問題」(『源氏物語新見』昭40)、三角洋一「横川僧都小論」「横川僧都小論おぼえ」(『源氏物語と天台浄土教』若草書房、平8)等多々あるが、筆者は、岡崎義恵「源氏物語の宗教的精神」(『日本学士院紀要』第二三巻第三号、昭40)、岩瀬法雲「横川の僧都の二面性」(『源氏物語と仏教思想』笠間書院、昭47)等の解釈と同じく、主に文脈からと本稿にも記した僧都の人間性から見て、還俗を勧めているものと考える。ただし。浮舟がこの言葉に従って還俗するかどうかは別である。僧都も匂宮という貴人がもう一人関わっていることを知った時にはそれでもなお還俗を勧めるかどうかは分らないであろう。

（31）藤村潔「花散里試論」（『国語と国文学』昭35・2）（後に「花散里の場合」として『源氏物語の構造』桜楓社、昭41）参照。

（32）藤村潔氏は、「花散里物語の、二人の主人公である女御と三君に共通していえることは、源氏の周辺にあって、源氏と何等かの関係をもっていた大ぜいの女性たち―彼女たちは物語の表面には出ることがなかった―の総代的性格である。」という。（前掲論文参照。）

（33）三谷邦明氏は、花散里の巻の主題を色好みの挫折を描く点にあるという。（「花散里巻の方法―伊勢物語六十段の扱い方を中心に―」（『中古文学』昭50・5、後に『物語文学の方法Ⅱ』有精堂、平1）参照。）

（34）武者小路辰子「花散里をたづねてぞとふ」（『日本文学』昭36・4）（後に『源氏物語　生と死と』武蔵野書院、昭63）、森本元子「花散里」（源氏物語講座第二巻『物語を織りなす人々』勉誠社、平3）等、参照。

（35）坂本昇『源氏物語構想論』（明治書院、昭56）第三章「花散里と聞えし御方」、「紫上と花散里」（『中古文学』昭59・5）参照。

（36）沢田正子「源氏物語における花散里の役割」（『言語と文芸』昭44・7）（後に「花散里の造型」として『源氏物語の美意識』笠間書院、昭54）、「花散里の君―虚心の愛―」（森一郎編『源氏物語作中人物論』笠間書院、平5）参照。

（37）永井和子「源氏物語と寝覚物語―花散里と中君―」（『むらさき』昭52・6）（後に『続寝覚物語の研究』笠間書院、平2）参照。

（38）加納重文『源氏物語の研究』（望稜舎、昭61）第二編第四章「花散里」参照。

第三節　王朝時代における愛のかたち

以上見てきたように、『源氏物語』第二部、第三部に主題的に描かれる物語には男女間の断絶と交流が見られ、作者は結婚という形での女性の幸福には絶望的な思いを持ち、男女が男女の関係を超えた別な形での愛情によって心の交流をする所に救いを見ていたのではないかと思われるが、はたして作者が生きていた王朝時代に男女の愛を超えた別な形の愛情など実際にあり得たであろうか。恋愛ではない愛情、友愛とか人間愛といったものによる男女の、あるいは人間同士の心の交流の様相を、平安時代の文学作品を通して一、二見ていきたい。

一　『斎宮女御集』に見られる斎宮女御の愛のかたち

斎宮女御とは、醍醐天皇第四皇子重明親王の娘、徽子女王をいう。延長七年（九二九）誕生、承平六年（九三六）斎宮に卜定。天慶八年（九四五）母の死により退下し帰京。天暦二年（九四八）十二月村上天皇のもとへ入内。天暦三年（九四九）第四皇女規子内親王を出産。村上天皇崩御の後、貞元二年（九七七）斎宮として伊勢に下向する規子内親王に同行。[1] 朝廷の制止があったにもかかわらず斎宮の母として伊勢に同行し生活を共にするという所から、古来『源氏物語』六条御息所のモデルとされる。六条御息所のモデルは、保明太子妃貴子の名も挙げられており、[2] 斎宮女御一人とは限らないであろうが、彼女が六条御息所発想の不可欠の存在であったことはまず間違いないであろう。そして、それは前例を無視してまで娘の伊勢下向に同行するという事跡ばかりでなく、より深く女性としての生きる姿勢という精神的・内面的なものにまで及んでいたのではなかろうか。『斎宮女御集』を通読する時、紫式部は、斎宮女御という女性の人生と和歌から、六条御息所の発想はもとより『源氏物語』創造の源泉となる人生観・世界観に至るまで大きな影響を受けていたのではないかと思われてならない。以下、『斎宮女御集』に見られる斎宮女御徽子女王の人間性の一面を見ていきたい。なお、『斎宮女御集』のテキストは、『私家集大成』(第一巻、中古Ⅰ)[3] 所載の四種類の中、最も歌数の多い西本願寺本「さいくうの女御」により、必要に応じて他の三本も参考にした。

一

斎宮女御徽子女王の歌集である『斎宮女御集』は、現在四十本程の伝本が知られ、「本文あるいは歌の排列順序からみて、いずれも成立当初の形態からはかなり乱れ損われた形のものである」と言う。[4] 内容上まとまりのあるいくつかの歌群に分類することは出来るが、歌群同士の配列に統一性がなく、同一内容の歌群が幾箇所かに分散していたりもして、本集を基に斎宮女御の正確な人生の軌跡を辿ることは頗る困難である。一作品として主題、構成、特質等を論じるに当たっては、配慮しなければならない点が多々あるであろうが、最低限確実に言えることは、収録されている歌は、村上天皇に入内した前後から死直前の最晩年に至る期間のものであり、内容的には友人、知人、親族等周辺の人々との間にやり取りされた贈答歌であるということである。斎宮時代を含む娘時代の歌は見当たらず、独詠歌や不特定多数の面前で詠じられる宴席の歌なども見出せない。「内よりまとをなりける御かへりに、日ころおほしあつめたりけるを、御てならひのやうにてたてまつらせたまひける」（18番歌詞書）、「物ゝ心ほそくおほえたまひてかきあつめたまへりけるを、とりあやまちたるやうにてまいらせ給へりける」（120番歌詞書）という詞書より推して、本来相手を想定しない孤独な営みとしての詠歌であったと思われるものも帝への贈歌として掲載され、また実際の用件となく目にする景物に触発されての日常の感慨を詠ずる歌も、側近くに起居する娘や女房相手のものとして記載されている。本歌集が贈答歌のみから成るということは、編者の意図的な方針によるものか、斎宮女御の和歌活動そのままの反映であるのかは早急に決め難いが、恐らく残された圧倒的多数の歌がそのような歌であり、彼女にとって和歌とはまず第一義的に周辺の人々との日常挨拶の社交の具であったということなのであろう。平安時代の上流貴婦人の生活の中における和歌のあり様を示す一つの例として頗る興味深く感じられる。

そうした友人、知人、親族等周辺の人々との様々なやり取りの中にあって最も数が多くまとまりのある内容を示すのが、村上帝との贈答である。西本願寺本「さいくうの女御」の全二百六十五首中（二首の重出歌を含む）村上帝との贈答歌は九十六首あり、歌集全体の約三六％を占める。特に村上帝が没する以前の徽子女御の和歌活動の大半は帝を相手とするものであり、そこに見られる縁語、懸詞を駆使しての歌語の応酬、男女間の人情の機微、繊細な女心の哀感などは、『斎宮女御集』の一つの大きな文学的魅力を成しているといえる。

今、その帝との贈答歌群を通読する時、「まうのほらせたまへとありける夜、なやましときこえてまいりたまはさりけれは」（7番歌詞書）、「内より、ひさしうまいり給はぬことゝある御かへりことに」（11番歌詞書）、「上より、まとをにあれやとある御返に」（12番歌詞書）等々とあるように、帝のお言葉があるにかかわらず夜の伺候を拒み、再三里下がりをし、許可なく長期に滞在する女御の姿に注目される。帝との贈答歌中宮廷内での歌は僅かに十八首であり、残り七十八首は全て女御の里下がりの折のものである。徽子女御は、実に頻繁に里下がりをし、しかも「まいり給はむとありけるほとのすきけれは」（94番歌詞書）、「ひさしうとあるたにたひ〳〵になりにけるほとに」（125番歌詞書）とのように再三帝との約束を違えて里に籠り続け、時には「つらし」「つれなし」との恨み言さえも買っている。

86　九月のありあけのつきはすきゆけと　影たにみえぬ君かつらさよ
88　つれもなき人のためにはいとゝしく　としもへたゝる物にさりける
98　さとにのみなきわたるかなほとゝきす　我待ときになとかつれなき

帝への入内は、男女間の結婚であると同時に、あるいはそれ以上に公の奉仕であり、個人の名誉のみならず一家一族の命運を賭けて積極的に帝の愛情を得ようと努力するのが通例であった。複数の女御、更衣によって熾烈な競争の展開されることも決して珍しい例でなかったことは、今更言うまでもないであろう。村上帝の後宮における安子、芳子、祐姫をめぐるその種の挿話は多彩であり、立太子争いに敗れた第一皇子広平親王の祖父中納言藤原元方が怨霊となって祟りをなすのは有名な話である。斎宮女御のこのようなあり方は、極めて珍しいと言わざるを得ないであろう。

この点に関しては、西丸妙子「斎宮女御徽子の周辺（二）―村上朝後宮時代―」(5)が詳細に論じるように、斎宮女御の場合、貴種の血を引く親王の娘として政権を争う一家一族を背負うことなく、社会的地位の上昇を目指す必要もなかったこと、また重明親王が才芸に秀で世の尊崇を集める親王であり村上帝の兄でもあった所から、宮仕えとはいえども帝と対等に渡り合える高い気位を持っていたという事情があるのかもしれない。しかし、そうであったとしても、斎宮女御の再三に渡る長期の里下がりは不可解である。入内は、男女の結婚関係であったことも確かである。妻として夫との間に円満な愛情関係を結びたいと思うのは人情の自然であり、時には他の女性より少しでも多く愛されたいと願うのも無理からぬ欲念であろう。村上帝との男女の愛情関係という面において、斎宮女御はいかなる思いの中にいたのであろうか。以下、その点について考えてみたい。

二

『斎宮女御集』から読み取れる斎宮女御の里下がりが、いつの時期のどのような理由によるものかを確定することは難しい。隣りあった歌それぞれが数十年の隔たりを持つ場合もよくあり、どの歌とどの歌が同じ里下がりの折りにやり取りされたものであるかを判断することも容易でない。里下がりの理由を明確に推測できるのは、僅かに次の二例のみである。

ふくにおはしけるに、内よりまとをなりける御かへりに、日ころおほしあつめたりけるを、御てならひのやうにてたてまつらせたまひける

18　たちくもるさほのかはきりはれすのみ　ひたけぬそらにほとのふるかな

たゝにもあらてまかてたまひけるころ、いかゝと御とふらひありける、十月にほとちかくて

113　かれはつるあさちかうへのしもよりも　けぬへきほとをいまかとそまつ

113番歌は、体調が普通の状態でなく里下がりし、帝のお見舞いを受けて返歌したものという。「たゝにもあらて」とは、単なる病気というよりは、懐妊などの状態をいうのであろう。『斎宮女御集注釈』も「規子内親王を御出産の

ためであろうか」と言い、「日本紀略によれば、徽子は応和二年九月十一日にも男子をもうけているが、即日なくなっており、出産時期がこの詞書とあわないので、その時の作とは考えられない。(6)」と言う。18番歌詞書の「ふく」とは、父重明親王の服喪のことであり、父の死による里下がりということであろう。よく似た内容の記述が120番の詞書としても見られる。

こ宮うせ給て、さとにひさしうおはしければ、なとかくのみまいり給はぬとありける御かへりに、物〻心ほそくおほえたまひてかきあつめたまへりけるを、とりあやまちたるやうにてまいらせ給へりける

「こ宮うせ給て」とは、同じく父重明親王の死のことであろう。心細い思いのまま書き綴った歌を、なぜ手違いがあったかのような体裁にして差し上げなければならなかったのか正確には分からないが、恐らく日頃書きためていた歌が必ずしも帝を意識しての正式な便りではなく、もっと個人的な内容のものであり、そのまま送るのは失礼に当たると考えられたのであろう。そこで帝への正式な返信としてではなく、何かの間違いがあって送られてしまったという形にしたというのであり、18番歌詞書の「日ころおほしあつめたりけるを、御てならひのやうにてたてまつらせたまひける」とほぼ同様の内容を言い表したものと解される。父の服喪という限られた期間内に、過ちを装いつつ手習いの文を送るという行為が二度も繰り返されたとは考え難く、それぞれの詞書の及ぶ18番〜31番の歌群と120番〜124番の歌群は、本来同じ時にやり取りされた一連の歌群であったのであろう。それが何らかの事情で分散されてしまったものと考えられる。いずれにしろ、斎宮女御の里下がりの理由がはっきりしているのは、出産と父の死という以上二つの場合である。父の死以後、斎宮女御は里邸に籠ることが特に多かったようであるが、それが服喪期間であるのか

それ以外のことであるのかはよく分からない。

あめふる日、三条の宮にて

41　あめならてもるひともなきわかやとを　あさちかはらとみるそかなしき

三条院にて

42　われならてまつうちはらふひともなき　よもきかはらをなかめてそふる

また、しはすのつこもりに、いとあはれなるところになとかくのみはなかめたまふと、きこえたまふ御返に

115　なかめつゝあめもなみたもふるさとの　むくらのかとはいてかたきかな

三首共に父重明親王の死後、人少なで荒涼とした三条院に籠り一人物思いに沈む心情を詠み送ったものではあるが、それが父の死後一年以内のものであるか、数年後のものであるかは明確でない。41・42番歌は、贈答相手も帝ではなく36番歌の詞書にある「ほりかは殿ゝきたのかた」であったかもしれず、父の死の直後というよりは大分経った後、場合によっては一、二年後に詠まれた歌といった印象が濃い。115番歌は、帝が斎宮女御の居る場所を「いとあはれなるところ」と呼んでいる所から、重明親王の死と強く結びついた服喪期間の三条院を指すとも解されるが、必ずしもそれと決めつけることも出来ないであろう。また、里下がりの直接的な理由が父の死に因るものであったとしても、120番歌、115番歌の詞書は帝から女御へ強く参内を促すものであり、女御の三条院での滞在は令の規定によるやむを得ないものというよりは、服喪の期間を越えて長期に滞在し続けていることになり、本当の理由は別にあったと考えな

ければならないように思われる。父の服喪以外に斎宮女御を長く里に留めていた理由が何であったのかを歌集を通して明確にすることはできないが、大凡推測し得ることは、後宮での生活が決して幸せなものではなかったのではないかということである。孤独・寂寥の侘びしいものであったとしても、三条院での方がまだ心の平安があり慰安があったということなのであろう。政権争いや社会的地位の上昇という問題とは無関係に、男女間の愛情という点においても、後宮という場は斎宮女御にとって苦しく煩わしく、身を置くに耐え難い所であったのだと思われる。帝との間に次のようなやり取りが見られる。

ひさしうとあるにたひ〳〵になりにけるほとに

125　うらみつのはまにおふてふあしゝけみ　ひまなくものをおもふころかな

内の御

126　うらむへきこともなにはのうらにおふる　あしさまにのみなにおもふらん

「長い間来ないではないか」という帝からの督促が度重なった折りの返事として詠まれた125番歌は、「うらみつ」に「恨み」と難波にある三津の浜の「三津」を、「あし」に「悪し」と「葦」を懸け、上句全体が「ひまなくものを」の序詞のように使われるなど、視覚的な自然情景と心理状況とが渾然一体に表現された巧みな歌であるが、要するに「帝をお恨みする悪いこと嫌なことばかり多くて絶え間なく物思いに沈むこの頃です。」という意であろう。それに対する帝の答えは、「恨むこととて何もないはずなのに、どうして私のことを悪いようにばかり思うのでしょう。」というものである。女御にとって鬱々と里に籠らざるを得ない苦痛で不愉快な出来事も、帝にとっては何ら身に覚えのない普通の事であったらしい。ここに見る二人の心の懸隔は、どちらか一方に原因があるというものではなく、多くの妻を持つ男性としての帝と、その妻の一人でしかあり得ない女御との、意識と感覚の違いから来る行き違いであったのであろう。帝としては罪意識のない男性として当然の振る舞いが、女御を深く傷つけるということがままあったのではなかろうか。『蜻蛉日記』の中に見られる道綱母と兼家との葛藤とよく似た男女間の心のズレであるように思われる。

　　まいり給て、御てならひに

105　たのみくるひとのこゝろのそらなれは　くもゐのかはにそてそぬれぬる

107　なかれいつるなみたのかはにしつみなは　みのうきことはおもひやみなむ

　　また

109　かくはかりおもはぬやまにしらくもの　かゝりそめけむことそくやしき

　　おほむかへし

111　みのうきをおもひいりえにすむとりは　なをゝしとこそねをもなきけれ

宮廷内における村上帝との贈答歌であるが、紙数の関係上それぞれに対応する106・108・110・112番の帝の歌は省略した。105番歌は信頼していた帝の御心があてにならないことを知り一人心細く悲嘆に沈むというものであるが、久方振りに参内し直接目の前で帝の不実を強く感じることがあったのであろうか。『斎宮女御集注釈』は、「「てならひ」という形の歌は、具体的なつらい事情を背景に詠まれることが多い。」とし、「帝の言葉を頼りに参内したのに、期待通りでなかったことを恨んだもので、それも単に一般的に恨むというよりも、何か具体的な事情、例えば帝の心が他の女御に向いていたといった事実をふまえて詠まれたものと考えられる。(7)」と解説する。109番歌の「かくはかりおもはぬやま」も、予想に反して愛情の薄い帝への深い恨みと嘆きの籠った表現である。111番歌の「なをゝし」は、「名を鴛鴦」と「名を惜し」の懸詞であり、帝寵が薄いという評判を取り名誉の損なわれることを嘆かずにはいられないという意であろう。いずれも、村上帝との男女の愛情関係における斎宮女御の深い苦悩を示すものである。

以上は一般的な帝寵の薄さを嘆くものであるが、次のような歌は、後宮生活にあってより積極的に女御の心を傷付ける屈辱的な出来事が実際にあったらしいことを窺わせるものである。

　　まうのほらせたまへときこえさせたまふに、さもあらねは、こと人なむときかせたまひて

16　うくひすのなくひところゐにきけりせは　よふやまひこやくやしからまし

　　御かへし、みかとをうらみたてまつりて、女御

145　かくれぬにおいたるあしのうきねして　はてはつれなくみゆるころ哉

　　御殿ゐし給へりける夜、いかなることかありけむ、御かたをすきつゝ、こと御かたにわたらせたまひけれは

146　かつみつゝかけはなれゆくみつのおもに　かくかすならぬ身をいかにせむ

16番歌は、参上なさいという言葉にすぐに応じなかった所、帝は既に別の御方を招かれたと聞いて詠んだものという。帝にとって自分が簡単に他の女性と交替可能な存在であることに、深く傷付いている様が読み取れる。当歌の場

合は、すぐに参上しなかった女御の方が悪いといえば言えようが、146番歌の詠まれた事情は、御宿直の準備をして待っていた所、帝は女御の前を素通りして他の女性を訪ねたというのであり、事態はより深刻である。「かくかすならぬ身をいかにせむ」とある通り、まさに自分が一人前に扱われていないような屈辱的な思いを感じていたものと思われる。145番歌の詞書はこのままではなぜ帝を恨んだのか判然としないが、書陵部本では「まうのほらせ給へるに、うへの御とのこもらせ給へるほとなれは、たゝにおりさせ給て、またの日」とあり、歌仙家集本、小島切も同様である。これによると、御寝所に参上した所、帝は眠っていてそのまま虚しく退いたとのことであり、146番歌と同様に自分が軽視され粗略にされた口惜しさを感じていたに違いない。女御が参上したのは彼女の勝手な行動ではなかろう。帝のお呼びがあったからこそ参上したのであり、帝は自分が招いておきながらぐっすり眠り込んでいたものと思われる。村上帝の後宮は、中宮安子を始め女御四名、更衣五名が知られるが、そうした中で斎宮女御は必ずしも帝寵厚い女御という訳ではなかったらしい。殊寵を蒙るのは、最初に入内し冷泉帝、円融帝の母となり立后もする安子、『栄花物語』に「いみじううつくしげにおはしましければ、みかども我御私物にぞいみじう思ひきこえ給へりける。[8]」といわれる芳子、さらには、重明親王の妻でありながら密かに帝の寵を受け、後に宮廷に入り「参り給ひて後、(すべて)夜昼臥し起きむつれさせ給ひて、世のまつりごとを知らせ給はぬさまなれば、たゞ今のそしりぐさには、この御事ぞありける。」と同じく『栄花物語』に記される登子などであり、これらの女性と比較した場合、斎宮女御は、帝寵の薄さを嘆かざるを得なかったかと思われる。特に、父重明親王を裏切り晩年の村上帝の愛を独占する登子は、二重三重の意味で許し難い不快な存在だったのではなかろうか。証歌とてはないが、父の死後特に三条邸での滞在が頻繁であるらしいのは、宮廷での登子の存在と深く関係していたように思われてならない。

とはいうものの、斎宮女御は、村上帝の後宮にあって特に寵愛が薄く疎外された存在であったということではないであろう。『斎宮女御集』に見る数多くの帝の歌がそれを証明している。里に籠りがちな女御を帝は常に心に留め、便りをし、労り慰め励ましている。二人の贈答歌の表面的な意味を見る限り、愛情豊かな帝の言葉に素直に従おうとしない女御の方こそがむしろ問題ではないかとまで感じられる。

又、女御、いはむかゐなのよや、めのさめつゝ

23　さとわかすとひわたるらむかりかねは　くもゐにきくは我身なりけり

おほんかへし

24　たまつさをつけゝるほとはとほけれと　とふことたえぬかりにやはあらぬ

また、女御、あはれのさまやと

26　ほのかにもかせはつけしなはなすゝき　むすほゝれつゝつゆにぬるとは

御返し

27　花すゝきうちふくかせになひきせは　露にぬれつゝあきをへましや

帝寵の薄さを嘆く23番歌に対して、間遠であるとはいえ貴女のことをいつでも心に掛け便りを絶やすことはないではないかと慰め、鬱屈した思いで涙に暮れていることを帝は御存知ないでしょうねという26番歌に対し、私の言葉に素直に従い側近くに居るならば悲しい思いをすることもないでしょうと返歌する。27番歌によると、帝の愛に逆らい淋しく一人里に籠る女御の方こそが悪いということになる。村上帝は、思いやり深く情愛濃やかな帝であって、寵愛薄い女性でも決して気の毒な扱いをすることはなかったと『栄花物語』は記すが、帝の斎宮女御への対応は、そうし

た円満な性格からする一般的な待遇というばかりではなかったであろう。『村上御集』(9)の六割以上が斎宮女御との贈答歌によって占められている所から、帝との間に最も歌のやり取りの多かったのは斎宮女御であったと思われる。村上帝は、尊敬する兄重明親王の娘であり、和歌や琴に秀で豊かな教養を持つ斎宮女御に他の女性とは違った格別の愛情を注いでいたのではないかと思われる。一方、斎宮女御もまた、帝を恨み嘆き里に籠りがちであるとはいっても、本心から厭い嫌っていた訳ではないであろう。不実を責め、孤独の侘びしさを訴える多くの歌は、逆に求愛の歌でもあるといえる。更に、次の歌などは帝への深い愛情を素直に表すものであろう。

　　さとにおはしますころ、みかとをゆめにみたてまつり給て

147　みしゆめにうつゝのうさもわすられて　おもひなくさむほとのほとなさ

　　つかさゝうしにすみ給けるころ、むかしのうちをおほしいてゝ一品宮にきこえ給ける

173　すきにけむゝかしはちかくおもほえて　ありしにあらぬほとそかなしき

147番歌の第五句、書陵部本と歌仙家集本は「ほとのはかなさ」とある。里にいて帝を夢に見、現実の憂さ辛さが忘れられて心が晴れ晴れとしたというのである。夢の中で帝と共にいた一瞬の幸福感をいかにも惜しんでいるかのようであり、並々ならぬ帝への愛情が窺われる。173番歌は時代が下り村上帝没後の歌であろう。斎宮に卜定された娘の規子内親王に付き添って内裏に設けられた斎宮寮に入った頃、昔を思い出して第九皇女資子内親王に詠み送ったものである。昔とはすっかり変わってしまった今の様相を見るのは悲しいとは、村上帝生前の昔を懐かしむ思いであり、帝の不在を深く嘆く思いでもあろう。斎宮にとって村上帝は、夫であると共に極く身近な叔父でもあり、もともと深い

信頼と親愛の念を抱いていたものと思われる。特に父重明親王の死後は、頼りに出来る兄弟・親族とてなく村上帝が唯一の支えであり、贈られてくる歌がこの上ない心の慰みであり励みであったということもあるのではなかろうか。二人の間には、他の女御・更衣達との間にはない和歌を通しての特有の心の交流があったように思われてならない。

三

見てきたように、斎宮女御の再三に渡る里下がりと長期の三条院滞在は、その時々の具体的な理由の他に多くは煩わしく心悩ますことの多い後宮生活からの逃避という意味があったのではなかろうか。親愛する村上帝の妻という立場であっても、数多い女御・更衣の一人でしかなく、しかも帝の心を強く魅了する女性でもあり得なかった彼女は、何かと心傷付き淋しく恨めしい思いをすることも多かったであろう。そうした時に斎宮女御のとった生きる姿勢は、積極的に帝の愛を得ようと努力したり、数少ない帝との逢瀬に満足しひたすらその機会を待ち続けるといったものではなく、帝寵を求めて一喜一憂する後宮の場から遠く離れた所に身を置くことによって心の平安を得ようとするものであった。

内にて、なにことのをりにかありけむ

134　こちかせになひきなはてそあまふねは　みをうらみつゝこかれてそふる

又、ことをりに

137　わひぬれはみをうきくもになしつゝも　おもはぬやまにかゝるわさせし

「こちかせ」は氷を解かす暖かい春風のことであり、帝の優しいお言葉を指していよう。「あまふね」は自分を指す。我が身の拙さを恨み、焦がれ焦がれて日を送っても、帝の優しいお言葉に靡いてしまってはいけないよとの意。前後に対応する歌がなく、贈答歌か独詠歌かはっきりしないが、「なひきなはてそ」という表現には、相手を意識しての皮肉や恨みばかりでなく、自分自身に言い聞かせようとする真摯な思いがあるように思われる。137番歌の「おもはぬやま」は、自分を思ってくれない山の意で、同じく帝を指していよう。侘びしく辛い思いをし身を浮雲のように頼りなくはかないものにしたとしても、思ってもくれない帝に寄り掛かるようなことはしますまいというのである。詞書は、「ことおりに」とあるだけで、具体的にどのような状況の中で詠まれたものか明確ではないが、帝の心が自分以上に他の女性に向いていることを強く感じさせられた時でもあろうか。求めて得られぬ愛なら、惨めに求め続けることはしたくない。帝など頼りにせずに、一時の優しいお言葉にすぐ嬉しがるようなことをせず、自分自身で生きていこうという毅然とした態度が読み取れる。村上帝の一人の女御という社会的立場は逃れようもないが、女性としての様々な感情を押し殺し素直に環境に適応しようとするのではなく、自分本来の心情や感性を押し通す自我の強い誇り高い生き方であるといえる。帝の言葉に従わず、時に「つれなき人」と恨まれてもなお頻繁に里下がりをし長期に滞在し続けた斎宮女御の心底には、こうした生きる姿勢があったのではなかろうか。孤独・寂寥の侘びしい毎日であったとしても、誇りを維持し傷付くことのない心の平安を求めていたのだと思われる。村上帝に狎れ親しむことを自らに禁じ、男女の直接的な触れ合いは極力避けながら、和歌を通しての心の交流には素直に応じる斎宮女御は、第二節で見た紫上や大君等に深く通じる心の姿勢があるといえよう。

二 『紫式部集』に見られる紫式部の交友

一

『紫式部集』は、紫式部の娘時代から晩年近い頃までのほぼ全生涯に及ぶ詠草を収めたものとして、日記と共に彼女の生活と人間を知る貴重な資料とされる。和歌の配列は、大体が年代順に、時に題材や内容の類似、連想によってまとめられており、紫式部自身の手による編纂ではなかったかと見られる。歌数は、百二十余首（紫式部自身の歌八十余首）と決して多くはないが、それだけに収載されたものは彼女にとって特別な思い出深いものであったろう。ただ、現存の家集は、諸本間による歌の配列や歌数の異同が見られ、錯簡、脱落などもあって、厳密な意味で作品の主題や構成を論ずる場合、大きな障害となっている。しかし、そこに見られる和歌の内容、性格を通して彼女の人間性を探ることは許されるであろう。今、南波浩氏の校定になる「校定紫式部集（定家本系）[10]」の本文をもとに、どのような場での和歌が最も多いかを調査してみると、次の付表のような結果を得た。

付表 『紫式部集』の歌の分類

		歌番号（〇印は、紫式部の歌であることを示す。）	計
女性相手の対詠歌	友人	（1） （2） （3） 6 （7） 8 （9） 10 （11） 12 （15） 16 17 （18） 19 40 （41） （44） 45 （52） （53） （58） 59 61 （62） 64 （65） 68 （69） 70 （71） 72 73 （74） （97） （98） （99） 101 （102） （107） 108 116 （117） （118） 119 （121） 122 123 （124） （125） （126） （127） 128	53首（30首）
	その他	（25） 26 （27） 42 （43） （60） （100） （103） （115）	9首

			（7首）
男性相手の対詠歌	宣孝	（4） 5 （28）（29）（30）（31）（32） 33 （34） 35 （36） 37 （38）（79）（80） 84 （85） 86 （93） 94 （95）（96） 109 （110） 111 （112）（113）（114）	28首（19首）
	その他	49 （50）（51） 75 （76）（77） 78 91 （92）	9首（5首）
独詠歌		（13）（14）（20）（21）（22）（23）（24）（39）（46）（47）（48）（54）（55）（56）（57）（63）（81）（82）（83）（106）（120）	21首（21首）
儀礼歌		（66）（67）（87）（88）（89） 90 （104）（105）	8首（7首）

女性相手の対詠歌の「その他」とは、相手が倫子や彰子、継娘等の友人とは言い難い場合を指し、儀礼歌とは、道長邸や宮廷等の晴れの場での詠歌を意味する。もとより、短い詞書からどれに属するかを判別することは必ずしも容易でなく、特に男性相手の贈答歌に問題が多い。その点、確定的な表とは言い難いが、大体の傾向を知ることはできよう。これによると、友人との対詠歌が五三首と最も多く、宣孝との贈答歌二八首がこれに次ぐ。このことはとりもなおさず、『紫式部集』の主な内容は、友人との語らいであり、宣孝との遣り取りであることを意味していよう。宣孝との結婚生活及び彼の突然の死が、紫式部の人生に頗る重要な意味を持つものであることは、事新らしく指摘するまでもないが、一方、友人との語らいが、家集の最も大きな内容を成す程までに生涯を彩り、しかも晩年近い彼女の胸に忘れ難い印象を留めていたことは注意していいことではなかろうか。この点に関し既に早く、岡一男氏は、家集の冒頭と結末が友との贈答歌であることに注目され、次のように指摘している[11]。

如何に紫式部が「友」といふものを、無常を媒介として、浪漫化してゐたか、同性愛にちかいほどに憧憬してゐたかが、この家集の始終をみるとわかる。これは歌合や恋愛に夢中になっていた当時のほかの女性の歌集にみられない現象である

岡氏は、紫式部の友への憧憬の念を同時代には見られない特別なものとして強調しようとしておられるが、私は、友そのものではなく、友との語らいが彼女にとって意味深いものではなかったかと思う。すなわち、憧憬の対象であったが故にではなく、精神の奥深い部分の思いを親しく語り合い、共感し合える存在であったが故に、友がこの上なく貴重なものと意識され、又それが為に、家集の大部分を友との詠草で埋めさせる結果になったのではないかと思うのである。以下、その間の事情を和歌を通して具体的に見ていきたい。

早うより、童友だちなりし人に、年ごろ経て行きあひたるが、ほのかにて、十月十日のほど、月にきお《ほ》ひて帰りにければ

1　めぐりあひて見しやそれともわかぬ間に雲隠れにし夜半の月影

その人、とを《ほ》きところへいくなりけり。秋の果つる日来たるあかつき、虫の声あはれなり。

2　鳴きよは《わ》るまがきの虫もとめがたき秋のわかれや悲しかるらむ

幼友達との再会と別離を語る右の歌から『紫式部集』は始まる。以下19番まで、わずか四首（4・5・13・14番の歌）を除き、凡て友との詠歌が続く。家集における紫式部の娘時代の歌は、ほとんど友人との贈答歌であるといってもよ

い。それも、別れに際しての歌が多く、何か友との愛と別れが自らの青春時代を示す一つの象徴的なものと感じられていたように思われる。『紫式部集』の鋭い分析と鑑賞を基に、紫式部の生涯を描き出された清水好子氏が、紫式部の特異な点として娘時代に注目され、彼女は娘時代というものを同時代の多くの女性がそうしたように結婚前期の恋愛時代としてだけ捉えることなく、「それよりはるかに多感で多事な青春時代として位置づけている。」と繰り返し説かれるのも、この友人との贈答歌に深い意味を見いだされてのことであった。氏は、「式部集のなかの、娘時代の式部のからりとした明るさは、多くの友だちとの心ゆく交際から生れたものでもある。」と、友との交際が彼女の生活に及ぼした影響を指摘し、さらに、次のように家集編纂時における彼女の意識を分析している。[12]

　家集を編纂する彼女の脳裏に明滅したのは、若い友の人間像であり、自分の姿である。これはとくに、十九番まで、すなわち越前下向までの歌に顕著な傾向で、作者がこの時期に、みずから積極的な意味をあたえ、画然と他と区別していたことを示すものと思われる。

1番から19番の歌に見える友人達は、いずれも極く親しい遠慮のない友であったようであるが、中でも15番以降の友人は、彼女にとって特に親密な忘れ難い人であったようである。

　姉なりし人亡くなり、又、人の妹うしなひたるが、かたみに行きあひて、亡きが代りに、思ひかはさんといひけり。文の上に、姉君と書き、中の君と書き通はしけるが、を《(お)》のがじしとを《(ほ)》き所へ行き別るるに、よそながら別れお《(を)》しみて

15 北へ行く雁のつばさにことづてよ雲の上がき書き絶えずして

姉を亡くした式部と妹を亡くしたその人が互いに亡き人の身代わりになることを約し、姉君、中君と書き交わして親しんでいたというのであり、文字通り姉妹同様の昵懇な交際をしていたものであろう。幾分少女趣味的な嫌いがあるが、紫式部の友への態度を見る上で興味深い。理性的・論理的傾向の強い彼女の中に、同性の友人へ感情的に深く傾斜していくこうした一面もあったのであろう。この友は、式部が父に伴われて越前へ下る同じ時期に筑紫へ旅立って行ったようで、15番の歌は、その折の別離の哀傷を詠み送ったものである。別れを惜しみ、互いに恋い慕う二人の詠歌は、以下19番まで続き、旅の途上も、さらにはそれぞれの住まいに落着いてからも頻繁に文の交換がなされたようである。家集は、次いで越前下向時の独詠歌（20～24番）、越前での生活詠（25～27番）へと連なるが、その間一時も友への思慕は念頭を去らなかったらしく、旅中の独詠歌においても次のような歌を残している。

又、磯の浜に、鶴の声々鳴くを
21 磯がくれおなじ心に鶴ぞ鳴くなに《（汝が）》思ひ出づる人や誰ぞも

「汝が思い出づる人や誰ぞも」と鶴に呼びかける彼女の胸中には、友への恋慕の情が揺曳していたことであろう。洛外はおろか外出さえままならぬ当時の女性にとって遥かな越前への旅は生涯の大きな出来事であったと思われるが、特筆すべき大事件も式部にはまず親しい友人との別離として記憶されていたようである。

ところが、この友は、遠く筑紫の地でそのまま不帰の客となってしまったらしく、39番に次のような歌が見える。

とを《ほ》きところへ行きにし人の亡くなりにけるを、親はらからなど帰り来て、悲しきこと言ひたるに

39　いづかたの雲路と聞かば尋ねまし列離れけん雁がゆくゑ《へ》を

家集は、次いで宣孝の死にまつわる友との贈答歌が置かれ、以下夫死後の詠歌へと展開する。歌自体は、冷静で知的趣向の勝ったものであるだけに、式部の悲傷感といったものをそれ程強く感ずることはできないが、しかし、歌の置かれた位置にも注意する時、この親友の死は、夫である宣孝の死同様の深い衝撃と喪失感を与えていたのではないかと思われる。『紫式部集』は、宣孝の死を境に和歌の調べに明らかな違いを見せ、憂き身、憂き世の詠歌が多く、憂愁の度合を色濃くする。自己、人生、社会への凝視も深く、人生観、世界観の深まりを感じさせる。竹内美千代氏は『紫式部集評釈』の中で、この間の事情を次のように説明している。(13)

紫式部の生涯は夫の死によって大きな一線を画して、暗く沈んだものになっている。死の避け難さ、わが身の不幸、世の無常、厭世、出離へと連なる深刻な長い悲哀感は、その後半世を貫いている。

彼女の思想形成上頗る重要な意味を持つ宣孝の死を告げる歌の直前に、あたかもそれを呼び寄せるかのように39番の歌は置かれているのであり、それなりの深い意味があったものと思われる。あるいは、この友の死は、夫の死に重ね合わされて記憶され、その喪失感を増幅するものとして意識されていたのではなかろうか。

二

友人との交際に強く傾斜していく紫式部の性向は、勝気で明るく活動的な娘時代ばかりでなく、自己内省性・自己凝視性を深めていく宮仕え以後も等しく認めることができる。むしろ、一見自己に閉じ籠り非社交的に見える宮仕え以後の方が、それまでより以上に親密な、内容のある会話を友との間に交わしている。そして、その友との心の対話は『源氏物語』執筆の上においても大きな心の支えとなっていたのではないかと思われるのである。土御門殿での法華三十講の折の詠として次のような歌が見える。

その夜、池のかがり火に、御燈明の光り合ひて、昼よりも底までさやかなるに、菖蒲の香今めかしう匂ひ来れば

67　かがり火の影もさは《わ》がぬ池水に幾千代すまむ法の光ぞ

公ごとに言ひまぎらはすを、向ひたまへる人は、さしも思ふことものし給ふまじき容貌・容姿・齢のほどを、いたう心深げに思ひ乱れて

68　澄める池の底まで照らすかがり火のまばゆきまでも憂きわが身かな

正確には一対の贈答歌と言い得ないが、68番の歌は、67番を強く意識して作られ、しかも内容的に見て密かに式部のもとに送られたものであろう。歌の作者は、陽明文庫蔵『紫式部集』の「日記歌」によると「大納言君」とある。式部の歌はいかにも公の賀歌に相応しく、その夜の盛況を祝い、主家の未来永劫の繁栄を寿ぐ明るく目出度いものであるが、彼女自身決して歌の如くに華やかなその場の雰囲気に心底から解け合うものでなかったことは、「公ごとに

言ひまぎらはすを」という68番の詞書からも知れる。歌の背後に存する、歌とは裏腹な式部の心情を鋭く感じ、共感を寄せつつ歌いかけたのが68番歌である。すなわち、大納言君の歌は、栄華を誇る煌びやかな道長周辺の世界とは異質な、自らの内面の憂苦を訴えるものであると同時に、紫式部の真情を代弁するものでもあった。彼女は、式部の最も親しい友人の一人であったらしく、『紫式部日記』の中に、次のような記事がある。(14)

大納言の君の、夜々は、御前にいと近う臥したまひつつ、物語したまひしけはひの恋しきも、なほ世にしたがひぬる心か。

浮き寝せし水の上のみ恋しくて鴨の上毛にさへぞおとらぬ

かへし、

うちはらふ友なきころのねざめにはつがひし鴛鴦ぞよはに恋しき

書きざまなどさへいとをかしきを、まほにもおはする人かなと見る　（207～208頁）

同じ日記の他の箇所で辛辣な女性批評を展開する式部が、「まほにもおはする人かな」と、頗る好意的な評を寄せている。それだけ深い友愛を感じ、宮仕え生活中隔意ない交際をしていたものと思われる。「浮き寝せし」の歌も、単に挨拶程度の社交辞令の歌ではなく、心情の基底に蟠る無常感、寂寥感を踏まえての真率な友情の訴えとなっている。常日頃、個人的な内奥の苦悩、憂悶を語り合い、共感し合う間柄であったが故に、67番の公の賀歌にそれとは裏腹な内面の憂愁を鋭く感じ取り、理解と同調を示す68番のような歌を詠み送ることができたものであろう。道長を中心とする華やかな世界に同化し得ず、自らの不幸な宿世を思い、深い憂愁に沈むという傾向は、紫式部だけに限った彼女特有の心情であったわけではなく、大納言君も又そうであったことを右の歌は示している。

同様のことは又、次に見る小少将君に関してもいえる。家集の69番から72番は、同じ法華三十講の夜の小少将君との贈答歌であるが、いずれも殷賑を極める盛会をよそに自らの孤愁感、寂寥感及び憂苦・厭世の思いを詠じ合うものであった。

やうやう明け行くほどに、渡殿に来て、局の下より出づる水を、（中略）もろともに下り居て、ながめゐたり。

69　影見ても憂きわが涙落ち添ひてかごとがましき滝のを《お》とかな

返し

70　独り居て涙ぐみける水の面にうき添はるらん影やいづれぞ

明かうなれば入りぬ。長き根を包みて

71　なべて世の憂きに泣かるるあやめ草今日までかかる根はいかがみる

返し

72　何事とあやめは分かで今日もなを《ほ》袂にあまるねこそ絶えせね

小少将君は、二つの局を一つにして共に住む程の紫式部とは無二の親友であったようであるが、彼女も又、拙い宿世を託ち、深い憂苦・厭世の思いに沈む薄幸な人であった。多くの人に姿を晒す宮仕え生活を厭い、孤独な自己の世界に閉じ籠りがちであったことは、『紫式部日記』寛弘五年十一月十七日の中宮の内裏還啓の折の次のような記事にも示されている。

細殿の三の口に入りて臥したれば、小少将の君もおはして、なほ、かかる有様のうきことを語らひつつ、すくみたる衣どもおしやり、厚ごえたる着かさねて、火取に火をかき入れて、身も冷えにけるものの、はしたなさをいふに、侍従の宰相、左の宰相の中将、公信の中将など、つぎつぎに寄り来つつとぶらふも、いとなかなかなり。（中略）小少将の君の、いとあてにをかしげにて、世をうしと思ひしみてゐたまへるを、見はべるなり。父君よりことはじまりて、人のほどよりは、さいはひのこよなくおくれたまへるなめりかし。（209〜210頁）

自分と同様の精神的傾向を有するこうした大納言君、小少将君等と身近に接し、親しく相語らうことによって式部は、社会における女性のあり様を深く見つめ、やがては『源氏物語』の執筆へと通じる人生観・世界観を形成していったものではなかろうか。こうした事情は、次のような贈答歌の中にも窺うことができよう。

初雪降りたる夕暮れに、人の

123　恋ひわびてありふるほどの初《ゆ》つきは消えぬるかとぞ疑はれける

返し、

124　ふればかく憂さのみまさる世を知らで荒れたる庭につもる初雪

125　いづくとも身をやる方の知られねば憂しと見つつも永らふるかな

123番の歌の作者は「人の」とあるだけで、具体的にどういう人かは明らかでない。恐らく女房仲間の一人であったろうと見られている。124・125番はともにその返しと見られる。一首の歌に二首返歌している点、及び125番は直接の主題である初雪から離れ、人生の感概だけを詠じている点等々から、友からの贈歌を手にした折の式部は、強く心動かされるものがあったらしい。何か鬱屈した思念に囚われ、強い表白の衝動に駆られていたのでもあろうか。それ故、特に125番の歌には、世の中の憂さ辛さを見尽し考え尽した後の深い厭世感、無常感、憂苦・悲傷を中に含んでの諦念など、総じて晩年近い式部の人生観、世界観の真率な表現が見られる。そして、それは、『源氏物語』中の薫や浮舟の生き方を追究していく作家の姿勢にも通ずるものであろう。こうした歌が、友人相手に詠じられたものである点に注意したいと思うのである。式部は、常々、心理情感の内奥に沸き起こり、やがては『源氏物語』へと結実するであろう様々な思いをよく友人相手に語り合い、理解と共感を得ていたものらしい。友人との間に深い心の対話が成され、精神的な共感を得ることによってはじめて彼女は、より高い層次の思索へと進むことができたものではなかろうか。式部と友人との精神の基底部に渡る深い理解と共感の姿は、家集の結末部からも見てとれる。

小少将の君の書きたまへりしうちとけ文の、物の中なるを見つけて、加賀少納言のもとに

126 暮れぬ間の身をば思はで人の世のあはれを知るぞかつは悲しき

返し

127 誰か世に永らえて見む書きとめし跡は消えせぬ形見なれども

128 亡き人をしのぶることもいつまでぞ今日のあはれは明日のわが身を

家集の最後を自らの歌ではなく、加賀少納言という友人の歌で終っている点に、彼女と加賀少納言との精神の一体化と言っていい深い交感、交流の姿を見ることができよう。恐らく、式部は、128番の歌に自らの胸中の思いそのままの表現を見、他人の作とは思えない共感と親愛感を感じていたものであろう。したがって、家集の最後を128番の歌で終るのも自作歌で終るのも同じであるといった思いを抱いていたのではなかろうか。実際の所、右の三首は、内容、調子ともに酷似しており、いづれが誰れの作とも区別し難い。三首とも総て式部の作であると言われても、少しも疑念を感じないであろう。あるいは、加賀少納言の歌を家集の最後に置くことは、友人との深い交流、共感の具体的な姿を示すものとして、自分の歌で終るより以上の積極的な意味を認めていたのかもしれない。ただ、古本系、別本系の『紫式部集』の最後はこれとは違っており、はたして128番の歌を家集の最後に置いたのが作者自身であったかどうかはっきりとは決め難いのであるが、現存諸本中、最善本と目される実践女子大本はじめ定家自筆本系の諸本が右のようになっている所から、その公算は大きいであろう。たとえ、右の三首が巻末に置かれていなかったとしても、式部と加賀少納言との深い精神的な交感、交流の姿は見てとることができよう。

三

これまでは、専ら友人との贈答歌をもとに紫式部の交友関係の内容と意義について見てきた。次いで『紫式部集』のもう一つの大きな内容である宣孝関係の歌について見ていきたい。先にも一言した如く、宣孝関係の歌は、他の男性との贈答歌と紛らわしく、短い詞書から簡単には判別し難い。特に、年代順による配列構成ということと関連して家集後半のものに問題が多く、それをどう見るかによっては、紫式部の恋愛生活及び人間像の把握にも大きな影響を及ぼしてくる。この点に関し、今井源衛氏は、宮仕え以後の歌に散在する恋愛歌も大部分は宣孝との歌であり、それは家集の全体的なバランスを考慮する作者自身によって意識的に年代順の配列を無視し、後半に分置されたものであろうと言われる。[15] 今こうした種々の諸先達の研究成果を踏まえ、宣孝関係の歌を読み進む時、今井氏の言われる分置された前後の間に微妙な違いがあるのに気付く。28・29・30・31番等の家集の前半に見える歌は、結婚以前か、あるいは結婚初期頃のものと覚しく、式部は才気活発に勝気に振舞い、宣孝と対等もしくは優位に立って歌を詠み交わしている。ところが、家集後半のものは、いわゆる閨怨の歌が多く、弱々しい女性の姿を見せ、訪れの間遠うな夫を待ち侘びる妻の寂しさ辛さを訴えるものが多い。中に、84・85・86番の一連の贈答歌だけは例外で、結婚以前のものと思われるが、これらは、最も錯簡の疑いの濃い越前からの帰京の歌の直後に置かれており、もともとは家集の前半にあったものではないかとも考えられる。こう見ると、式部は、宣孝との贈答歌を家集の前後に分置する際、どのような歌を前半に、どのような歌を後半に置くかまでも細かく考慮していたのではないかと思われる。特に、年代順の配列を無視してまで、宣孝への閨怨の歌を家集の後半に分散した点に関しては、今井氏が言われる以上の意図的なものが感じられてならない。

久しくをとづれぬ人を、思ひ出でたるおり(を)

79 忘るるは憂き世の常と思ふにも身をやる方のなきぞわびぬる

返し

80 誰が里も訪ひもや来るとほととぎす心のかぎり待ちぞわびにし

なにのおり(を)にか、人の返(り)・ごとに

93 入る方はさやかなりける月影をうはの空にも待ちし宵かな

又おなじすち、九月、月明かき夜

95　おほかたの秋のあはれを思ひやれ月に心はあくがれぬとも

返し

110　しののめの空霧わたりいつしかと秋の気色に世はなりにけり

家集後半の宣孝との贈答歌から式部の歌だけを任意に引用したものである。いずれも、待つ身の侘しさ、辛さ、あはれさが歌の内容を成している。そして、ここに見られる孤愁感、寂寥感、悲傷感は、前節に見た友との贈答歌の中に歌いこまれた情感と一連のものであり、あの深い無常感、厭世感、憂愁感へと至る萌芽的なものを認めることができよう。一体、紫式部の憂き世の感慨は、直接的には夫の死による喪失感を契機とし、宮仕え生活という異質な世界に身を置くことによって一段と強められたものであろうが、しかし、夫の死を境に突然に生活感情が一変したというものではあるまい。無意識的・潜在的にではあったにしても、それ以前から徐々に蓄積され、形成されていたものがやがて意識化され、全精神を領するといった状況だったのではなかろうか。幼少時における母や姉など、近い肉親との死別、散位の身を託ち鬱々として日を過ごす父親からの無言の影響等々、その原因は様々に考えられるであろうが、中でも宣孝との満たされぬ愛情生活からくる不安感、不満感、孤愁感も又大きな要因であったろう。もとより、結婚生活の総てが悲しみ一色に塗り潰されたものであったわけでは決してなく、36・37・38番の歌に見る夫婦歓談の安定した日々も少なからず存在し、そして何よりも宣孝が大きな精神的支柱であったことは確かであろう。しかし、夫の夜離れや対話の不在からくる不満感、不安感、憂愁感が、徐々に女としての悲しみを自覚させ、やがて宣孝死後の深刻な人生の悲哀へと連なっていったものと思われる。家集後半の憂愁の色濃い無常・厭世の思いを詠じた友との贈答歌のあい間に、あたかもその淵源を示すかのように散在された閨怨の歌は、暗にそのことを語っているように思われてならない。友人との間ではあれ程深く胸襟を開いて語り合い、慰め合っている式部も、当然親しくあって然るべきな夫との関係はそれ程でもなく、むしろ対話のないこと、心の交流のないことが、逆に人生の憂鬱の原因になっていたといえる。紫式部にとって友人との交流は、夫との対話の不在を補って余りある心の潤いであり、人生の支えであったのではなかろうか。

三　『更級日記』に見られる孝標女の交友

一

『更級日記』の作者四十代の頃と思われる記事の中に、次のような一節が見られる。(16)

世の中むつかしうおぼゆるころ、太秦にこもりたるに、宮にかたらひきこゆる人の御もとより文ある。返りごときこゆるほどに、鐘の音の聞こゆれば、

しげかりしうき世のことも忘られずいりあひの鐘の心ぼそさに

と書きてやりつ。（352～353頁）

「世の中むつかしうおぼゆるころ」とは、吉岡曠校注「更級日記」（新日本古典文学大系）が「宮仕え先でおもしろくないことがあったころ。」と注する以外、犬養廉校注・訳「更級日記」（日本古典文学全集）、関根慶子全訳注『更級日

記』（講談社学術文庫）、秋山虔校注『更級日記』（新潮日本古典集成）等々多くの注釈書は、「夫婦関係が面白くない頃」と解する。「世の中」の語義、及び祐子内親王家への出仕は時折であり一家の主婦が日常であった作者の生活状況から見て、「世の中」は宮仕え先での人間関係と見るよりも、夫婦関係を指すと解する方が穏当であろう。思わしくない夫婦関係に思い煩い太秦に参籠中、親しく言葉を交わす女房から便りをもらい、その時の思い悩む心情をそのままに歌い送ったというものである。夫との不和からする心労と、同性の友との親密な交流の様が見て取れる。右に続いて次のような記事がある。

うらうらとのどかなる宮にて、同じ心なる人三人ばかり、物語などして、まかでてまたの日、つれづれなるままに、恋しう思ひ出でらるれば、二人の中に、

袖ぬるる荒磯浪と知りながらともにかづきをせしぞこひしき

ときこえたれば、

荒磯はあされどなにのかひなくてうしほにぬるるあまの袖かな

いま一人、

みるめおふる浦にあらずは荒磯の波間かぞふるあまもあらじを

同じ心に、かやうにいひかはし、世の中のうきもつらきもをかしきも、かたみにいひかたらふ人、筑前に下りて後、月のいみじうあかきに、かやうなりし夜、宮に参りてあひては、つゆまどろまずながめあかいしものを、恋しく思ひつつ寝入りにけり。宮に参りあひて、うつつにありしやうにてありと見て、うちおどろきたれば、夢なりけり。月も山の端近うなりにけり。さめざらましをと、いとどながめられて、

夢さめてねざめの床の浮くばかり恋ひきとつげよ西へゆく月　（353〜354頁）

二つの場面より成るが、共に「同じ心なる」友との親密な交流を示すものである。特に後段は「世の中のうきもつらきもをかしきも」互いに隔意なく語り合っていた友を、遠く離ればなれになった後夢に見、目覚めた後「さめざらましを」と涙を流して恋慕したというのであり、二人の交流がいかに親密なものであったかを示すものとして注目される。「さめざらましを」とは、いうまでもなく小野小町の恋の歌「思ひつつぬればや人のみえつらん夢としりせばさめざらましを」(17)を踏まえた表現であるが、まさに作者は、同性の友に対してあたかも夫や恋人に対すると同様の、極めて濃密な感情を注いでいるといえる。心に感じる様々な事を分け隔てなく語り合える友は、作者にとって時に夫以上に近しい存在であったかのようである。ここに見られる夫との不和が一時的なものであるか恒常的であったかは、短い本文から明確にはし難いが、作品全体を通して両者の関係がどのようなものであったかに関しては、論者によって解釈の相違が見られる。犬養廉氏は、夫との仲をかこつ語は「世の中むつかしうおぼゆるころ」の一語のみであるが、「これが一回的なものでなく、起伏はあっても、孝標女の家庭生活の底流であったことは、ほぼ想像されよう。」と言い、物質的な充足のもとに一見明るく幸せであるかに見える中年期の生活も「実は、不和でないまでも、共感に乏しい夫俊通との妥協の上に築かれていることも見逃してはなるまい」と言う(18)。孝標女の結婚生活に対する不満は、「こめすゑつ」という他律的な結婚の描写、「このあらましごととても、この世にあんべかりけることどもなりや。……」という結婚直後の述懐、さらには夫の地方赴任に二度とも行を共にしていないこと、本作品中故意といってもよい程夫に関する具体的な描写をしていないこと等々などからも読み取ることができると言う(19)。

一方、関根慶子氏は、作者の強引な初瀬行を「いかにもいかにも心にこそあらめ」と寛容にいだし立ててくれる夫に「心ばへもあはれなり。」と感激していること、結婚後の安定した家庭生活に満足していることなどを踏まえ、「もともと二人の結婚は物語的な恋愛関係ではなく、平凡な夫婦関係であったものの、二人の間にそれ程深刻な溝があったわけではあるまい。」と言う。日記中夫についての記述が少ないのは「作者が平凡な夫婦生活について特に書こうとしなかっただけで、執筆目標ではなかったからだと考える。」と言い、「夫の病死に対する作者の悲嘆の大きさからみても作者は夫にそれほど不満を持ち続けたのではなく、平凡な間柄ながら、やはり「頼む人」であったのだと思われる。」と論じている。[20]秋山虔氏は、両者の論旨を詳細に紹介し、いずれの意見にも「たしかに理由のないことではあるまい。」「これまた十分に納得されるのである。」と理解を示しつつ、次のように言う。[21]

作者の俊通との夫婦生活には、やはりそこにかけがえのない安息があっただろうが、のちにそれすらもうち砕かれた余生を抱き取らされたことへの嘆きが、『更級日記』の人生の帰結であり、その帰結への旅路を構想するものとしてこの日記は書かれたのであった。

幾分か関根説に左袒しているといえようか。筆者は、作者の夫との夫婦生活は共感の乏しいものであり、その不幸感は決して小さいものではなかったとする犬養氏の解釈に強く共感する。結婚直後の「光源氏ばかりの人は、この世におはしけりやは。薫の大将の宇治にかくしするゑたまふべきもなき世なり。あなものぐるほし。いかに、よしなかりける心なり」（332頁）という感慨は、現実への覚醒としてそれまでいかに非現実的な夢想に生きていたかを示すものであると共に、新たな結婚生活に何の感激も喜びも見い出せない幻滅の深さを示すものでもあろう。たとえ相手の男性が光源氏や薫のように身分高い風流な貴公子ではなく、極く平凡な結婚であったとしても、夫との間に心の交流と共感があり男性と結ばれる快感と充足が少しでもあった場合には、もう少し違った感想になっていたのではなかろうか。本日記中夫は「ちごどもの親なる人」「たのむ人」としか呼ばれず、二人の生活の記述が一つもないというのも、やはり異様である。作者にとって夫は生活上の頼りとする子供との関係の上でのみ問題となる存在であって、男女あるいは人間として向き合うものではなく、二人のやりとりの中に日記に書き残す何物もなかったということは、夫婦関係の冷ややかさを意味し、味気ない感激の乏しい結婚生活であったことを意味していよう。作者中年期の頻繁な物詣紀行は、心染まない夫との不如意な生活からの解放であろうとする犬養氏の見解は[22]、鋭く真実を突いたものであると思われる。

『更級日記』は、作品全体を統括する主題意識が決してないとは言えないが、またかなりに種々雑多な内容より成り、中には前後との関連を見出すことの難しい断片的な記事も見られる。一面において生涯に渡って心に残る忘れがたい出来事を書き綴ったものであると見ることもでき、そうした作品の中に、当時の女性にとって人生の大きな位置を占めていたであろう夫との関係の記事が皆無というのは、何かしらそこに意図的なものを感じざるを得ない。また、関根慶子氏が二人の関係を深刻な溝とてない平凡な夫婦関係であったとする根拠の一つに挙げる、大嘗会御禊当日の作者の初瀬詣でに対する夫の理解ある態度は、本当に寛容な思いやりの心ということなのであろうか。大嘗会の御禊は天皇一代に一度の見物であり、都のみならず田舎からも人々は挙って参集するという。実際当日は「田舎より物見にのぼる者ども、水の流るるやうにぞ見ゆるや。」（345頁）といわれる状況であった。群衆を避けて進むのが容易でなく、行き交う総ての人々が驚き呆れ嘲ったという。世間全体の動向に逆行する作者の行動は、奇矯であり多少気狂いじみているともいえる。作者自身、道の途中「げにいかに出で立ちし道なり」と後悔の念を覚え、「ひたぶるに仏を念じたてまつりて」（345頁）、即ち意識的に心を無心にし雑念を振り払うようにして先を急いだという。「月日多かり、その日しも京をふりいでていかむも、いとものぐるほしく、ながれての物語ともなりぬべきことなり」（343〜344頁）と強く戒める兄弟の方が、極めて常識的であり真実作者のことを心配しているといえる。「いかにもいかにも心にこそあらめ」（344頁）と出発を許容する夫の態度には、非常識な行動を強行しようとする妻を多少持て余し突き放しているような「投げ遣りの無関心さ」[23]があるともいえよう。

二

さて、夫との生活が共感の乏しい感情的葛藤の絶えないものであったとしても、結婚して以後の作者の生活が概ね安定した満足のいくものであったらしいことは、次のような記事からも確認される。

・今は、昔のよしなし心もくやしかりけりとのみ思ひ知りはて、親の物へゐて参りなどせでやみにしも、もどかしく思ひ出でらるれば、今はひとへに豊かなるいきおひになりて、ふたばの人をも、思ふさまにかしづきおほしたて、わが身もみくらの山につみ余るばかりにて、後の世までのことをも思はむと思ひはげみて……（342頁）

・なにごとも心にかなはぬこともなきままに、かやうにたちはなれたる物詣をしても、道のほどを、をかしとも苦しとも見るに、おのづから心もなぐさめ、さりとも頼もしう、さしあたりて歎かしなどおぼゆることどもないままに、ただをさなき人々を、いつしか思ふさまにしたてて見むと思ふに、……（351頁）

特に傍線部の記述は、経済的に豊かな当面思いに叶わぬ不平不満とてない自足した生活の様を窺わせる。思いのままに物詣での出来る経済的な豊かさと生活の自由さは娘時代以上のものがあり、そうした生活を与えてくれる夫に感謝し満足する思いのあったことも確かであろう。受領層の妻という社会的地位・身分を得るという意味においても夫は貴重であり、作者にとって夫がいかに大きな存在であったかは、死後の衝撃の深さによっても知れる。しかし、経済的・物質的に余裕のある安定した生活に感謝することと、精神的にも満たされた充実した日常を送ることとはまた別である。貧しい中にも心の幸せはあるように、何不自由ない豊かな生活の中にも心の飢渇感はあるであろう。俊通の妻という立場での一家を切り盛りする日常的生活に幸福であったとしても、それであるから俊通との夫婦生活に「かけがえのない安息があったろう」(24)とは思わない。複数の妻を持つ夫との愛情生活に不幸を感じ、会話に乏しく心を一つにする感激のない夫に不満を抱くことの繰り返しが、やがては大きな寂寥感・不遇感を形成していくということもあったのではなかろうか。一見安定しているかに見える日常生活の精神的な渇きを癒すのが、頻繁な物詣でであり、友人との親密な交流だったのではなかろうか。夫との間に求めて得られないことが、逆に一層同性の友人との対話を深めさせていったともいえよう。というよりも、世の中の憂さ辛さ喜び悲しみ、心に感じる様々な事柄を、誰かと語り合いたいという強い欲求と語り合うことの深い喜びとは本来的に人間の中にあり、作者にとってそれが夫との間には成し得ず友人とでは可能であり、結果的に友人が夫以上に精神的に身近な存在であったというのが実状に近い説明であるかもしれない。

因みに、先に引用した筑前に下った友を夢に見る記事に関し、犬養廉氏は「やや異常とも思える激情が波打ち、ほとんど恋愛感情に近いものがあろう」と言い、ここは作者が三年越しの逢瀬を綴った源資通がこのころ大宰大弐として筑紫に下っていることを踏まえて考えなければいけないと言う(25)。

筑前に下った朋輩に寄せる思いが、いつか、その同じ地にある資通への慕情に転化、うたた寝の夢の逢う瀬となり、それゆえにこそ「さめざらましを」と嘆き、「ねざめの床の浮くばかり」と月に訴えたものではあるまいか。

朋輩に寄せるやや異常ともいえる激しい慕情は、資通への恋愛感情が転化されている故であるとするものであるが、果たしていかがであろうか。小野小町の恋の歌を引歌にして語り、歌自体いかにも恋情の訴えのようではあるが、当時の女性間の贈答歌にあっては一見恋愛歌かと見紛うばかりの友愛の歌はよくあることであり、ここも表現通りに同性の友への慕情であると見たい。それが「やや異常とも思える激情」であることは、とりもなおさず作者の友人に対する感情の性格を表すものとして興味深く読み取っておきたい。もともと、資通に寄せる作者の思いが恋愛であったかどうか甚だ疑問である。資通との交流を語る一段は、本作品中唯一の男性との対座の場面であり、比較的分量も多く細部まで委細を尽くした情趣豊かな章段である。深く心に染み入る忘れ難い思い出であり、資通に対してある種の好意を感じていたことは確かであろう。しかし、本文中「世のつねのうちつけのけさうびてなどもいひなさず、世の中のあはれなることどもなど、こまやかにいひ出でて」（336頁）とか、「などいひて別れにし後は、誰と知られじと思ひしを」（340頁）、「あの人がらも、いとすくよかに、世のつねならぬ人にて、「その人は、かの人は」なども、たづねとはで過ぎぬ。」（341〜342頁）という記述があり、資通は世の通常の男性とは違って大層生真面目で好色めいた所はなく、自分達の関係も世の男女関係とは一線を画した関係であったのだとわざわざ断っている。作者は、資通の露骨に懸想がましい物言いをせず殊更に男女の関係を求めようとしない一面にこそ好意を感じている。「別れた後はそれ以上深い関係に発展することを望んではいなかった。」という言葉も、そのまま素直に受け止めておいてよいであろう。作者には資通が自分達を一人前に扱い、対等な立場で春秋の優劣を論じ、季節の風情に結びつく貴重な思い出を語ってくれたことが、この上なく嬉しかったのであろう。身分ある貴公子と心の底からしみじみと「世の中のあはれなること」を語り合えたことが、即ち恋愛めいた体験ではなく、むしろ恋愛ではない所で異性との間に心の交流を持てたことが、生涯に渡る思い出として深く心に刻まれていたのではないかと思われるのである。

三

『更級日記』は、作者十三歳から五十一、二歳に至るほぼ生涯の記録であるが、その四十年間に渡る記述にある種の統一感を与えているのは、前後七カ所に記される作者晩年の執筆時からする述懐であると一応いえる。(26) 夫の死直後の深い失意と不幸感の中で作者は次のように言う。

初瀬に鏡奉りしに、ふしまろび泣きたる影の見えけむは、これにこそはありけれ。うれしげなりけむ影は、きしかたもなかりき。今ゆく末は、あべいやうもなし。（中略）昔より、よしなき物語、歌のことをのみ心にしめで、夜昼思ひて、おこなひをせましかば、いとかかる夢の世をば見ずもやあらまし。（中略）かうのみ心に物のかなふ方なうてやみぬる人なれば、功徳も作らずなどしてただよふ。（358～359頁）

日記に描かれる作者の精神の軌跡は、他の箇所の述懐の記事などをも基に、娘時代の物語世界への耽溺、結婚、現実への覚醒とたび重なる物詣で、夫の死による失意・落胆と弥陀来迎の夢による往生への期待等々とまとめるができる。したがって、ここに見る何一つ思いの叶わない不幸の一生でありそれは若い頃から物語や歌のことばかりに夢中になっていたせいであろうという作者自身による生涯の把握も決して唐突ではなく、作品全体もそうした方向に統一されていると一応いうことができる。しかしながら、『更級日記』を通読する時、必ずしも不幸の影を強く感じることはない。部分部分の記事には、常に何かを感受し感動する生き生きとした作者がいる。愛着を持った物との別れ、継母との別離、乳母や姉の死など、不幸な記事が確かにあるにはあるが、そうした出来事の中にあっても悲しみを悲しみとして深く感受し、人生の一つ一つを深く豊かに生きる作者がいる。『更級日記』は、一面において生涯に渡って心に刻まれた感動の記録であり、忘れ難い人生の喜びの記録であるともいえる。いわば、生涯を振り返って全体的に不幸と感じざるを得なかった人生にあって、折々の心の慰めとなり生きる喜びであったものが結果的に書き残されているといえよう。上総から都への旅の記から始まり、東山への転居、西山での生活、石山・鞍馬・初瀬等への頻繁な物詣で、和泉への紀行等々、自邸での日常生活の記録よりも、圧倒的に他出、紀行の記事が多いのも、転居・外出等の非日常的な出来事の中により多く心に刻まれる新鮮な感動があった故であろう。単調で虚しい日常の心を慰め生きる喜びを与えてくれるものが、作者にとって「后の位も何にかはせむ」（302頁）と一日中没頭して読み耽る物語であり、「道のほどを、をかしとも苦しとも見るに、おのづから心もなぐさめ」（351頁）と記す物詣でであり、外出や寺社への参詣の先々で記事にされ歌に詠まれる自然の美、季節折々の情趣であったということなのであろう。本論で見てきた友人との交流もまた、そうしたものの一つとして作者にとって頗る貴重な生活の一部だったのではないかと思われるのである。

作者は、結婚し家に閉じ籠って以後も、祐子内親王家からの再三の要請に応じて時折出仕する。そこでの生活は特別な用務とてなく、人目に立つ振る舞いを極力避け「つれづれなるさんべき人と物語などして」（333頁）過ごしていたという。次はその具体的な様相を示す一例である。

かたらふ人どち、局のへだてなるやり戸をあけ合せて、物語などし暮らす日、またかたらふ人の上にものしたま

ふを、たびたび呼びおろすに、「切にことあらばいかむ」とあるに、枯れたる薄のあるにつけて、

冬枯のしののをすすき袖たゆみまねきもよせじ風にまかせむ　（335頁）

仕切りの引き戸を開けはなって一部屋として友人と語り合い、主人のもとに出仕しているもう一人の友人を再三呼び寄せようとしたというこうした記事からも、作者が友との遠慮のない会話をいかに楽しんでいたか知ることができる。宮仕え先での友人と時には寺社への参詣を共にすることもあったようである。

またの日も、いみじく雪降りあれて、宮にかたらひ聞こゆる人の具したまへると、物語して心ぼそさをなぐさむ。三日さぶらひてまかでぬ。　（343頁）

「中堂より麝香賜はりぬ。」という夢を見る石山寺参籠の折の一節である。物詣で自体作者にとって行き帰りの道中を含め属目する景物、体験する出来事等様々に興味深いもののようであるが、それを親友と語り合い共感し合うことにより興趣も倍加し、より一層深い心の慰めとなったことであろう。

また、友との交流は、この上ない心の慰撫であっただけではなく、人生への認識を深める契機ともなり、人生観・世界観の形成の上にも意義深いものであったようである。

年月はすぎ変りゆけど、夢のやうなりしほどを思い出づれば、ここちもまどひ、目もかきくらすやうなれば、そのほどのことは、またさだかにもおぼえず。人々はみなほかに住みあかれて、ふるさとに一人、いみじう心ぼそ

く悲しくて、ながめあかしわびて、久しうおとづれぬ人に、
しげりゆくよもぎが露にそぼちつつ人にとはれぬ音をのみぞ泣く
尼なる人なり。
世のつねの宿のよもぎを思ひやれそむきはてたる庭の草むら
（361〜362頁）

本作品の末尾の一節である。夫との死別による傷心も癒えず、同居していた人々も皆他に住み別れて、誰もいなくなった荒れた家居に老残の身を過ごす悲しく侘びしい孤独の思いを歌にして友人に送る。「久しうおとづれぬ人」とは、直前の記事にある「ねんごろに語らふ人」と同一人物であろう。「人にとはれぬ音をのみぞ泣く」という下句は、音信のない友への多少の恨みが込められていようか。既に出家している友からは、いくら庭が荒れ果て孤独で侘びしいとはいってもまだまだ世間普通の生活でしょう、すっかりと世を背き果てた私の誰一人訪れる者のない荒れ放題の庭の草むらを思いやって下さいという返歌がくる。こうした歌を手にして作者は、「世の中にまたたぐひあることもおぼえず」とひたすら傷心に暮れていた自分の不幸と悲傷を相対化し、自分以上の孤独・寂寥の境遇にある友の身を思って徐々に自らの悲しみを克服していったことであろう。老残の淋しさ辛さは自分だけのものではなく、多くの人に共通した苦しみであるとの認識は、やがて静かに受け入れその境遇の中に安らかに過ごす精神的な境地へと導いていくのではなかろうか。このように友との対話は、作者にとって自らの体験を他に共通した体験とし、人生全体への認識を深め、諦念へと至る精神的な成熟の上に頗る大きな働きをなしていたように思われる。

作者の周辺にあり作者の人生になくてはならない人々は、親兄弟始め多数存在したであろう。特に、物語への目を開かせ浪漫的な心情を共感し合った姉、継母などは、作者の自己形成に決定的な影響を与えていたと思われる。本論

は、そうした存在の一つとして結婚して以後の記事に散見する友人達に注目し、交流の様相と意義について考えたものである。日記に登場する結婚以降の友人は、ほとんど総て宮仕え先での知り合いである。作者の宮仕えは極く軽い役柄の臨時出仕のようではあるが、以後の生涯の心の支えともなる友を得るという意味において、収穫の多い頗る貴重な体験であったといえる。『更級日記』の作者を「家の女」と規定する論もあるが[27]、一時的にもせよ宮仕えに出て広い世間を見聞し、多くの人々と出会ったという体験の意味は、決して軽視することはできないであろう。『蜻蛉日記』作者と『更級日記』作者の両作品から窺われる人間性の違いは、宮仕え経験の有無から来ているものが頗る大きいように思われる。

注

（1）斎宮女御の伝記に関しては、所京子「斎宮女御・徽子の前半生」（『皇學館論叢』第五巻第五号　昭47）、森本元子「斎宮女御の生涯」（『武蔵野女子大学紀要』第八号　昭48）、山中智恵子『斎宮女御徽子女王歌と生涯』（大和書房、昭51）、西丸妙子「斎宮女御徽子の周辺―後宮時代考察の手がかりとして―」（『福岡女子短期大学紀要』第一一号　昭51）、同「斎宮女御徽子の周辺（二）―村上朝後宮時代―」（『福岡女子短期大学紀要』第一二号　昭52）、増田繁夫「斎宮女御集と斎宮女御について」（平安文学輪読会『斎宮女御集注釈』塙書房、昭56）、同「微子女王（斎宮女御）」（『国文学　解釈と鑑賞』至文堂、昭61・11）、清水好子「王朝女流歌人抄　斎宮女御徽子女王」（『波』新潮社、平1年4月号～11月号連載）等参照。

（2）増田繁夫「六条御息所の准拠―夕顔巻から葵巻へ―」（中古文学研究会『源氏物語の人物と構造』笠間書院、昭57）参照。

（3）『私家集大成　第一巻中古Ⅰ』（明治書院、昭57再版）参照。

（4）注（1）の増田繁夫「斎宮女御集と斎宮女御について」参照。

（5）注（1）の西丸妙子論文参照。
（6）平安文学輪読会『斎宮女御集注釈』（塙書房、昭56）参照。
（7）注（6）に同じ。
（8）『栄花物語』の本文の引用は、以下総て松村博司・山中裕校注『栄花物語上』（日本古典文学大系　岩波書店、昭39）による。
（9）『村上御集』は、『私家集大成　第一巻中古I』所載の本文による。
（10）「紫式部集」の本文は、南波浩校注「校定紫式部集（定家本系）」（岩波文庫『紫式部集』昭48）による。
（11）岡一男『源氏物語の基礎的研究』（東京堂出版、昭41）参照。
（12）清水好子『紫式部』（岩波新書、昭48）参照。
（13）竹内美千代『紫式部集評釈』（桜楓社、昭45）参照。
（14）『紫式部日記』の本文の引用は、以下総て中野幸一校注・訳「紫式部日記」（日本古典文学全集『和泉式部日記・紫式部日記・更級日記・讃岐侍典日記』小学館、昭46）により、頁数を記した。
（15）今井源衛「紫式部集の復元とその恋愛歌」（「王朝文学の研究」角川書店、昭45）参照。
（16）『更級日記』本文の引用は、以下総て犬養廉校注・訳「更級日記」（日本古典文学全集『和泉式部日記・紫式部日記・更級日記・讃岐典侍日記』小学館、昭46）により、頁数を記した。
（17）小野小町の歌の引用は、日本古典文学大系『古今和歌集』（岩波書店、昭33）による。
（18）注（16）の「更級日記」解説（犬養廉執筆）の項目参照。
（19）犬養廉「孝標女に関する試論―主としてその中年期をめぐって―」（『国語と国文学』昭30・1）参照。
（20）関根慶子全訳注『更級日記（下）』（講談社学術文庫、昭52）参照。
（21）秋山虔校注『更級日記』（新潮日本古典集成、新潮社、昭55）「解説（夫橘通俊）」参照。
（22）注（18）に同じ。
（23）注（19）に同じ。

（24）注（21）に同じ。
（25）注（16）の354頁の頭注参照。
（26）近藤一一「更級日記構想論」（『国語と国文学』昭26・5）参照。
（27）犬養廉「宮廷女流日記文学における『更級日記』の位置」（女流日記文学講座　第四巻　勉誠社、平2）参照。

第二章　『源氏物語』に関する諸論

第一節　式部卿宮に関する試論

ここにいう式部卿宮とは、紫上の実父であり藤壺宮の兄にあたる人物を指す。この人は、『源氏物語』の筋の展開途上においてほんの脇役程度にすぎず、それほど華々しい活躍をすることはない。物語への登場の仕方も散発的である。今井源衛氏は、彼について「『源氏物語』という大河の流れの中では（中略）そのかたすみにほんのときどき姿をあらわす小さな水脈にすぎない。(1)」といっているが、的確な評であろう。ところが、彼は、紫上の父・藤壺宮の兄という光源氏とは極く近い親族関係にあり、しかも最後まで反目しあって心を許し合うことがないのである。光源氏が最後まで心を許さなかったというのは実に珍しいことであって、全篇（正確には光源氏生存中の四十一帖）を通じて式部卿宮ただ一人しかいない。正妻格の女性である女三宮を犯した柏木に対してさえ、自分自身への内省を通じ、自分と同じ罪を認めて、その罪を許そうという気持になっている。光源氏と政治的・社会的に競争関係にあり、対立し合った人物も右大臣や頭中将など二、三人いるのであるが、いずれの場合も途中で和解してしまうか、一方が死亡してしまうかしてその対立心を最後まで持ち続けるということはなかった。親族としてごく近い関係にある式部卿宮に対し、光源氏が終生打ち解けず疎遠にしていたということは、そこに何か一つ注意すべきものがあるのではなかろうか。本論は、式部卿宮と光源氏との間柄の具体的な様相を探り、『源氏物語』全体における意味について考えてみようとするものである。

なお、この人物は若紫・賢木・澪標の巻あたりでは兵部卿宮と呼ばれており、式部卿宮となるのは少女の巻以降なのであるが、ここでは一貫して式部卿宮と呼んでいきたい。

一

式部卿宮は首巻桐壺においてはやくも登場している。藤壺入内の記事で「御兄弟の兵部卿の親王など」と呼ばれるのがその人である。

さぶらふ人々、御後見たち、御兄弟の兵部卿の親王など、かく心細くおはしまさむよりは、内裏住みせさせたまひて、御心も慰むべくなど思しなりて、参らせたてまつりたまへり。（桐壺　第一巻　42頁）

ところが、この場では物語の表面に具体的な姿を現すことなくすぐに立ち消えになってしまう。後、光源氏と直接的な関係を持つことになるのは、紫上の父親として再び登場してきてからであった。

式部卿宮は、故按察大納言の娘が、母のもとに一人淋しく住まいしていた所に忍んでいき一女を得る。後の紫上である。ところが、彼には身分が高く意地悪で嫉妬深い本妻がいた。紫上の母も彼女の為に「やすからぬ事多くて」明け暮れ物思いのみをし、遂にはかなく死んでしまう。後に残された紫上は、安心して父のもとへ移り住むこともできず、祖母尼君に育てられ、尼君の死後光源氏によってまるで掠奪されるようにして二条邸に連れてこられ、そこで成長する。式部卿宮は、紫上に対し我子としての愛情は感じていても、北の方に気がねをして特別な庇護を与えてやることができないでいる。自然、父娘の間が疎遠なものとなる。我子が突然消え失せた時も、式部卿宮は最初こそかなりに細やかで暖かな父性愛を示しいろいろと尋ね回るのであるが、結局最後は探し出すことができないままに放り出してしまう。紫上も祖母尼君を慕って泣くことはあっても、父宮を恋しがる時はついぞなかった。このように紫上と実父式部卿宮とは最初から親密なものではなかった。対北の方とは既に反目関係にあったと見てもいいであろう。

紫上を自分の手元に引き取った光源氏は、しばらくの間誰にも秘密にし、葵の巻に到り新枕を交して後、はじめて式部卿宮に事の真相を打明ける。彼ら二人の交際は、当初「父親王も思ふさまに聞こえかはしたまふ。」（賢木　第二巻　103頁）と叙述されるように極めて和やかな仲睦まじいものであった。ところが、光源氏の須磨流謫とともにその様相は一変する。即ち式部卿宮は、光源氏が右大臣家の不興をかい圧迫を受けるや否や世間の目を憚って光源氏のもとへ寄り付こうとしなかったのである。それを根にもった光源氏は、明石よりの帰京後終生彼に心を許すことがなかった。その冷淡さは執拗ともいえる程に徹底していた。式部卿宮と同じく光源氏の愛顧を被っていながら彼の逆境の時にあって離れていった人々は、空蟬の弟である小君等幾人もいたのであるが、光源氏はそれらの人々に対してはそれほど恨みを持っていない。式部卿宮に対してだけは殊の外に厳しかった。光源氏の式部卿宮に対する対応は、藤壺宮も不本意に思い心配する程であったという。

兵部卿の親王、年ごろの御心ばへのつらく思はずにて、ただ世の聞こえをのみ思し憚りたまひしことを大臣はうきものに思しおきて、昔のやうにも睦びきこえたまはず。なべての世にはあまねくめでたき御心なれど、この御あたりは、なかなか情なきふしもうちまぜたまふを、入道の宮は、いとほしう本意なきことに見たてまつりたま

へり。（澪標 第二巻 301頁）

式部卿宮が娘を入内させようとした時も光源氏は、殊更便宜を図ってやろうとはせず、むしろ養女である秋好を入内させて間接的にその入内を不利にさせているのである。こうした事情が積み重なって二人の阻隔はますます大きくなっていく。

一方、式部卿宮の北の方と光源氏及び紫上との関係はよりいっそう険悪なものであった。源氏の須磨流謫のときの北の方は、一人二条邸に残された紫上に対し「にはかなりし幸ひのあわたたしさ。あなゆゆしや。思ふ人、かたがたにつけて別れたまふ人かな」（須磨 第二巻 172頁）などと陰口をきいたり、また後に紫上が父式部卿宮の為に盛大な五十の賀を催した時であっても、北の方は「心ゆかずものし」（少女 第三巻 78頁）とのみ思っているのである。この時の彼女の心境には、紫上の母に対する嫉妬の情から発したもとよりの反撥心に加えて、光源氏の自分の娘への仕打に対する恨みの気持も作用していたことであろう。いずれにしろ、その反目・敵対の度合は式部卿宮より以上に強烈であり積極的であるといえる。

こうした式部卿宮や北の方の光源氏・紫上に対する恨みの心情は、髭黒大将に嫁していた長女の離婚騒動において頂点に達する。式部卿宮の長女は髭黒大将のもとへ嫁しており子供も三人いたのであるが、夫婦の仲はあまり円満ではなかった。髭黒は彼女が三、四歳年長である所から婆さん呼ばわりをして嫌っていたようである。やがて髭黒は光源氏の養女である玉鬘に心を奪われ、彼女を己が手中にしてからは今までの「名に立てるまめ人」（真木柱 第三巻 352頁）の評判も返上して昼も夜も彼女のもとへ入り浸りという状態になってしまう。夫婦の仲も「いまは限り」と思った北の方は、父式部卿宮の勧めもあって父の邸へ帰ってしまう。娘の不幸をまのあたりにした式部卿宮の北の方は泣き騒ぎ、その鬱憤を玉鬘を髭黒に嫁せしめたという理由で光源氏や紫上に向けるのであった。

太政大臣をめでたきよすがと思ひきこえたまへれど、いかばかりの昔の仇敵にかおはしけむとこそ思ほゆれ。女御をも、事にふれはしたなくもてなしたまひしかど、それは、御仲の恨みとけざりしほど、思ひ知れとにこそはありけめと思しのたまひ、世の人も言ひなししだに、なほさやはあるべき、人ひとりを思ひかしづきたまはんゆゑは、ほとりまでもにほふ例こそあれと心得ざりしを、ましてかく末に、すずろなる継子かしづきをして、おのれ古したまへるいとほしみに、実法なる人のゆるぎ所あるまじきをとて取り寄せもてかしづきたまふは、いかがつらからぬ　（真木柱　第三巻　375頁）

玉髪と髭黒を結びつけたのは別に光源氏ではなかった。むしろ光源氏でさえこの結婚に不満であり、残念に思っている。しかしそうした事情を北の方は知る由もない。「おのれ古したまへる」などと光源氏に対する中傷といえる言葉すら吐いている。このときの式部卿宮は、北の方のヒステリー気味の感情をたしなめているとはいえ、思いは北の方と同じであったであろう。

こうした北の方の光源氏に対する忌々しい言辞がやがて光源氏や紫上の耳にも達し、お互いの気持がますます硬化する。若菜上の巻で女三宮降嫁の決定によって大きな打撃をうけた紫上は、次に見るようにまず第一に式部卿の宮の北の方のことを思い、内面の苦悩を決して外に漏らすまいとするのである。

をこがましく思ひむすぼほるるさま世人に漏りきこえじ、式部卿宮の大北の方、常にうけはしげなることどもをのたまひ出でつつ、あぢきなき大将の御事にてさへ、あやしく恨みそねみたまふなるを、かやうに聞きて、いかにいちじるく思ひあはせたまはむ、　（若菜上　第四巻　53～54頁）

こうして、光源氏と式部卿宮夫妻とは、相反目し疎遠な状態のまま物語の終わりまで続いており、結局一度も和解することがなかったのである。

二

一体作者は、当然親しくあってしかるべきな光源氏と式部卿宮とを何故にかくも執拗に相反目せしめているのであろうか。彼ら二人が疎遠にしているという趣向は『源氏物語』においていかなる意義を有しているのであろうか。たとえそこに外面的・社会的に熾烈な闘争はないにしろ、一度も和解することなく最後まで反目し合っていたという例は、実に『源氏物語』中左右両大臣の政治的闘争とこの一例しかないのである。そして左右両大臣の政治的闘争という事件は、物語（特に第一部）の重要な構成要素となっていた。果たしてこの場合はいかなる構想的な意味があるのであろうか。

今井源衛氏は「兵部卿宮のこと」において、右のような式部卿宮夫妻の造型に古物語の一類型である継子苛め物語の影響が認められることを指摘している。『源氏物語』以前において『落窪物語』のような継子苛めを主題とした物語が多く存しており、紫式部がそうした物語に目を通していたらしいことは「継母の腹きたなき昔物語も多かるを」（蛍　第三巻　216頁）という言葉が蛍の巻に見えていることからも察せられる。また実際『落窪物語』との具体的な類似点を二・三挙げることもできる。即ち、主人公の姫君が「わかんどほり」である点（母方の血筋か父方のそれかの違いはあるにしろ)、父は気弱な性格であって妻を制する力がなく頭が上らない点、及びその継母は「さがなもの」である点などは両者共に同じであり、また継子の姫君が身分の高い貴公子のもとへ引き取られて幸福で安定した生活を得て後、実父の為に祝賀を催すのも似ている。『落窪物語』では落窪姫の夫である中納言道頼が、継母に対する報復の一つとして、彼女の娘の三の宮に通っている蔵人の少将へ自分の妹である中君を与え、彼の心が三の宮から離れるようにし向けるという話があるが、これは『源氏物語』の、光源氏の養女である玉鬘が髭黒と結びつき、為に式部卿宮の長女が離婚するという趣向によく似ている。こうした点からみて式部卿宮夫妻の造型に継子苛め物語―具体的には『落窪物語』―の影響が存する事は確かであろう。しかしながら光源氏と式部卿宮の疎遠な間柄は、単に継子苛め物語の踏襲というだけではなく、『源氏物語』独自の意味もあったように思われる。

彼らの関係は、見てきたように『落窪物語』の落窪姫夫妻と継母とのそれに非常によく似ておりながらも、二・三の大事な点で違いを見せている。そしてこの違いは物語の質として重大なものであろう。『落窪物語』の結末は落窪姫夫妻の栄耀栄華で終っている。特に巻四などは、八方が全て円満におさまり落窪姫一族がますます繁栄していく様を描く為に殊更に設けられたかの感がある。そしてこの巻四があることによって一篇の物語としての緊密さに欠けるとの説も聞かれるのである。(2) 即ち作者は、物語の緊密さを欠いてまでも主人公達の理想的ともいえる栄華な生活を讃美しないでは気がすまなかったらしい。主人公達も幸福この上ない生活に何の不安や危惧も感じていない。それに浸りきっている。幼ない頃継母に苛められみじめな状態であった主人公が、後に貴公子に助けられ至上の幸福を得るというのは、継子苛め物語の常套だったであろうが、『落窪物語』は正しくそれを踏襲している。ところが、『源氏物語』は違っていた。確かに紫上も外面的にはこの上ない幸福な生活を獲得したと言い得る。太上天皇の称号を持ち全ての人の憧れの的である光源氏の愛を一身に集め、六条院の女主人として何人の追随を許さぬ地位を得ている様はまさに至上の栄耀栄華であろう。しかし外面的生活が栄華なものであるにもかかわらず、晩年の紫上は誰にも知られない孤絶の境地で生命をも代償とするような憂悶を味わっていたのである。若菜上の巻以降の紫上の内的苦悩に思いを到すとき、決して彼女を恵まれた幸福な人であるとばかりはいえない。華やかな生活に包まれながらもそれに満足し浸りきることなく、内面においては愛のはかなさ人間存在のはかなさに思いを到して激しい憂悶を味わう紫上をみる時、我々読者は外面的な栄華に見とれるよりも内面的悲劇に胸をしめつけられるであろう。『落窪物語』は栄華な生活を讃美する所で終わっていたが、『源氏物語』はまさにそこから始まっているとも言い得る。華やかな恵まれた生活でも決して癒されることのない人間としての悲劇性、人生の苦悩等々人間存在の根源的なものを真摯に問いつめていこうとしたのが若菜上以降の世界であったともいい得る。そこに『源氏物語』の古物語からの一つの飛躍があり、物語としての一つの達成があったのではないかとも思うのである。

また『落窪物語』では、主人公達が継母に対してある程度の報復を仕終えて後は、その家族の人々にも心を許し、互いに親交するようになるのであるが、光源氏と式部卿宮は最後まで心から和解することがなかった。こうした点も光源氏と式部卿宮との疎隔が単に『落窪物語』の影響によってなったものではなく、『源氏物語』独自の意味があるのではないかと考えさせる所である。

三

光源氏・紫上と式部卿宮夫妻とをかくも執拗に相反目せしめた作者の真意はどこにあったのであろうか。思うに紫上という人物の条件設定の為に必要なことだったのではなかろうか。紫上という女主人公は背後に何の力も持つことなく天涯孤独の身で、ただ一つ人間的な魅力によってのみ光源氏と結びつくという設定、即ち別の面からいうと、頼るべき人といっては光源氏しかなく、したがってその光源氏から離れた場合もはや何物も持たぬ単なる一女性に過ぎず六条院に女主人として座する何の力も持たなくなるという設定が必要だったのではあるまいか。その為には己が里邸である父宮の家族よりも殊更に分離する必要があったのであろう。光源氏と式部卿宮家との対立はこのためではなかったかと思うのである。

紫上は、父は皇族という高い出自ではあったが、その父の保護はほとんど受けず専ら按察大納言の娘である母のもとで育てられ、母君没後は祖母にあたる尼君の手で養育される。背景となるべき何の勢力も持っていなかった。後年、当代随一の貴公子である光源氏の愛を独占することができたのは、ただひとえにその人間的魅力（外的・内的の両面における）によるものであった。光源氏の愛を独占することによってはじめて六条院に女主人として存在することができたのである。光源氏の宮廷における勢力安定の一基盤である明石女御の実母であることによって己れの存在権を主張する明石君や、朱雀院を父とする高貴の生れとして六条院の正妻格におさまる女三宮などの女性とは違い、紫上は己れ一人の人間的魅力の外は何物も有していなかった。それだけに光源氏との結びつきは至極純粋であったともいえる。晩年の紫上の悲劇は彼女のこうした境遇・存在基盤そのものに胚胎していた。愛のみによって結びついていた人間、そしてその愛によってのみ存在理由を主張していた人間紫上は、女三宮降嫁という事態に直面して己の存在のはかなくもろいものであることを自覚する。そして又朧月夜に通っていく光源氏の姿を見ては人の心の移ろいやすく頼み難いものであることを痛感する。ただ一つの頼み所であった光源氏の心さえも信ずることができなくなった時紫上は、この世を静かに諦観し心の平安を求めて出家せんことをひたすら願うのであった。そして、それは光源氏一人を恨むというよりは、はかなく移ろいやすいのはこの世のならいなのであろうという現世一般の了解となり彼女の人生観・世界観ともなっていく(3)。こうした紫上晩年の心境の深化は、やがて宇治十帖の大君に受け継がれていくものであり、『源氏物語』一篇の大きな主題の一つでもあろう。

　これがもし紫上が父宮との間が密であり宮家の人々とも円満であったとした場合どうだったであろうか。そもそも彼女が光源氏のもとへ引き取られていたかどうかもわからないのである。紫上が宮家の嫡妻から目をそばめられ頼り所のないわびしい境遇であったからこそ、光源氏は盗み取るようにして彼女を自分の手元に連れてくることができたのであった。この経過を秋山虔氏は次のように説明する。(4)

紫上は藤壺のゆかりの人、王孫という高貴な素姓であるけれども、幼くして母に死なれ、祖母とともに、祖母以外に保護者のないわびしい境遇にあった。父兵部卿宮は健在であるけれども、宮家には妻とその子どもがあって、紫上は宮家の姫君として育ったのではない。祖母の死にあえば宮家にひきとられるのが自然なはずの彼女ではあったが、はたして宮の嫡妻、つまり継母からどのように待遇されるものか予想はつきにくい。

　こういった状態だったからこそ光源氏が、紫上を自分のもとに強引に連れてくることができたのであるというのである。またもしも紫上が宮家と親しい交わりをしていたのであれば、晩年女三宮が降嫁してきた時あれほど激しく心を揺さぶられることもなかったであろう。光源氏の心が信じられなくなった時、世間に対しておこがましい状態となるような時は、髭黒の北の方がそうであったように父宮の邸へ帰ってくればよかったであろう。実際この当時の式部卿宮は、次の叙述にもあるように紫上一人を後見するには十分以上の力を持っていたのである。

親王の御おぼえいとやむごとなく、内裏にも、この宮の御心寄せいとこよなくて、このことと奏したまふことをばえ背きたまはず、心苦しきものに思ひきこえたまへり。おほかたも、いまめかしくおはする宮にて、この院、大殿にさしつぎたてまつりては、人も参り仕うまつり、世人も重く思ひきこえけり。

（若菜下　第四巻　159〜160頁）

また、父宮のもとへ帰るということまではしなくとも、自分を慰めてくれる人が光源氏の他に居り、最後に頼っていける所が他にもあるということであれば、苦悩の心境も幾分薄められ、その様相も変わっていたのではなかろうか。紫上の苦悶の心境にゆとりがあったとすれば、彼女が最後に到りついた「無常感を根底とした現世に対する離脱的な感情にみち」「愛憎をこえてすべての人々に「あはれ」を注ぐ」(5)という境地に達していたかどうか疑問である。苦渋愛憎を超越した紫上の晩年の心境は、最も親しかるべき身内の人々に一番最初に身構えねばならなかったという絶対的な孤独の中で肉体的な健康を蝕むほどの苦悩を通して得られたものであったのである。

以上のように、光源氏・紫上と式部卿宮夫妻を不和の関係に置くことは、紫上の人物造型において、特にその晩年の孤独への条件設定として、つまり作者紫式部の心の中にある問題をもっとも効果的に問い続けていくための条件設定として必要なことだったのではないかと思われるのである。

四

光源氏と式部卿宮との不和が作者の意識的な趣向によるものであるとした場合、読者の意表を突くような玉鬘事件の結末も、単に『落窪物語』の趣向を踏襲するものであるというより以上に、光源氏と式部卿宮とをますます疎隔させるための作者の殊更な計算によるものではないかという気がしてくる。

六条院における優美華麗な恋の争奪戦ともいえる玉鬘事件の最後の結末—玉鬘が最後に髭黒のものとなる趣向—は全ての読者をして呆然とさせるものであった。玉鬘が髭黒のものになろうなどとは、それが描かれる真木柱の巻に到るまで全然予想だにできない。むしろ前巻藤袴においては尚侍として出仕するのであろうことがほぼ確実と思われる筆致である。玉鬘本人も多くの求婚者たちの中で特別髭黒に心を引かれていたわけではなく、むしろ「色黒く鬚がちに見えて、いと心づきなし」（行幸　第三巻　292頁）と嫌っていた。身辺の人々も実父である内大臣を除いては誰一人として髭黒を推薦するものはいなかった。それよりは光源氏の弟である風流人の兵部卿宮の方が、玉鬘自身にも幾分好かれており、夕霧なども賛意を表していて、より可能性が大きかったのである。それが、大方の読者の予想を裏切って突然髭黒のものとなってしまう。鎌倉時代の物語評論書である『無名草子』の作者もこの結婚に不調和を感じ、次のように批難している。(6)

玉鬘の姫君こそ、好もしき人とも聞えつべけれ。（中略）その身にては、ただ尚侍にて冷泉院などにおぼし時めかされ、さらずば、年頃心深くおぼしわたる兵部卿の宮の北の方などにてもあらばよかりぬべきを、いと心づきなき髭黒の大将の北の方になりて、隙間もなく守りいさめられて、さばかりめでたかりしのちの親も見奉ることは絶えて過すほどぞ、いといぶせく心やましき。（31頁）

したがって、多くの読者はこの不自然な結婚の必然性を物語全体との関連から考えて見たいと言う意欲をそそられる。例えば、秋山虔氏は次のように説明する。(7)

作者は、例の竹取物語や宇津保物語などがとり用いたがごとき、古物語的常套への安易なよりかかりによって玉鬘の運命を操作するのではない。玉鬘がもしかりにあて宮のように入内せしめられるというようなことになれば、これまでの彼女の複雑な造型の線上から逸脱する、虚しい理想化に過ぎないことになるだろう。かえって、「真木柱」巻において、突如髯黒大将の妻となった彼女が登場してくるのは、一見唐突不自然のごとくでありながら、十分に現実性をはらんでいるというべきであろう。

森一郎氏もこれとは別に、玉鬘が尚侍として出仕せず、蛍兵部卿宮のもとへもいかず、髭黒のものとならねばならなかった必然性を詳細綿密に説明している。(8) 筆者は以上の二氏の論に啓発されながらも、また別にこれには何か構想上の配慮―即ち光源氏・紫上と式部卿宮夫妻の不和の促進という配慮があったのではないかと思うのである。玉鬘が髭黒のものになるという事件は、それのみで終っているのではなかった。それを契機として、髭黒とその北の方との陰鬱な葛藤そして離婚、式部卿宮夫妻の光源氏への恨み、光源氏と式部卿宮との不和の促進という具合に波紋は周辺に押し広がっていた。作者は、そこまでを考慮に入れて玉鬘事件の結末を構想していたのではあるまいか。森一郎氏は、玉鬘が尚侍として出仕することのできなかった理由の一つとして、尚侍として入内した場合冷泉院の寵愛を受けることは十中八九確実なことであり、もしそうなった場合は、「源氏は養父として後見することになり、秋好中宮との関係にも困るし、わけても弘徽殿女御と対立させることになれば内大臣との対立は深刻なものとなってしまう。藤裏葉の大団円を計画しつつあった作者としてはそういう展開は避けねばならなかった」と言う。(9) こうした点は髭黒と結びつかせた場合も同じなわけで、髭黒の北の方が式部卿宮の娘である所から宮家との間になんらかの波乱が当然予想される。実際光源氏は、次の叙述に見るように北の方が紫上の異母姉である所から玉鬘と髭黒との結びつきを不都合なことと思っていたのである。

北の方は紫の上の御姉ぞかし。式部卿宮の御大君よ。（中略）その筋により、六条の大臣は、大将の御事は、似げなくいとほしからむと思したるなめり。（藤袴　第三巻　343頁）

したがって、光源氏と内大臣との対立を避けるために玉鬘を出仕させなかったという見方と全く同じように、光源氏と宮家との不和を促進させるために彼らを結びつけたと考える事もできるであろう。少女の巻で紫上が式部卿宮のために五十の賀を催して以来宮の光源氏に対する心が和らいできていた所に、やがて物語が第二部に入ろうとする――即ち六条院の内的悲劇、紫上の内面的な苦悩を描き出そうとする直前において、突然こうした事件が起こり彼らの不和が頂点に達しているという経緯が、ますますこうした推測に赴かせるのである。

式部卿宮夫妻の造型には確かに『落窪物語』の影響が存している。しかし『源氏物語』は単なる継子苛め物語の亜流に留ってはいない。人的関係、及び事件の展開は同じであってもその中に独自の内実を持たせ、新たなる心血を注いでいる。玉鬘事件の結末にしても、『落窪物語』では継母に対する報復の一挿話という以上の意味を出ていないのであるが、『源氏物語』は紫上の条件設定という頗る重要な構想的意味を荷っているのである。まさに、継子苛め物語的な古物語から脱皮し飛躍しているといえよう。こうした点にも『源氏物語』の一つの達成があるのではあるまいか。

注

（1）今井源衛「兵部卿宮のこと」（『源氏物語の研究』未来社、昭37）参照。
（2）藤岡作太郎『国文学全史平安朝篇』（東洋文庫、昭46）の「第二期第十一章落窪物語」の中に次のような評言が見られる。
「而して後に至りて徳を以て報ゆる種々の所作も、またあまり行々しく、八講に、七十の賀に、彼に此と長く書き列ぬるは、祭すみての何見物ぞ。倦怠の念徒らに起るのみにして、何等の功あることなし、巻四一冊は蛇足なり」
（3）紫上晩年の心境の深化については小野村洋子『源氏物語の精神的基底』（創文社、昭45）に詳細な論考がある。本論はこの著に啓発される所多大であった。
（4）秋山虔「紫上の初期について」（『源氏物語の世界』東京大学出版会、昭39）参照。
（5）注（3）の著書参照。
（6）『無名草子』本文の引用は、桑原博史校注『無名草子』（新潮日本古典集成　昭51）に寄る。
（7）秋山虔「玉鬘をめぐって」（『源氏物語の世界』）参照。
（8）森一郎「玉鬘物語の構想について―玉鬘の運命をめぐって―」（『源氏物語の方法』桜楓社、昭44）参照。
（9）注（8）に同じ。

第二節　朱雀院の人物像

一

朱雀院は、光源氏の生涯に密接に関わる。というよりも、主人公の人生を作者の意図した方向に展開させるべく設定された人物であり、境遇・性格・人生等総てその為の要件を満たすように造型された存在であるといえる。『源氏物語』第一部の基本的な構造が、貴種流離譚の話型を踏まえた主人公の出世成功譚にあるとした場合、光源氏の臣籍降下、須磨流離、都への復帰などは、物語の骨格をなす最も基盤的な事件であろう。これらはいずれも、結局の所朱雀院の存在によるものであり、その意味で、朱雀院は、常に光源氏の側近くにあり親友としてライバルとして頻繁に活躍し続ける頭中将以上に、物語の構造の根幹を担う重要な脇役であるといえる。朱雀院の物語への最初の登場は、主人公の誕生の場面であり、次のように語られる。

一の皇子は、右大臣の女御の御腹にて、寄せ重く、疑ひなきまうけの君と、世にもてかしづききこゆれど、この御にほひには並びたまふべくもあらざりければ、おほかたのやむごとなき御思ひにて、この君をば、私物に思ほ

しかしづきたまふこと限りなし。（桐壺　第一巻　18～19頁）

右大臣の女御を母とし、後見人も重々しく、疑いもない世継ぎの君として広く世間の尊崇を集める第一皇子。この人、即ち後の朱雀院の存在により、主人公は、いかに恵まれた美質を持ち父桐壺帝の寵愛を受けようとも、皇位継承者とはなり得なかったのである。ここに、あらゆる面で世俗を超越し実の帝王以上に帝王たるに相応しい才能を持ちながらも臣籍に下る、という主人公の設定がなされることになる。そして、一旦は阻まれた潜在王権の獲得の過程が、物語第一部の基本構造をなすことになるのである。また、主人公を行動のままならぬ春宮や帝の地位にではなく、一世源氏としての比較的自由な境遇に置いたのは、恋の英雄として縦横に活躍させる為に必要な措置であったともいわれる。(1) つまり、主人公を作者が意図する主人公像たらしめる為に、皇位継承の確実な第一皇子（朱雀院）の設定があったのだといえよう。

主人公の誕生から元服までを語る桐壺の巻において、他に四箇所程朱雀院への言及が見られる。一つは袴着の折であり、他の三つは元服の儀の叙述中である。いずれも、儀式の模様が一の皇子と同等かそれ以上の盛大さであったと語り、帝の主人公に対する待遇は特別であり、世間の人もそれを無理のないものと認めてしまう程主人公の様子は素晴らしいものであったと語る。別格であるべき上位の存在と比較することにより、主人公の価値と勢力を読者に強く印象付けようとするかのようであり、朱雀院は春宮であることによって主人公の引き立て役に使われているといえる。特に、添臥の役に左大臣の娘が選ばれた事情を説明する次のような記事は注目に価する。

引入れの大臣の、皇女腹にただ一人かしづきたまふ御むすめ、春宮よりも御気色あるを、思しわずらふことあり

けるは、この君に奉らむの御心なりけり。（桐壺　第一巻　46頁）

春宮からの要望を退け既に臣籍に降下している第二皇子に嫁すということは、普通では考えられず、著しく春宮の権威を傷つけることであったろう。事実、春宮の母である弘徽殿女御は深く恨みに思う。それだけ両者の人間的な差は甚だしく、主人公は格別な存在であったというのであろう。

春宮である第一皇子を凌駕する第二皇子の存在は、勢い両者を取り巻く人々の対立抗争を生み出す。主人公も誕生と同時に右大臣家の人々の強い警戒を招き、左大臣に婿取られることによってはっきりと両者の抗争の渦中に組み込まれる。この対立関係は、光源氏の人生を大きく左右し、物語に様々な綾を織りなすことになる。

一世の寵児として時めいていた光源氏の人生は、桐壺院の崩御により変転する。世は総て朱雀院を後見する右大臣や弘徽殿女御の思いのままとなり、光源氏を初め左大臣派の人々は官位も滞り、政界での活躍を締め出される。「かたがた思しつめたることどもの報いせむ」（賢木　第二巻　102頁）とする弘徽殿女御の計らいにより何かと進退に窮する事が多く、世の交わりも厭わしくなる。暇に任せて私生活を楽しむ光源氏に、春宮を擁して謀反を企むとの噂が立ち、不穏な空気が高まっていく。こうした中で、朱雀院の寵愛する朧月夜尚侍との密会が露顕し、官位を剝奪され、それ以上の災厄を逃れるために都から退去せざるを得なくなる。いわゆる須磨流離事件である。三年間に渡る須磨・明石でのつらい流離の生活は、光源氏の最初にして最大の危機であると同時に、逆境での人間的な成長、明石君との結婚による姫君出生など、後の人生に大きな恵みをもたらすものでもあった。このように、光源氏の須磨への流離は、両者の対立関係を背景に朱雀院の名による除名処分を契機とするものであるが、しかしながら、主に弘徽殿女御の思惑によるものであり、朱雀院自身の意向ではなかった。もともと、朱雀院は、最初から光源氏に敵意も悪意も抱いていない。むしろ、その類稀な数々の才能を愛し、心からの率直な愛情を寄せている。朧月夜との件にしても、自分に仕える前からのことであり、愛情を交わすに相応しい二人なのだからと理解し許容している。両者の親密な交友関係は、賢木、明石、澪標等々の巻に再三に渡って描かれる。中でも、六条御息所との交情や斎宮へのほのかな恋情など、互いの心の秘密に属する事柄をも打ち明け合うという次のような叙述は、兄弟間の極めて親密な交流を示すものとして感動的である。

よろづの御物語、書の道のおぼつかなく思さるることどもなど問はせたまひて、またすきずきしき歌語なども、かたみに聞こえかはさせたまふついでに、かの斎宮の下りたまひし日のこと、容貌のをかしくおはせしなど語らせたまふに、我もうちとけて、野宮のあはれなりし曙もみな聞こえ出でたまひてけり。（賢木　第二巻　124頁）

桐壺院崩御後の光源氏への冷遇も決して朱雀院の心からのことではなく、総て母や祖父右大臣の措置であり、まだ若く多少柔弱な性格の朱雀院は自らの意志を政治に反映できなかったのである。したがって、光源氏の都落ちにおいても、喜ぶ思いなどは少しもなく、逆に「その人のなきこそいとさうざうしけれ（中略）何ごとも光なき心地するかな」（須磨　第二巻　197頁）とその不在を嘆き、「院の思しのたまはせし御心を違へつるかな。罪得らむかし」（同上）と落涙する。そして、「世を御心のほかにまつりごちなしたまふ人」（同上　198頁）のあるのを深く苦しむのである。こうした光源氏への限りない好意と同情及び父の遺言に背いているという強い自責の念が、やがて母后の反対を押し切り、召喚の宣旨を書かせることになるのである。勿論、光源氏の政界復帰は、天候異変や凶事による物のさとし、右大臣の死、弘徽殿大后及び自らの病など朱雀院の決意を促すに至る様々な状勢があり、就中夢枕に立って叱責する故桐壺院の活躍は忽せにできない重要な要因であろうが、何よりも、朱雀院が、当初より光源氏に一片の敵意も悪意も持たず、良心の苛責に耐え得ない頗る善良な性格であったことが最大の原因であるといえよう。つまり、『源氏物語』の基本構造をなし光源氏の生涯に大きな意味をもつ須磨・明石流離の事件は、都からの追放も復帰も共々に朱雀院の存在によるものであるといえ、朱雀院は、そうした相矛盾する役割を過不足なく果たすべく巧みに人物造型がなされているといえる。柔弱で気力に乏しく自分の思いを強く主張できない性格は、光源氏を都落ちさせるものであり、敵対する側に身を置きながら心からの好意を寄せるというあり方は、復帰させる為の要件であった。また、人を陥れることの到底不可能な小心で善良な性格、病弱な体質なども、光源氏復活の重要な要因となっており、朱雀院造型のあらゆる設定は総てこの観点からなされているとまでもいえるように思われる。

二

都に帰り元の官位に復した光源氏は、まもなく権大納言に昇進し、冷泉帝の即位と同時に内大臣となる。帝の後見人として政治の実権を握り、摂政太政大臣の地位に就く左大臣と共に世の中を二分する勢力家となる。この時期、朱雀院との関係で問題となるのは、前斎宮を巡っての経緯である。光源氏は、冷泉帝の安定及び自己の勢力拡大のために、朱雀院が早くより好意を寄せ院の御所への入内を懇請する前斎宮を、母六条御息所の死後親代わりとなり冷泉帝のもとに入内させてしまうのである。朱雀院の落胆は大きく、未練の情はいつまでも消えない。入内の時またその後も何かの事の折節に懇ろな贈物に添えて真情溢れる歌を送り、前斎宮からの素晴らしい返信に接してはその度ごとに傷心を新たにしている。光源氏自身、朱雀院の胸中を「かたじけなくいとほしく」思い、「何にかくあながちなることを思ひはじめて、心苦しく思ほしなやますらむ」（絵合 第二巻 370～371頁）と呵責の念に苦しむ。この事件は、目的遂行の為には多少人を傷つけてでも巧妙果敢に事を運ぶ光源氏の政治家としてのしたたかな一面を示すと共に、須磨流離の報復という意味合いのもとに構想されたものであったろう。ここでもまた、朱雀院は、恋路を塞かれ悲嘆する光源氏の犠牲者として描かれる。

このように、公私両面において常に主人公に圧倒され、劣敗者として描かれる朱雀院は、一般に柔弱な凡庸人、無能、負け馬と評されることが多い。(2)確かに形の上では負け馬であり、それが、主人公に対立する立場の脇役として物語の必然の描かれ方であったろう。(3)しかしながら、朱雀院の中に、負け馬という意識が全くない点に注意される。朱雀院は、光源氏に一片の敵愾心もなかったと同様に、敗者としての意識もまた少しもない。もともと勝ち負けといった次元にはいなかったといえる。その点、盛んな敵意や競争心を燃やし、後にはっきりと敗北を認める弘徽殿女御や頭中将とは違っている。作者は、光源氏と朱雀院を対立する立場に置きながらも、対立闘争する者としては描いていない。逆に、互いに加害者の立場にあっては相手を気遣い同情し、被害者の位置にあってもなお信頼・敬愛の情を失わないという類る緊密な融和・協調の関係に描いている。深澤三千男氏も指摘するように、「皇室史上兄弟の争いで王権の座が汚され、場合によっては血塗られさえしたことがたびたびあったこと」を思う時、「もともと王権の座を競い（中略）政治の実権を競いあうべき微妙な関係に立たされた二人」(4)が、このように極めて親密な間柄に描かれることは、物語全体の様相や性格を大きく枠付けするものとして貴重である。即ち、『源氏物語』はもともと人物間の対立葛藤をことする闘争の文学ではなく、穏やかな人間愛の中に展開される恋愛の物語であり、人間の内面的な苦悩を追求する「あはれ」の文学であったということなのであろう。

また、再三に渡って被害者的な状況に追い遣る光源氏の傑出した才能を、妬み張り合うことはついぞなく、心から容認し讃美する朱雀院のあり方は、一面意気地ない無能者とも評し得るが、また、至上の地位にあるもののおらかさとも解釈でき、純粋で善良な性格を示すものであると読み取ることもできよう。池田亀鑑氏は、「朱雀院には人間のなつかしみと、ぬくもりがある。(中略)倫理的な人間のあり方において、朱雀院は浄く高いものを我々に示す」(5)といい、沢田正子氏は、「その温順な人間愛に満ちた性格設定は物語全体の中に一筋の暖かい光を投げかけている。」(6)と評する。朱雀院の中にあるこうした積極的・肯定的な意味も見落としてはならないだろう。

三

光源氏の誕生から政界に復帰し絶大な権勢を握るに至るまでの物語(桐壺の巻から絵合の巻まで)における朱雀院の役割と人間性について見てきた。以後第一部にあっては、男踏歌の通過地点として名前を挙げられるだけか(初音・真木柱の巻)、帝の行幸の場面に僅かに登場するのみで(少女、藤裏葉の巻)格別な活躍はない。が、装いも新たに書き起こされる第二部に入るや再び大きく活躍し始める。若菜上の巻頭にこれまで以上にクローズ・アップされる朱雀院に関し、阪上けい氏は、第一部における無能者としての嘆きは人間の力の限界を描く第二部の無自覚な先駆であり、その意味で主人公達を第一部の世界から第二部の世界へと導く内面の世界の導き手として恰好の存在なのであるという。(7)物語の全体的な動向を踏まえた傾聴すべき卓見と思われるが、第二部における朱雀院の役割は、こうした気分的・象徴的な意味に止まるものではなく、もっと具体的・直接的に筋の展開に関わり、第一部同様物語の基本的な構造を担う不可欠な脇役であるように思われる。まず最初に、光源氏晩年のあらゆる悲劇の根源が女三宮の六条院への降嫁にあり、それがほかならぬ朱雀院によってなされるものである点に注意される。勿論、女三宮の降嫁は、宮が藤壺の姪であることに想到し好き心を動かす光源氏自身にも責任があることは確かであるが、表向きはあくまで朱雀院の要請によるものであり、受諾する光源氏の中に「院の力」が大きく作用していたであろうことは否定できない。光源氏自身准太上天皇の地位にあり、実質的に朱雀院以上の勢威を振るってはいるが、結局の所太上天皇に准ずる位であるにすぎず、太上天皇その人に対してはいかなる場合においても常に臣下としての礼を尽くす必要があったであろう。降嫁決定の事情を院の願いにより辞退できなくてと説明する光源氏の言葉や、「かく空より出で来にたるやうなることにて、のがれたまひがたきを、憎げにも聞こえなさじ」（若菜上　第四巻　53頁）と、事態を逃れようのない運命的なものとして受けとめようとする紫上の思念などは、そうした光源氏の朱雀院に対する限界と弱点を踏まえたものであったろう。

また、朱雀院は、女三宮を六条院に送りこむだけでなく、子を思う親心に引かれ以後もいろいろな形で後見し続ける。光源氏ばかりでなく紫上にも養育を願う懇ろな消息をおくり、異母兄にあたる今上帝に心留めて後見するよう訓戒する。光源氏は、女三宮本人以上に背後にいる朱雀院に気遣いしなければいけなかったようである。嫉妬も恨みも知らない無邪気で幼稚なだけの女三宮は、何ら心の負担を感じさせるものではないが、朱雀院の存在が彼を掣肘し自発的な愛情の赴くままに行動することを許さない。自身満たされぬ愛の念を感じ激しく後悔すると共に、紫上の不安、絶望を深めていく。このことは、紫上もまた同様であり、彼女を脅かすものは、女三宮その人というよりも、皇女という出自であり徐々に高まっていく社会的身分であって、それを具体的・現実的に実感させるものが朱雀院であった。朱雀院の無言の圧迫が彼女を苦しめる。光源氏の愛情をこれまで以上に受けつつもなお安住し得ず、仏道を志向していかざるを得なかったのも、六条院における女三宮の社会的地位に相応しいあり方を求める世間の目及び朱雀院の存在を常に感じ続けていた故であったろうと思われる。

そもそも、女三宮は年齢に比して異常な程幼稚・未熟であり、成人としての個性を備えるに至らない。意地や意志といった心とも無縁なただあどけない子供同様の女性である。人間的・人格的な圧迫を紫上に感じさせるものでは決してなく、一女性として対峙し得る存在でさえもない。女三宮がこうした異常な程の「かたなり」な人物に造型されたのには、六条院に降嫁し柏木との密通を可能にするためといった物語の要請するそれなりの必然性があったと思われるが、その一つに紫上の女主人公としての性格を損なわないためという事情もあったのではなかろうか。紫上は、物語の始発以来存在し続ける女主人公として、名実共に女三宮に六条院の正妻の座を奪われ、孤独・落魄の敗残者の生を辿ることは許されなかったであろう。とすると、女三宮は、紫上の存在基盤を脅かし、紫上と光源氏の愛情のあり方、ひいては六条院世界のあり方を根底から問い直させると同時に、紫上を完全に圧倒し去ってはいけないという一見矛盾する役割を負っていたことになる。両者を同時に充たす一人物の創造は容易でなかったであろう。その不備な点を補っているのが、朱雀院であるように思われる。即ち、朱雀院は、女三宮の人間的・人格的な未熟さをカバーし身分的勢威を具体的に実感させると共に、懇切に後見し続けることによって不断に内面的な圧迫を与え、六条院の危機的状況を促進しているように思われる。

朱雀院の無言の圧迫が光源氏の苦悩を深めるという事情は、柏木・女三宮密通事件においてもまた同様である。事件そのものは柏木の狂気ともいえる一方的な情熱が引き起こすものであり、その限りにおいては朱雀院と何ら関係はない。しかし、事件後の女三宮に対する光源氏の心境を注視する時、朱雀院の存在が意外に大きな位置を占め、そこからくる被圧迫感が事態をより一層深刻化しているように思われる。即ち、光源氏は、朱雀院の存在により事件から受ける悲傷・懊悩の他、複雑に屈折した心的負担・苦痛を感じ、その苛立ちがそのまま女三宮を出家へと追い込んでいくもののようであり、出家それ自体、光源氏の反対を押して朱雀院によって執行される。六条院の正妻である女三宮の出家は、光源氏の社会的な威信を著しく損なうものであると同時に、院からの要請を全うし得なかったという意味で大きな無力感を与えるものでもあった。密通事件における光源氏の苦悩を考える場合、事件そのものから受ける衝撃ばかりでなく、事件後の柏木・女三宮の不幸な生の投げ掛ける暗く重い翳りも問題にする必要がある。人間存在の罪障性・悲劇性へと想到する光源氏の人生観照の深まりは、若い二人の不幸な宿世を自らのものとして背負う所からきていたものと思われる。その意味で、朱雀院は主題に関与する重要な役割を果たしているといえよう。

朱雀院は、光源氏に比し確かに凡庸である。特に、出家してなお女三宮を愛護する姿は、光源氏の理想とする出家のあり方とは相反し、人間的な弱点を曝け出すものである。その生涯も、娘二人が幸薄い生を送るなど、至上の地位にありながら決して幸福であったとはいえない。謂わば、主人公の光によって必然的に生じた影のごとき人生であったともいえる。しかしながら、主人公の非凡な人生の傍らに描かれた朱雀院の凡庸人としての不如意な生は、無力善良な人間味に溢れ、また別様の感動があるように思われる。

注

（1）阪上けい「朱雀院の役割」(『国語国文』昭36・5)、白方勝「朱雀院の生涯―負け馬の論理とその変身―」(重松信弘博士寿会編『源氏物語の探究』風間書房、昭49) 参照。
（2）今井源衛「女三宮の降嫁」(『文学』昭35・6) での発言以来朱雀院に対する一般的な評価となっている。
（3）白方勝前掲論文参照。
（4）深澤三千男「朱雀院」(別冊国文学『源氏物語必携』学燈社、昭52) 参照。
（5）池田亀鑑「朧月夜尚侍物語」(『物語文学Ⅰ』至文堂、昭44) 参照。
（6）沢田正子『源氏物語の美意識』(笠間書院、昭54) 付編第一章（2）「第二部世界の脇役たち」参照。
（7）阪上けい前掲論文参照。

第三節　夕霧の物語に関する試論

ここにいう夕霧の物語は、横笛の巻に萌芽が見られ、夕霧の巻において本格的に展開される夕霧の落葉宮に対する恋の物語を指す。主に夕霧夫妻と落葉宮母娘に関したものであって、女三宮降嫁の事件を皮切りに語り進められる光源氏及び六条院の悲劇の物語とは、直接的・必然的な関連を持たない。いわば、若菜の巻から幻の巻までの『源氏物語』第二部の世界にあって、物語の本流から大きく逸脱した脇筋であるといえる。総体的に、筋の緊密化・単一化の著しい第二部においては、異色な存在といえよう。為に物語の主題、主筋との関連等孕む問題は頗る多い。これまでにも種々の方面からいろいろに論じられている。(1) ところが、「まめ人」の恋、結婚拒否の物語の先蹤という意義付けのもとに、後の宇治十帖との類似が指摘される反面、第二部の物語世界との関連の上にその意味が追求されることが案外に少ない。確かに、宇治十帖との比較は興味深い問題を提示する。しかし、夕霧の物語が、第二部の中におかれ、そこから派生してきたものである以上、創作意図や主題も第二部との関連の上に考察される必要があるのではなかろうか。夕霧の物語は、決して第二部の世界と切り離されて、後の物語の先駆としてのみ執筆されたものではない。第二部の世界の根幹から自然に枝分れしていったものであり、その限りにおいて第二部執筆時点における作者の興味・

関心・問題意識を濃厚に反映しているものと思われる。若菜の巻から幻の巻までの主筋、すなわち悲劇的な宿世に翻弄され凋落・衰退の生を辿る光源氏の後半生の物語との関連の上に、夕霧の物語を見ていこうとするのが本論の課題である。

一

最初に、光源氏の物語の終焉部近く、それとは直接的・必然的な関係を持たない夕霧の恋の物語が、どうして夕霧の巻という類る長大な一巻をあててまでかくも詳細に描かれる必要があったのか、その理由を探っていきたい。この点に関し、秋山虔氏は次のようにいう。(2)

物語の全体の流れよりいって、この巻（筆者注・夕霧の巻）が独自の肥大した発展をしているのが認められる。構想的にみて当初からの見通しによったものとは考えにくい。主題の急追が物語の展開の自律性を生んでこのような結果となったのであろう。

木船重昭氏もまた「横笛・夕霧両帖の後記は、本質的には本流人物の自律運動の可能性を掬いあげたものにほかならない」(3)と、同様の見解を述べている。確かに、夕霧の物語は、女三宮との密通事件を引き起こした柏木の後日談から物語自体の流動・展開によって自然に生起発展していったもので、その意味で物語の自律的な展開によるものといえる。

夕霧の一条邸訪問は、最初友人である柏木の遺言による。幾度か訪問し細かな世話をやいているうちに、物寂しげで趣のある一条邸に好ましいものを感じ、落葉宮その人に心惹かれる。一条邸訪問には、柏木との約束を果たすというより以上に個人的な理由がしだいに加わり、やがては専ら自らの恋ゆえに通っていくことになるのである。その間の夕霧の心理の推移はごく自然で、ある時点で大きく変わるというものではない。物語における夕霧の一条邸訪問の場も、柏木物語の後日談あるいは柏木の鎮魂の場という性格のもの（柏木の巻）から、夕霧物語の萌芽を含んだもの（横笛の巻）へと転じ、後まったくの夕霧の物語（夕霧の巻）へと発展している。しかも、その移り行きが非常に滑らかで、主筋と脇筋との境界に明確な一線を画し難いのである。物語の局面が自ずと次の局面を生み出し、それにつれて登場人物の心理情感が不断に流動変化していくという、若菜の巻以降特に顕著な物語の自律的な展開がここにも見られる。柏木死後の物寂しい荒れた一条邸を描き、もって柏木哀悼の意を強めようとしたところから、物語は自律的な自然な展開を遂げ、いつしか未亡人の落葉宮と夕霧の恋物語へと発展していったのであろう。したがって、夕霧の物語が、物語の主流から逸脱して異常な肥大を遂げた理由を物語の展開の自律性によると説明する二氏の説は、正鵠を得たものと思う。夕霧の物語の始発点が、柏木の巻、横笛の巻、夕霧の巻と諸説紛紛とし(4)、容易に決定し難いのも、こうした創作方法、創作過程そのものからもきているのであろう。

しかし、さらに進んで、物語の自己運動的な展開の可能性を掬いあげて一篇の恋物語を展開させるその動機となったものは何であろうか。いうまでもなく、物語の自律的な展開とはいっても、物語が作者の手から完全に断ち切られて恣意的に一人歩きをするという意味ではない。作者の持つ問題意識の埒外にまで自由なわけではなかったであろう。そこに現出される世界は、明確な意図のもとに執筆され、作者の興味、関心を色濃く反映したものであるにちがいない。一体、「物語の展開の自律性(5)」に筆を委ね、夕霧のあやにくな恋物語を描き進めていこうとした作者の動機は奈辺にあったのであろうか。木船重昭氏は、この点を「興をかきたてられた享受者の要望に応え、あわせて徹底的にまめ人の心変りと、女性の宿世のはかなさを追求しようとする作者の意欲」[6]によるものであると説明する。一応もっともな説と思われるが、筆者はさらにこれに加えて、夕霧を主人公とした物語の必要性あるいは興味によるものではなかったかという点を指摘したい。

夕霧は、周知の如く正妻である葵上との間にできた光源氏の長子である。葵の巻で誕生し、光源氏の死後もなお物語に登場し続ける。ところが、物語における身分・地位の重要さに比してこれといった特別な役割を担うことがない。常に光源氏の周辺に姿を見せながら脇役以上に出ず、物語の主役に踊り出ることは一度もなかった。唯、少女の巻から藤裏葉にかけて断続的に描かれる雲居雁とのいわゆる筒井筒の恋では、幾分物語の脚光を浴びるが、それとてもその恋自体何らかの問題を提示する程に大きく発展することはなかった。光源氏中年期の六条院の栄華に彩りを添える一点景であると共に、光源氏と内大臣との政治的・社会的対立を背景とした、あるいはそのことを暗示する一挿話としての意味により大きな比重があったと思われる。終始夕霧は、行動・心理・情感が『源氏物語』の内面的・本質的な問題を担うということなく、主要人物として物語の終末まで登場し続けるのである。桑原博史氏の評するように、彼は、「真の意味での出番を最後までもち得なかった人」であり「いつも「おくれてきた青年」[7]」であったといえよう。その点、第一部ではほんの端役にすぎなかった柏木が、第二部に入るや突然脚光を浴び、女三宮との密通という重要な役割を演じて、悲劇のヒーローとしてその死を全ての人に哀惜されるのと比較して興味深いものがある。

しかし、夕霧は当初から特別な役割をもたず、唯光源氏の長子としてだけ物語に送り出された人物ではなかったであろうと思われる。葵の巻において、正妻葵上の男子として物語に登場する時点では後に重要な役割を演ずべく予定されていたのではなかったか。このことは、葵上の物語における意義にまで密接に関連してくる。つまり、現行の『源氏物語』では、葵上は、性格上の違和感の故に光源氏と心底から和合し得ず、彼を紫上をはじめとする多くの女性に駆り立てる役割を果たしているにすぎないが、もともとは、後に物語の基本的・本質的な構想を担う夕霧をこの世に送り出すものとして、構想的に重要な意義を持っていたのであろう(8)。

それでは、夕霧に課せられた当初の役割とは何か。紫上と密通し光源氏に順現業の衝撃を与えるというのがそれではなかったかと思われる。藤壺事件と女三宮事件を骨子とする光源氏の罪と応報の物語は、早く安藤為章が専ら儒教的教戒の立場から「一部大事」としてその重要性を指摘したのをはじめ、最近では門前真一氏が『源氏物語新見』の中で構想論上の中核主題として大きく取り上げているように(9)、『源氏物語』の全体を貫ぬく極めて重大な基本的な構想であると思われる。それが、本書第一章第一節に論じたように、物語の執筆途上に主題と構想に大きな変更が生じ、紫上と夕霧の関係が女三宮と柏木の関係に変ったものであろう。夕霧がこれといった出番がなくなったのはその故であろうと思われる。ところが、夕霧の『源氏物語』における位置の重要さからしてそのままでは済まされず、常に作者の脳裏には夕霧を中心とする物語の必要性あるいはそれへの興味・関心があったのではあるまいか。その欲求が契機となって、柏木後日談の登場人物の自律的運動の可能性を掬いあげ夕霧と落葉宮との恋物語を展開させていったのが、夕霧の物語であったのであろう。したがって、夕霧の物語は、従来いわれているように「まめ人」の恋を描く為に書かれたものではなく、夕霧がまめ人であったが故に自ずと「まめ人」の恋となったのであり、又物語が現実的通俗的であるのも、単に享受者へのサービスによるというよりも、俗世間的現実的な夕霧の性格を反映してのことであったのだと思われる。

二

さて、それでは夕霧を中心とする物語を描くことによって作者は何を追求しようとしたのであろうか。宿世のまにまに翻弄される女性の悲劇であるとか、結婚の愛の信じ難さの文芸化であるとか、[10]諸氏によりいろいろに説かれているが、果たしてそれのみに止まるものであろうか。以下、その点を考察していきたい。

幼馴染の恋を実らせ、堅実な家庭生活を営んで「まめ人」の評判を取る夕霧が、どうして落葉宮に心を乱すことになったのか。夕霧の物語の出発点である夕霧の恋の動機からまず見ていきたい。小西甚一氏は、これをブラッドコンプレックスに根ざす「まさりの血」への憧れに胚胎すると説明する。[11]夕霧の深層心理を解明した傾聴すべき卓見と思われるが、しかしそればかりではなく、夕霧の落葉宮への恋には、父の宰領する六条院世界を憧憬し庶幾する心情が根底にあったように思われる。若菜下の巻において、六条院の女楽に出席した夕霧は、優艶で雅やかな情趣に心酔し、日常的・現実的な雲居雁に飽き足りなさを感じている。

大将殿は、君たちを御車に乗せて、月の澄めるにまかでたまふ。道すがら、箏の琴の変りていみじかりつる音も耳につきて、恋しくおぼえたまふ。わが北の方は、（中略）何ごともただおいらかにうちおほどきたるさまして、子どももあつかひを暇なく次々したまへば、をかしきところもなくおぼゆ。

（若菜下　第四巻　203頁）

六条院の雰囲気によって刺激された風流に憧れる心が夕霧をして一条邸及び落葉宮に向かわせていたらしいことは、横笛・夕霧の巻の記事からも窺われよう。

秋の夕のものあはれなるに、一条宮を思ひやりきこえたまひて渡りたまへり。うちとけしめやかに御琴どもなど弾きたまふほどなるべし。深くもえとりやらで、やがてその南の廂に入れたてまつりたまへり。（中略）わが御殿の、明け暮れ人繁くてもの騒がしく、幼き君たちなどすだきあわてたまふにならひたまひて、いと静かにものあはれなり。うち荒れたる心地すれど、あてに気高く住みなしたまひて、前栽の花ども、虫の音しげき野辺と乱れたる夕映えを見わたしたまふ。（中略）かやうなるあたりに、思ひのままなるすき心ある人は、静むることなくて、さまあしきけはひをもあらはし、さるまじき名をも立つるぞかし、など思ひつづけつつ掻き鳴らしたまふ。

（横笛　第四巻　352〜353頁）

横笛の巻における夕霧の一条邸訪問の場である。雑然として人騒がしい三条邸に反し、物荒れてはいるが「いと静かな」「あてに気高い」一条邸に「あはれ」を感じ、夕霧は、こんな所にこそ好き心ある人は心を抑え切れず浮き名の立つこともあるのであろうと推量している。「思ひのままなるすき心ある人は」といかにも他人事のように言っているが、こうした感想を持つこと自体、無意識裡にしろ心の奥底に恋情の動きがあったことを意味している。同じ巻にまた、一条邸での管弦の遊びに陶然とし風流韻事に浮れる夕霧の姿が、育児に勤しむ雲居雁の現実的・日常的な姿と対照的に描かれる。こうして夕霧は、しめやかで趣深い一条邸に好意を感じ、落葉宮その人に心引かれていくのである。雅やかで趣深い風流韻事に憧れる夕霧の心情の形成に、六条院のあり方が大きく作用していたであろうことは想像に難くない。

さらに、容姿才芸共に秀れた多くの妻を擁し、それらが聊かの相克・破綻もなく調和的に安定している六条院世界を庶幾する心情が、落葉宮との恋愛を推進するものであったことは、雲居雁に向かっていう夕霧の次のような言葉からも察せられる。

①またあらじかし、よろしうなりぬる男の、かくまがふ方なくひとつ所を守らへてもの怖ぢしたる鳥のせうやうの物のやうなるは。（中略）さるかたくなしき者に守られたまふは、御ためにもたけからずや。あまたが中に、なほ際まさりことなるけぢめ見えたるこそ、よそのおぼえも心にくく、わが心地もなほ古りがたく、をかしきこともあはれなる筋も絶えざらめ。

（夕霧　第四巻　428頁）

同様のことは次のような雲居雁の心中思惟からも窺われよう。

②もとよりさる方にならひたまへる六条院の人々を、ともすればめでたき例にひき出でつつ、心よからずあいだちなきものに思ひたまへる、わりなしや……

（夕霧　第四巻　453頁）

夕霧の六条院讃美は、主に紫上に対する讃仰・憧憬の念から発していた。紫上を理想とし、紫上的な態度を雲居雁に要求したのが、夕霧の①の言葉だったともいえる。

以上によって、夕霧の落葉宮への恋は、父光源氏の六条院の世界に憧れ、それと同様のあるいは類似の世界を自分の中に築こうとする試みであったといえよう。夕霧自身、六条院の家族の一員であったはずであるが、――実際、六条院の圏内に所属し、常に光源氏の傘下で行動していたのであるが――光源氏を中心とする女の世界からは疎外されていた。父の後宮には実子といえども立ち入ることは許されなかったのである。それを憧憬し庶機した場合夕霧は、光源氏とは別に自分だけの世界を構築せざるを得なかったであろう。

そしてまた、夕霧のこの試行は、父光源氏にひた隠しにされ、光源氏の干渉を拒絶した所に展開される。横笛の巻の巻末近く、夕霧から先夜の一条邸での琴の弾奏の模様を聞いた光源氏は、「かの想夫恋の心ばへは、げに、いにしへの例にもひき出でつべかりけるをりながら、女は、なほ人の心移るばかりのゆゑよしをも、おぼろけにては漏らすまじうこそありけれ、と思ひ知らるることどもこそ多かれ。」（横笛 第四巻 366頁）と感想を述べ、次のように訓戒する。

③同じうは心清くて、とかくかかづらひゆかしげなき乱れなからむや、誰がためも心にくくめやすかるべきことならむとなん思ふ （横笛 第四巻 366頁）

それに対し夕霧は、内心「さかし、人の上の御教へばかりは心強げにて、かかるすきはいでや、」と思い、つれなく弁解する。

何の乱れかはべらむ。なほ常ならぬ世のあはれをかけそめはべりにしあたりに、心短くはべらんこそ、なかなか世の常の嫌疑あり顔にはべらめとてこそ。…… （横笛 第四巻 367頁）

③の光源氏の訓戒は、女三宮事件などを踏まえ、切実な思いを籠めて語り出されたものであったと思われるが、夕霧はその真意を正しく理解できない。又、しようともしない。単なる老人の説教と思い、しかも、かつての色好みが口を拭って綺麗事を言っているると批判的ですらある。ここには「親と子、或いは老人と青年との越えることの出来ない断絶が示され」ているといえよう。(12) 夕霧にとって光源氏は今や畏敬すべき絶対者ではなく、人間的な愚かさを持っ

普通の老人にすぎないようである。夕霧の光源氏に対するこうした心境は、夕霧の巻の花散里との対話にも明瞭に窺われる。落葉宮との関係、雲居雁のことについて語り合った後、花散里は次のようにいう。

さてをかしきことは、院の、みづからの御癖をば人知らぬやうに、いささかあだあだしき御心づかひをば大事と思いて、戒め申したまふ、後言にも聞こえたまふめるこそ、さかしだつ人の己が上知らぬやうにおぼえはべれ
（夕霧　第四巻　471頁）

これに対し夕霧は次のように応対している。

「さなむ。常にこの道をしも戒め仰せらるる。さるはかしこき御教へならでも、いとよくをさめてはべる心を」とて、げにをかしと思ひたまへり。
（夕霧　第四巻　471頁）

光源氏に対する絶対的な心服はなく、己の立場からする批評的・批判的な目で捉えている。色好みの生活に明け暮れた半生への深い反省を込め、心の痛みを伴って発せられた訓戒の言葉も、夕霧には「さかしだつ人の己が上知らぬやうに」としか響かない。訓戒すること自体、「げにをかし」と客観的・批評的に見つめているのである。

こうした夕霧の対光源氏の態度は、常に彼の傘下にあり、その意向の下に行動していた第一部の夕霧と比較して興味深いものがある。少女の巻の官人社会人としての出発に際し、夕霧は、権門の子弟として当然歩むことのできる安易な出世街道をよそに、光源氏の教育方針の下に六位に叙せられ大学寮に入学させられる。「六位宿世」と蔑まれ、

屈辱と刻苦の日々を過ごすその時でも、「六位など人の侮りはべるめれば、しばしのこととは思うたまふれど、内裏へ参るものうくてなん。故大臣おはしまさましかば、戯れにても人に侮られはべらざらまし。」（少女　第三巻　69頁）と、祖母である大宮に向かって苦言を呈することはあっても、父に訴えることは一度もない。定められた課題を果たすべく禁欲的に一途に勉学に勤しむだけである。いわば、光源氏の理想（教育理念）体現の犠牲になっているともいえる。(13)又、積年の念願であった雲居雁との恋の許容を意味する内大臣からの藤の宴への招待を受け取った時も、光源氏に相談し意向を聞いた上で態度を決めている。光源氏の高大な光輪の陰に隠れ、独自の地歩を占め得なかった夕霧も、年代の経過に伴って人間的な成長を遂げているといえる。若菜の巻の時点では、将来を嘱望される社会人として世人から認められ、特に政治的・官人的才能に関しては、「まことにかしこき方の才、心用ゐなどは、これもをさをさ劣るまじく、あやまりても、およすけまさりたるおぼえ、いとことなめり」（若菜上　第四巻　26頁）と、朱雀院の賞賛を浴びており、光源氏を凌ぐものさえあった。漸次、光源氏の傘下から逃れ一人立ちしつつあったといえよう。こうした時に落葉宮への恋があった。そして、そこにおいて夕霧は、父光源氏を客観的・批判的に見つめ、再三の訓戒にも従わず、父の介入を拒絶した所に己の色好みの行為を展開させているのである。したがって、落葉宮への恋は、光源氏の磁場から抜け出し自分独自の世界を構築しようとする姿であったともいえよう。

三

さて、夕霧が父の磁場からの脱却を図り独自の世界の構築に向かうことは、逆に光源氏の位相を明示することになるのではあるまいか。准太上天皇の栄位を極め、四季の運行を空間的にとりおさえた(14)六条院の邸宅で、この世における栄華の限りを満喫していた光源氏は、若菜上の巻以降、次々とこの上ない悲運に見舞われ、凋落と衰退の生を余儀なくされる。女三宮の降嫁を契機に紫上との間に亀裂が生じ、不断の焦燥と苦悩を味わう。女三宮と柏木の密通は、若き日の過ちの罪障深さを再認識させ、老醜と敗残の意識をもたらす。明石君、朧月夜等光源氏を取りまく女性達は、それぞれに自らの世界を築き離反していく。一人取り残される光源氏は、かつての華やかさとは裏腹にいかにも物寂しく孤独なものであった。生涯の悲傷事を経験し、孤苦懊悩を耐え忍ぶことによって、また一方光源氏は、男女の愛欲に対する認識も深まり、現世への了解も高まって、仏道への志向にも強いものが表われる。人間的精神的な成長がなされたともいえる。

こうした時点に夕霧の事件が起こり、実子である夕霧までも、光源氏を批判的に見つめ離反して独自の世界を構築しようとするのである。光源氏の孤独は一段と深まり、ますます老境の度を濃くしていったのではあるまいか。先に引用した横笛の巻の両者の対面の場にもそのことは明瞭に窺われるし、また花散里と夕霧という六条院圏内の二人が、光源氏をよそに「後言」を交すということも光源氏の孤独を際立たせることになろう。常に光源氏の庇護に覆われ物語の前面に出ることのほとんどなかった花散里が、光源氏を客観的・批評的に見つめ批判することは興味深い。彼女もまた紫上や明石君と同じく光源氏との間に聊かの心理的な距離を置いていることを意味する。

さらにまた、次のような叙述にも光源氏の現在の境地を推測することができる。夕霧の巻において、噂を耳にする光源氏はいろいろと心配し、憂慮する。

　さし離れたる仲らひにてだにあらで、大臣などもいかに思ひたまはむ、さばかりのことたどらぬにはあらじ、宿世というもののがれわびぬることなり、ともかくも口入るべきことならず、　　（夕霧　第四巻　456頁）

夕霧と対面した折も、落葉宮のことについて探りを入れ、「宮の御こともかけず、いとつれなし」という態度に「かばかりのすくよけ心に思ひそめてんこと、諫めむにかなはじ、用ゐざらむものから、我さかしに言出でむもあいなし」（夕霧　第四巻　459頁）と思い、訓戒や忠告をやめ黙って見守っている。光源氏のこうした姿には、行動の中心圏から置き去りにされ、若者の活動を唯静かに見つめる老境の姿が著しく表れている。華かな艶聞によって世間の注目を集め、一挙手一投足が世人の風評の的になった日は遠くに去り、今は代わって子息夕霧等の次の世代の人々がその位置を占めている。感情的・情熱的であるよりは理性的・分別的であり、社会的通念に即して物事を思慮する人となっている。また、夕霧を相手に語る次のような言葉からは強い仏道への志向も窺われよう。

夕の露かかるほどのむさぼりよ。いかでこの髪剃りて、よろづ背き棄てんと思ふを、さものどやかなるやうにても過ぐすかな。いと悪きわざなりや　（夕霧　第四巻　457頁）

光源氏のこうした現世や男女の愛欲に対する達観的・諦観的境地は、愛欲に囚われ浮かれる夕霧の姿と対照されることによって一層明確に浮彫りにされる。以上のように、夕霧の物語における光源氏は、総体的に紫上の発病や女三宮の事件などの激動を経過した後の位相を明示しているといえよう。

四

悲劇的な運命を体験し、老愁の度を強めた光源氏を客観的・批判的に捉え、彼の磁場からの脱却を図る夕霧は、その性格を反映して光源氏や柏木とは違った型の恋愛を展開する。文中至る所、特に柏木の女三宮への恋と対照的に描こうとする作者の態度が著しい。情熱的・没我的な柏木に反し、夕霧は一の余裕を持って冷静に理性的に事に対処していく。彼の思慮深い悠長さは、逆に落葉宮母娘を苦境に陥れ、恋の速やかな成就を妨げているようである。また、彼は「人の上などにて、かやうのすき心思ひ焦らるるは、もどかしう、うつし心ならぬことに見聞きしかど、身の事にては、げにいとたへがたかるべきわざなりけり、あやしや、などかうしも思ふべき心焦られぞ」（夕霧　第四巻455頁）と、思いに叶わぬ恋の悶えにそれなりに悩んではいるものの、恋に駆り立てる内的情熱の希薄さ故に、読者の共感をそそるまでには至らない。自己の存在の問題として全身的に煩悶する落葉宮の苦悩とは比すべくもない。真に悲劇の名に値するのは落葉宮の悩める姿であり、夕霧のそれは喜劇的というように止まる。その意味で、夕霧の物語は、夕霧の恋によってもたらされる女性の悲劇を描いたものであるという言い方も可能であろう。夕霧の姿より以上に落葉宮の悲劇性を見つめていこうとする作者のこうした態度は、光源氏の生を描きながらも紫上の生に関心・興味を移していった第二部の主流におけるそれと軌を一にする傾向といえる。

さて、夕霧的世界の構築を思わせる夕霧の恋は、波乱起伏に富みながらも、結局は女性二人を深刻に苦悩させ傷つけるだけで、途中で挫折してしまう。正妻である雲居雁は、父致仕太政大臣邸に行って帰らず、落葉宮はあくまでも拒み続けてなす術がない。夕霧は「あやしう中空なる頃かな」と嘆息するだけである。作者も「この御仲らひのこと言ひやる方なくとぞ。」と最後の結末を告げず、夕霧の巻を擱筆している。次のように、三人の関係に整理が付けられるのは第二部も終わった匂兵部卿の巻においてであった。

丑寅の町に、かの一条宮を渡したてまつりたまひてなむ、三条殿と、夜ごと十五日づつ、うるはしう通ひ住みたまひける。（匂兵部卿　第五巻　20頁）

このことはいったい何を意味するのであろうか。第二部の物語の時点において、どうして右の如き結末を付けられなかったのであろうか。確かに夕霧は、次の世代の人として、また常に光源氏の側にあり女三宮事件における柏木や光源氏を客観的・批評的に見ていた唯一の人物として、光源氏を乗り越えそれとは背反した独自の生を送り得る可能性を持つ人物であった。それが、光源氏の磁場からの脱却を意味する落葉宮への恋が途中で挫折してしまうことは、夕霧の限界を示すと共に、逆に光源氏の偉大性をも表すものではあるまいか。悲劇的な宿世に翻弄され、老残と凋落を自覚する光源氏ではあっても、人間的な大きさにおいては未だ他の追随を許さぬものがあり、物語世界における一大理想像であることをやめない。夕霧の恋の挫折はそのことを意味していよう。物語が光源氏の物語である限りにおいては、彼は独自の地歩を占めることはできなかったのである。結局、人間的に光源氏と対等に応待し得たのは、紫上唯一人であったといえる。その意味で、第二部における紫上の動静は、忽にはできない大きな意味を持つものと思われる。

また、先述したように、夕霧の落葉宮への恋は、六条院世界を憧憬し庶幾する心情から生れていた。ところが、夕霧の理想としたものは、多くの妻妾が友和的に寄り集う優雅・華麗な六条院の外面世界であって、それに必然的に付きまとう内面の憂苦・悲傷は見落とされていた。軽薄な色好みを禁ずる光源氏の真意を忖度できなかったと同様に、種々の矛盾葛藤に喘ぎ苦しむ六条院内部の呻吟を聞くことはできなかったのである。内面的には既に崩壊した六条院の形骸的な外面を憧憬し理想としていたといえる。

なほ南の殿の御心用ゐこそ、さまざまにありがたう、さてはこの御方の御心などこそは、めでたきものには見た

　てまつりはてはべりぬれ　（夕霧の巻　第四巻　470〜471頁）

花散里と対面した折の夕霧の言葉である。紫上や花散里を賞賛し、妻である雲居雁にそうした態度を要求することによってもわかるように、夕霧には若菜上の巻以降の紫上の生命をも蝕む内的苦悩は理解の埒外にあった。いわば、夕霧の精神的層次は、第一部の六条院の構築に向かって進む光源氏のそれと等しいといえる。第二部の物語世界を通じて愛の世界の絶対性を否定し、仏道に向かわざるを得なかった光源氏の境地とは無縁である。そうした精神的層次からの色好みが、関係者すべてを不幸に陥れるであろうことは、六条院の崩壊過程を見てきただけに、必定と思われる。すなわち、夕霧の物語は、第二部の主筋における主題の一つをより日常的現実的な次元に舞台を取り、幾分通俗的・戯画的に描いたものであるということができ、その意味で六条院の内的崩壊における問題の所在を逆に照射するものであるといえよう。又、愛欲に囚われた夕霧と比較対照して、光源氏の今ある境地を明示すると共に、その人間的成長度・内面的精神的深化度をも測定せしむるものであるともいえよう。

　夕霧は、父光源氏の磁場からの脱出を図るには、あまりに光源氏的世界の住人でありすぎた。彼の中で光源氏と背反する契機は「まめ人」としての性格だけである。が、その性格も落葉宮への恋においては、何ら有効性を持ち得ず、むしろ否定的な働きをしかしていない。「まめ人」としてのその恋は幾分戯画的に描かれているとも見られ、光源氏の恋以上の何ら新しい問題を提示することはなかった。宇治十帖に入って、「まめ」的性格と共に、光源氏が最後に到達した境地と一脈通ずる層次の精神性を持つ薫が主人公として登場してくることも理解できそうに思われるのである。

注

（1）石田穣二「夕霧の巻について」（「学苑」昭41・1）、藤村潔「宇治十帖の予告」（『源氏物語の構造』桜楓社、昭41）、篠原昭二「夕霧巻の成立」（『国文学　言語と文芸』大修館書店、昭43・11）、伊藤博「夕霧物語の位相」（『文学論輯』第16号、九州大学教養部、昭44・3）等々参照。
（2）秋山虔「巻々の梗概と鑑賞」（夕霧の巻の項）（『源氏物語必携』学燈社、昭42）参照。
（3）木船重昭「源氏物語第二部年紀考―構想・構成論および成立論とのかかわりにおいて―」（『源氏物語の研究』大学堂書店、昭44）参照。
（4）夕霧物語の始発点を、今井源衛氏（「源氏物語の構想　第二部」『国文学』学燈社、昭41・6）、池田亀鑑氏（日本古典全書『源氏物語』（四）の柏木の巻の頭註、朝日新聞社、昭27）は柏木の巻とし、吉岡曠氏（「横笛の巻について―その構想論上の意義―」（『国語と国文学』昭35・1）・「横笛・鈴虫」（『源氏物語講座』第四巻、有精堂、昭46））は横笛の巻からとし、藤村潔氏（注（1）の論文）は夕霧巻からとする。
（5）注（2）に同じ。
（6）注（3）に同じ。
（7）桑原博史「夕霧」（『源氏物語構座』第四巻、有精堂、昭46）参照。
（8）菊田茂男「源氏物語の葵上」（『国文学』第十四巻第十四号、学燈社、昭44・10）参照。
（9）門前真一「源氏物語論の方向」「源氏物語における罪と応報の問題」（『源氏物語新見』門前真一教授還暦記念会、昭43）参照。
（10）注（1）藤村潔氏の論文の参照。
（11）小西甚一「苦の世界の人たち―源氏物語第二部の人物像―」（『国文学　言語と文芸』第十巻第六号、大修館書店、昭43・11）参照。
（12）大朝雄二「並びの巻考」（『源氏物語研究と資料』武蔵野書院、昭44）参照。
（13）注（7）に同じ。

(14)　秋山虔『源氏物語』(岩波新書、昭43)参照。

第四節　夕霧の巻の本文解釈をめぐって

昭和五七年発行の新潮日本古典集成『源氏物語』（第六巻、石田穣二・清水好子校注）の夕霧の巻の荒筋を紹介する記事に、次のようにある。

宮は塗籠に閉じ籠って夕霧を避けるが、夕霧はついに次の夜、塗籠に入り、翌日も一条の宮に居続けて、表向き二人の結婚が成り立ったかのように見せかける。宮は依然心は解けないものの、成行きに諦めざるを得ないのであった。

一方、平成八年発行の新編日本古典文学全集『源氏物語』（第四巻、阿部秋生・秋山虔・今井源衛・鈴木日出男校注）の夕霧の巻の梗概には、次のようにある。

宮は塗籠に閉じこもって夕霧を避けるが、夕霧は、花散里の心配や雲居雁の嫉妬をよそに、女房の小少将の手引でついに宮との契りを交わし、喪の中に婚儀を行った。

夕霧と落葉宮との間柄に対し新編日本古典文学全集本は、夕霧は「宮との契りを交わし、喪の中に婚儀を行った。」と明確に言い切っているのに対し、新潮日本古典集成本は、「表向き二人の結婚が成り立ったかのように見せかける。宮は依然心は解けないものの、……」と微妙な言い方をし、実質的には二人はまだ結ばれていないと言っているかのようである。

広く他の注釈書を見渡してみると、旧版の日本古典文学全集『源氏物語』(1)、池田亀鑑校註日本古典全書『源氏物語』(2)、玉上琢弥『源氏物語評釈』(3)、山岸徳平校注日本古典文学大系『源氏物語』(4)、また新潮日本古典集成の後に出版された柳井滋他校注新日本古典文学大系『源氏物語』(5)、伊井春樹編集『源氏物語の鑑賞と基礎知識　夕霧』(6)等々は、総て両者は結ばれていると解し、新潮日本古典集成本の解釈のみが孤立している。江戸時代以前の古い注釈書では、『紫明抄』『河海抄』『花鳥余情』『細流抄』等々多くの注釈書は(7)、この点に関する明確な言説がなくいずれとも判断できないが、『源氏物語提要』(8)『源氏物語湖月抄』(9)『玉の小櫛補遺』(10)等は男女の契りが持たれていると解し、『岷江入楚』(11)『源氏物語新釈』(12)は男女の契りはまだ持たれていないと解しているようである。

『源氏物語』は、長い注釈の積み重ねがあるに関わらず、今なお本文自体が固定せず、また同じ本文でも解釈に揺れの見られる箇所が少なくない。中には、どうしてもどちらかの解釈に決め難いものがあり、あるいはいずれの解釈であっても大局的には大きな違いはないといったものもあるが、男女の間に情交があったかなかったかは恋愛の展開においてもっとも基本的な事柄であり、作者がそこを曖昧にし明確なイメージを持たないままに筆を進めているとは思えない。夕霧と落葉宮との間に情交があったかなかったかということは、夕霧の巻に展開される物語全体の解釈にも関わり、夕霧の人物像の把握にも関わっていく。決して小さくない問題を孕んでいると思われる。はたして、いずれの解釈が本文に忠実であり、作者の表現意図に沿っていると言えるであろうか、考えてみたい。

一

皇女として誇り高く生きることを願い、柏木との結婚さえも後悔する落葉宮は、二夫に見えるなど決してあってはいけないこととし、激しく夕霧の接近を拒む。母御息所の死後、その死も夕霧のせいと思い、ますます心を頑なにする。思いあぐねた夕霧は、御息所から受け取った手紙を証拠に、世間に対して二人の関係は何時からともなく既に結婚しているものと見せかけようと画策する。一条の邸を勝手に手入れし、新婚生活に相応しく整えて、自らは東の対にいかにも主人顔をして住み付き、大和守に命じて落葉宮を強引に小野の里から連れ戻す。その夜、小少将君を責め立てて部屋に侵入するが、落葉宮は塗籠に閉じ籠もって内側から鍵を掛け、決して会おうとしない。夕霧は、止む無く翌朝泣きながら一旦引き上げ、六条院と三条邸に身を寄せる。問題は、次の二日目の夜の場面である。

落葉宮は相変わらず塗籠に籠もっている。逢瀬を薦める女房の言葉にも耳をかさず、「例のやうにておはしまさば、物越しなどにても、思ふことばかり聞こえて、御心破るべきにもあらず。あまたの年月をも過ぐしつべくなむ」（夕霧　第四巻　477頁）と対面を求める夕霧に逆に恨み言を言い、全く寄せ付けない。そこで夕霧は次のように思量し、小少将君を説得して塗籠の中に入っていく。

さりとてかくのみやは、人の聞き漏らさむこともことわり、とはしたなう、ここの人目もおぼえたまへば、「内々の御心づかひは、こののたまふさまにかなひても、しばしは情ばまむ。世づかぬありさまの、いとうたてあり、またかかりとてひき絶え参らずは、人の御名いかがはいとほしかるべき。ひとへにものを思して、幼げなるこそいとほしけれ」など、この人を責めたまへば、げにとも思ひ、見たてまつるも今は心苦しう、かたじけなうおぼゆるさまなれば、人通はしたまふ塗籠の北の口より入れたてまつりてけり。（夕霧　第四巻　477～478頁）

このまま落葉宮に拒まれてばかりいたのでは世間の噂にもなりきまりが悪いと、噂を媒介する女房の手前も考え、内々は宮の意向に従うとしてもしばらくは夫婦のように振舞いたい、私が諦めてこの邸への出入りを止めたならば宮の今以上の恥になることでしょうと、小少将君を説得したというのであり、表現の字義通りの意味としては、一条邸に主人顔をして住み込むことによって世間に既に結婚しているものと思わせる夕霧は、宮の心は尊重するものの女房を始め邸内の人々にも夫婦らしく振舞いたいとして塗籠に侵入したのだと読み取ることができよう。

塗籠の中に二人きりになった夕霧は、今はもうどうしようもないものと諦めて下さい、思うようにならない時は深い淵に身を投じるといいますが、私のこの深い情愛を淵と考えて、その淵に捨てた身と考えて下さいと言葉を尽くして懇願するが、落葉宮は「つらく心づきなし」とばかり思い、「単衣の御衣を御髪籠めひきくくみて」泣いているばかりである。岩木より以上に固く靡こうとしない落葉宮の姿に、夕霧は「契り遠うて、憎しなど思ふやうあなるを、さや思すらむ」（夕霧　第四巻　479頁）と暗澹とした思いになり、幼い頃自然に親密な関係になり、今は裏表なく自分を信頼している雲居雁のことを思い、その関係がこじれているのも自分の責任であると大層味気なくあれこれ物思いに沈み、「あながちにもこしらへきこえたまはず、嘆き明かしたまうつ。（無理に宮を宥めすかそうとせず、溜息ばかりつきながら夜を明かした）」（同上　480頁）と描かれる。引き続いての場面は以下のようである。長文に渡るが、男女の関係が持たれているか否かを巡って解釈の分かれる箇所であり、全文を引用したい。

かうのみ痴れがましうて、出で入らむもあやしければ、今日はとまりて、心のどかにおはす。かくさへひたぶるなるを、あさましと宮は思いて、いよいよ疎き御気色のまさるを、をこがましき御心かなとかつはつらきもののあはれなり。塗籠も、ことにこまかなる物多うもあらで、香の御唐櫃、御厨子などばかりあるは、こなたかなたにかき寄せて、け近うしつらひてぞおはしける。内は暗き心地すれど、朝日さし出でたるけはひ漏り来たるに、埋もれたる御衣ひきやり、いとうたて乱れたる御髪かきやりなどして、ほの見たてまつりたまふ。いとあてに女しう、なまめいたるけはひしたまへり。男の御さまは、うるはしだちたまへる時よりも、うちとけてものしたまふは、限りもなう清げなり。故君のことなることなかりしだに、心の限り思ひ上がり、御容貌まほにおはせずと、事のをりに思へりし気色を思し出づれば、まして、かういみじう衰へにたるありさまを、しばしにても見忍びなんやと思ふもいみじう恥づかし。とざまかうざまに思ひめぐらしつつ、わが御心をこしらへたまふ。ただかたはらいたう、ここもかしこも、人の聞き思さむことの罪避らむ方なきに、をりさへいと心憂ければ、慰めがたきなりけり。
（夕霧　第四巻　480～481頁）

新編日本古典文学全集本は、旧版そのままに、「御衣ひきやり」の語句に「主語は夕霧。この後に契りが交わされた。」と注し、「かきやりなどして」に「落葉の宮の顔を見る、の意とともに、情交のあったことをにおわせる表現。」と注している。[13] 新日本古典文学大系本の注にも「御衣ひきやり」に「落葉宮の引き被っている衣類を脱がせる。」、「ほの見たてまつり給ふ。」に「（顔を）ほのかに見申しあげる。逢瀬の描写は朧化されて、以下、姿態のさまに男女がそれぞれに受け取る体感をかたどる。」とあり、ここで男女の契りが持たれていると読み取っているようである。[14]

果たしてどうであろうか。その直前に「朝日さし出でたるけはひ漏り来たるに」とあることから、時刻は夜が明けて室内が徐々に明るくなってきた頃であることが分かる。一晩中口説き落とすのに疲れ果て、半ば呆れて「嘆き明かしたまうつ。」と描かれる男性が、夜が明けて部屋が明るんだ頃にあらためて実事に及ぶことがあるであろうか。力尽くででも思いを遂げようとするのであれば、暗い夜の時間の中に行動を起こしていたはずである。「いとうたて乱れたる御髪かきやりなどして、ほの見たてまつりたまふ。」という表現は、いかにも情交のあった後の男女のようであるが、しかし夜側近くに接近し髪を掻き払い顔を見ながらもなお結ばれていない男女の例として薫と大君の場合がある。

心にくきほどなる灯影に、御髪のこぼれかかりたるを掻きやりつつ見たまへば、人の御けはひ、思ふやうに、かをりをかしげなり。（総角　第五巻　234頁）

総角の巻における、薫が一夜強引に御簾の内に押し入り逃げる大君を抱きすくめて思いを訴える場面の一部である。当該場面と同様に、薫は大君の髪を払い顔を見ている。しかしながら、二人はこの場で結ばれてはいない。以後も肉体的に結ばれる事は一度もなかった。したがって、男性が女性の髪に手を触れ顔を見たからといって、二人が結ばれていると解釈しなければならないということはないであろう。ここは、朝日の光が隙間から洩れて部屋が明るくなったので、夕霧は、被っていた着物を取り除き乱れた髪を掻き払って落葉宮の顔を初めて見たという、ただ表現そのままの意味なのではなかろうか。

もしも、この場で情交があったとするならば、むしろその前の傍線部の箇所においてと見るのが適当であろう。

「今日はとまりて、心のどかにおはす。かくさへひたぶるなるを、あさましと宮は思いて」という表現は、いくら落葉宮に拒まれても夕霧は帰ろうともせず塗籠に居続け、無理無体な振る舞いをするのを宮は驚き呆れてと、解釈できない訳でもない。しかしながら、「あながちにもこしらへきこえたまはず、嘆き明かしたまうつ。」という文章の直後にそれと相反する行動を物語るというのは不自然である。また「かくさへひたぶるなる」を、無理無体な振る舞いをすると解釈する注釈はほとんどなく、[15]大方は、前文の「今日はとまりて、心のどかにおはす。」を受け、強引に塗籠に押し入り一晩中座り続ける一途な振る舞いを指すと解している。さらにまた、「いよいよ疎き御気色のまさるを」という表現は、事の終わった後でますます夕霧を嫌いになる落葉宮の心情を描くというよりも、いつまでも側に居続ける夕霧にますます心を頑なにする落葉宮の姿を描いたものと解する方が無理がなく、そうした落葉宮を「をこがましき御心かな」と恨めしくも気の毒にも思っていたという夕霧の描写は、思いを遂げた後の男性の心境というよりは、強引な振る舞いは控え満たされぬ思いのまま静かに相手を見つめているといった印象が強い。「埋もれたる御衣ひきやり」という描写も、いかにもここで初めて夕霧は落葉宮の体に手を触れ着物を取り払っている風情である。この以前に男女の契りが持たれ、その後再び落葉宮が身を固くして着物を頭から被っていたと解するにしては、大きな表現の飛躍があると見なければならないであろう。ただ、「男の御さまは、うるはしだちたまへる時よりも、うちとけてものしたまふは、限りもなう清げなり。」とあり、それを見る落葉宮が「かういみじう衰えにたるありさまを、しばしにても見忍びなんやと思ふもいみじう恥づかし」と感じたというあたりは、実際に結婚した後の繊細な女心の表現とも解され、情交があった確かな根拠とも言えそうに思われるが、しかし、この後に二人の間柄の内実を窺わせる次のような描写がある。

①かくせめても見馴れ顔につくりたまふほど、三条殿、限りなめりと、さしもやはとこそかつは頼みつれ、まめ人の心変るはなごりなくなむと聞きしはまことなりけり、……（夕霧　第四巻　482頁）

②あやしう中空なるころかなと思ひつつ、君たちを前に臥せたまひて、かしこに、また、いかに思し乱るらんさま思ひやりきこえ、やすからぬ心づくしなれば、いかなる人、かうやうなることをかしうおぼゆらんなど、もの懲りしぬべうおぼえたまふ。（同上　484頁）

③いとどしく心よからぬ御気色、あくがれまどひたまふほど、大殿の君は、日ごろ経るままに思し嘆くことしげし。（同上　488頁）

①は、上記引用文に続き「御手水、御粥など、例の御座の方にまゐれり。」と、翌朝落葉宮は塗籠から出ていつもの部屋で朝食を摂ったと語り、続いて夕霧との新生活が始まった一条邸内の人々の様子を叙述する直後の一文である。『源氏物語大成』によると、「見馴れ顔につくり」の本文は、河内本、別本は「すみなれかほつくり」、あるいは「すみなれかほをつくり」とあり、国冬本一本のみ「つくり」が「もてない」となっている。[16]「みなれかほ」も「すみなれかほ」も、ともに落葉宮と結婚し宮邸に住み慣れた顔という意味に解釈できよう。ここは、「かくせめてみなれ（すみなれ）かほつくりたまふ」とある以上、実際は結婚していないのに無理に結婚しているかのような顔をしてという意味になるのではなかろうか。「つくり」が「もてない」となっていても、その点は大差ないであろう。『岷江入楚』は、この箇所に「落葉の心とけねとも無理に住みつきかほを夕霧のし給ふ也結句心とけ給はぬゆへにかくする也」と注釈し、[17]『源氏物語新釈』も同様に「宮の御心のとけぬ故に強て夕のかく物し給ふ也」という。[18]「かくせめてすみなれ（みなれ）かほしたまふ」ではなくて、「かくせめてすみなれ（みなれ）かほつくりたまふ」とある表現に従うならば、

二人はまだ実際の所結ばれてはいないと読み取るべきであろう。

②は、姫君とごく幼い男子だけを連れて実家に帰った雲居雁を迎えに致仕の太政大臣邸に出向いた夕霧は、普段の居室に子供を残したまま寝殿に渡り決して戻ろうとしない雲居雁になす術も無く、子供達とだけで一夜を過ごす、その折のやるせない胸中を描いたものである。「あやしう中空なる」の注として『源氏物語湖月抄』は「女二宮はなびきしかども、雲井は如此なれば也」と言い[19]、『源氏物語新釈』は「女二の御かたにもすみつかす雲ゐはかくはなれてかく獨ねするをいふ故に比と書り」と言う[20]。どっちつかずの中途半端な状態を意味する「中空」の解釈としては、落葉宮はなびいたけれども雲居雁は離れていってという『湖月抄』の解釈よりも、落葉宮は手に入れることができず雲居雁は去っていってという『新釈』の方が分かりやすい。また、新潮日本古典集成本は「落葉の宮には拒まれ、雲居の雁の心は解けない今の自分のていたらくを嘆く。」と解説し[21]、新編日本古典文学全集本は「雲居雁には家出をされ、落葉の宮には冷たくされて」と注する[22]。塗籠の中で二人は結ばれていると読み取る日本古典文学全集本は、「中空」という表現を体は許しても心はまだなびいていない落葉宮を問題としたものと考えたのであろう。「いかなる人、かうやうなることをかしうおぼゆらんなど、もの懲りしぬべうおぼえたまふ。」と描写される夕霧の心情は、新潮日本古典集成本のように解した方がより重く深く味わえるように思われる。思いを遂げた男性が、女性の心だけを問題とし、色恋沙汰はもう懲り懲りであると暗澹とした思いでいることがあるであろうか。

③は、致仕の大臣の抗議の手紙に涙ながらに返歌する落葉宮や、文使いの少将の傍若無人な馴れ馴れしい振舞いを描いた後の一文である。「いとどしく心よからぬ御けしき」とは、致仕の大臣の便りや少将の態度に深く傷つきますます夕霧に不機嫌になる落葉宮の様子を言い、「あくがれまどひたまふ」とは、夕霧のあり様であろう。気もそぞろにうろうろしているという表現は、肉体的には結ばれつつも心から靡かない落葉宮に困惑している様というよりも、

相変わらず満たされぬ欲望を抱え、求め続けて女性の周りを徘徊しているといった印象が強い。

以上のように、塗籠の間での一夜以後の描写において二人が実質的に結ばれていることを示す確かな表現は一つも無く、むしろまだ情交は為されていないという観点から読み解いた方が分かりやすい語句・文章ばかりである。したがって、「故君のことなることなかりしだに、……」という落葉宮の心中描写も、「実事を境にした女の心境の微妙な変化」を描いたものではなく、実際はまだ肌身を許してはいないものの、塗籠で二人だけで一夜を過ごしたことにより世間は勿論のこと邸内の人々にさえも逃れようのなくなった夕霧との結婚をあれこれ考えている様を描いたものであろう。「とざまかうざまに思ひめぐらしつつ、わが御心をこしらへたまふ。」とは、何とか自分で自分を納得させようとする思いであり、それでもなお夕霧の妻が亡夫の妹であり、時も母の喪中であることを考えてどうにも納得し難いという思いが「ただかたはらいたう、ここもかしこも、人の聞き思さむことの罪避らむ方なきに、をりさへいと心憂ければ、慰めがたきなりけり。」という表現であると思われる。

二

総じて、『源氏物語』は男女の情交場面を具体的・直接的に描写することはなく、極めて曖昧な暗示的な表現に止めている。したがって、それと示す確かな表現がないからといって、情交はなかったとは言い切れないという意見があるかもしれない。しかしながら、光源氏と紫上・空蟬・藤壺・朧月夜、柏木と女三宮などの例を見ると、逢瀬の場面やその後の描写の中に、暗示的な表現ではあるものの二人の間に情交があったことを確実に示す語句や表現を見ることができる。光源氏と紫上の場合は、「いかがありけむ、人のけぢめ見たてまつり分くべき御仲にもあらぬに、男君はとく起きたまひて、女君はさらに起きたまはぬ朝あり。」（葵　第二巻　70頁）という印象深い一文があり、その後惟光に命じて三日夜の餅を準備させていることから二人が男女として結ばれたことがはっきりと分かる。柏木と女三宮の場合、ほんの少しの間うとうととした夢の中で猫の夢を見たという描写や、「なほ、かく、のがれぬ御宿世の浅からざりけると思ほしなせ。みずからの心ながらも、うつし心にはあらずなむおぼえはべる。」（若菜下　第四巻　226頁）という柏木の言葉、「契り心憂き御身なりけり。院にも、今は、いかでかは見えたてまつらんと悲しく心細くていと幼げに泣きたまふを、」（同上　226頁）という女三宮の様子などによって、この夜二人は取り返しのつかない大きな過ちを犯していることを明らかに読み取ることができよう。光源氏と空蟬、藤壺、朧月夜との逢瀬の場面は、それぞれ次のように描写されている。

①「その際々をまだ知らぬ初事ぞや。なかなかおしなべたる列に思ひなしたまへるなむうたてありける。（中略）」など、まめだちてよろづにのたまへど、いとたぐひなき御ありさまの、いよいようちとけきこえむことわびしければ、すくよかに心づきなしとは見えたてまつるとも、さる方の言ふかひなきにて過ぐしてむと思ひて、つれなくのみもてなしたり。人がらのたをやぎたるに、強き心をしひて加へたれば、なよ竹の心地して、さすがに折るべくもあらず。まことに心やましくて、あながちなる御心ばへを、言ふ方なしと思ひて、泣くさまなどいとあはれなり。心苦しくはあれど、見ざらましかば口惜しからましと思す。（帚木　第一巻　101～102頁）

②かかるをりだにと心もあくがれまどひて、いづくにもいづくにもまうでたまはず、内裏にても里にても、昼はつれづれとながめ暮らして、暮るれば王命婦を責め歩きたまふ。いかがたばかりけむ、いとわりなくて見たてまつるほどさへ、現とはおぼえぬぞわびしきや。宮もあさましかりしを思し出づるだに、世とともの御もの思ひなるを、さてだにやみなむと深う思したるに、いと心憂くて、いみじき御気色なるものから、なつかしうらうたげに、

さりとてうちとけず心深う恥づかしげなる御もてなしなどのなほ人に似させたまはぬを、などかなのめなることだにうちまじりたまはざりけむと、つらうさへぞ思さるる。（若紫　第一巻　230〜231頁）

③やをら抱き降ろして、戸を押し立てつ。あさましきにあきれたるさま、いとなつかしうをかしげなり。わななくわななく、「ここに、人」とのたまへど、「まろは、皆人にゆるされたれば、召し寄せたりとも、なんでふことかあらん。ただ忍びてこそ」とのたまふ声に、この君なりけりと聞き定めて、いささか慰めけり。わびしと思へるものから、情なくこはごはしうは見えじと思へり。酔ひ心地や例ならざりけん、ゆるさむことは口惜しきに、女も若うたをやぎて、強き心も知らぬなるべし、らうたしと見たまふに、ほどなく明けゆけば、心あわたたし。女は、まして、さまざまに思ひ乱れたる気色なり。（花宴　第一巻　356〜357頁）

①は、光源氏と空蟬の初めての逢瀬の場面である。光源氏は、空蟬のなよ竹のような柔らかくてもしなり強い強情な抵抗にあいながらもついに思いを遂げ、二人が男女として結ばれていることは、「見ざらましかば口惜しからまし」という光源氏の心理描写によって明らかであろう。また、この後に続く二人の会話の中にある光源氏の「おぼえなきさまなるしもこそ契りあるとは思ひたまはめ。」（帚木　第一巻　102頁）という言葉や、空蟬の「よし、今は見きとなかけそ」（同上）という言葉なども、二人の関係を確実に読み取らせる表現であるといえよう。

②は、若紫の巻における光源氏と藤壺との逢瀬の場面である。男女の情交の具体的な描写は一切なく、頗る婉曲な表現に終始しているものの、「いとわりなくて見たてまつるほどさへ、現とはおぼえぬぞわびしきや。」とか、「さてだにやみなむ、と深う思したるに、いとうくて、いみじき御気色なるものから」という表現は、実事のあったことを確実に読み取らせるものである。翌朝の別れの描写に「命婦の君ぞ、御直衣などはかき集めもて来たる。」（若紫　第

一巻 232頁）とあるのも、二人がその夜肌を触れ合わせたことの暗示的な表現であろう。桜花の宴の終了後弘徽殿の細殿で偶然出会い結ばれる光源氏と朧月夜との逢瀬を描く③も同様に、契る場面の直接的な描写はないが、「女も若うたをやぎて、強き心も知らぬなるべし。」という表現は、当然男女の契りが持たれているであろうと読者に強く想像させる言い方である。別れの場面は、「人々起き騒ぎ、上の御局に参りちがふ気色どもしげく迷へば、いとわりなくて、扇ばかりをしるしに取りかへて出でたまひぬ。」（花宴 第一巻 358頁）とある。「しるし」とは、逢瀬のしるしに他ならず、「しるしに」互いに扇を交換して別れたというのであり、その夜が二人にとって特別な意味のあるものであったことを示していよう。

以上のように、『源氏物語』は確かに男女の情交を具体的・直接的に描くことはなく、頗る暗示的、婉曲的に表現しているが、しかし決して曖昧ではない。逢瀬の中で実事があった場合には、そのことを読み取らせる表現が確実に存在する。ところが、夕霧と落葉宮の場合には、それがない。落葉宮は終始夕霧の接近を嫌悪し、拒み続けているばかりであり、夕霧はなす術を知らず困惑し、心を痛め溜息を漏らしているばかりである。相手の同意がなく力尽くで思いを遂げた場合であっても、男性としての何らかの成就感があろうかと思われるが、夕霧の心情には終始それが見られない。物語の終わりにおいてもなお満たされぬ思いを持ち落葉宮の側にまとわり付いている。物語の本文を表現通りに素直に読み進む時、二人が男女として結ばれていると読み取ることは頗る難しい。谷崎潤一郎、円地文子、瀬戸内寂聴等の現代語訳は、いずれも男女の契りがあったとは読み取れない(23)。契りがあったと解釈する玉上琢弥『源氏物語評釈』、新旧の日本古典文学全集本であっても、口語訳の部分からそのことを読み取るのは至難の技であり、頭注や評釈によって初めて分かる事である。すなわち、契りが持たれているとする解釈は、言葉の表面には現れていない言外の意味を汲み取ってはじめて可能な解釈であるといえる。

三

夕霧の巻における当該場面は、わざわざ言外の意味まで汲み取って解釈する必要はなく、表現に素直に従い、言葉通りの意味に読み取っておいて良いのではなかろうか。夕霧は、「物越しなどにても、思ふことばかり聞こえて、御心破るべきにあらず。あまたの年月をも過ぐしつべくなむ」と落葉宮に訴え、塗籠への案内を女房に強要する時も「内々の御心づかひは、このたまふさまにかなひても、しばしは情ばまむ。」と言っている。この言葉通りに夕霧は、塗籠の中で世の道理を説き言葉を尽くして説得してもなお靡かない落葉宮を前に、決して無理無体な振る舞いをする事はなく、驚き呆れ辛く悲しく思いながら一晩中座り続けたというのであろう。翌朝のいかにも二人の結婚が成立したかのような一条邸内の描写は、夕霧の目論見通りに、塗籠の中で二人きりで一夜を過ごしたことにより邸内の人々も皆二人が結婚したものと思いそのように振舞っていたということの表現であろうかと思われる。

日本古典文学全集本は、夕霧の言葉を塗籠に入る為の口実であって本心ではないと解説する(24)が、そう決め付けることもできないであろう。どうあっても靡かない落葉宮の執念深い抵抗は予想外であったとしても、朱雀院の娘としての落葉宮への尊敬の念はあり、あなたの心を破ることはありませんという言葉が全く本心を偽ってのものであったとは思えない。夕霧は「まめ人」として造型されており、世の通常の色好みとは違ったタイプの男性である。多情で奔放な父光源氏とは違い、愛する女性の心情を尊重し結婚の承諾を待ち続けてついに一度も契ることなく大君と死別する後の薫に近い性格であるといえる。女性を言葉巧みに籠絡することは出来ず、生真面目に口説き続けるのみで、最後は成す術なく手を拱いて座り続けるという、むしろ一般的な色好みの恋とは違った、「まめ人」の不器用な恋を描くのが夕霧の物語であったとも言える。

また、光源氏の多彩な恋を肯定的・鑽仰的に描いてきた作者の男性の色好みに対する姿勢は、若菜上の巻以降変化していることは、改めて言うまでもないであろう。女三宮の降嫁による紫上の苦悩を通して、男性の色好みによってもたらされる女性の苦悩が描かれ、「生ける浄土」かと思われた六条院が決して現実の理想郷ではなく、女性達に憂苦と忍従を強いる過酷な世界であることが描き出される。柏木の恋は、道ならぬ恋の情熱がいかに罪深く悲劇的であるかを、光源氏の苦悩や関係者総ての悲しみを通して描かれている。若菜上の巻以降の物語においては、円満な祝福された恋は一つもない。夕霧の恋もまた、当事者二人の女性を不幸に陥れ、自分自身も深く苦悩するのみであり、男性の色好みの持つ罪障性と不毛性を描いたものであるといえる。このような物語全体の流れを背景に考えるとき、「いかなる人、かうやうなることをかしうおぼゆらんなど、もの懲りしぬべうおぼえたまふ。」と描かれる夕霧の姿は、落葉宮と契りを結びながらもなお心から靡いてくれないことに思い悩んでいるとするよりも、落葉宮への思いを遂げることができず、不如意な事の成行きにもう懲り懲りという思いで嘆息していると読み取る方が、より強烈に作者の意図が伝わってくるように私には思われる。本文の表面にはない言外の意味を汲み取り、男女の契りが持たれているとする現在大方の解釈は、『源氏物語』は男女の情交を明確に描く事はなく、男女が同じ部屋で共に過ごした場合には契りがあるはずであるという先入観に少し捉われているのではなかろうか。夕霧と落葉宮はまだ実質的には結ばれていないとする新潮日本古典集成本の読み取りが、本文に忠実であり、作者の真意を捉えているように思われる。現在孤立している新潮日本古典集成本の解釈は、もう少し見直されても良いであろう。

注

（1）　日本古典文学全集『源氏物語』（阿部秋生・秋山虔・今井源衛校注・訳、小学館）第四巻465・467頁等の頭注参照。

(2) 日本古典全書（池田亀鑑校注、朝日新聞社）第五巻83頁頭注参照。
(3) 玉上琢弥『源氏物語評釈』（角川書店）第八巻469頁「鑑賞」参照。
(4) 日本古典文学大系『源氏物語』（山岸徳平校注、岩波書店）第四巻162頁頭注参照。
(5) 新日本古典文学大系『源氏物語』（柳井滋・室伏信助・大朝雄二・鈴木日出男・藤井貞和・今西祐一郎校注、岩波書店）第四巻150頁、脚注参照。
(6)『源氏物語の鑑賞と基礎知識　夕霧』（伊井春樹編集、至文堂、平14）の233頁鑑賞欄参照。
(7) 管見に触れたものの中で男女の契りがあったか否かに関する明確な注釈のないものは、「源氏物語釈」（源氏物語古注集成、桜楓社）、「源氏物語奥入」（源氏物語大成資料編、中央公論社）、「原中最秘抄」（未刊国文古註釈大系、帝国教育出版部）、「紫明抄」「河海抄」（玉上琢弥編『紫明抄河海抄』角川書店）、「源氏一滴集」（未刊国文古註釈大系、帝国教育出版部）、「花鳥余情」（源氏物語古注集成、桜楓社）、「弄花抄」（同上）、「花屋抄」（未刊国文古註釈大系、帝国教育出版部）、「一葉抄」（源氏物語古注集成、桜楓社）、「浮木」（源氏物語古注釈叢刊、武蔵野書院）、「細流抄」（源氏物語古注集成、桜楓社）、「明星抄」（源氏物語古注釈叢刊、武蔵野書院）、「休聞抄」（源氏物語古注集成、桜楓社）、「孟津抄」（同上）、「源氏綱目」（同上）、「源註拾遺」（契沖全集、岩波書店）、「源氏物語玉の小櫛」（本居宣長全集、筑摩書房）等々である。
(8) 稲賀敬二編『今川範政源氏物語提要』（源氏物語古注集成、桜楓社）231頁参照。
(9) 有川武彦校訂『源氏物語湖月抄増注』（講談社学術文庫）下巻132頁頭注参照。
(10) 有川武彦校訂『源氏物語湖月抄増注』（講談社学術文庫）下巻128頁頭注参照。
(11) 中田武司編『岷江入楚』（源氏物語古注集成、桜楓社）第三巻746頁参照。
(12)「源氏物語新釈」（旧版賀茂真淵全集、吉川弘文館）第九巻277頁・278頁参照。
(13) 新編日本古典文学全集『源氏物語』（小学館）第四巻480頁頭注参照。
(14) 注（5）に同じ。
(15)『源氏物語の鑑賞と基礎知識　夕霧』（伊井春樹編集、至文堂、平14）だけは、「「かくさへひたぶるなるを、あさましと宮はおぼいて」とあり、次の段落には「朝日さし出でたるけはひ漏り来たるに」とあって、この間で二人が結ばれたということが暗示されている。」と言い、「かくさへひたぶるなる」を情交に及ぶ夕霧の一途な振舞いと解しているようである。

(16) 池田亀鑑編著『源氏物語大成』（豪華普及版　中央公論社）第四冊1370頁参照。
(17) 注（11）に同じく742頁参照。
(18) 注（12）に同じく277頁参照。
(19) 注（9）に同じ。
(20) 注（12）に同じく278頁参照。
(21) 第六巻93頁頭注参照。
(22) 第四巻485頁頭注参照。
(23) 谷崎潤一郎訳『源氏物語』（豪華普及版　中央公論社）第六巻、円地文子訳『源氏物語』（新潮社）第七巻、瀬戸内寂聴訳『源氏物語』（講談社）第七巻参照。
(24) 新編日本古典文学全集『源氏物語』（小学館）第四巻477・478頁頭注参照。

第五節　幻の巻における光源氏像をめぐって

一

『源氏物語』正篇の最後に位置する幻の巻は紫上死後の悲傷に沈む光源氏の一年間の様子を語る。紫上との死別に現世への執着や意欲を亡くした光源氏は、一日も早い出家を望みながら、動揺惑乱した心のままでは仏道にも入り難いのではないかとの思いや、悲しみのあまりの衝動的な出家となることを恐れ、しばらく俗世に止まり平常心の回復を待つ。夕霧、蛍兵部卿宮といった極く親しい身内以外は誰とも会おうとせず、傷心の慰めに仏道に勤しむ毎日を送る。他の妻妾を訪れることは絶えてなく、時折情愛を寄せることのあった召人の女房でさえ、今はかえって普通に扱い夜の宿直にも御帳台から遠ざけて控えさせていたという。

女房なども、年ごろ経にけるは、墨染の色こまやかにて着つつ、悲しさも改めがたく思ひさますべき世なく恋ひきこゆるに、絶えて御方々にも渡りたまはず、紛れなく見たてまつるを慰めにて、馴れ仕うまつる。年ごろ、まめやかに御心とどめてなどはあらざりしかど、時々は見放たぬやうに思したりつる人々も、なかなか、かかるさびしき御独り寝になりては、いとおほぞうにもてなしたまひて、夜の御宿直などにも、これかれとあまたを、御座のあたりひき避けつつ、さぶらはせたまふ。

（幻 第四巻 522頁）

様々な恋愛によって紫上を悩ませた過去を振り返り、次のように痛恨する。

などて、たはぶれにても、またまめやかに心苦しきことにつけても、さやうなる心を見えたてまつりけん、何ごとにもらうらうじくおはせし御心ばへなりしかば、人の深き心もいとよう見知りたまひながら、怨じはてたまふことはなかりしかど、一わたりづつは、いかならんとすらんと思したりしに、すこしにても心を乱りたまひけむことのいとほしう悔しうおぼえたまふさま、胸よりもあまる心地したまふ。

（同上 523頁）

紫上の発病以前は、女三宮降嫁による内面の苦悩を十分に理解していたとはいえず、その無理解が一層深く彼女を傷つけていたと思われる光源氏は、ここに至って初めて紫上の悲傷の深さに想到し得ているといえる。一夫多妻という社会制度に安住し、男性としての独り善がりや身勝手さによって敢えて真剣に受け止めようとしなかった、男性の多情による女性の苦悩といった問題について、初めて心底からの理解を示し、自らの色好みの行為を真摯に反省する光源氏の姿をここに認めることができよう。死後他の誰とも夜を共にしなかったというのも、紫上に操を立てて意識的に自分を律するというよりは、喪失感の深さによる気力の減退とこうした心情からする自然な行動だったのであろう。

夜更くるまで、昔今の御物語に、かくても明かしつべき夜をと思しながら、帰りたまふを、女もものあはれにおぼゆべし。わが御心にも、あやしうもなりにける心のほどかなと思し知らる。（同上　535〜536頁）

晩春のある日、明石君を訪れた時の描写である。心打ち解けた親密な会話に夜遅くまで対座し、このまま留まって夜を明かしてもいいのだがと思いつつ結局は帰る。そうした様子に明石君は心淋しくもまた気の毒にも思い、光源氏自身「あやしうもなりにける心のほどかな」と自らの行動に驚いていたというのである。色好みの英雄ともいうべき往年の光源氏には考えることもできない大変な変わり様として注目される。

様々な女性達と多彩な恋愛を展開する光源氏の色好みの行為を好意的、讃仰的に語ってきた作者は、若菜上の巻以降第二部においては逆に色好みの持つ悲劇性、罪障性といった問題を主題化しようとする。藤壺との秘められた愛が帝の実父という立場をもたらし、明石君との恋愛によって東宮のもとに入内する明石姫君を儲けるなど、まさに色好みであることによってはじめて准太上天皇の栄位に至る社会的成功を収めることができたともいえる光源氏は、晩年に至り自他の色好みの行為によって深く傷つき懊悩する。女三宮の降嫁は、紫上との緊密な関係を裂き、柏木の密通事件は憤怒、怨恨、嫉妬という様々な心の傷を負わせると共に、自らの過去の罪責に厳しく直面させるものであった。内親王の降嫁により正妻の座を明け渡さざるを得ない紫上は、多くの妻妾の一人でしかあり得ない女性の存在基盤のはかなさに苦悩し、遂に病に仆れる。愛執の苦患に悶える六条御息所は二度に渡って物のけに現われ、若い柏木や夕霧の恋もまた当事者それぞれを不幸に沈める。第二部に描かれる色好みの行為は、いずれも人々に喜悦や幸運をではなく、深刻な憂苦・悲傷をもたらすものばかりである。作者は、そうした様相を人間の本質に根ざす根源的な悲劇として捉え、更にはそこからの救済をも問おうとする。傷つき悩む登場人物それぞれが皆出家を望み仏教に帰依しようとするのは、その一つの解答であると読み取ることができよう。

現世における最後の一年間を描く幻の巻は、愛執に纏わる多くの事件を経過し人間的に成長していった後の光源氏の最終的な境地を示すものであるといえる。その彼が、「世のはかなくうきを知らすべく、仏などのおきてたまへる身なるべし。」（同上525頁）と自己の運命を了解し、俗世への執着を絶って紫上追慕の涙に浸りつつ出家の準備を整えるというのは、こうした物語全体の流れよりして至極尤もなものとして受け取ることができる。淋しい独り寝の中にあって妻妾は勿論のこと、召人の女房さえも御帳台に近付けることはなかったという驚くべき好き心の喪失も、第二部における作者の色好みに対する厳しい否定的な態度を示すものとして注目される。

ところが、こうした理解のもとに幻の巻を読み進める時、どうにも違和感を感じ解釈に苦しむ場面が一箇所ある。葵祭りの日、寝起き姿の中将の君に目を留め戯れかけるという一段である。

中将の君の東面にうたた寝したるを、歩みおはして見たまへば、いとささやかにをかしきさまして起き上りたり。つらつきはなやかに、にほひたる顔をもて隠して、すこしふくだみたる髪のかかりなど、いとをかしげなり。紅の黄ばみたる気添ひたる袴、萱草色の単衣、いと濃き鈍色に黒きなど、うるはしからず重なりて、裳、唐衣も脱ぎすべしたりけるを、とかくひき掛けなどするに、葵をかたはらに置きたりけるをとりたまひて、「いかにとかや、この名こそ忘れにけれ」とのたまへば、

さもこそはよるべの水に水草ゐめ今日のかざしよ名さへ忘るる

と恥ぢらひて聞こゆ。げに、といとほしくて、

おほかたは思ひすててし世なれどもあふひはなほやつみをかすべき

など、一人ばかりは思し放たぬ気色なり。（同上　538～539頁）

幻の巻にあって唯一例外的な恋の場面であり、「あふひはなほやつみをかすべき」とか「一人ばかりは思し放たぬ気色なり。」という表現により、いかにもこの場の二人には男女の契りがなされたように読み取れる。ただ、光源氏の歌は言葉だけの遊びであり地の文は精神面での説明であって実際の行為はなかったのであると解することもできる。が、そう解釈した場合であっても、本段が女性に戯れかける光源氏の好きの行為を描くものであることにおいては変わりないであろう。目に触れるもの総てに紫上が偲ばれ、「この世の外のやうに鳥の音も聞こえざらむ山の末ゆかしうのみいとどなりまさりたまふ。」（同上　529頁）とまで描写される光源氏が、彼女以外の女性に目を注ぎその女性美に心ときめかすのはここだけであり、幻の巻一巻における光源氏の詠歌十九首中紫上とは関係のない恋の歌はこの一首だけである。場面全体の雰囲気にしても、美しい中将の君の寝起き姿の詳細な描写には魅惑的・官能的な趣さえあり、恋の場としてのつややかな艶なる風情を持つものとして、総体的に人生の黄昏を思わす暗く寂しい幻の巻全体の情調とは大分異質である。日本古典文学全集『源氏物語』の頭注でも、「年中行事にことよせて、紫の上の思い出に沈む源氏を描くなかでは、異色の一節」と、本段の特異性を指摘している。(1)

一体、紫上への鎮魂曲ともいうべき幻の巻にあって、唯一例外的に内容、情調共に全体からは浮き上がった男女の交情の場を描く作者の意図は奈辺にあり、自らの好き心を厳しく反省し勤行一筋の生活を送る光源氏の、本段だけに見せる好色の振舞いをどう理解したらいいのだろうか。

二

この点に関するこれまでの解釈は、ほぼ次の通りである。(2)

（1）葵祭りの日の記事である所から言葉の縁語的連関で男女の逢う場が描かれたもの。

（2）中将の君は女房であり、女房との関係は紫上を裏切ることにも精進の妨げともならないことは宇治十帖における八宮と浮舟の母との関係と同様である。

（3）中将の君は長年紫上に仕え特に愛された女房として紫上の形代と感じられており、彼女への寵愛は紫上追慕の情に重なるものである。

いずれも十分に説得的であり、これらの説明によって本段への疑問点を解消しておくことも一応可能であろう。

中将の君とてさぶらふは、まだ小さくより見たまひ馴れにしを、いと忍びつつ見たまひ過ぐさずやありけむ、いとかたはらいたきことに思ひて馴れもきこえざりけるを、かく亡せたまひて後は、その方にはあらず、人よりことにらうたきものに心とどめ思したりしものをと思し出づるにつけて、かの御形見の筋をぞあはれと思したる。心ばせ、容貌などもめやすくて、うなゐ松におぼえたるけはひ、ただならましよりは、らうらうじと思ほす。（同上　526〜527頁）

幻の巻に見られる中将の君への説明である。幼くより仕え一時特別な関係にあった彼女を、光源氏は紫上の死後好色の対象としてではなく亡き人の形見として格別に目をかけていたという。同じ巻の他の箇所に、中将の君相手の昔話に紫上追慕の傷心を慰める光源氏の姿も見られ、したがって、中将の君その人ではなく彼女を通して紫上を求めているのであるという（3）の解釈は光源氏の内面の読み取りとして興味深くもあり、深く共感される。

しかしながら、それでもなお釈然としない思いが残る。いかに紫上を求めてのものであっても、本段における光源氏の振舞いは紫上以外の女性との好きの行為であることに変わりはなく、紫上を傷つけ苦しめた自らの好色を心底より悔恨し、他の誰をも愛そうとはしなかったという徹底した好き心の喪失とはやはり矛盾するものであろう。女房との情事は、明石君や花散里とのそれと違い、当時の社会的通念として紫上への背信とは感じられていなかったというのは確かにその通りであろうが、しかし、女性との愛の行為であることにおいては変わりなく、愛する妻に対する一切の心の負担からも自由であったというわけではないであろう。先の引用文中の中将の君にしても、光源氏との関係を「いとかたはらいたきこと」に思いあまり馴れ近付こうとしなかったとある。紫上に対しある疚しさを感じていたことが分かろう。道徳的な呵責を覚える程ではないにしても、不都合なものとして妻に気兼ねする程度の心の疚しさは伴うものであったといえる。倫理感、道徳感の上で大巾な径庭はあっても、嫉妬、不快、憎悪という男女の愛情関係を巡る感情的な反応においては、人間の基本的な感情として、現代とそれ程大きな違いはなかったのではなかろうか。

また、召人との情事は単なる性欲の解消として愛執にはならず精進の妨げともならないというのも確かにその通りであろうが、仏教の基本的な思想からはいかなる男女の契りであっても罪は罪であろう。光源氏自身自らの行為を「あふひはなほやつみをかすべき」と明らかに罪と意識していたらしいことは、既に玉上琢弥氏の御指摘の通りと思われる。(3) 宇治の八宮の場合も、薫に対する弁の尼君の話よりして、俗聖といわれる生活の中に中将の君との関係があったのではなく、彼女を身辺から遠ざけ男女関係を含めての現世への執着を徹底して絶っていった所に、「聖」と呼ばれる生活があったのだといえる。

故宮の、まだかかる山里住みもしたまはず、故北の方の亡せたまへりけるほど近かりけるころ、中将の君とてさぶらひける上臈の、心ばせなどもけしうはあらざりけるを、いと忍びてはかなきほどにもののたまはせけるを、知る人もはべらざりけるに、女子をなん産みてはべりけるを、さもやあらんと思す事のありけるからに、あいなくわづらはしくものしきやうに思しなりて、またとも御覧じ入るることもなかりけり。あいなくその事に思し懲りて、やがておほかた聖にならせたまひけるを、はしたなく思ひてえさぶらはずなりにけるが、……

（宿木　第五巻　459〜460頁）

たとえ、この場の光源氏の振舞いが当時の社会的通念において道心と矛盾するものでも世間の顰蹙を買うものでもなかったとしても、幻の巻全体に描かれる光源氏のあり方とはやはり矛盾するものであるといわざるを得ないであろう。

紫上の死は前年の秋であり、中将の君への戯れは初夏の出来事であった。そこで、従来の解釈とは別に、時間の経過と共に激しい衝撃から立ち直り、徐々に紫上以外の女性に目を注ぐ余裕が生じ持前の好き心が動き始めたものであろうかとも考えてみるが、夏以降の光源氏の生活を見る時そうもまたいえないようである。本段の次には、五月雨の中に故人を偲ぶ光源氏の姿が描かれ、夕霧を相手に次のように語るなど、歩一歩確実に出家に近付いていく様子を窺わせる。

独り住みは、ことに変ることなけれど、あやしうさうざうしくこそありけれ。深き山住みせんにも、かくて身を馴らはしたらむは、こよなう心澄みぬべきわざなりけり　（幻　第四巻　539～540頁）

以後物語はあたかも光源氏の歌日記ともいうべき様相を呈し、蛍、七夕、雁、五節等々移り行く季節の景物、節会に触れて深く感傷に沈み、生涯の終りを自覚する光源氏の描写とその詠歌よりなる。紫上追慕と勤行一筋の生活は、死別した当座ばかりでなく幻の巻の一年を通して終始変わりなく、やがてそのまま出家生活へと連なっていったものと思われる。

どう考えても葵祭りの日における光源氏の行動はその前後の生活とはちぐはぐである。ちぐはぐではあるが、そのいずれもが作者の描く光源氏の晩年の姿であるとして読み取るしかないのであろう。紫上の死後出家同様の閉じ籠った生活を送り、他の誰をも愛する気になれなかったのも真実であり、寝起き姿の女性美に目を引かれつい好色の行為に及んでしまうというのも現実の光源氏の姿だったのであろう。作者は、好き心を完全に喪失し女性に対して何の興味関心も感じなくなった男性としてではなく、女性美を愛でる豊かな感受性を持ち愛する欲念はありつつも、その好き心に左右されることなく出家へと向かう人間として、晩年の光源氏を描きたかったのではなかろうか。つまり、中将の君への戯れの場面は、光源氏の好き心の存在を示すものとしてこそ意味があり、むしろ、召人の女房を御帳台から遠ざけ明石君を訪ねても夜を過ごさずに帰るという徹底した好き心の喪失を描いた、その揺り戻しとしてイメージの修正として敢えて意図的に光源氏の好色の場を描いたのではなかったかと思うのである。

若菜上の巻以降愛執の引き起こす諸事件を人間の根源的な悲劇として見つめ、男性の色好みの行為を否定的に描き進めてきた作者は、人間が完全に愛欲の情を亡くしてしまうことにも又疑問を感じたのではなかろうか。愛執の罪障を自覚し、紫上を思いやって自らの過去の好き心を痛恨する光源氏は望ましいものであっても、そうかといって女性への関心を全く欠いてしまうのも淋しく感じられたのであろう。深い道心の中になおかつ色好みの心情を併せ持つ男性であってこそ理想的に感じられたのではなかろうか。紫上の鎮魂と光源氏の道心の深化を描く幻の巻に、それらと相矛盾する恋の戯れの場を描いた作者の心底には、こうした興味深い人間に対する考えが存したように思われる。

三

人間の究極的な救済として仏教を考え強く出家遁世を願いながら、なお人間の根源的な情感や欲念を完全には否定し切れず、したがって、宗教的な世界に徹し切れないという作者のこうした心情は、出家を目前にした光源氏の姿ばかりでなく『源氏物語』の他の部分にもいろいろと見出すことができる。御法の巻における紫上の晩年の姿もその一つであろう。女三宮の降嫁による激しい内面的苦悩から生涯を諦観し、強く出家を望むに至る紫上の死を前にしての心境は次のようなものであった。

・上下心地よげに、興ある気色どもなるを見たまふにも、残りすくなしと身を思したる御心の中には、よろづのことあはれにおぼえたまふ。（御法　第四巻　498頁）

・誰も久しくとまるべき世にはあらざなれど、まづ我独り行く方知らずなりなむを思しつづくる、いみじうあはれなり。（同上　498〜499頁）

・儀式など例に変らねど、この世のありさまを見はてずなりぬるなどのみ思せば、よろづにつけてものあはれなり。（同上　500頁）

・とり分きて生ほしたてたてまつりたまへれば、この宮と姫宮とをぞ、見さしきこえたまはんこと、口惜しくあはれに思されける。（同上　503頁）

愛する人、親しい人は勿論のこと目に触れ耳に触れる総ての人々、事柄に深い惜別の情を感じ、心からなる哀愁と「あはれ」の情を覚えている。我欲我執を去り現世離脱の志向を強めていく紫上も、死を目前にした最終的な境地において、煩悩を解脱した出家者としてではなく、現世への愛執を色濃く留めあらゆる物事にしみじみとした感傷の涙を注ぐ人間味溢れる姿を示す点に、光源氏の晩年と共通するものがあるといえよう。

また、宇治十帖において、臨終の床にある八宮に娘達への愛執の滅却を説き、死後の対面を望む大君にも「いまさらに、なでふさることかはべるべき。日ごろも、またあひ見たまふまじきことを聞こえ知らせつれば、今はましてかたみに御心とどめたまふまじき御心づかひをならひたまふべきなり」（椎本　第五巻　190頁）と言って許さない阿闍梨が、「あまりさかしき聖心を憎くつらしとなむ思しける。」（同上）と大君によって強く非難され、逆に、人情を解し時に応じて破戒の行をも厭わない横川僧都が、人々の尊崇を集める高徳の僧として好意的に描かれるのも、人間の自然な情を捨て切れない作者の心情の反映なのではなかろうか。宗教的見地からは、死に際しての親子の恩愛の滅却を説く阿闍梨の姿勢は、教えに徹した厳しいものとして、称賛されこそすれ決して非難されることはないであろう。

さらに、誠実な薫の求愛を頑なに拒み出家遁世にも等しい宇治での隠棲を必死に守ろうとする大君が、薫との日常的な会話には応じ共感を深める様子は、深い宗教的な精神の中にあってもなお人間的な触れ合いだけは大切にしようとする姿として理解することができる。『源氏物語』の最後の女主人公である浮舟が出家してもなお精神的な平安を得られず、横川僧都を介しての薫の接近に激しく惑乱懊悩し、彼女の今後の成り行きが必ずしも明確でないまま物語全体が擱筆されているのも、出家による救済に一抹の不安を感じ、宗教的な世界に徹し切れない作者の思いを反映してのことであると読み取ることができよう。

周知の如く、仏道に深く帰依しつつなお出家し得ない紫式部自身の心情については『紫式部日記』の中に次のように語られている。(4)

人、といふともかくいふとも、ただ阿弥陀仏にたゆみなく、経をならひはべらむ。世のいとはしきことは、すべてつゆばかり心もとまらずなりにてはべれば、聖にならむに、懈怠すべうもはべらず。ただひたみちにそむきても、雲に乗らぬほどのたゆたふべきやうなむはべるべかなる。それに、やすらひはべるなり。（中略）それ、罪ふかき人は、またかならずしもかなひはべらじ。さきの世しらるることのみおほうはべれば、よろづにつけて悲しくはべる。（246頁）

ここにいう「雲に乗らぬほどのたゆたふべきやう」とは具体的にどういう事態を想定してのことなのかこれだけの文章からは推測し難く、出家後の自分に自信が持てない不安感が一体どこからきていたものなのか明確には把握し難いのであるが、それらの一つに、「罪ふかき人」としての自覚と共に、ここに述べてきた男女の愛や親子の情という人間の基本的な感情への未練と、逆に仏教的世界に徹し切ってしまうことへの疑問の念などがありはしなかったであろうか。確かに愛執を含む諸々の欲念は、人間の心を惑わせ苦悩をもたらす根源ではあるが、それらを一切否定し去ることは人間としての喜悦や感激をもまた捨て去ることになりはしないか。人を愛し自然を愛し、折に触れ事に触れて生き生きした深い感動を味わう所にこそ人間としての喜びや素晴らしさがあり、総ての欲念を断ち切ることはそれらへの否定にも通じることになりはしないか。喜怒哀楽のさまざまな感動を滅却した後に一体何が残るだろうか。出家に踏み切れない作者の中にそんな思いがありはしなかったろうかと思うのである。

四

幻の巻に描かれた光源氏の姿を通して『源氏物語』の特に第二部以降に広く認められる作者の自然な感情に対する限りない愛惜の念と、それが故に人間の究極的な救済として強く仏教を求めながらなおそこに徹し切れない屈折した心情を見てきた。こうした人間観、世界観は、『源氏物語』作者に限ったことではなく、彼女が数ある古物語の中から「物語の出で来はじめの親」として格別に高く評価した『竹取物語』にも共通して認められるもののようである。『竹取物語』は、かぐや姫の故郷である月の世界を、老いることも物思いもない、美しい人々ばかりよりなる永遠の理想郷であるとし、翁たちの住む地上の世を、無力蒙昧な人々よりなる苦しみに満ちた穢土であるとする。月の都は又肉親間の愛情、他に対する同情、折節の感慨などの一切無い世界ともされ、その意味で煩悩を徹底して解脱した仏教上の浄土に限り無く近い世界であるといえる。[5]作者はこの両世界に対し、唯一方的に月の世界を賛美し地上の世界を否定し去るばかりではない。かぐや姫の昇天が端的に示すように、天上界があくまでも絶対的な優位を占め、地上の人々が憧れて止まない理想郷であることに変わりないのであるが、昇天前の人間の心情を持つかぐや姫が、地上界に限りない愛惜の念を寄せ、帰りを急がす天女を「もの知らぬことなのたまひそ」[6]（81頁）と窘める姿などを通して、地上の世界へも又深い愛着を示し、「ものを知る」という優れて人間的な感情を何よりも大切な価値として称揚せんとするかのようである。野口元大氏は新潮日本古典集成『竹取物語』の解説の中で、こうした『竹取物語』の作者を評し、人間に対する深い関心と愛着を持ち、「(仏法的) 真理の絶対性を貫いて、煩悩の纏綿する人間存在を否定しさることができなかった」人であり、「彼は理性では真理を求めながら、心情において人間の「あはれ」への愛着をどうしても断絶できなかったのである。」という。氏のこの評語は、本論に見てきた『源氏物語』の作者にも又そのままあてはめることができるであろう。あるいは、紫式部は『竹取物語』の中に自らの人間観・世界観に共通する有限で不完全な人間界への深い愛着を認め、単なる御伽話ではない自らの物語にも通じる人間的な深い「あはれ」の感動を見出すことによって、「物語の出で来はじめの親」という高い評価を下したのではなかろうかと思うのである。

注

（1）日本古典文学全集『源氏物語（四）』の524～525頁の頭注参照。なお、新編日本古典文学全集『源氏物語４』では、こうした言葉は見られず、「御方々との交渉を語った後、葵祭にちなんで召人中将の君を点出する。めぐりくる行事を背景に彼女におのずと執着されるのは彼女が紫の上に親しく仕えた女房だからである。」と解説するのみである。

（2）玉上琢弥『源氏物語評釈』第九巻（角川書店、昭42）、日本古典文学全集『源氏物語（４）』の頭注、後藤祥子「哀傷の四季」（秋山虔・木村正中・清水好子編『講座源氏物語の世界』第七集、有斐閣、昭57）、稲賀敬二「幻［雲隠六帖］」（山岸徳平・岡一男監修『源氏物語講座』第四巻、有精堂、昭46）など参照。

（3）玉上琢弥『源氏物語評釈』第九巻参照。

（4）『紫武部日記』の本文の引用は日本古典文学全集『和泉式部日記　紫式部日記　更級日記　讃岐典侍日記』（小学館）による。

（5）野口元大校注　新潮日本古典集成『竹取物語』の解説参照。

（6）『竹取物語』の本文の引用は新潮日本古典集成『竹取物語』による。

第六節　宇治十帖の中君の人物像

一

『源氏物語』宇治十帖における中君は、従来、大君と浮舟をつなぐ橋渡し的なものであるというより以上の積極的な評価を受けることがほとんどない。彼女を中心に描かれる早蕨、宿木の両巻が「大君をめぐる物語」の中に含められ、「中君をめぐる物語」として独立させられないのもその故であろう。確かに、この間の物語は、匂宮の夕霧六君との結婚による中君の苦悩と大君を失った薫の魂の彷徨を興味の中心としながらも、いささか劇的波乱に欠け問題性に乏しく、中君の主人公としての存在感も大君や浮舟に比してやや希薄であるという印象は否みがたい。ここには、恐らく、藤村潔氏、吉岡曠氏、木村正中氏等が指摘する物語の構想の変化といった問題が存するのであろう。(1)すなわち、匂宮と薫との愛の板挟みに苦悶し入水自殺するという物語の基本的な構造を担う役割が、早蕨の巻執筆の前後あたりに中君から浮舟へと変更されたというものである。橋姫の巻執筆時点においては作者の構想の中に浮舟の存在はなかったであろうという点、総角の巻の巻末、大君の死の直後あたりより既に中君、匂宮、薫の三人の間での何らかの劇的な愛の葛藤が予感され、以後物語は徐々にその方向に向けて緊張感を高めていく様相などよりして十分に考えられる見解である。中君の存在感がやや希薄であるというのは、こうした物語の構想の変化に由来するものであったと思われる。しかし、役柄に変更があったとはいっても、そのために中君が物語にとって不必要になり、粗略に扱われているというわけでは決してない。早蕨、宿木の両巻に彼女の人生は丹念に語られ、大君とも浮舟とも違った一つのまとまりのある物語を確かに形成しているのである。吉岡氏は、構想に変更が施された理由として、零落したとはいえ宮家の嫡子である姫君に入水という乱暴な行為をさせることに不自然さないしは困難を感じたこと、また薫の性格として人妻を犯す振舞に及ぶことは無理であり、敢てなした場合彼の性格に統一性を欠いてしまう所から匂宮との間で役どころが交替になったものであるという二点を挙げている。(2)説明それ自体に特に異論はないが、しかしそうした消極的な理由ばかりではなく、より肝心なことは作者の中に中君を通して描きたいことが別に存したということではなかろうか。中君を中心とする物語の意味と必要性を感じ、積極的な執筆意欲を持つのでなかったならば、早蕨、宿木の二巻を費やしてまで大君や浮舟の物語とは趣を異にする別な内容の物語を描き進めることはなかったであろうと思われる。

工藤進思郎氏「『源氏物語』宇治十帖の中君についての試論」は、「中の君にも、大君や浮舟とは異なった、独自の生の営みがあるように思える。」として、その独自の人柄と生の内容を詳細に論じ、(3)榎本正純氏は「物語と歌集―宇治十帖中君の再検討―」という論文の中で、『紫式部集』と中君物語の類似影響関係の検討を通して、作者紫式部と中君との内的状況の緊密な結合を指摘し、中君像が作者の現実意識を色濃く反映するものであることを主張している。(4)中君をめぐる物語は、小なりといえども作者の明確な問題意識のもとに詳細に語られた一女性の生として、宇治十帖全体の重要な構成要素の一つであることは事実である。前後の物語を結ぶ中継ぎとして簡単に軽視してしまうのではなく、もっとそれ自体の内容と意義を考えてみる必要があるのではなかろうか。

中君の物語全体における意味といった場合まず第一に想起されるのは、「中の君の結婚生活は、大君の世界のだめ押しとして描かれたのである」という藤村潔氏の見解である。(5) 匂宮と六君との結婚の日取りを伝え聞く中君は、父の遺言に背いて宇治を離れた軽率さを悔み、大君の生き方を振り返って次のように思慮する。

故姫君の、いとしどけなげにものはかなきさまにのみ何ごとも思しのたまひしかど、心の底のづしやかなるところはこよなくもおはしけるかな、中納言の君の、今に忘るべき世なく嘆きわたりたまふめれど、もし世におはせましかば、またかやうに思すことはありもやせまし。それを、いと深くいかでさはあらじと思ひ入りたまひて、とざまかうざまにもて離れんことを思して、かたちをも変へてんとしたまひしぞかし、かならずさるさまにてぞおはせまし、今思ふに、いかに重りかなる御心おきてならまし、（宿木　第五巻　384頁）

また、時の帝の女二宮を得てもなお心慰まず大君を求めて止まない薫を見ても、姉の死を残念に思う一方、「それも、わがありさまのやうにぞ、うらやみなく身を恨むべかりけるかし、何ごとも、数ならでは、世の人めかしきこともあるまじかりけり」（同上　478～479頁）と、物事の先々を見通し決して薫に打ち解けなかった大君の心深さを称賛する。匂宮との結婚生活における自らの切実な苦悩を踏まえ、再三に渡って大君の賢明さを省みるというこうした物語の様相よりして、中君の物語の中に大君の生と思想の有意義性を再確認するという意味を見出すことは十分に可能であろう。特に、誠実で思い遣り深い薫の求愛を、さしたる理由の見当らぬまま頑なに拒み続ける大君の生き方は、周囲の侍女からほとんど理解されず、時に「何か、これは世の人の言ふめる恐ろしき神ぞつきたてまつりたらむ」（総角　第五巻　254頁）とまで言われている。幾分、観念的・独断的にすぎ、当時の一般的な読者にとっても常識に逆らう難解なものであったと思われる。その点、具体的な結婚生活を営む中君の実体験を通しての大君讃美は、彼女の生き方に大きな説得性をもたらしているといえよう。

ただ、こうした見方も、結局のところ中君の物語を大君の物語に従属させてしまうことになり、中君の生の具体的な内容にまで目を注ぐことはない。中君はただ嘆き悔み、姉の生き方を憧憬しているのみではない。生活の安定を求めて必死に努力し、大君とは違った一つの生き方を模索していくのであり、そこに作者紫式部の生活実感に根差した一つの物語が形成されているのである。中君をめぐる物語の内容そのものをもう少し詳細に読み味わってみたい。

二

そもそも、物語に登場する最初から既に、中君は大君とは違ったある意味では対照的ともいえる人生態度をもつ女性として描かれている。橋姫の巻の冒頭、宇治に移り住む以前の八宮一家の一生活風景として、とある春の日池に浮ぶ水鳥を見て親子三人和歌の唱和をするという場面がある。八宮の「うち棄ててつがひさりにし水鳥のかりのこの世にたちおくれけん」（橋姫　第五巻　122頁）という歌に対し、大君は「いかでかく巣立ちけるぞと思ふにもうき水鳥のちぎりをぞ知る」（同上　123頁）と歌い、中君は「泣く泣くもはねうち着する君なくはわれぞ巣守りになるべかりける」（同上）と和す。父と姉の二人の歌が、共に現実への強い不遇意識を持ち、頗る厭世的・悲観的であるのに対し、中君だけは、成長したことを素直に喜び父に感謝するという、人生に対して前向きな肯定的なものである。大君が、没落親王である八宮の矜持と屈辱をそのままに受け継ぎ、深い無常感・厭世感を持って現実否定的・逃避的であるのに対し、彼女はそのような屈折した精神を持たず、大らかで明るく極めて現実的・常識的である。そうした二人の精神性の違いが、物語に登場する最初の場面の中に印象鮮やかに描かれているといえる。

物語は、宇治に隠棲する姉妹のもとに、薫、匂宮という当代最高の貴公子が接近してくるところに具体的な展開がなされていくが、男性に対する対応のあり方にも両者の生き方の違いは顕著である。再三送られる匂宮の手紙に、「なほ聞こえたまへ。わざと懸想だちてももてなさじ。なかなか心ときめきにもなりぬべし。」（椎本　第五巻　176頁）という父の勧めに従い素直に筆を執るのは中君であり、大君は「かやうのこと戯れにももて離れたまへる御心深さなり。」（同上）といわれる。また、薫の術策によって何の心用意もなく強引に匂宮と結ばれる中君は、そのことによって相手を恨み態度を硬化させることはなく、徐々に身も心も打ち解けていく。次のような叙述の中にその具体的な心情を見ることができよう。薫との間に親密な対話を重ねながら、最後まで恋愛の世界に心を解放させることのない大君には決して見ることのできない、異性に惹かれる女心の描写として注目される。

・男の御さまの、限りなくまなめかしくきよらにて、この世のみならず契り頼めきこえたまへば、思ひよらざりしこととは思ひながら、なかなか、かの目馴れたりし中納言の恥づかしさよりはとおぼえたまふ。（中略）久しうとだえたまはむは、心細からむと思ひならるるも、我ながらうたてと思ひ知りたまふ。（総角　第五巻　283頁）

・若き人の御心にしみぬべく、たぐひ少なげなる朝明の姿を見送りて、なごりとまれる御移り香なども、人知れずものあはれなるは、ざれたる御心かな。（同上　284頁）

また、結婚した匂宮の長い夜離れに対しても、深刻に懊悩し自らの結婚拒否の思念をますます強める大君とは対照的に、いたずらに悲観することなく、相手の言葉を素直に信じ穏やかに待ち続けようとする。こうした中君の生き方は、大君没後の宿木の巻によりクローズ・アップされた形で詳細に描き出されるのであり、種々の不安や悲傷を孕みながらも最も現実的・常識的な生をたどる中君と、女性にとって本質的に忍従や憂苦を強いるものでしかない結婚生活を頑なに拒み、あるべき生を模索して常識の域外にまで至る大君との二様の生のあり方を対照的に描こうとする意図が作者の中にあったように思われてならない。

中君をめぐる物語の一つの興味の中心である匂宮と夕霧六君との結婚による中君の苦悩の生について、女三の宮降嫁以後の紫上の生の繰り返しであり、何等新しい問題を提示するものではないとするのが一般的な評価のようである。(6)確かに、確固とした後見人を持たず上流貴顕と結婚し、後に権門の姫君によって存在を脅かされるという境遇は両者同一であり、内面において激しく懊悩しながらも決して外に漏らそうとせず、表面上はあくまでもおっとりとさりげない風を装う世間への防御の姿勢も同様である。しかし、二人の間には大きな違いもまた存する。一つは、女三の宮はまだ未成熟な魅力の乏しい女性であるのに反し、六君は容姿・容貌共に何一つ不足のない成熟し切った美しい女性であり、したがって、光源氏の愛情は以前より一層濃やかに紫上一人に注がれていくのに対し、匂宮は六君へも強い愛情を覚え、中君への夜離れが積み重なっていくのである。すなわち、紫上は物語の女主人公として二重三重に保護され理想化されているのに対し、中君は作者からのそうした労りは全くなく、より苛酷で厳しい現実に直面させられているといえる。総じて、作者は、宇治十帖においては特定の主人公に肩入れすることなく、どの人物にも一定の距離を置き、極めて突き放した形で物語を描き進めているといえる。

さらに、より重要な違いは苛酷な情況に陥った後の自覚的に選び取っていく生き方である。紫上は、己の存在基盤のはかなさの感知から現世一般の了解へと達し、光源氏への愛執を絶って出家せんことを切願するが、中君はあくまでも現世に踏み止まり、匂宮の妻という現実に生きていこうとする。そして、生活の安定を求めて積極的に努力していくのである。次のような叙述にその具体的な姿を見ることができよう。

何かは、心隔てたるさまにも見えたてまつらじ、山里にと思ひ立つにも、頼もし人に思ふ人も疎ましき心そひたまへりけり、と見たまふに、世の中いとところせく思ひなられて、なほいとうき身なりけりと、ただ、消えせぬほどはあるにまかせておいらかならんと思ひはてて、いとらうたげに、うつくしきさまにもてなしてゐたまへれば、いとどあはれに、うれしく思されて、日ごろの怠りなど限りなくのたまふ。（宿木　第五巻　433頁）

薫に激しく言い寄られた翌日、久方振りで訪れた匂宮に対する中君の胸中と応対を叙したものである。唯一の後見人として信頼していた薫も「疎ましき心」を持つ一人の男性でしかなかったことを知り、「世の中」をますます不安な窮屈なものに思う。「なほいとうき身なりけり」と不幸な宿世を負う我身の境涯を自覚する時、せめてこの世に存在する間はあれこれと思いわずらうことなく宿世に任せて穏やかに身を持そうと決意する。そうして、匂宮の愛情を積極的に取り込めるべく可憐な美しい様子に振る舞っていたというのである。多情な匂宮との生活の不安、憂苦を知悉し、そうでしかあり得ないものと諦観しながら、なお夫の愛情にすがって生きていこうとするのである。男のあり様、「世の中」のあり様を冷静に知的に見通し、女性にとって決して完全な安定と幸福をもたらすものでない「世の中」の本質を感得しながらも、なおそこに生きていこうとする。「思ひはてて」という言葉には、醒めた知性と悲しい諦観とが感じ取れるように思われる。

おろかならぬことどもを尽きせず契りのたまふを聞くにつけても、かくのみ言よきわざにやあらむと、あながちなりつる人の御気色も思ひ出でられて、年ごろあはれなる心ばへとは思ひわたりつれど、かかる方ざまにては、あれをもあるまじきことと思ふにぞ、この御行く先の頼めは、いでやと思ひながらも、すこし耳とまりける。

（宿木　第五巻　433〜434頁）

変わり無い愛情を誓う匂宮の言葉を、「この御行く先の頼めは、いでや」と不安に思いながら、あるいはその頼みがたさを知りながらもなお生きる支えにしようとする中君に、上述した彼女の生の姿勢を見ることができよう。置かれた情況は同様であっても、現実への対し方は紫上と大幅に違っているといえる。具体的な「世の中」を直接体験することなく、頑なに拒絶し通す大君の生とも対照的なものであることはいうまでもなかろう。やがて、子供が出来るに及んで生活も安定し、匂宮との絆も一段と深まる。明石中宮初め上流貴顕からも存在を認められ、重々しさや華やかささえも加わっていく。匂宮の第一子の母としての彼女の安定した生活の様子は、東屋の巻でも浮舟の母の目を通して描かれており、以後物語の終りまで大きく変わることはなかったもののようである。

もっとも、こうした中君の生は、女性にとって本質的に不如意なものでしかない結婚生活の根源的な問題解決とはなり得ていない。生活に伴う不安や苦悩をただ「おいらかに」持てなそうとするのみであって、それの生まれる情況を根本的に克服し得ているわけではない。夕霧右大臣という権門の姫君を正妻に持つ匂宮の妻妾の一人であることに変わりはなく、多くの人に心を分ける男性の移ろいやすく頼りがたい愛情を支えに生きる不安な存在であることは以前の通りである。いわば、物思いの種を内に含む一種の妥協的な生き方であるといえる。すこぶる消極的・微温的なものであっても、しかし中君のような生は、当時にあって最も現実的・常識的なものであり、女性が幸福と平安を得る賢明な現実対処の一方途であったのではなかろうか。少なくとも、中君周辺の、ひいては当時一般の人々にとって最も理解し、共感しやすい生き方であったことは確かなようである。「人も、この御方いとほしなども思ひたらぬなるべし。かばかりものものしくかしづき据ゑたまひて、心苦しき方おろかならず思したるをぞ、幸ひおはしけると聞こゆめる。」（宿木　第五巻　411頁）という世間の批評や、「二心おはしますはつらけれど、それもことわりなれば、なほわが御前をば幸ひ人とこそ申さめ。」（同上　468頁）という侍女の言葉などがそのことを示していよう。そして、最終的に彼女の人生を不幸な結果に終らせることなく、紫上にはなかった子供を恵ませ、殊更に安定した生活を歩ませている所などは、作者自身もまた、中君のような生き方を女性の一つの生き方として理解し、認めていたことを明示するものではなかろうか。

三

これまで見てきたのと同様のことは、中君と浮舟との間についてもいえる。中君の苦悩は、匂宮の二心と共に薫の懸想にあった。時には、匂宮の結婚以上に薫の自分に対する好き心の方が深刻な問題であったようである。しかし、この苦難もまた、才気あるもてなしによって危機的な状況を回避し、現実に破綻を来たすことなく平安な生活を営み続けていく。一方、浮舟は、薫と匂宮の愛情を同時に受けるという愛の葛藤に巻き込まれ、思い余って入水自殺を決意する。横川僧都に助けられ蘇生した後は、男女間の愛の世界を一途に拒否し仏道を志向するに至る。若く美しい浮舟が出家を望むそのあり方は、僧都の妹尼君初め周囲の人々の理解しがたいものであったらしい。中君が回避した非日常的な事件を契機に、浮舟は大君同様当時の常識的なあり方を超えた次元に、女性としてのあるべき生を模索していったといえる。ここにもまた、苦悩に満ちた人生の根源的な解決を求めての反常識的・反日常的な生き方と、賢明に身を処すことによって生活の安定を確保する極めて現実的なあり方との対比が認められる。

宇治十帖は、一面において女性の生き方を追求した物語であるといえる。それは『源氏物語』の執筆と共に徐々に作者の興味・関心を強く引き付けてきたところのものを、光源氏没後の世界において改めて表面的に主題化したものであった。作者は自らの切実な課題を追求すべく零落した親王の三姉妹を登場させ、置かれた情況の中で懸命にあるべき生を模索する三人の様相を描き出す。大君は、多妻制社会における夫の愛の不変を懸念して結婚拒否の思想に生き、浮舟は二人の愛を同時に受ける悲劇的葛藤を通して男女の愛の世界を拒否するに至る。そして、中君は、夫の二心に悩み、夫以外の男性の懸想に苦悶しながらも、才智ある対処によって現実に破綻を来たすことなく、それ自身物思いの種を包含する平穏な結婚生活を営み続けていく。当時の常識的な生き方の枠外に生きるべき真実の生を模索する二人の間に、まさにそれと対照的な最も現実的な人生が描き出されているといえよう。紫上・大君・浮舟という『源氏物語』の主な女主人公が総て現世における男女の愛の世界の否定に向かう中にあって、「世の中」の次元に止まり平安と幸福を求めて必死に努力する中君の姿は注目に価する。作者の現実把握の幅広さと奥深さを窺うことができよう。

注

（1）　藤村潔『源氏物語の構造』（桜楓社、昭41）、吉岡曠「中の君の都移り」（『講座源氏物語の世界』第八集、有斐閣、昭58）、木村正中「幸い人の物語―早蕨・宿木」（『国文学』昭62・11）等々参照。
（2）　注（1）の吉岡曠の論文参照。
（3）　工藤進思郎「『源氏物語』宇治十帖の中君についての試論」（『文学・語学』昭45・3）参照。
（4）　榎本正純「物語と歌集―宇治十帖中君の再検討―」（『国語と国文学』昭49・7）参照。
（5）　注（1）の藤村潔の著書参照。

（6）藤村潔前掲書、千原美沙子氏「大君・中君」（『源氏物語講座』第四巻、有精堂、昭46）等参照。

第七節　宇治十帖の浮舟の人物像

『源氏物語』の最後の女主人公である浮舟は、貴族的な趣味教養に欠け、思慮分別の乏しい無自覚な女性であるというのが一般的な評価のようである。例えば、秋山虔氏は、従来の浮舟観を説明して次のように言われる。(1)

浮舟という人物は節操がなく、自主的な分別がない。自分の意思というものをもたず、ただ受動的にその運命に盲従する個性のない女であるという見解がある。

氏自身の立場はここにはなく、むしろすぐ続けて、「が問題の焦点は、浮舟の自主性の有無を云々することにはなく、浮舟から自主性を奪い、彼女の運命を翻弄し、やがて死に追いこんでいった客観的情勢の劇的な構成にあるだろう。」と、浮舟を捉える新たな視点を提言されているが、又必ずしもこうした見解を否定しているわけでもなさそうである。同様のことは、菊田茂男氏や永井和子氏の高論の中にも見ることができる。

・宿木の巻に登場する浮舟は、上品な容姿にもかかわらず、田舎じみた女房たちにかしずかれ、ただ周囲の状況に消極的に対応し、自らの思量を越えた思わくに押し流されていくよりしかたのない自覚の薄い受動的な女性として造型されている。(2)
・浮舟はほとんど意志のない、人形のような存在で、母や、匂宮や、薫の思うがままに操られる。(3)

両氏共に、浮舟の受動性、消極性を指摘する点に論の趣旨はなく、右は文脈の中に軽く添えられた程度のものであるが、それだけに一層、こうした見解が『源氏物語』の読者の間に広く深く浸透したものであることを示していると言えよう。いわば、定説に近い通説であると言える。

しかし、果たして浮舟は自主的な意思も分別もなく、ただ宿世に押し流されていくだけの女性なのであろうか。もしそうとした場合、紫上、大君、中君という思慮深い聡明な女性たちの後を受けて、最後の女主人公として登場してくるのには、どういう意味があるのであろうか。特に『源氏物語』はこれまで多く登場人物の思念、情感を丹念に辿ることによって、問題の追究をなしていた。今、内面性の乏しい愚かな女性が、作者の課題追求の役割を担うべき主人公格の存在として登場するというのは、どういうことなのであろうか。『源氏物語』の主題追求のあり方が、「浮舟をめぐる物語」に関してだけ変わっているとでもいうのであろうか。本稿は、こうした問題意識のもとに、屋上屋を架することを恐れつつも今一度浮舟について考えてみようとするものである。

一

浮舟は、横川僧都によって「げにいと警策なりける人の御容面かな。功徳の報いにこそかかる容貌にも生ひ出でたまひけめ。」（手習　第六巻　293頁）と驚かれる程の上品で美しい容姿・容貌を持つ一方、従来の見解の如く、総体的に知的教養の乏しい洗練されない女性であったことは、あるいはそのように描かれていることは確かなようである。

・をかしきほどにさし隠して、つつましげに見出だしたるまみなどは、いとよく思ひ出でらるれど、おいらかにあまりおほどき過ぎたるぞ、心もとなかめる。（東屋　第六巻　96頁）

・故宮の御事ものたまひ出でて、昔物語をかしうこまやかに言ひ戯れたまへど、ただいとつつましげにて、ひたみちに恥ぢたるを、さうざうしう思す。（同上　99頁）

・ここにありける琴、箏の琴召し出でて、かかること、はた、ましてえせじかしと口惜しければ、独り調べて、……（同上）

共に、三条の小家から宇治の山荘に連れ出された折の、薫の目を通して描かれる浮舟の姿である。亡き大君に酷似する容貌に感動しながらも、薫は、あまりにも大様に過ぎ、社交性の乏しい、音楽的な趣味教養のない浮舟に落胆の情を禁じ得なかったようである。また、日常側近くに仕え、親しくその人となりに接していた侍従は、浮舟失踪後匂宮に向かって次のように言う。

あやしきまで言少なに、おぼおぼとのみものしたまひて、いみじと思すことをも、人にうち出でたまふことは難く、ものづつみをのみしたまひしけにや、のたまひおくこともはべらず。……（蜻蛉　第六巻　228頁）

不思議な程無口で引込み思案で、ぼんやりとした人であったというのである。同様のことは、手習の巻にも次のように描かれる。

・心もとなけれど、もとよりおれおれしき人の心にて、えさかしく強ひてものたまはず。（手習　第六巻　298頁）

・思ふことを人に言ひつづけん言の葉は、もとよりだにはかばかしからぬ身を、……（同上　340～341頁）

素より、彼女は、生い立ちよりして既に鄙びた女性であることは否めず、さらに二人の男性の愛を同時に受け入水自殺を決行するという表面的な行動を見るだけでも、挙措進退に聡明さの欠ける教養の低い女性であったろうことは容易に推察される。女性に対し感覚的、官能的な美だけを求める匂宮と違い、心の友としての精神的な交流をも求める薫にとって、彼女が結局は大君の形骸的な形代でしかなく、もう一歩積極的になり得なかったのもこうした知的精神性の乏しさにあったであろう。したがって、このことは又、匂宮との関係に入ることなく無事に京の薫のもとに引き取られてさえいれば、不安定な漂いの生から抜け出し、中君と相似たそれなりに安定した生活を確保し得ていたであろうと思われる浮舟にとって、悲劇的な人生を辿る一原因であったとも言える。

しかしながら一方、浮舟は、その内面深くに従来指摘されてきた性格とは裏腹な内に秘めた聡明な知性、的確な状況把握力さらには健全な倫理性といった決して愚かしいとだけは言い切れない一面をも持していたように思われる。例えば、浮舟の巻で「波こゆるころとも知らず末の松待つらむとのみ思ひけるかな　人に笑はせたまふな」という薫の匂宮との関係を詰問する手紙に対し、「所違へのやうに見えはべればなむ。」（浮舟　第六巻　177頁）と、そのままに送り返すやり方などは、田舎娘とは思われない才気溢れる応待と言え、薫の称賛を得ている。また、宇治の山荘において中君との比較のもとに彼女の立場を褒めそやす口さがない女房達に対し、「いと聞きにくきこと。よその人にこそ、劣らじともいかにとも思はめ、かの御事なかけても言ひそ。漏り聞こゆるやうもあらば、かたはらいたからむ」（同上 122頁）と、窘める姿にはいかにも配慮の行きとどいた女主人といった趣があり、彼女の健全な倫理性と確かな知性が窺われる。さらに、三条の小家に移された時に母と取り交わす次のような歌には、置かれた状況への正しい認識と厭世的な思念を持つ浮舟の決して愚かしいとは言えない深い精神性を見ることができよう。

ひたぶるにうれしからまし世の中にあらぬところと思はましかば　（東屋 第六巻 84頁）

浮舟の境遇を説明するこれまでの物語にあっては、彼女の内面が掘り下げて描かれることがほとんどない。母中将の君の連れ子として差別される常陸介邸での気詰まりな生活、婿に決まっていた少将の君の現実的な拝物主義を露骨に見せつける心ない仕打ち、それが為の中君邸への移居、匂宮の好色な振舞い、普請半ばの荒れた三条の小家への移転等々といった彼女の不安定な容易ならざる状況は、すべて母、乳母、弁の尼君、中君という周囲の人々の心情や会話を通してのみ描かれている。肝心の浮舟自身それぞれをどう受けとめ、どう感じ取っていたかへの言及はほとんどない。身の境遇を締めつける様々な状勢に対して何の思い煩う風もなく、ただ為されるがままに母の処置に従う浮舟からは、いかにも無自覚な思慮分別に乏しい女性といった印象を受けるしかない。しかし、そうした彼女であっても、どこにも安住し得ない自らの境遇を世の不幸として正しく認識し、深く思い悩んでいたことが右の歌によって知れる。「おろかならず心苦しう思ひあつかひたまふめるに、かひなうもてあつかはれたてまつることとうち泣かれて、……」（同上 83頁）という歌の直前に置かれた叙述からも、心籠めて労る母への気遣いやその甲斐なくあやにくに不都合な状況に追い込まれていく境遇への反省、及び痛ましい悲嘆の情を読み取ることができ、浮舟の確かな内面性を窺うことができよう。

こうした彼女の置かれた状況への的確な認識と確かな感受性は、匂宮と薫の愛情の板挟みに苦慮し、次第に抜き差しならぬ状況に追い込まれていく彼女の中にも明らかに認めることができる。したがって、言われるようにただ無自覚に盲目的に運命に押し流されていったとは決して言い得ないであろう。予想される身の破滅を回避し得なかったという意味において、確かに愚かしいと言えば言えようが、しかし自らが陥って行く境遇の危機的・悲劇的な状況は正しく認識し得ていたのであり、作者もまた一面においてそうした浮舟の苦慮し悲嘆する姿を通して、彼女の宿世の苛酷さひいては女性一般の生きゆく厳しさ悲しさを見つめているように思われる。

（イ）「かれ見たまへ。いとはかなけれど、千年も経べき緑の深さを」とのたまひて、

年経ともかはらむものか橘の小島のさきに契る心は

女も、めづらしからむ道のやうにおぼえて、

橘の小島の色はかはらじをこのうき舟ぞゆくへ知られぬ

をりから、人のさまに、をかしくのみ、何ごとも思しなす。（浮舟　第六巻　151頁）

（ロ）「峰の雪みぎはの氷踏みわけて君にぞまどふ道はまどはず

木幡の里に馬はあれど」など、あやしき硯召し出でて、手習ひたまふ。

降りみだれみぎはにこほる雪よりも中空にてぞわれは消ぬべき

と書き消ちたり。この「中空」をとがめたまふ。げに、憎くも書きてけるかなと、恥づかしくてひき破りつ。

（同上　154頁）

言うまでもなく、恋の逃避行とも言うべき宇治の対岸への遊行の折に、匂宮と浮舟との間に取り交わされる贈答歌である。（イ）は対岸へ渡る途次の小舟の中で、（ロ）は翌朝隠れ家においてそれぞれ詠まれる。「このうき舟ぞゆくへ知られぬ」「中空にてぞわれは消ぬべき」と、浮舟の歌は共に頼りなく果敢ない生の不安感、無常感の表白が見られ、あたかも物語の先取りをするかのような自らの行く末への暗い予感が歌われている。特に（イ）の歌は、漂い流れる果敢ない浮舟に身を仮託し、世の憂きに塗れてさすらう存在の根底的な不安感、悲傷感を詠み込んだものとして、物語における浮舟という人物のあり方を集約的、象徴的に表現しているとも言える。匂宮との恋のさ中にありながら、しかも深く場の情趣に引き込まれながらも、浮舟は心底において恋の孕む危険性を充分に感じ取っていたと言える。少なくとも、右の歌は単に匂宮への甘えや社交辞令として歌われた表面的な軽い意味のものでは決してないであろう。もっと根底的な彼女の内面を開示したもののように思われる。あるいは、恋への耽溺を記す地の文と歌の内容との懸隔より見て、想を凝らすことなく即詠された歌が、図らずも意識下の暗い情感を表現することになったとでも言うのであろうか。若菜上の巻における女三宮降嫁後の紫上が、「手習などするにも、おのづから、古言も、もの思はしき筋のみ書かるるを、さらばわが身には思ふことありけりとみづからぞ思し知らるる。」（若菜上　第四巻　88頁）と、何げなくする手習いによって逆に自らの深層を思い知らされているように、和歌には詠み手の意図しない意識下の深い内面をも表現するという性格が確かに存したようである。「中空」という措辞の不穏当さを匂宮に指摘されて初めて気付きひき破ったという（ロ）の歌は、特にそうした事情を窺わせる。しかし、そうであればなおさらのことこの二首は、匂宮との恋に臨む浮舟の内面深くに常に暗い不安感、危機感が重く澱んでいたことを示していると言えよう。

石坂妙子氏は、この折の浮舟の内面を説明して次のように言われる。(4)

浮舟は不安に揺らぐ自己の感覚のみを卒直にことばにしたのであり、そのことばの孕み持つ重みを熟知してはいなかった。少なくとも、中空に漂う生を深刻にその身に引き受けているという自覚は、確かなものではなかったといえよう。

匂宮に強く引かれ、結局は悲劇的な生を辿るしかなかった彼女の姿を見る時、こうした見解も尤もなことと思われる。が、「中空に漂う生」の「不安に揺らぐ」感覚を心底に持ち、しかもそれを歌に詠み上げているということは、重要なことではあるまいか。浮舟は、匂宮との恋に耽溺することの我身の危機的状況を充分に感覚し、あるいは見据えながらもなお強く彼に引かれていったのであって、従来の見解の如くただ無自覚に受動的に宿世に押し流されていっただけではないのである。同じ入水自殺という破局に陥るにしても、自覚的であったか否かは彼女の人間性を問題にする場合大きな違いが存すると言えよう。さらにまた、彼女はこれ以前においても匂宮に心引かれることの不都合さを感覚し、思慮していたらしいことは、次のような記事によっても知れる。

あやしう、うつし心もなう思し焦らるる人をあはれと思ふも、それはいとあるまじく軽きことぞかし。

（浮舟　第六巻　143頁）

濃密な愛の体験を持ち、益々強く匂宮に傾斜しつつも浮舟は、以後こうした思いをより一層強め、深く愛の葛藤に思い悩んでいくもののようであり、あながち「ことばの孕み持つ重みを熟知してはいなかった」とも言い切れないように思われる。

かかるうきこと聞きつけて思ひ疎みたまひなむ世には、いかでかあらむ、いつしかと思ひまどふ親にも、思はずに心づきなしとこそはもてわづらはれめ、かく心焦られしたまふ人、はた、いとあだなる御心本性とのみ聞きしかば、かかるほどこそあらめ、また、かうながらも、京にも隠し据ゑたまひ、ながらへても思し数まへむにつけては、かの上の思さむこと。（中略）と思ひたどるに、わが心も、瑕ありてかの人に疎まれたてまつらむ、なほいみじかるべしと思ひ乱るるをりしも、かの殿より御使あり。（同上　158頁）

薫と匂宮の板挟みに苦慮する浮舟の内面を叙したものである。匂宮に身を託すことの将来の不安、中君への顧慮、薫に引き取られての身の安定を切に願う母の思惑に反して彼に疎まれることへの戦き等々、様々な思いに心を痛める浮舟の姿が見て取れる。いわば、彼女は、陥った状況の問題性をほぼ余す所なく的確に把握していると言えよう。こうした思いに煩悶する内面の悲傷は、手習いや匂宮に送る次のような歌からも読み取ることができる。

里の名をわが身に知れば山城の宇治のわたりぞいとど住みうき（同上　160頁）

かきくらし晴れせぬ峰の雨雲に浮きて世をふる身をもなさばや（同上）

厭世感から現世離脱の思念へと向かうこの二首には、苦悩の深刻さとさらには彼女の深い精神性をも感じ取ることができよう。因みに、既に石坂氏も指摘しているように、浮舟の内面は多く和歌によって開示されている。彼女は、二十六首という『源氏物語』の登場人物中四番目、女性の中では一番に多くの歌を詠む。(5)貴族的な趣味教養に乏しく、「その大和言葉だに、つきなくならひにければ」と言う浮舟が、比較的長い生涯物語られる紫上や明石君を追い越して女性登場人物中一番の歌数を詠むということは、興味深い現象と言えよう。

事態の本質を見通し暗い不安に戦きながらも、浮舟は何ら有効な方途を見い出し得ず、結局は自殺へと追い込まれていく。その点確かに思慮の浅い愚かな女性と言えようが、しかし、見様によってはどうしようもない女性の弱さ悲しさとして受け取ることもできるのではなかろうか。さらに、入水自殺という行為にしても健全な常識を備えた貴族の女性では思いつくはずのない恐ろしい思いきった行動ではあるものの、予想される現実の破綻をただ座視するのではなく、身を捨ててまでも回避しようとしたという意味においては、彼女の健全な倫理性と強い意志を認めることができるであろう。

二

浮舟のこうした内に秘めた精神性は、宇治院の裏庭から横川僧都一行によって救い出され、蘇生した後の生活の中にもより明瞭な形で見いだすことができる。現世での男女の関係を心底より「うきもの」に感じ、頑ななまでに人との交わりを絶って出家遁世の生活を志向する姿には、精神的苦闘を経てきた後の人間的な成長の跡が見られる。自分自身への、さらには「世の中」へのより深化された観照が存すると言えよう。

妹尼君の留守中に訪れた横川僧都に出家への導きを懇請する言葉などは、表現能力の乏しい「おれおれしき」女性とはとても思えない情理を尽した巧みなものであり、確かな知性と強い意志が窺える。自殺を企てなお生き永らえる自分を深く恥じ、過去の世界と訣別して「すべて朽木などのやうにて、人に見棄てられてやみなむ」（手習　第六巻　354頁）とひたすら引き籠った生活を送ろうとする姿には、彼女の潔癖な倫理感を見て取ることができよう。出家後の人生観照の深まりは、次のような歌の中にも読み取ることができる。

思ふことを人に言ひつづけん言の葉は、もとよりだにはかばかしからぬ身を、まいてなつかしうことわるべき人さへなければ、ただ硯に向かひて、思ひあまるをりは、手習をのみたけきことにて書きつけたまふ。

「亡きものに身をも人をも思ひつつ棄ててし世をぞさらに棄てつる

今は、かくて、限りつるぞかし」と書きても、なほ、みづからいとあはれと見たまふ。

限りぞと思ひなりにし世の中をかへすがへすもそむきぬるかな　（同上　340〜341頁）

出家への人間的な深い哀感をもって詠まれた右の歌には、共に過去から現在に引き続く我身の状況への透徹した観照が存する。さらに、執拗に言い寄る中将の君の「岸とほく漕ぎはなるらむあま舟にのりおくれじといそがるるかな」（同上　342頁）という歌に触発されて手習いのように詠まれる次の歌には、得度したとはいえ悟りの境地にはほど遠い現在の心境の正直な表白が見られ、先に見た（イ）（ロ）の歌と同様にあたかも我身の行く末を予知するかのような鋭く深い「世の中」への見通しがあると言える。

心こそうき世の岸をはなるれど行く方も知らぬあまのうき木を　（同上）

宿世のまにまに果敢なく漂う不安定な生の哀感を歌うこうした歌は、既に浮舟固有の生に止まらずより広く女性一般のあり方の象徴的な表現とも言え、さらには『紫式部日記』などに見られる作者自身の晩年の心境に通うものさえ認めることができる。すなわち、浮舟の内面はここにおいて作者の精神の奥深い層次における人生観照と一脈通ずるものを持つに至っており、充分な深みに達していると言えよう。

確かに浮舟は、出身階層そのままに趣味、教養、社交性すべてに洗練されない「おぼおぼしき」女性であった。紫上、明石君、大君等『源氏物語』に登場する主な女性たちと比較する時、その内面性の乏しさは否定すべくもない。しかし、そうした彼女であっても内面深くに決して愚かとだけは言えない健全な聡明な知性、精神性が存したと言える。いわば人間の本質を規定する魂と言おうか、根底的な人間性とでも言おうか、そうした奥深い部分に常に純粋な倫理性と曇りのない確かな目を持していたと言えよう。作者は、そこからする彼女の人間的な苦悩、情感を、時に詠み手の自覚しない意識下の情念をも表現するという和歌の表現効果を巧みに利用することによって、「あはれ」深く描き出す。和歌が開示する浮舟の内面は、身を取り巻く「世の中」への徹底した観照を通して、遂には女性に普遍的な人生の根源的な悲劇性を感覚するに至っており、作者が自らの問題意識を仮託して追求するに充分なほど奥深いものであったと言える。

三

浮舟は、紫上、大君と並ぶ主人公格の女性としては心情が掘り下げて描かれることが極端に少ない。彼女の思念、情感が丹念に辿られ始めるのは浮舟の巻において愛情の板挟みに煩悶する所からであり、それまでの生い立ちや種々な状況は、ほとんど周辺の人々の言葉を通しての外側からの叙述に終始している。また、その内面描写にしても、愛の葛藤に思いあまって自殺を決意し、さらにはひたすら出家遁世を志向するという一連の物語の主題に直結する部分だけに限られており、他の生活事象にまで及ぶことはほとんどない。なにかしら作者は、必要以上に浮舟の内面を描くことを厳しく抑制しているかのようである。さらにまた、彼女の場合、大君のように思考が思考だけで物語を領導することは決してなく、常に具体的な事実、事件、状況の中での思考として描かれる。状況が先にあり、種々な事情の積み重なりが否応なくそうした考えに彼女を追い込んでいくといった形である。母中将の君と弁の尼君との会話、右近と侍従の会話及び薫の手紙や宇治山荘の警備の強化などの一つ一つの状況が徐々に浮舟を死へと追い詰めていく過程や、現世への生理的な恐怖感、厭悪感をもたらす小野山荘の年老いた尼君の老醜、中将の君の執拗な求愛などが出家への最後の決意を促すといった物語の中にその間の具体的な様相を見ることができよう。その点、浮舟は、思慮深い性格によって現実での悲劇を回避し、自らの観念の世界のみで苦悩し思索する大君とは対称的であると言える。常に状況と共に、時に人間の内面以上に状況中心に描かれるという意味において、浮舟の物語は、『源氏物語』のこれまでとは幾分違った様相を呈しているとも言える。あるいは、作者は、紫上、大君といった女性の生を語り進めてきた後に、彼女らとは違った型の女性の愛と生を描きたかったのであろうか。すなわち、紫上のようにすべてに整った高貴な女性でもなく、大君のように聡明で思慮深くもない女性。「下衆」と呼ばれる人々の側近くに身を置き、愚かしくもあってはいけない悲劇的な状況に巻き込まれ、苦難に満ちた現実の渦中で傷つき悩み、あるべき生を模索していく女性の姿を。作者は、そうした女性である浮舟の思念、情感を通して女性の生の苦渋と方途を問い詰めていこうとしたもののようであり、登場人物の内面を通して問題を問うという主題追求のあり方は、「浮舟をめぐる物語」においても基本的には変わりなかったと言える。あるいは、逆に『源氏物語』における主題追求の方法はこうした形以外にはあり得ず、したがって主人公格の人物はすべからく内面性の乏しい愚かなだけの存在ではあり得なかったというのであろうか。趣味教養の乏しい洗練されない女性でありながら、内面深くに秀れた人間性を秘めているという浮舟の複雑な人物像は、こうした『源氏物語』の内容と方法の特性によってもたらされたのではなかったかとも思うのである。

注

（1）秋山虔『源氏物語』（岩波新書、昭43）「死と救済」参照。
（2）菊田茂男「東屋・浮舟・蜻蛉・手習・夢浮橋」（『源氏物語講座』第四巻　有精堂、昭46）参照。
（3）永井和子「浮舟」（『源氏物語講座』第四巻　有精堂、昭46）参照。
（4）石坂妙子「浮舟の世界と和歌」（『文芸研究』第92集、昭54・9）参照。
（5）『源氏物語』の登場人物別の歌数の算定は新編日本古典文学全集『源氏物語』第六巻の巻末に附された「源氏物語作中和歌一覧」（鈴木日出男編）によった。

第八節 匂宮の人物像

一

明石中宮を母とする今上帝の第三皇子匂宮は、紫上の元で愛育され、その死後二条院に住み続ける。光源氏の死後時代を代表する青年貴公子として、薫とともに「匂ふ兵部卿、薫る中将」ともてはやされ、以後物語の中心人物となる。しかしながら、「光隠れたまひにし後、かの御影にたちつぎたまふべき人、そこらの御末々にありがたかりけり。」(匂兵部卿 第五巻 17頁) といわれるように、光源氏のような超現実的な眩しい程の光輝く存在ではない。「ただ世の常の人ざまに」気品があり優美であるというだけで、多くは光源氏の子孫という理由によって高い評判を得ていたのであるとされる。光源氏亡き後の物語世界は、絶対的な英雄不在の、ただ「世の常の人」からなる「世の常の」物語であるということなのであろう。(1) 光源氏の描かれ方自体、物語の進行につれて、絶対的な色好みの英雄から、普通の人々と変わりない多くの苦悩を抱える無力な一人物へと変化しているが、その没後の世界はより一層現実的になり、理想的・超越的な人物は存せず、主人公といえども短所・長所を併せ持つごく普通の人間であるというのである。作者は、光源氏の死後彼と同等の超越的な人物を設定しようとはしなかった。柏木の弟であり故致仕の太政大臣の次男である按察大納言は、継子の宮の御方を相手に当代の琵琶の名手を論じ、次のように言う。

故六条院の御伝へにて、右の大臣なん、このごろ世に残りたまへる。源中納言、兵部卿宮、何ごとにも昔の人に劣るまじういと契りことにものしたまふ人々にて、遊びの方はとりわきて心とどめたまへるを、手づかひすこしなよびたる撥音などなん、大臣には及びたまはずと思ひたまふるを、この御琴の音こそ、いとよくおぼえたまへれ。（紅梅　第五巻　45〜46頁）

目の前にいる宮の御方の腕前を褒め称える為に殊更に引き合いに出されている所があり、その分割り引いて聞かなければならないが、薫や匂宮の琵琶の演奏が夕霧に及ばないという右の発言は頗る興味深い。物語の主人公ともいえる人物の音楽に関する才能が、他の登場人物よりも劣るとする設定は、物語文学においては極めて珍しいと言えよう。光源氏が賞賛を博するのは、まず第一に美貌であり、次いで詩歌、管弦、舞踏等の学芸においてであった。詩歌と共に音楽において秀でた才能を持つことは、当時の優れた男性とされる必須の要件であったといえる。光源氏没後における物語の主人公像のこうした性格を、まず注意しておきたい。

匂宮の物語への初登場は、横笛の巻においてである。「大将こそ、宮抱きたてまつりて、あなたへ率ておはせ」と自分に敬語を使って夕霧に命じ、「まろも大将に抱かれん」と側に近寄る二の宮に対し、「あが大将をや」と争って奪い合いをするいかにも子供らしい無邪気な姿が印象深く描かれている。（横笛　第四巻　362〜363頁）一方、皇子達に混じって日々美しく成長し、光源氏や夕霧に複雑な感慨をもたらす薫の姿も印象的であり、この時点で後の物語の具体的な構想があったとは一概に言えず、したがって宇治十帖の伏線として描かれたとまでは言えないにしても、作者が後に続く物語を考えた時にこの二人を中心人物にしたことはいかにも納得できることである。

このほか光源氏生前の物語においては、死を間近に予感する紫上から「まろがはべらざらむに、思し出でなんや」と言われ、「いと恋しかりなむ。まろは、内裏の上よりも宮よりも、母をこそまさりて思ひきこゆれば、おはせずは心地むつかしかりなむ」（御法　第四巻　502頁）と涙をこらえる姿や、紫上の死後咲いた紅梅と桜を祖母の遺言であるからと特別大切に世話しようとする姿などが描かれている。これらに見られる伸び伸びとして物怖じしない活発で愛らしい性格は、成人した後においても基本的には変わりないと言える。(2) 出生への疑惑から恵まれた境遇に安住し得ず、常に他の思惑を顧慮し仏道を志向する薫とは対照的に、両親の愛情深い皇子である匂宮は、心の赴くままに奔放に行動する色好みであり、天衣無縫な邪気のない精神と積極的な行動力が大きな魅力である。周囲の薦める権門の姫君との結婚を厭い、自らの心から起こる恋以外は目を向けようとしなかったともいわれ、世の規範に逆らい身の破滅をも省みずに恋に打ち込む『伊勢物語』の昔男や若き日の光源氏に通じる色好みとしての悲劇的・英雄的な一面を持つともいえる。が、そうした王朝時代の典型的な色好みである匂宮は、宇治十帖の物語において何ら肯定的な役割を果たすことなく、結局は女性たちを大きな苦悩に陥れる存在でしかないもののようである。作者は、女性の幸福な人生を追求していった時、男性の自己本位な色好みの行為は決して歓迎できるものではなかったようであり、そうした色好みの持つ不毛性が匂宮の姿を通して鋭く描き出されているように思われる。この点については後にまた詳論したい。

二

匂宮が、世に隠れるようにして宇治に住む八宮の姫君の存在を知り興味を持ち始めるのは、薫の仲介による。薫は、俗体のまま心は聖である八宮を慕い宇治に通い始めて三年目の秋、偶然姉妹の演奏する管弦の音を耳にし、宿直人を手なずけて垣間見し、折しも不在の八宮に代わって強いて求めて大君と対座する。京に帰り、かねて奥深い山里に誰にも知られない素晴らしい女性を発見することを願っていた匂宮の心を刺激すべくその話をし、興味を示す風情を見てますます好色心を煽るように言い続ける。橋姫の巻の当場面、なぜ薫は八宮の姫君を初めて目にし惹かれるものを感じながら、一人胸に秘めておくことをせずすぐに匂宮に報告するのか。しかも発見した自分の手柄を自慢するかのように、姫君たちを軽い恋愛遊戯の対象とし好き心をそそるように話をしていくのか、頗る不可解な所である。薫自身「いと世づかぬ聖ざまにて、こちごちしうぞあらんと、年ごろ思ひ侮りはべりて、耳をだにこそとどめはべらざりけれ。ほのかなりし月影の見劣りせずは、まほならんはや。」（橋姫　第五巻　154頁）と話すように、世間離れした聖ふうで女性らしい柔らかさや美しさはないだろうと半ば軽蔑し三年間見向きもしなかった姫君が、案に相違して理想通りの雅やかな美人であったことに感激し、内心の恋心には気づかず、あるいは女性への懸想は意識的に圧殺しているが故に認めようとはせず、匂宮に伝えずには居られなかったというのであろうか。それにしても、好色な宮との評判をとる匂宮の好き心をそそるような話し方をするのは、興味本位の軽薄な懸想の対象にされることを嫌い、姫君の存在を世間に広めようとしない八宮への裏切りではないのか。少なくとも、誠意に欠けると言わざるを得ないであろう。また、大君と対座した後年輩の弁の君と対面し、長年の疑惑である自らの出生の秘密に関わる話を聞いた直後でもあった。深刻に考えなければならない問題がいろいろとあり、好色な話に心を遊ばせる余裕などないはずではないかと思わずには居られない。作者は、この折の薫の内面を次のように説明する。

心の中には、かの古人のほのめかしし筋などの、いとどうちおどろかされてものあはれなるに、をかしと見ることも、めやすしと聞くあたりも、何ばかり心にもとまらざりけり。（橋姫　第五巻　155頁）

心の中では弁君のほのめかした話が深く胸に突き刺さり、姫君たちのことは大して気にならないのであったという。姫君たちの美しさを吹聴し好色な話に興じるのは匂宮に調子を合わせた心の表層でのことであり、より深層の心の真実は女性への関心はなかったというのであろうか。しかしながら、数頁前に次のような叙述が見られる。

老人の物語、心にかかりて思し出でらる。思ひしよりはこよなくまさりて、をかしかりつる御けはひども面影にそひて、なほ思ひ離れがたき世なりけりと心弱く思ひ知らる。（橋姫　第五巻　151頁）

ここからは、弁の君の物語が気になりながらも、姫君への関心も決して軽くないことが窺われる。物語の語りに混乱が見られるともいえるが、それだけ薫の恋に対する心情は複雑極まりないものであったというのであろうか。薫の深層心理にある姫君たちを多少軽視する思いや、局面局面で変化する一筋縄ではいかない複雑な薫の内面性を読み取るにしても、なおこの場での薫の心理は釈然としない。大君と初めて対面した直後、姉妹を軽い恋愛遊戯の対象とし、匂宮の好き心を煽動するように吹聴する理由は、薫の内面の必然としてはどうにも説明しきれないものがある。作者は、登場人物の性格や心理の流れの上で多少無理があっても、物語の展開上どうしても必要があってこのように描いたのではないだろうか。つまり、宇治の姫君との恋愛の進展を描くには、好き心を自制し仏道への志向を信条とする薫だけでは難しく、積極的に恋に突き進む行動力のある匂宮の介入がどうしても必要であったというのではなかろうか。

事実、以後恋の物語の進展は常に匂宮の行動を中心に語られる。姫君たちへの関心から宇治に中宿りする初瀬詣でを敢行し、八宮からの手紙に自ら進んで返信し、姫君たちに歌を送る。以後頻繁に懸想の文を送り続け、姫君への接近を図る。薫の宇治への行動は、八宮との交流や弁の君への訪問、即ち仏道への志向、出生の秘密への配慮という問題もあり、姫君への関心ばかりでなく、むしろ恋愛に進む気持ちを躊躇させる反恋愛的な要因もあるが、匂宮の行動は純粋に恋愛のみである。その積極的な匂宮の懸想の行動が、薫の恋をも押し進め、大君への恋の接近を可能にしているといえる。匂宮との結婚を仲介するような形で自らの求愛の思いを口にし、宮の思いを代弁するかのようにしていつの間にか自分の懸想を訴える薫の様子は、二度に渡って頗る興味深く描き出されている。自らの恋を普通の恋と認めようとはせず、自分は世にありふれた好色な男性とは違うと主張する薫は、大君に直接的に言い寄ることはできず、常に匂宮を表に立てて恋情を訴えている。薫と大君の男女の関係としての深まりは匂宮の存在があってこそ可能であり、宇治十帖の恋愛物語としての展開は、薫ではなく奔放な色好みである匂宮こそが導いているといえる。

三

姉妹いずれとなく懸想の文を送り続け、やがて薫の手引きにより中君と結婚。両親の寵愛深く人望厚い皇子の立場上行動がままならず、思うように宇治に通えないことが不実な態度との誤解を受け、大君の結婚拒否の思念を固めさせ、発病と死の契機となる。大君の死後、中君を二条院に引き取るが、周囲の薦めに抗しきれず夕霧の六君とも結婚し、夜離れを重ねて中君を苦しめる。こういった物語の展開は、既に周知の事柄であり詳論は避けるが、この間の匂宮の恋に見られる特徴的な事柄について一言したい。

一つは、当初匂宮は大君とも中君とも特定せず、姉妹二人に向けて求愛する点である。最初から最後まで大君のみを求め続ける薫とは対照的であり、古代から引き続く色好みの古い性格を示すものであろうか。その後薫に薦められるまま中君と結婚し、薫の愛する大君には一度も関心を示そうとしない点も不思議である。少しでも若く魅力的な女性となると、言い寄らずにはいられない多情な色好みであり、薫に対して並々ならぬ対抗心を持ち、彼の持ち物となるとすぐに関心を示す匂宮である。薫が自ら結婚しようとして自分に薦めることのなかった一方の大君に必ずや興味を持ったであろうと思われるが、その点に関する言及が全くない。作者は物語の展開に混乱を来すような余計なことは省いたのであろうか。先述の薫の例と同様に、宇治十帖には登場人物の内面や事件展開の必然としてではない物語の展開が時折目に付く。

次に注目される特徴は、匂宮の恋に突き進む心の背景には常に薫への対抗心があるということである。元々八宮の姫君たちに関心を抱くのは薫の話によってであり、薫が「けはひありさま、はた、さばかりならむをぞ、あらまほしきほどとおぼえはべるべき」と熱心に褒めそやすのを聞き、「はてはては、まめだちていとねたく、おぼろけの人に心移るまじき人のかく深く思へるを、おろかならじとゆかしう思すこと限りなくなりたまひぬ。」（橋姫 第五巻 154～155頁）と描写されるように、薫に羨望と嫉妬を感じ、普通の女性に心を寄せることのない薫がこうも熱心なのは並々の女性ではあるまいと強く心動かされる。八宮の死後、弔問を兼ねた再三の便りに何の返信もないのを「中納言にはかうもあらざなるを、我をばなほ思ひ放ちたまへるなめり」（椎本 第五巻 192頁）と恨めしく思い、姉妹が冷たいのは貴方の取り成しが悪いせいだろうと薫を責め、「女郎花さける大野をふせぎつつ心せばくやしめを結ふらむ」（総角 第五巻 260頁）と、狭量にも姉妹を独占するつもりですかとの恨みの歌を歌いかける。大君の死後速やかに中君を二条院に引き取ったのも、多くはこのまま宇治に置いたのでは薫に奪われはしないかとの心配からであった。大君の忌に宇治の山荘に閉じこもる薫に久方振りに対面した匂宮の内面として次のように語られる。

音をのみ泣きて日数経にければ、顔変りしたるも見苦しくはあらで、いよいよものきよげになまめいたるを、女ならばかならず心移りなむと、おのがけしからぬ御心ならひに思しよるも、なまうしろめたかりければ、いかで人の譏りも恨みをもはぶきて、京に移ろはしてむと思す。（総角　第五巻　338頁）

匂宮の疑いは中君を二条院に引き取って以後も続き、中君の中に薫の移り香を嗅ぐことによって決定的になる。中君の聡明な対応と薫の自制心によって決して一線を越えることのない二人の関係を、「かばかりにては、残りありてしもあらじ」と深く疑い、「また人に馴れける袖の移り香をわが身にしめてうらみつるかな」（宿木　第五巻　435頁）と歌いかけては中君を苦しめる。「しるきさまなる文などやある」（同上　437頁）と、決定的な証拠を求め身近にある調度類を探し回ったりする。こうした疑心が、逆に移り気な匂宮の中君への愛を持続させ、若く華やかな夕霧の六君との結婚後もなお心変わりせず中君のもとに通い続けさせていたともいえる。匂宮の薫への対抗心が中君の生活の安定をもたらしていたといえよう。

さらに、浮舟の物語においてもまたこうした薫への競争心が大きな役割を果たしていることを見忘れてはならない。思い半ばにして目の前から消えた女性が、薫の保護のもと宇治に住まうことを知り、「かへすがへすあるまじきことにわが御心にも思せど」（浮舟　第六巻　117頁）とか、「あやしきまで心をあはせつつ率て歩きし人のために、うしろめたきわざにもあるかなと、思し出づることもさまざまなるに」（同上　118頁）と語られるように、無謀で軽率な行動を躊躇し、親しい薫を裏切ることに疾しさを感じながらも、敢えて山荘に侵入し薫に成りすまして契りを結ぶのには、自分でも制御し得ない生来の好色心に加え、「心をかはして隠したまへりけるも、いとねたうおぼゆ。」（同上　116頁）という二人に対する悔しさと恨みがあるといえる。中君と薫への疑惑を拭い得ない匂宮は、二人が心を合わせて自分に秘密にしているものと疑い、その思いが友を裏切る罪の意識を鈍化させていたように思われる。その後の浮舟への常軌を逸する程の一途で激しい恋も、その行動に駆り立てていたものの一つが薫への負けじ魂であったことは、浮舟との逢瀬の場における匂宮の言動から明らかである。「衣かたしき今宵もや」と口ずさむ薫の独り言を耳にし、「おろかには思はぬなめりかし、（中略）わびしくもあるかな、かばかりなる本つ人をおきて、わが方にまさる思ひはいかでつくべきぞ」（同上　147～148頁）と不安に駆られ無理算段して宇治を訪れる。「かの人のものしたまへりけむに、かくて見えてむかし」（同上　153頁）と想像して嫉妬し、二人の間を裂くようなことを口にする。人目を忍んで近々京に匿うことを約束し、それまでは絶対に薫に逢わないという誓言をさせようとし、浮舟を苦しめる。当代きっての色好みの皇子が、薫に負けまいとしてあらん限りの情熱を注ぎ、自分に心を向けさせようとするのであり、田舎育ちの初な浮舟が「心ざし深しとはかかるを言ふにやあらむ」（同上　130頁）と徐々に心惹かれていくのも無理もないといえよう。

こうした匂宮の薫への対抗心は、単なる負けじ魂というよりは、相手の良さ素晴らしさをよく認識し、羨望と嫉妬を感じるが故の負けじ魂であるといえる。見てきたように大君の死に憔悴する薫を見て「女ならばかならず心移りなむ」と思い、古歌を口ずさむ薫の姿に「かばかりなる本つ人をおきて、わが方にまさる思ひはいかでつくべきぞや」との思いの元にますます浮舟への情熱を燃え立たせるということは、中君や浮舟本人の心情が事実どうであったかは別として、匂宮自身がまず第一に薫の魅力を強く感じているということであろう。幼い頃から共に成長し、薫の持つ独特の芳香に張り合って薫物の調合に熱中する匂宮は、誰よりもよく薫を理解し評価し、また惹かれてもいたといえよう。その点は薫もまた同様であり、薫にとって匂宮は最も敬愛する皇子であり、心許した親友であり、兄弟同様の間柄でもあって、時には母親である女三宮以上に頼りになる相談相手であったといえる。趣味教養を同じくし、互いに他を高く認め合いながら、自分にはない部分にコンプレックスを感じ、時に軽侮し時に嫉妬し張り合うという複雑な感情の中に、薫と匂宮の関係はあったといえる。神田龍身氏は、その著『物語文学、その解体』の中で薫と匂宮の関係を分身関係と捉え、ルネ・ジラールの「欲望の模倣」「欲望の三角形」理論を踏まえて、「薫は匂宮が、宮は薫なくしては宇治の女達を愛することがなかった」と言い、次のように論述する。(3)

宮の欲望なくして薫の恋はないし、薫が欲望しているとみえたからこそ、宮もこの恋に自らを賭けたのである。しかも薫のそれが宮により惹起されたものであるならば、それを模倣した宮の恋も幻想であるに相違ないのであり、女達の実体を度外視したところで、互いが互いの欲望を相乗的に模倣し続けているのである。極論すれば、彼らの真に欲する対象は、女ではなく、対手であったということであり、二人の関係が時折同性愛めいてみえてくるのも恐らくそのためであろう。

『源氏物語』の解釈の新しい地平を切り開こうかとする頗る野心的な興味深い分析ではあるが、果たしてここまで言い切れるであろうか。薫の大君への恋は、大君という個性的な女性への恋であり、それは匂宮の存在なくしてもあり得たものであり、作者が描こうとしたものはやはり薫と大君、薫と浮舟という極めて特徴的な男女関係ではなかったかと思われる。神田説の意義については、なお引き続き考えていきたい。

四

明石中宮の監視や世間の目を逃れ、総てをなげうって思いを遂げようとする匂宮の恋への姿勢は、その激しさ一途さにおいて魅力的である。特に、薫への競争心もあってなりふり構わず女性を魅惑しようとする浮舟への恋は、呆れるほどに大胆奔放であり、『源氏物語』において他に類例のない官能的な場面を形成している。日常性から隔離された二人だけの場で、一対の男女として向き合い、交情の喜びに耽溺しようとする姿は、読者の心を引きつける魅力的な恋の一つのあり様であるといえよう。浮舟を通して大君を求める薫よりも、あくまでも一女性としての浮舟そのものを激しく求める匂宮の方が、恋として純粋であるともいえる。しかしながら、こうした匂宮の恋は、一面において熱しやすく冷めやすい刹那的なものであり、他への配慮を欠いた自制心のない自己中心的なものである。自分が他の女性を愛することによって妻である中君がいかに傷つくかを一度として考えることなく、浮舟が一時目の前から姿をくらました時も、行方を知らそうとしない中君を「かうはかなきことゆゑ、あながちにかかる筋のもの憎みしたまひけり。思はずに心優し」（浮舟　第六巻　105頁）と恨み責める一方である。薫の保護下にある浮舟を愛することは、浮舟の心中に一方ならぬ葛藤のあることは当然予想されることであるが、その点への顧慮は一切見られない。ただ愛に惑溺するのみである。

宮、かくのみなほうけひくけしきもなくて、返り事さへ絶え絶えになるは、かの人のあるべきさまに言ひしたためて、すこし心やすかるべき方に思ひ定まりぬるなめり、ことわりと思すものから、いと口惜しくねたく、さりとも我をばあはれと思ひたりしものを、あひ見ぬとだえに、人々の言ひ知らする方に寄るならむかしなどながめたまふに、行く方知らず、むなしき空に満ちぬる心地したまへば、例の、いみじく思したちておはしましぬ。

（同上　188頁）

京に引き取る日程を書き送った手紙に返事のないのに苛立ち、無理を犯して宇治に行こうとする匂宮の心中思惟を描いた一節である。薫と匂宮の対立から社会的醜聞になることを恐れ、進退に窮して入水自殺を決意する浮舟の深刻な姿を一方に見る時、恋の争奪戦に敗れ浮舟を失うことの悔しさ・妬ましさのみに捕らわれる匂宮は、いかにも子供っぽく身勝手でわがままな皇子といった印象である。匂宮の浮舟への恋は、結局は官能的な快楽を求める一方の遊戯的なものであり、女性に対し全体としての人間的な触れ合いを求めるものではない。相手の社会的な立場への配慮も著しく希薄である。心の友である大君の身代わりとしての存在を求め、京に引き取るにあたって妻女二宮の了解を得て公然と行おうとする薫の方が、悠長な愛であったとしても、まだ浮舟に対し人間として誠実に対応しようとしているといえる。

光源氏は、若い頃多くの女性に思いを寄せ、多彩な恋愛を楽しんでいるが、女三宮降嫁以後苦悩する紫上の姿に心を痛め、その死後は彼女を苦しめた自分の恋愛一つ一つを深く反省している。

なごりなき御聖心の深くなりゆくにつけても、さしもありはつまじかりけることにつけつつ、中ごろもの恨めしう思したる気色の時々見えたまひしなどを思し出づるに、などて、たはぶれにても、またまめやかに心苦しきことにつけても、さやうなる心を見えたてまつりけん、(中略)すこしにても心を乱りたまひけむことのいとほしう悔しうおぼえたまふさま、胸よりもあまる心地したまふ。(幻　第四巻　523頁)

匂宮の色好みは、若き日の光源氏のそれに近く、女性の心の痛みを深く思いやる光源氏晩年の精神性とは無縁である。このような次元からの匂宮の恋は、結局の所「宮を、すこしもあはれと思ひきこえけん心ぞいとけしからぬ、

（中略）小島の色を例に契りたまひしを、などてをかしと思ひきこえけん、とこよなく飽きにたる心地す。」（手習 第六巻 331頁）と後悔し、頑なに世の中（男女の仲）を拒絶し必死に仏道を志向する浮舟の姿を通して、強く厳しく否定されているといえる。男性の欲望のままなる身勝手な色好みは、本当の意味の幸福や平安をもたらすものではなく、時に女性を大きな不幸に陥れる罪深いものであることを、一見奔放で魅力的に見える匂宮の恋は、語り掛けているように思われる。旧態依然とした色好みの不毛性を描き出す点にこそ、宇治十帖における匂宮の役割があったともいえよう。

注

（1）大朝雄二「匂宮論のための覚え書き」（『源氏物語の探求』第二輯、風間書房、昭51）参照。
（2）横笛の巻の匂宮に関しては、稲賀敬二「匂宮」（『解釈と鑑賞』至文堂、昭46・5）により詳細な分析が見られる。
（3）神田龍身『物語文学、その解体』（有精堂、平4）第一部Ⅰ章参照。

第三章　周辺文芸に関する諸論

第一節　『伊勢物語』における女性たち

杉本苑子氏は、岩波書店発行古典を読むシリーズ13冊『伊勢物語』において、『むかし、男』という各段ほとんどに共通する出だしがいみじくも象徴するように、『伊勢物語』の一大特色は、男ものがたり、男サイドに一貫してウエートを置いて書かれた物語だという点である。」といい、女は男に照明をあてるために登場させられたワキ役にすぎず、男の行為に対してどう反応したかという読者が知りたがるはずの描写がなく、「たいへん一方的な、たとえ短章であれ恋物語の常道からはずれた、珍しい書きざまといえよう。(1)」といわれる。氏の御指摘は、『伊勢物語』の大勢としては、全く異論ない。全体の三分の二以上が恋愛章段よりなり、古来愛の書といわれる本書は、しかしながら恋愛の一方の構成者である女性の心理・行動を問題にすることが極めて少ない。専ら、人間の根源的な真情に従い、一途に恋愛に打ち込む男の愛の姿のみが物語られる。今、現存諸本中最も標準的な形とされる天福本系定家本を底本とする岩波文庫『伊勢物語』をもとに調査してみると、全章段一二五段中恋愛章段は八六あり、その中の実に七割近くの五八章段が著しく男性の側にウエートを置いた男の物語である。(2) 各段共通の主人公を「むかし、をとこ」とし、様々な話を「をとこ」の一代記的な体裁のもとにまとめる本書にあっては、このことは何ら異とするに足りない当然のことであるのかもしれない。

とはいっても、『伊勢物語』の中にまとまった姿での女性の登場が全くないというわけでは決してない。一読忘れがたい女の姿は二、三に止まらず、物語全体の読後の印象でも、女性の存在感は案外に強烈である。中には一話の感動の中心を女が荷い、女の物語として把握すべきではないかと思われる章段もある。純粋でひたむきな女の愛の姿は、男のそれと同様に『伊勢物語』的な「あはれ」の世界の形成に大きく関わっているように思われる。むしろ、従来「をとこ」の物語という枠に捕らわれるがあまり女の姿を不当に軽視し、為に一話の文学的な興趣を十分に鑑賞し得ないでいるという面もありはしなかったであろうか。量的には極くわずかであっても、女性の存在は、質的には頗る意義深い重要な位置を占めているように思われる。本論は、総体的に男の物語である『伊勢物語』の中にあって、愛の一方の当事者であるはずの女性が、どのように描かれ、どのような位置を占めているかを考えてみようとするものである。

一　男の物語

むかし、をとこありけり。平城の京は離れ、この京は人の家まださだまらざりける時に、西の京に女ありけり。その女、世人にはまされりけり。その人、かたちよりは心なむまさりたりける。ひとりのみもあらざりけらし。（注：傍線は筆者）それをかのまめ男、うち物語らひて、帰り来て、いかゞ思ひけむ、時は三月のついたち、雨そほふるにやりける。

起きもせず寝もせで夜をあかしては春の物とてながめ暮らしつ(3)

（第二段）

昔、をとこ、宮づかへしける女の方に、御達なりける人をあひ知りたりける、ほどもなくかれにけり。同じところなれば、女の目には見ゆるものから、をとこはあるものかとも思ひたらず。女、

天雲のよそにも人のなりゆくかさすがに目には見ゆるものから

とよめりければ、をとこ、返し、

天雲のよそにのみしてふることはわがゐる山の風はやみなり

とよめりけるは、又をとこある人となむいひける。（第十九段）

男性偏重の物語といっても、内容的には二通りのあり方がある。一つは、右に挙げた第二段のように、傍線部のような女性への言及はあるものの、外部的な説明に止まり恋愛に対する内面の描写が一切ないもので、一・二・三・四・五・六・二十六・二十八・二十九・三十・三十一・三十二・三十四・三十五・三十六・四十・四十二・五十三・五十四・五十五・五十六・五十七・七十・七十三・七十四・七十六・八十六・八十九・九十・九十二・九十三・九十五・百・百三・百四・百十・百十二・百十三・百十六・百二十・百二十二等の四一章段がこれにあたる。第二段などは、比較的女性への説明が詳細な方であり、中には、「懸想じける女」（第三段）、「五条わたりなりける女」（第二十六段）、「色好みなりける女」（第二十八段）等々といった極く簡単な説明だけのものもある。歌集における詞書き程度（文庫本で一、二行程度）の散文と歌一首だけからなる短小章段が主にそうであり、三・二十六・二十八・二十九・三十・三十二・三十四・三十五・三十六・五十三・五十四・五十五・五十六・五十七・七十・七十三・七十四・八十九・九十二・百・百十・百十二・百十三・百十六・百二十・百二十二等の計二六の章段を数える。これらは男女の恋愛の様相を語るというよりも、恋に向かう男の心の姿勢のみを専ら物語るという、『伊勢物語』の語りの基本的な特質を典型

的に示すものである。

もう一方は、一段の中に女の歌があり、したがって女の心情も描かれてはいるが、結局の所女は「男に照明をあてるために登場させられたワキ役[4]」にすぎず、作者の視点はあくまでも男の心を描く点にあると見られるものである。例に挙げた第十九段も、「天雲のよそにも人のなりゆくか」という歌を通して男から無視され続ける女の哀切な心情はよく分かり、その部分まではどちらかというに女の側に同情しながら読み進むであろう。それが、男の歌と、特に「又をとこある人となむいひける」という最後の説明によって関係が逆転し、被害者はむしろ「をとこ」であり、より深く悩み苦しんでいたのは男であったことになる。「をとこはあるものかとも思ひたらず」というこれみよがしの無視には、男の無言の抗議が籠められていたとも理解でき、本段は結局二心ある女に苦悩する男の純情を描いたものであると理解される。十・十二・十八・十九・二十五・三十七・四十三・四十七・五十八・六十三・六十四・六十五・六十九・七十五・百五・百七・百十一の一七章段をこうした例として指摘できる。これらの場合は、一段における女の比重はその描かれ方によって様々であり、第三十七段や第百十一段などは、恋への熱意が幾分か男性が上であろうかと思い一応男性中心の物語に分類したが、考えようによっては、いずれが主役ともいえず男女両方が同等の重みを持つ男と女の物語であると見ることもできる。

また、六十三、六十五、六十九段などは特に女性の活躍が目立つ章段であり、女の愛の姿を等閑にしたのでは一段全体を十分に味読することはできないであろう。老女の恋を描く六十三段は、話の結びに「世の中の例として、思ふをば思ひ、思はぬをば思はぬものを、この人は、思ふをも、思はぬをも、けぢめ見せぬ心なむありける。」とある所から、作者の意図は男の博愛を描く点にあると見ざるを得ないであろうが、内容的には終始「世心つける女」の愛を求める様相の描写よりなり、話の特異性とも相俟って読者の興味を引き付けるのは女である。成年男子三人の母であり、男の歌に「百年に一年たらぬつくも髪」といわれる老女が、「なさけ」ある男性に激しく憧れ愛を求めるその姿は、幾分異様であり滑稽味を帯びてはいるものの、頗る感動的でもある。何かしら他章段における男の純粋で一途な姿に共通するものがあるようにも思い、『伊勢物語』全体を貫く愛の精神に通ずる主題性は、余裕をもって愛を施す男にではなく、むしろ女の側にあるといえよう。

蔵に籠められて「海人の刈る藻にすむ虫の我からと音をこそなかめ世をばうらみじ」「さりともと思ふらむこそ悲しけれあるにもあらぬ身を知らずして」と、身の宿世を悲しみ男の心を傷む六十五段の女や、夜男のもとを訪れ翌朝「君やこし我や行きけむおもほえず夢か現かねてかさめてか」と歌い、別れに際しては酒宴の席上杯の皿に「かち人の渡れど濡れぬえにしあれば」と、人目を忍んで必死に思いを伝える六十九段の斎宮の姿なども、強く読者の胸を打つ。愛による苦悩や心情の深さなどは決して「をとこ」のそれに後れを取るものではない。これら三章段は、『伊勢物語』全体の中にあって、物語性豊かな頗る魅力的な章段である。他に抜きんでて長く且つ印象深い物語になっているについては、こうした女性の存在が大きいであろう。つまり、男の姿ばかりでなく、愛に対して心深い女性の哀切な心理・行動をも十分に描いた所が、物語を長くも面白くもしているように思われる。

二　男と女の物語

男性偏重の男の物語における女性の様相をみてきたが、次のような章段はもはや男性中心とばかりはいえず、男女双方の遣り取りの妙味にこそ一段の面白味があり、女性も男性と同等の重みで一段を構成しているといえよう。

むかし、右近の馬場のひをりの日、むかひに立てたりける車に、女の顔の下簾よりほのかに見えければ、中将なりけるをとこのよみてやりける。

見ずもあらず見もせぬ人の恋しくはあやなく今日やながめ暮さむ

返し、

知る知らぬなにかあやなくわきていはむ思ひのみこそしるべなりけれ

後は誰と知りにけり。（第九十九段）

語り手の視点は「中将なりける人」にあり、その意味であくまでも男性中心の物語であるといえようが、しかし、女の返歌も頗る重要である。恋に対して力強く情熱的なのはむしろ女であり、女の積極的な姿勢が恋の成就をもたらしているといえる。もはや、女は、男の姿勢を引き立てる脇役というよりは、男と対等の立場で共に物語を織り成す存在になっており、男と女の物語として理解する方が本段の趣旨には相応しいのではなかろうか。

梅壺より雨に濡れて退出した時、男から「うぐひすの花を縫ふてふ笠もがなぬるめる人に著せてかへさむ」と歌いかけられた女が、「うぐひすの花を縫ふてふ笠はいなおもひをつけよほしてかへさむ」と返す百二十一段、筑紫まで行った男が、簾の中で「これは色好むといふすき者」という声を聞き、「染河をわたらむ人のいかでかは色になるてふことのなからむ」と歌った所、女が「名にしおはばあだにぞあるべきたはれ島浪の濡衣きるといふなり」と返したという六十一段なども、女の返歌の巧みさにこそ一段の興趣があり、同様の例といえる。伊勢の斎宮に内の御使として参上した男に、宮に仕える女が「ちはやぶる神の斎垣も越えぬべし大宮人の見まくほしさに」と歌いかける第七十一段、「むかし、をとこ、伊勢の国なりける女、又え逢はで、隣の国へいくとて、いみじう恨みければ、女、大淀の松はつらくもあらなくにうらみてのみもかへるなみかな」とある第七十二段は、ともに恋への情熱は女の方が上であり、いずれも章段内での女性の存在は男性と同等の重みを持つといえる。一段全体が男女の歌の詠み合いからなり、内容的にも双方に精粗・軽重の差が感じられない十七、二十一、二十二、四十九、五十段を男と女の物語として読み取ることにもさして問題はないであろう。さらに、人により多少解釈の相違があるかもしれないが、四十五、九十四、九十六段も、男性中心にだけ読み取るよりは、女性の側にも感情移入し、男と女の物語として読解する方が味わい深く又意義も深まるように思われる。

むかし、をとこありけり。人のむすめのかしづく、いかでこのをとこにものいはむと思ひけり。うち出でむことかたくやありけむ、もの病みになりて死ぬべき時に、「かくこそ思ひしか」といひけるを、親きゝつけて、泣く〳〵告げたりければ、まどひ来たりけれど死にければ、つれ〴〵とこもり居りけり。時は六月のつごもり、いと暑きころほひに、よひは遊びをりて、夜ふけて、やゝ涼しき風吹きけり。蛍たかく飛びあがる。このをとこ、見臥せりて、

ゆく蛍雲のうへまでいぬべくは秋風ふくと雁につげこせ

暮れがたき夏の日ぐらしながむればそのこととなくものぞ悲しき

（第四十五段）

「むかし、をとこ」の物語を語るという『伊勢物語』の語りの基本的な性格は本段にも色濃く認められ、しかも男の歌が二首ある中に女の歌は一首もない。したがって、右の段は、自分に対する恋故に死ぬ娘に出会った男の深い感傷を描いたものであるとするのが穏当かもしれない。しかし、人知れず深く恋をし、口に出せぬまま死んで行く娘の

愛の姿は哀切である。あたかも、愛する女との間を無理矢理引き裂かれ悲嘆のあまり一昼夜以上息絶えていた第四十段の男の「すける物思ひ」の女性版ともいえ、その純粋で一途な姿こそが『伊勢物語』の作者たちが庶機してやまない愛の姿であったともいえよう。すなわち、作者が語り伝えようとした感動は、二首の歌に集約される男の思いだけではなく、その原因となった女の姿の中にもあったと見ることもできるのではなかろうか。

渡辺実氏は新潮日本古典集成『伊勢物語』の頭注で、「こちらの知らぬ間に恋情を持ち、それ故に死んだ女の喪に触れた男の、やり場のないような迷惑なような気持が面白い。（中略）薄情な解釈のようだがこういう状況の男の意識に、女への誠を期待するのが無理ではないか。(5)」といい、娘の死から受ける感動を著しく軽視しているが、果たしてどうであろうか。

かういふ一段を読んでをりますと、何かレクイエム的な――もの憂いやうな、それでゐて何となく心をしめつけてくるやうなものでいつか胸は一ぱいになって居ります。（中略）自分ゆゑ死んだのだといふ事を考えるといかにも不便な気がして、長い日ねもす思ひつづけて男はもの悲しさうになる。――そのうつけたやうな男のおもはず洩らす溜息までが手にとるやうに聞こえてくるやうな一段であります。

堀辰雄の『伊勢物語など』に述べられた一節である。(6)諸注釈書(7)は本段への最も的確な優れた鑑賞としてよく紹介するが、渡辺氏の説は、こうしたいわば通説に対する考えられる一つの異説として提言されたのかもしれない。が、やはりここは男は娘の死を真摯に受け止め深く物思うとする従来の解釈が穏当なように思われる。その方が章段全体をより意味深く読めるであろう。「そのこととなくものぞ悲しき」という男の人生への複雑な感慨は、胸中の思いを一言も言いだせぬまま虚しく息絶える娘のはかなくもあはれな姿を前にして読む時、より一層意味深く味わえるように思われる。

第九十四段は、男の「秋の夜は春日わするゝものなれや霞に霧や千重まさるらむ」という歌に対する女の返歌「千ゞの秋ひとつの春にむかはめや紅葉も花もともにこそ散れ」が、一段全体を締め括っており、応酬の巧みさと歌から読み取れる女の人生観照の深さとが一話の味わい所であるといえる。自ら通うのを止め、絵の依頼への返答が新しい夫の在宅中ということで一、二日遅れたといってはすぐに恨む男は、何かしら身勝手で我儘な感じである。読者の共感も多くは女の側に集まるであろう。第九十六段も、男の物語というよりは、歌は女の歌一首だけであり、叙述も三分の二以上が女の説明によって占められている所から、外部的な事情によって相逢うことのできなかった男と女の物語と解するのが妥当であろう。以上、合計一三の章段は、一段の中での女性の役割は重く、男性と対等の立場で共に物語を織り成す存在となっており、読者は時に女性の側に身を置くことによって、はじめて一話の感動を十分に味わうことができるように思われる。

三　女の物語

『伊勢物語』には、さらに、章段内での女性の比重が一層重くなり、男性を凌駕して女性こそが話の中心ではないかと思われる章段もある。十二・十四・十五・二十・二十三・二十四・二十七・三十三・六十・六十二・百八・百十五・百十八・百十九・百二十三段の併せて一五の章段がそれである。以下、その具体的な様相を見ていきたい。

むかし、をとこありけり。人のむすめをぬすみて、武蔵野へ率て行くほどに、ぬす人なりければ、国の守にからめられにけり。女をば草むらのなかにおきて、逃げにけり。道来る人、「この野はぬす人あなり」とて、火つけむとす。女、わびて、

武蔵野はけふはな焼きそ若草のつまもこもれり我もこもれり

とよみけるをきゝて、女をばとりて、ともに率ていにけり。

（第十二段）

歌の後に記される一文について、中世以来現代に至るほとんどの注釈書は[8]、国の守の者達が歌を聞いて女を捕まえ別に捕えた男と共に連れて行ったとする。そうした中で、折口信夫ノート編『伊勢物語』だけは、「この歌を聞て、女をうっちゃって逃げようとした男が、女をいとしがって、連れていった、ともとれる。[9]」と注している。折口氏も昭和五年発行の『伊勢物語私記』では「女をば捉えて、一処に引き伴れて行った事だ。[10]」と訳しており、昭和十三、四年の講義の折に右の解に変更したようである。[11]いわば現代の一異説ともいうべき折口氏のノート編の解釈に深い共感を覚える。最後の一文の主語を「道来る人（国の守の追手）」とした場合、既に増田繁夫氏の詳細な分析があるように[12]、全体の主題が頗る不明瞭である。「をとこ」は追い詰められると女を置いて一人逃げ出す意気地のない男性ということになり、女の詠む歌も自分の居場所を知らせ捕まえられるきっかけを与えるだけで何ら格別な意味は認めがたい。女の捕縛場面がありながら、肝心のぬす人である男のそれがないというのもおかしなことである。その点、ノート編の解釈では、一旦愛を諦めかけた「をとこ」が、女の深い愛情の籠った歌を聞き再び行を共にしたということになり、歌徳説話の一つとしても読むことができる。最終的には二人共に捕縛されてしまうにしても、最後まで愛の心を貫き通したことになり、たとえ外部的な力によって引き裂かれるにしても二人の強い愛は永遠に変わることはなかっ

たであろうとの様に読み取れる。いずれにしても、本段は男以上に女がより強く輝いていることは確かであろう。通説によると、官権の圧力に屈服しすぐ変心してしまう軟弱な男には何ら見るべきものはなく、最後まで男の安否を気遣う女の中にのみわずかに『伊勢物語』らしい味わいがあるといえる。折口氏の解釈によった場合、男の愛を凌駕しリードしさえする純粋で一途な女の愛の姿は感動的である。一段の焦点は歌に籠められた愛の精神にあり、詠い手である女が本段の中心であるといえよう。

深草に住む女を次第に「あきがた」に思い「年をへて住みこし里を出でていなばいとゞ深草野とやなりなむ」と歌いかけた男が、「野とならば鶉となりて鳴きをらむかりにだにやは君は来ざらむ」という女の歌に心打たれ、離れようとする心をなくしたという第百二十三段も、十二段と同様、女の歌によって男は真実の愛に目覚めるというものであり、一途でいじらしい女の愛の姿が一段の主題であるといえよう。

さらに、古来優れた章段として名高い第二十三、二十四段も、純愛に生きる女性の姿が感動的である。ただ、二十三段の後半、高安の女の物語と第二十四段は、女の真摯な愛が正しく報われることなく逆に不幸な結果に終っており、その点女性中心に読み進むことに多少疑問を感ずるかもしれない。特に高安の女の場合は、「はじめこそ心にくもつくりけれ、今はうちとけて、手づからいひがひとりて、笥子のうつは物に盛りけるを見て、心うがりていかずなりにけり。」と、嫌悪する男の視点に立って女の欠点が描写され、物語自体女を否定的に語っているように見える。従来の解釈も、高安の女は、上品で教養もあり豊かな愛情を持つ大和の女と対照するために描き出された女性像であり、無知、無教養で粗野な、いわば反みやびな女性として描かれたのであるとするのが一般である。(13)「この男は、上品な大和の女との愛をつなぎ、無風流な高安の女から遠のいているから、物語作者は業平的なみやび男の物語をえがこうとしたのであった。(14)」ともいわれる。

しかしながら、「君があたり見つゝを居らむ生駒山雲なかくしそ雨は降るとも」という歌には男への真実な愛が確実に感じられ、「君来むといひし夜ごとに過ぎぬれば頼まぬものの恋ひつゝぞふる」から伝わる切ない女心には深く同情しないではいられない。二首の歌から窺われる真摯な愛情と精神の深さを思う時、「手づからいひがひとりて、笥子のうつは物に盛りける」という一時の不用意な振舞はそれほど致命的な欠陥とは思われず、逆に「心うがりて」行かなくなった男の心の方にむしろ問題を感じる。「かいがいしく手ずから飯がいをとって夫を歓待するのは、この女にとって、抑えても抑えきれぬ歓びと愛情の表出だったのではないか。（中略）それを男が「心うがりて行か」なくなってしまったというのは、すでに男の心が冷えてしまっていたからのことで（中略）女の行為によって男の恋がさめたのではなく、男の愛が移ってしまったからこそ女のふるまいが一々気にさわるのである。[15]」という野口元大氏の解釈に深く共感される。

第二十三段は、内容的に三つの段落からなり、最後の高安の女の物語は後に別人の手によって付け足されたものであるとされている。[16]その継続の仕方も、「河内へもいかずなりにけり。」という文のすぐ後に「まれまれかの高安に来て見れば」とつづけ、前段では女を疑って前栽の中から覗き見する野卑な俗人が、後段ではみやびの判定者になっているなど、[17]内容・表現の両面にズレがあり、不用意さが感じられる。特に、大和の女が「風吹けば」の一首によって男の愛情を繋ぎ止めるのに対し、女の愛と苦衷の表現としては優りこそすれ決して劣るとは思われない高安の女の二首の歌が、全く省みられないというのは不思議なことである。歌の力を信じその徳を称える『伊勢物語』の本質とも矛盾することであり、全体的な文学精神の上においても不調和を来しているように思われる。

作者の意図がどのようなものであれ、私は高安の女にも深く感動され、彼女の中に純粋で美しい愛を、すなわち「みやび」の精神の発現を見る。それが正しく報われず「をとこ住まずなりにけり」という不幸な結果に終っている所には、期せずして一夫多妻制下の女性の悲劇―一方に夫の愛を独占する妻がいた場合、その裏側には必ずこのような悲しみに耐える女性が存在するという女性にとっての厳しい現実を見るように思い、それはそれとしてまた一段と興味深く感じるのである。

一方、第二十四段に関しては、例えば竹岡正夫氏は次のようにいう。(18)

夫の歌の「わがせしがごとうるはしみせよ」という言葉の、なんと輝かしくすばらしいことか。（中略）男の「うるはし」い愛に対し、女の何と底の浅い愛であることか。これでは、この女、同時に二人の男だっていとも容易に受け入れそうである。（中略）同時に二人の男を受け容れようとした女は、浮舟のように、もう「いたずらに」なるより外はないのだ。

すなわち、女の死は愛の選択に迷う愚かな心がもたらしたものであり、本段は男の輝かしい愛を描いたものであるという解釈かと思われる。しかし、三年間二心なく待ちつづけ、最後は文字通り生命を掛けて夫を追い駆ける女の愛を底が浅いといえるであろうか。最初夫の帰宅に戸口を閉ざし歌を詠むのは、「あまりの運命のいたずらにどう処すべきか混乱し(19)」とりあえず状況を説明したものであり、夫の歌とその立ち去る様子に自らの本然の欲求を自覚する時は、目前の男性を振り捨てて家を飛びだすのである。社会的規範や緊縛を踏み越えて真実の愛情に生きようとするのであり、女の愛はこの上なく激しく純粋であると見るべきであろう。やがて、力尽きて清水の所に倒れ伏し指の血で岩に「あひ思はで離れぬる人をとゞめかねわが身は今ぞ消えはてぬめる」と書き残して息絶える姿は、真に感動的である。こうした女の力強くたくましい愛に比して、むしろ男の心情の方こそ不分明である。池田亀鑑氏は、「男の方の事情など物語は書いていないのだから、推測する必要もない。また女の「ただ今宵こそ」の歌を聞いた時の男の気持、立ち去って行った男の心理なども、書いていないのだから、問うだけ野暮というものであろう。[20]」といわれる。男の心情は問うだけ野暮であるかどうかは別にして、その姿が物語の中に十分に描き出されていないことは確かであろう。すなわち作者の意図は、男の心理・行動ではなく愛に殉ずる女を描く点にあったのだということなのであろう。したがって、たとえ悲劇的な結末で終っているにしても、二十四段は女を中心とする物語なのであり、女の側に視点を置いて鑑賞すべき章段なのではなかろうか。

なお、野口元大氏は、「みやびと愛―伊勢物語私論―」という論文において、二十三、四段はみやびによって愛が虐殺される事例であるとし、「作者が力をつくして「みやびを」としてしたてあげようとしているこの男にとって、「みやび」なるものは、自己の心変わりを正当化し、卑劣な心を都合よく擬装するための道具としての役割さえも果たしかねないもの」であり、「男の「みやび」の行為は、女の肉体の生命を奪ったばかりでなく、女の愛すら踏みにじり、魂まで破ってしまったのである。[21]」という。総じて本論は他にいくつかの章段を例に挙げてみやびの退廃を論ずるものであるが、果たして愛を踏みにじる行為を「みやび」と呼んでいいものであろうか。本然の愛を虐殺する精神・行動はもはや「みやび」とはいえず、退廃と感ずる男の振舞の中に「みやび」を読み取るそのこと自体が問題なのではなかろうか。二十三、四段も「みやび」の体現者は女であり、女の心理・行動の中にこそみやびの精神があるのであって、男にではない。野口氏の見解は、全章段を総て「をとこ」中心に読み解こうとする所から生じた無理な解釈なのではなかろうか。『伊勢物語』は決してみやびの退廃を描いたものではなく、あくまで人間にとって感動的で美しいみやびの精神を物語ろうとしたものであると思われる。

次に引用する第十五段も、歌は男の歌だけであるが、内容的には男が陸奥の国で出会った忘れがたい女性について語ったものとして、女を中心とする物語であるといえよう。

むかし、陸奥の国にて、なでふことなき人の妻に通ひけるに、あやしうさやうにてあるべき女ともあらず見えければ、

しのぶ山忍びて通ふ道もがな人の心のおくも見るべく

女、かぎりなくめでたしと思へど、さるさがなきえびす心を見ては、いかゞはせむは。　（第十五段）

「さるさがなきえびす心を見ては、いかゞはせむは」の箇所を男を主語にして解する注釈を何冊か目にするが、[22]しかし、そう解した場合、一度会った人妻に強い魅力を感じ更なる交際を求める歌を送りながら、女の返歌を見ることもなく急に興味を亡くしたことになり、男の心理に統一性と説得性を欠くことになる。主題的にも、単なる男の一方的、観念的な田舎蔑視が描かれていることになり、感動の焦点が分かりにくい。やはり、ここは女を主語として解すべきであろう。女は、歌及び男その人をこの上なく素晴らしいとは思ったけれども、長らく田舎住まいをしすっかり田舎じみてしまった自分のような女の心の奥を知ったとてどうなるものであろうかと思い、返歌もせず二度との逢瀬も避け通したというのであろう。身の境遇を省み、一時的な歓びに溺れ込まない堅実な自己抑制。その聡明な奥床しい振舞は以後男の心を強く捉え続けたというのではなかろうか。

また、そこに描き出される女性像が、必ずしもこれまで見てきたような全面的に称賛されるべき素晴らしいものではないかもしれないが、第十四段、六十段、六十二段も女性を中心とする物語であると思う。十四段は都人を「めづらかに」思い積極的に働きかける陸奥の女の愛の様相を語ったものであり、六十、六十二段は田舎人の誘いに乗って

都を後にした女の零落していく姿を描いたものである。陸奥の女は、幾分「をこ」物語風に仕立てられており、反みやびな愚かしい面が多少誇張化され戯画化されて、最後まで笑われる存在として描かれているが、その愛に向かう真摯な積極性は嘲笑し切ることのできない何かしら真に人の胸を打つものがある。見ようによっては、「みやび」に通ずる純粋な美しい愛の精神があるといえよう。六十、六十二段の女は、愛の選択に誤る心浅い愚かな女性として描かれ、それが故に結局の所身の破滅を招いてしまうのであるが、女が田舎に下るのは生活の安定や名誉欲の為ではなく、第一に「まめに思はむ」という真実の愛を求めてのものであった。都での生活を投げ棄ててまで、本当の愛を求めようとするその一途さは同情に価する。さらに、夫の優しい労りや援助を退けて出家する、あるいは行方を晦ます所には、女の最後の意地や誇りを見るように思い、さわやかな感動を覚える。愚かとばかりはいえない女の気高い精神を見ることができよう。描かれた女の中にどの程度肯定的な美質を認めるかどうかは別にして、この三章段は、いずれも女の愛や「あはれ」な人生を興味の中心とするものであることだけは認められてしかるべきである。男はもはや女の姿を引き出す脇役でしかない。それを強いて男性中心に読み取ろうとした場合、みやびの退廃(23)といった否定的な解釈に傾きがちで、章段の持つ素直な感動に耳を閉ざすことになってしまいそうに思われてならない。

男女双方の歌の遣り取りを記す章段の中で、愛に対する心が深くより真剣に愛するが故に深く苦悩するのが女であった場合、読者は自ずから女に同情し、女性の立場に立って物語を鑑賞することになる。次の二十七段などはその例にあたる。

昔、をとこ、女のもとに一夜いきて、又もいかずなりにければ、女の、手洗ふ所に貫簀をうち遣りて、たらひのかげに見えけるを、みづから、

我ばかりもの思ふ人は又もあらじと思へば水の下にもありけり

とよむを、来ざりけるをとこ立ちきゝて、

水口に我や見ゆらむかはづさへ水の下にて諸声になく

（第二十七段）

水面に映るやつれた我身に一層物思いを深くする女の深刻な嘆きに対し、男の慰みはいかにも空々しい。恋愛に向かう切実さは女の方が数倍も強く、勢い読者は女に感情移入し、一夜にして捨てられる女のあわれな人生を思い遣りながら、本話を鑑賞することになるであろう。第二十段も、男が京に到着する頃合を見計らって送られた女の「いつの間にうつろふ色のつきぬらむ君が里には春なかるらし」という知性溢れる返歌が一段全体を締め括っており、遠く大和の地で男の訪れをただ待つしかない女の不安な切ない思いが、深い余情となって読者の心を捉えるものとなっている。第三十三、百八段なども同様の例といえる。

また、女に焦点をあてた極く簡略な説明と女の歌一首よりなる第百十五段や歌集の詞書き程度の極く短い散文と女歌一首よりなる第百十八、百十九段なども、女を中心とする物語であるといえよう。

以上、『伊勢物語』に描かれた女性の様相を見てきた。女性の活躍が顕著な章段は、女性を中心とする物語（一五）に、男性と対等の立場で物語を織り成す男と女の物語（一三）を併せて二八章段。全恋愛章段の約三割、非恋愛章段も含めた『伊勢物語』全体にあっては約二割という極くわずかな分量にしかすぎない。しかし、極く少数ではあっても、女性を主人公とする章段もあるということは注意すべきである。『伊勢物語』は確かに総体的には「をとこ」の物語ではあるが、そのことによって厳密に首尾一貫しているわけではない。中には女性を中心とする物語もあるのであり、物語が理想とする「みやび」の精神が女性によって体現されている章段もあるのである。強いて男性中心にばかり読み取ろうとした場合、解釈に無理が生じ、一段の味わいを十分に酌み尽くせないということもあるのではなかろうか。まずは一話一話に虚心に向き合い、物語の語りかける感動に素直に心を委ねることが大切であろう。また、女性の活躍する章段は、比較的内容豊かな印象深いものが多い。特に、十二、二十三、二十四段などの男性の愛を凌駕しリードしさえする女の愛の存在は貴重である。すなわち、文学的な魅力という点においても、女性たちの果たしている役割は頗る大きなものがあるように思われる。

それにしても、純粋一途な愛で読者を魅了する女が、ほとんど総て都以外の地の女性であるのはどうしたわけであろうか。女の物語一五章段の中、特に印象深い十二、十四、十五、二十三、二十四段は明らかに田舎の女であり、六十、六十二段は田舎に下った女の話である。二十七、百八、百十八段は歌の措辞から田舎の話ではないかと思われ、特に場所の指定も推測する手掛かりもないのは百十九段だけである。明らかに都の女といえるのは一例もない。このことは、洗練された文化に憧れ、極端に田舎を蔑視する『伊勢物語』が、それでいながら地方を舞台にする話が全体の三分の一以上に上るという事実とどこかでつながってくる問題でもあろうか。今後の課題としたい。

注

（1）　杉本苑子『伊勢物語』（古典を読むシリーズ　岩波書店、昭59）参照。

（2）　恋愛章段と非恋愛章段の区分は基準のとり方により多少変更するであろう。背後に恋愛感情を想定した場合より面白く読めるであろうと思われるものを総て恋愛章段としたが、十七、七十六段などは友愛や宴席の段とすることもできる。また、次に述べる男の物語、男と女の物語、女の物語の分類も主に鑑賞に基づくものであり、人により数は多少異なるであろう。

（3）『伊勢物語』本文の引用は、以下総て大津有一校注『伊勢物語』（岩波文庫、昭39）による。
（4）注（1）に同じ。
（5）渡辺実校注『伊勢物語』（新潮日本古典集成、新潮社、昭51）の頭注参照。
（6）堀辰雄「伊勢物語など」（『堀辰雄全集』第六巻、角川書店、昭39）参照。
（7）池田亀鑑『伊勢物語精講』（学燈社、昭30）、森本茂『伊勢物語全釈』（大学堂書店、昭48）、片桐洋一編『伊勢物語・大和物語』（鑑賞日本古典文学第五巻、角川書店、昭50）、竹岡正夫『伊勢物語全評釈』（右文書院、昭62）等は堀辰雄の文章を直接引用紹介し、上坂信男『伊勢物語評解』（有精堂、昭43）も折口説に言及している。
（8）古注釈では、竹岡正夫『伊勢物語全評釈』（右文書院、昭62）に翻刻されている中の『伊勢物語肖聞抄』、『伊勢物語闕疑抄』、『伊勢物語拾穂抄』、『勢語臆断』、『伊勢物語童子問』、『伊勢物語古意』、『伊勢物語新釈』など、現代の注釈では今手元にある吉澤義則『新講伊勢物語』（風間書房、昭27）、池田亀鑑『伊勢物語精講』（学燈社、昭30）、大津有一・築島裕校注『伊勢物語』（日本古典文学大系、岩波書店、昭33）、南波浩校注『伊勢物語』（日本古典全書、朝日新聞社、昭35）、上坂信男『伊勢物語評解』（有精堂、昭44）、森野宗明校注・訳『伊勢物語』（講談社文庫、昭47）、福井貞助校注・訳『伊勢物語』（日本古典文学全集、小学館、昭47）、森本茂『伊勢物語全釈』、渡辺実校注『伊勢物語』、阿部俊子『伊勢物語全訳注』（講談社学術文庫、昭54）、石田穣二訳注『新版伊勢物語』（角川文庫、昭54）等が主語を「道来る人」として解している。
（9）『折口信夫全集　ノート編第十三巻　伊勢物語』（中央公論社、昭45）参照。また、増田繁夫「伊勢物語の時間構造」（『日本文学』昭52・11）も同様の解釈をしている。
（10）折口信夫「伊勢物語私記」（国文学註釈叢書一五、後『折口信夫全集　第十巻』中央公論社、昭41）参照。
（11）『折口信夫全集　ノート編第十三巻　伊勢物語』は、昭和十三、四年における講義のノートである旨、池田弥三郎氏による本巻の「あとがき」に記されている。
（12）増田繁夫「伊勢物語の時間構造」（『日本文学』昭52・11）参照。
（13）上坂信男『伊勢物語評解』、森本茂『伊勢物語全釈』、竹岡正夫『伊勢物語全評釈』等参照。

（14）森本茂『伊勢物語全釈』参照。
（15）野口元大『古代物語の構造』（有精堂、昭44）参照。
（16）上坂信男『伊勢物語評解』、森本茂『伊勢物語全釈』、片桐洋一『伊勢物語』（鑑賞日本古典文学第五巻）、阿部俊子『伊勢物語全訳注』、竹岡正夫『伊勢物語全評釈』等参照。
（17）片桐洋一前掲書参照。
（18）竹岡正夫前掲書参照。
（19）渡辺実前掲書頭注参照。
（20）池田亀鑑前掲書参照。
（21）野口元大前掲書参照。
（22）阿部俊子、石田穣二、福井貞助、渡辺実の各前掲書参照。
（23）野口元大前掲書参照。

第二節　『和泉式部日記』における仏教

周知の如く、『和泉式部日記』は、和泉式部と冷泉帝の第四皇子帥宮教道親王との恋愛の様相を、紆余曲折する心理の動きに焦点をあてて描いたものである。いわば現世における愛の書ともいえ、一見、仏教的なものとは無縁であるかのように思われる。しかし、恋愛に向かう二人の心理・情感の基底を見てみると、そこに仏教的な要素が意外に大きな位置を占め、逆に恋愛の質と相とを規定しているように見うけられる。宗教的世界とは対局に位置する男女間の愛情を主題とするものであり、結局は、現世的な「あはれ」が優位に立つであろうことは分かりきっているのであるが、その中で仏教的なものがいかなる位置を占め、いかなる意義を有するかを探ることも決して無意味なことではないと思う。さらには、和泉式部という奔放多感な女流歌人の宗教精神を解明する一助ともなり得よう。

一

『和泉式部日記』における式部の生活感情の基調が「つれづれ」「ながめ」にあったことは、本書に目を通す誰しもが認める所であろう。日記の冒頭から、「はかなき世の中」を嘆き侘び、物思いに沈む式部の姿が、若葉萌え出る四月の景情を背景に印象深く描かれる。また、特に日記の前半部において、「つれづれ」の情に悶え「ながめ」の状態に苦しむ彼女の様子が繰返し描出される。(1)

・もとも心ふかゝらぬ人にて、慣らはぬつれぐ〵のわりなくおぼゆるに、はかなきことも目とゞまりて、……（四月　14頁）

・雨うち降りていとつれぐ〵なる日比、女は雲間なきながめに、世の中をいかになりぬるならんとつきせずながめて……（五月　25頁）

式部自身、帥宮との交際が始まった当初、物思う身の愛さ辛さを再三再四宮に訴えている。

・今日の間の心にかへて思ひやれながめつゝのみ過ぐす心を（四月　14頁）

・慰むと聞けばかたらまほしけれど身のうきことぞいふかひもなき（四月　15頁）

・夜とともにぬるとは袖を思ふ身ものどかに夢を見る宵ぞなき（四月　17頁）

こうした詠嘆的・下降的な式部の心情は、日記全体を通じて終始変わりない。たとえ、帥宮との恋の喜びにふるえ、明朗快活な高揚した気分に捉われているかに見える時であっても、「つれぐ〵慰むここちす」という消極的な肯定表現がとられるだけで、より積極的・上昇的な感情の表現がなされることは一度もない。常に、式部の心理・情感の基底には、うちしめった詠嘆的・下降的なものが流れているようである。

式部のこうした「つれづれ」「ながむ」は、日記には一言の説明もないが、恐らく当時おかれていた彼女の境遇から発していたものであろう。全身全霊を賭けて愛した冷泉帝の第三皇子為尊親王の突然の死、夫である橘道貞の離去、そして親からの絶縁と、二重、三重の不幸な状況に当時の式部はいたわけで、その不如意な逆境からくる救いようのない孤独・寂寥、生の危機感・不安感といったものが、「つれづれ」の内容をなしていたと思われる。「つれづれ」の一般的な語義は、「何となく落ちつかぬやうな、物足りぬやうな、心細いやうな、慰めを求めてあるやうな、さりとて自らそれをどうすることも出来ないかなり複雑した繊細な心境」と説明されるが、[2]『和泉式部日記』の場合は、後の『徒然草』の「つれづれ」のように、そこに安住し得る美的静観性に傾いたものではなく、もっと生々しい動的な心の苦痛を伴い、生の危機感・不安感に通ずるじりじりしたものを中に含み込んでいるのではあるまいか。そこからの脱却を求めて苦闘する式部の姿から見て、「つれづれ」は耐えがたい憂悶・痛苦として受けとめられていたように思われる。

世の誹謗、近親者からの疎外という孤立無援の逼塞状況からくる孤苦・懊悩の慰撫を求め、「つれづれ」の解消を求めたのが、式部にとって帥宮との恋愛であったことはいうまでもないであろう。したがって、帥宮との愛は、単に本能的な愛欲を満たすというより以上に、孤独な魂の慰めであり、生の充実を、生きてあることの証を求めてのことであったのである。しかし、今問題としたいのは、そのことではなく、悲嘆・寂寥に沈む心の救済を、式部は恋愛以外の他の何物かに求めることはなかったかという点である。愛する為尊親王の死没は長保四年の六月であり、帥宮との交際の始まりは翌長保五年四月である。その間約十ヶ月程の期間が存する。さらにまた、知り合った二人が熱烈な恋の磁場に入るまでにはそれ相応の時間が必要であり、式部が帥宮との愛にすべてを託そうと決意するのは八月か九月以降のことであった。その間においても式部は、なんらかの形で逼塞した状況からの解放を求め、心の慰撫を庶幾していたと思われるのであり、そこに彼女の仏教への志向を見たいと思うのである。すなわち、全身全霊をこめて帥宮との恋愛に向かう以前において式部は、自らの救いようのない「つれづれ」の慰撫を仏道に求め、出家遁世を祈念することも再三ならずあったのではないか。そして、むしろ出家遁世に踏みきることのできない自分を自覚し、悟りすました仏事によっては十全に慰め得られない自らの情念を認識した時、はじめて帥宮との愛に我が身を託そうと決意したのではなかったか。式部の道心は恋情と隣合せに位置し、その恋情のあり方を逆に規制しているように思われるのである。以下、作品の中にその間の事情を具体的に探っていきたい。

先にも一言したように、式部と帥宮との恋愛は、二人が知り合った当初から順調に急速に進展するものではなかった。式部の心には未だ為尊親王への強い追慕の情があり、帥宮への恋情を制御するものがある。思わずに初めての契りを結んだ時も、「あやしかりける身のありさまかな、故宮のさばかりのたまはせしものを」（四月　18頁）と、激しい自責の念にかられている。彼女にとって帥宮は、最初兄宮である為尊親王を偲ぶよすがであり、形代的な存在であったといえる。為尊親王の面影が消え、帥宮が帥宮として立ち現われる時はじめて式部にとっての本当の恋があったといえよう。一方、帥宮もまた、乳母の諫言や彼女を取りまく黒い噂（通う男性が多数いるという噂）の故に今一歩積極性に欠け、訪れも絶え間がちであった。式部の道心は、二人の関係が寄り添っては離れ、離れては寄り添うというこうした頗る不安定な時期に専ら吐露されている。

雨うち降りていとつれぐ〳〵なる日比、女は雲間なきながめに、世の中をいかになりぬるならむとつきせずながめて、すきごとする人々はあまたあれど、たゞ今はともかくも思はぬを、世の人はさまぐ〳〵にいふめれど、『身のあればこそ』と思ひて過ぐす。（五月　25頁）

五月、五月雨が降る頃のある日の感慨を記したものである。文中「身のあればこそ」は、『拾遺和歌集』恋五、読人しらず、「いず方に行き隠れなん世の中に身のあればこそ人もつらけれ」からの引き歌であるという(3)。既に藤岡忠美氏も指摘しているように、この歌を引くあたり、世の憂さ辛さから逃れたいという式部の厭世出離の念を見ることができよう(4)。また、式部の仏教への関心は、具体的な仏事に勤しむ彼女の様子からも窺われる。『和泉式部日記』には、彼女の山寺への参籠と仏道精進の模様が二回程描かれている。最初は五月上旬頃であり、次のように記される。

二三日ありて、忍びてわたらせ給へり。女は、物へ参らんとて精進したるうちに、いと間遠なるもこころざしなきなめりと思へば、ことにものなども聞えで、仏にことづけたてまつりて明かしつ。（五月　21頁）

右の文章は式部の仏事を描く点に主眼があるのではなく、事件を巡る二人の愛情の起伏に焦点があるのであるが、しかし、こうした記事から彼女の仏道への関心を見ることは許されるであろう。しかも、仏道精進の故にせっかく訪れた帥宮と対面しなかったというのである。式部の心中で道心がいかに大きな位置を占めているかが推測される。ちなみに、右の場で式部が帥宮との対面を断わったのは、恋の駆引きという意識的な術策によるものではなく、もっと素直な仏道精進を大切にする心からであったろう。意地の張り合いをする程に二人の仲は深化していず、そのような屈折した心理を示す程にこの時の式部が帥宮に熱中していたとも思われない。また、この時の参籠が単なる物見遊山ではなく、それ相応に心を込めたものであったことは、山寺から帰った後の次のような様子からも窺われる。

宮、例の忍びておはしまいたり。女、さしもやはと思ふうちに、日ごろの行なひに困じてうちまどろみたるほどに、門をたゝくに聞きつくる人もなし。（五月　23頁）

日頃の勤行に疲れすっかり寝入ってしまい、帥宮の訪れを聞きつける人がいなかったというのである。参籠中の厳しい生活の様が推測される。これと同様な寺への参籠は、八月上旬にも一度行なったらしく、次のような記事が見られる。

かゝるほどに、八月にもなりぬれば、つれぐ〳〵も慰めむとて、石山に詣でて七日ばかりもあらんとて、詣でぬ。（八月　45頁）

式部のこうした山寺への参詣、参籠には、一方に故為尊親王の追善供養という行事的意味も考えられ、純粋に宗教的心情からするものとばかりもいい得ないが、しかし、辛い「つれづれ」からの脱却を求める真摯な仏道への志向も見のがすことはできないであろう。後、十月頃式部は帥宮邸への移居を決意する時点において、「この宮仕へ本意にもあらず、巌の中こそ住ままほしけれ……」（十月　80頁）と、巌の中に住むこと、すなわち出家遁世の生活を送ることが自分の願いであると言っている。さらに、「かくては（筆者注・帥宮の出家を指す）本意のまゝにもなりぬばかりぞかし」（十一月　92頁）と、出家を「本意」とも呼んでいる。こうした所からも、式部の仏道への関心と志向を見ることができよう。

二

見てきたように、式部は、「つれづれ」が高じ激しい厭世の思いにかられる時、真摯に仏道を志向し、出家の祈念を抱いたようであるが、結局は遁世に踏み切ることができず、逆に帥宮との恋愛に没入していくのであり、そこに式部の道心の質と限界を見ることができる。一体に、式部の道心は、石山参籠の記事に端的に示されているように「つれづれ」の慰めにあった。その意味で、帥宮との恋愛と同価値におかれる。違った方向を目指すものであるにしろ、決して二律背反するものとしては捉えられていない(5)。恋愛と同居し得る道心である点に、式部の個性的な特色があるともいえよう。一般に人間の苦悩の根源である欲望の滅却を説く仏教においては、愛執もまた一つの欲念として否定される。式部の中で、恋愛と道心がいかなる形で同居していたかを十分に分析することは容易でないが、一つに、式部の道心はそれ程深いものではなかったという推測は可能であろう。確かに、憂き世・憂き身を感覚し、それを苦悩する心は激しく深いが、あくまでも感覚的なものに止まっている。そこを契機に深い思索に進むことがない。憂き身の自覚が自己の罪責感・罪障感にまで深化することなく、憂き世の感覚といっても、現世一般の了解に及ぶことはないのである。したがって、出家遁世の祈念も、一種の現実逃避のそれであり、深い求道精神に基づくものとはいえない。『和泉式部日部』における式部の道心は、漸次深化・成熟するものではなく、常に「つれづれ」の慰撫という一点に停滞している。孤独・寂寥の閉ざされた懊悩から救い、精神の集中と生の充実を与えてくれるものでありさえすれば、仏教には限らず他の何物でもよかったのであろう。そこに、恋愛と同居し得る、また後に恋愛に取って代えられる余地があったといえる。

先に見た出家意志の吐露も帥宮への贈答の中になされていた。帥宮に訴えている点に、道心の一つの限界があるともいえる。真の求道精神からする出家は、不如意な生の愁嘆を孤独な胸に抱きしめ、己の内面深くに道心の成熟を図るものではあるまいか。式部の場合、憂き身の悲嘆を口外し、帥宮との心的融合を味わうことによって逆に仏道から離反していくようである。

以上のような式部の道心の限界は、八月の石山参籠においてもっともよく露呈されている。以下、彼女のその場における心理・情感の起伏を追い、併せて帥宮との恋愛に対する心の転機を見定めていきたい。それまでの二人は、時に激しく燃え上ることはあっても概ね低調で、感情の行き違いが多い。式部は、「なほいとをかしうもおはしけるかな、いかで、いとあやしきものに聞しめしたるを、聞しめしなほされにしがな」（六月　39頁）と、帥宮に傾斜する心情を一方に感じながらも、どこか諦めに似た気持があり恋愛に身を託しきるまでには至っていない。訪れの間違な帥宮への不信感と共に、恋情を制御する何物かが心中にあったのではあるまいか。石山参籠の場のすぐ前に次のような記事がある。

あはれにはかなく、頼むべくもなきかやうのはかなし事に、世の中を慰めてあるも、うち思へばあさましう。
（七月　44〜45頁）

醒めた目に映る帥宮との語らいは、式部にとって所詮「頼むべくもなき」「はかなしごと」であり、その中に生きる自分を「あさましう」と反省せざるを得なかったようである。こうした状況の中で式部は、孤独・寂寥に耐え得ず「つれづれ」の慰撫を求めて石山寺へ参籠するのである。ところが、当の山寺への参籠も彼女の希求する心の慰撫と平安をもたらすものではなかった。その間の模様は次のように描かれる。

仏の御前にはあらで、古里のみ恋しくて、かゝる歩も引き替へたる身の有様と思ふに、いとものがなしうて、まめやかに仏を念じたてまつるほどに、……

（八月　45頁）

仏の側近くにいながら仏事に専念し得ず「古里のみ恋しく」思っている。「ふるさと」は女性の場合生れた実家を指すが、ここでは間接的に住みなれた都をも意味していよう。そして、そこには帥宮の面影も込められていたのではあるまいか。心の平安とは裏腹に、勘当の身を思い、両親の住む実家を思って悲しみにくれる式部の姿がここにはある。彼女の心の向かうのは、仏事ではなく都であり帥宮であった。式部の仏に向かう心理には、故為尊親王への思慕に純一に浸るという意味もあったはずであるが、今はそれへも集中できない。いそぎ気を取りなおして一心に仏を念じようとするが、心はいつしかまた都の方へ飛んでいるという状態だったのではあるまいか。帥宮が兄為尊親王の面影から離れ、それ以上の大きさで式部の心に居座りつつあったように思われる。この時、帥宮からの消息が小舎人童によってもたらされるが、式部はいつになく感激し、高揚した気分で返歌を認める。彼女の高ぶった感情は、「つねよりもふと引き開けて見れば」という動作に端的に示され、帥宮の一首の和歌に対して、

あふみぢは忘れぬめりと見しものを関うち越えて問ふ人や誰
いつかとのたまはせたるは。おぼろけに思ひ給へ入りにしかも。
山ながらうきは立つとも都へはいつか打出の浜は見るべき

（八月　46〜47頁）

と、二首連記の返歌を送っている所からも知れる。この歌の表面的な意味は、帥宮を冷たく拒絶し、仏道へ向かう姿

勢を示しているが、あくまで一つの擬態にすぎず、真情はより以上に帥宮に向かうものであったことは、先に見た彼女の様子やすぐ次に見られる二首の歌によって明確に推察し得る。式部からの返歌を手にした帥宮は、折り返しすぐに二首連記の消息を送る。

問ふ人とか。あさましの御物言ひや。

　尋ねゆく逢坂山のかひもなくおぼめくばかり忘るべしやは

まことや、

　うきによりひたやごもりとおもふとも近江の海は打ち出てを見よ

『うきたびごとに』とこそいふなれ　（八月　47～48頁）

これに対し式部は、次のような二首の歌を返す。

関山のせきとめられぬ涙こそ近江の海とながれ出づらめ

こゝろみにおのが心もこゝろみむいざ都へと来てさそひみよ　（同上　48頁）

先の二首とは全く逆の心情が表白されている。特に「こころみに」の歌には、大胆な誘いさえ見られ、帥宮への恋情に一つの確固とした強いものが感じとれる。これまでのような不透明な屈折した躊躇は見られない。この後、式部は当初の予定を変更して早々に参籠を中止し都へ帰るが、それを揶揄した帥宮の歌（あさましや法の山路に入りさして都の方へ誰さそひけん）に対し、次のように答える。

山を出でて暗き道にぞたどり来し今一たびの逢ふことにより　（八月　49頁）

「暗き道」は『法華経』化城喩品の「従冥入於冥永不聞仏名」を踏まえ、煩悩の多い俗世の闇を意味するといわれる。(6) ここに、意識的に「山」を出て「暗き道」に入るという式部のある決意が見られるように思う。「つれづれ」の慰撫を求めて行なった石山寺参籠において式部は、逆に自らの道心の限界と帥宮への思慕を確認する結果になったのではあるまいか。そして、「つれづれ」あまる時常に念願された出家遁世を断念し、帥宮との愛に全てを託そうと決意したのではなかったか。これからの生の支柱として、仏道よりも愛を自覚的に選び取ったと思うのである。あるいは、選び取るというよりも、自らの情念の向かう所を感覚し、そこに身を任せようとしたといった方がいいかもしれない。式部という人間は、仏道を志向し、出家遁世の行ないすました生を送るにはあまりに豊饒な情感を持していたといえよう。奔流する熱情を充たし、不断の「つれづれ」を慰めるには、彼岸への救済ではなく現世における愛より他なかったのでもあろうか。

ちなみに、後、帥宮邸入りを決意する時に、かねての「本意」であった出家を断念した事に関し、次のように思惟している。

この宮仕へ本意にもあらず、厳の中こそ住ままほしけれ、又うきこともあらばいかゞせん、いと心ならぬさまにこそ思ひいはめ、猶かくてや過ぎなまし、近くて親はらからの御有様も見聞え、又むかしのやうにも見ゆる人の

上をも見さだめん、（十月　80頁）

右の文章によると出家に踏みきれない式部の心中には、親兄弟及び子供への恩愛の情と共に、それ以上に「また憂きこともあらばいかゞせん」という出家後の自分に対する危惧の念があったようである。常に仏道を志向しながらも、式部はそこに安住し得ない自分をもまた認識していたといっていいであろう。(7)「山を出でて」の歌には「暗き道」と知りながら、また再び現世における恋愛に身を任せざるを得なかった式部のある諦念と悲哀が込められているように思われる。

三

石山参籠において道心の限界と帥宮への愛を確認した式部は、以後積極的に帥宮との愛の世界に入り込もうとする。厭世の思いに囚われても出家遁世の祈念を抱くことはない。「つれづれ」に苦悩し、「ながめ」に沈潜する時は、ひたすら帥宮に向う。帥宮の愛情に縋ってこの世を生きゆこうとする意識が明瞭である。

・君をおきていづちゆくらん我だにもうき世の中にしひてこそふれ（九月　58頁）
・少しよろしうなりにて侍り。しばし生きて侍らばやと思ひ給ふるこそ、罪ふかく。さるは、
　絶えしころ絶えねと思ひし玉の緒の君により又惜しまるゝかな（十月　88頁）

こうした歌や消息には、とかく厭世感に沈み出家遁世を願いがちであった石山参籠以前とは大幅に違った式部の心

情を読み取ることができよう。さらに、自邸への移居を勧める帥宮の勧誘に際しての次のような心中思惟にも、出家遁世を断念し帥宮との愛以外には「頼もしき方」もないとする式部の心境を窺うことができる。

・『山のあなたに』しるべする人もなきを、かくて過ぐすも明けぬ夜の心地のみすれば、（中略）さりとて、ことざまの頼もしき方もなし、なにかは、さてもこころみむかし　（十月　62～63頁）

・なにごとも、たゞわれよりほかのとのみ思ひ給へつゝ過ぐし侍るほどのまぎらはしには、かやうなる折、たまさかにも待ちつけ聞えさするよりほかの事なければ、たゞいかにものたまはするまゝに、と思ひ給ふるを、……　（十月　63～64頁）

石山参籠以降の二人の仲は、こうした式部の心情を反映して順調に深化し、愛の極致へと直進する。以前のように寄り添っては離れ、離れては寄り添うという不安定な振幅を見せることなく、着実に愛情の高みへと前進する。不透明な感情の行違いもない。遂には、典型的な愛の贈答が展開され、恋愛の一つの極致ともいえる様相が示される。石山参籠における式部の心の転機が、二人の愛の進展に大きな影響を及ぼしているように思われる。

実際、八月上旬の石山参籠の場を境に二人の愛情の深化を示す前後照応した記事が見られる。四月、六月頃には帥宮の愛が冷却し疎遠となる原因であった事件が九月以降では逆に二人の仲が深まる契機となっており、又、同一状況における式部の心境・態度に大幅な違いが見られるのである。二、三の例を挙げる。式部を取りまく黒い噂に動揺する帥宮が詰問の消息を送るという事件が六月に二度、十月に一度描かれているが、前二回の場合、式部はそれ程悲嘆・動揺することなくどこか諦めに似た気持でそれを受け取めている。ところが、十月の時には「胸うちつぶれて、あさましうおぼゆ」と驚嘆し、深刻に困惑するのである。帥宮との愛に賭ける式部のひたむきさが窺われよう。さらに、前者はそのまま二人の疎隔をもたらすのであるが、後者は、「なほ人のいふことのあれば、よもとは思ひながら聞えしに、かゝる事いはれじとおぼさば、いざ給へかし」（十月　83頁）という帥宮の言葉からも推察されるように、二人の恋愛の達成ともいうべき式部の帥宮邸入りへの布石ともなっているのである。また、せっかく訪れた帥宮が、式部側の事情によって空しく帰り、後に恨み言を述べるという場面が、やはり石山参籠をはさんで二度程描かれている。内情を説明して帥宮の誤解を積極的に解こうともせず、動揺も残念がる風も見えない参籠以前の場合に対し、後では「いでや、げにいかにくちをしきものにおぼしつらん」（九月　52頁）と同情し、一人書き綴っていた手習の文を送っている。それは、孤独感・寂寥感に悩まされていたその時の「あはれ」の感慨を訴えるものであると同時に、暗に自分の状況を説明し身の潔白を説明するものでもあった。そして、本来自分自身との対話であるはずの手習の文を送るという式部のうち解けた態度が帥宮の親愛の情を喚起し、二人の共感を一段と深めているのである。

さらにまた、十月中旬頃に、帥宮の訪れを待って煩悶する式部の姿が記されている。

かくて、二三日音もせさせ給はず。頼もしげにのたまはせしことも、いかになりぬるにか、と思ひつゞくるに、いも寝られず。（十月　69頁）

こうした姿は、石山参籠以前の彼女には見られないことであった。式部の「つれづれ」は、当時の不幸な境遇から来ており、帥宮との事情は直接関係なかったし、その孤独・寂寥からの解放を求める場合も、時に仏道への志向も見られ、このように一途に帥宮に向かうということは一度もなかった。こうした所にも、石山参籠を境としての式部の心境の恋化を窺うことができよう。

見てきたように、式部は、物思いに沈み孤独・寂寥に苛まれる時に、「つれづれ」からの解放を求めて仏道を志向し、出家遁世の祈念を抱くことも確かにあったようである。たとえ、道心の深化・成熟は見られず、結局は現世における恋愛に没入してはいくものの、その仏道への志向と断念は、本作品の主題である帥宮との愛の展開に大きな影響を及ぼしている。そこには又、興味深い式部の人間性をも窺うことができた。こうした式部の道心が、彼女の生涯の中でいかなる位置を占め、いかなる意味を有するかは、和泉式部の歌集やその他のより広範な資料を基に慎重に検討されなければならないであろう。

四

さて、これまでは専ら式部の道心を探ってきたが、一方帥宮はどうだったのであろうか。以下、帥宮の道心を考究し、併せて二人の恋愛の質と相を見ていきたい。

式部の道心が専ら日記の前半部に吐露されていたのとは逆に、帥宮の仏道への志向は日記の終焉部近くに表白されている。激しい厭世感に沈み出家遁世を口にする式部への慰撫、激励として書かれる「なにせんに身をさへ捨てんと思ふらんあめの下には君のみやふる　誰もうき世をや（五月　26頁）」という消息や「あさましや法の山路に入りさして都の方へ誰さそひけん」という歌にも、帥宮の仏道への理解と共感を見ることができるのであるが、さらに次のような記事には、強い出家への志向を持つ帥宮の心情が直接的に表われている。

①その夜おはしまして、例の物はかなき御物語せさせ給ひても、「かしこにゐてたてまつりて後、まろがほかにも

ゆき、法師にもなりなどして、みえたてまつらずは、本意なくやおぼされん」と心細くのたまふに……

（十一月　91頁）

右の文は、二人の仲が順調に進展し、恋愛の極致ともいうべき深い愛情と共感に満ちた和歌の贈答が続く十一月のある夜の会話の一部である。二人の恋愛の帰着点ともいうべき式部の帥宮邸入りの直前におかれている。遁世の希望を仄めかす右の帥宮の発言は、宮邸への移居をほぼ心に決していた式部にとって大きな衝撃であったらしく、深く思い悩み、悲嘆に沈んでいる。

②いかにおぼしなりぬるにかあらん、又さやうの事も出で来ぬべきにや、と思ふに、いとものあはれにてうち泣かれぬ。

（十一月　91頁）

③女はその後、物のみあはれにおぼえ、歎きのみせらる。

（十一月　94頁）

木村正中氏は、この帥宮の言葉に対し、「いまや女を迎え入れようとしている男の側の言葉として、まことに異様である。あたかも女を故意に失望させようとしているかのごとくさえ聞こえる」と疑念を漏らしている。(8) 確かに、式部が深刻に悲嘆するようなことを簡単に口にするのは軽率の謗りを免れず、恋愛の最高潮ともいうべき状態においてどうして右の如き発言をせねばならなかったのか疑問となる所であろう。しかし、いずれにしろ①の部分から、帥宮の真摯な仏道への志向、出家遁世の思念を読み取ることはできるであろう。式部に自邸への移居を勧誘する際にも、帥宮は仏道に寄せる思いを漏らしている。

行なひなどするにだに、たゞ一人あれば、同じ心に物語聞えてあらば、慰むことやある、と思ふなり
（十月　62頁）

彼のこうした道心は、鈴木一雄氏[9]や大橋清秀氏[10]のいわれるように恐らく式部との恋愛に関係する生活事象からではなく、それ以外の公私両面に亘る不如意な生から発していたものと思われる。日記のこれまでの部分では、道心の機縁となるべき何らの事情も認められず、二人の関係の中に道心の原因があるとは考えられない。[11]

呉竹のうき節しげき世の中にあらじとぞ思ふしばしばかりも
などのたまはせて、人知れず据ゑさせ給ふべき所などおきて、……
（十一月　97〜98頁）

一方に深い厭世感と現世離脱の願望を訴えながら、式部を迎え入れる準備をする帥宮の姿からもそれは理解できよう。ここでもまた、式部の場合と同様恋情と道心の奇妙な同居を見ることができる。「うき節しげき世の中」の慰撫として、帥宮の心中では仏道への志向も式部との恋愛も矛盾することなく共存しているようである。したがって、強い出家の希求は、憂き世の感覚の急迫を意味し、それだけいっそう式部との恋愛に自分を埋没させていったのではあるまいか。そう解することによってはじめて①の帥宮の心境を無理なく理解することができる。彼もまた時の政治的権力世界からの疎外、[12]不本意な結婚生活等々と、つたない宿世を嘆く孤独な人間だったのであり、わずかに式部との恋愛によってのみ生の慰撫を見出していたのである。帥宮にとってもまた二人の恋愛は「つれづれ」の慰めである点

に意味があったのである。ともすれば出家遁世に傾斜しがちな「つれづれ」侘ぶる情を基底とし、孤独な魂の慰撫・生の充実の希求に二人の恋愛の本質があったといえよう。換言すれば、出家遁世と隣合った恋愛であったが故に、愛の深い姿が示され、読者の共感と同情を得るものがあったのではないかと思われる。

①の帥宮の出家遁世の意志の表白がことさらに式部の帥宮邸入りの直前におかれていたのも、こうした二人の恋愛の本質を日記の終焉部にあたり今一度強烈に印象づけておきたかった為ではなかろうか。①は両者の完全な心の交流を示す愛の贈答歌群の中に唐突におかれている。下降的・沈潜的な情感にのみ囚われている式部が、わずかに明るい高揚した感情を見せ、愛の歓喜にふるえているかと思われる時であった。すなわち、帥宮との愛の交感によって生の支柱を見出し、不断の「つれづれ」から救済されたかと思われる時に、宮の出家意志の吐露に出会い、再び悲嘆・懊悩に突き落とされているのである。②③の式部の動揺は、生の支柱として一途に縋ろうとしていたものの不安定性を感知し、「世の中」のはかなさを再認識した所からきていたのであろう。精神的な支えである帥宮もまた自分と同様、不如意な生を余儀なくされ何らかの心の支えを求める孤独な人間だったのであり、二人の関係もまたかつての為尊親王とのそれと同じく脆くはかないものだったのである。式部はそのことをつい見忘れていた。このたびの悲嘆・動揺を通して式部は、今一度「世の中」のはかなさを再認識しつつ帥宮の邸宅に引き取られていったものと思われる。式部の「つれづれ」は何物によっても完全に解消されることなく、常に心情の基底を流れていたのであろう。したがって、帥宮邸へ移居して以後も式部の心境及び上述した二人の恋の位相は本質的に変わることはなかったであろうと思われる。①の場面は、このことを示す為におかれていたのではあるまいか。

木村正中氏は、『和泉式部日記』の主題と特質を説明して次のように言う。(13)

恋愛の心理的な葛藤を通して、むしろ心理的な現象に分離しきれない恋愛そのものの本質が、立体的に具現されているところに、和泉式部日記の独自な性格を指摘することができるのではないかと思う。（中略）その深い共感の世界は、繊弱ではあるが極限的な和泉式部日記の特質を形造っているのである。

今その「深い共感」の基盤及び二人の恋愛の本質を見つめる時、そこに不完全ながらも道心の存在が認められ、むしろ仏教思想の存在によって二人の共感が促進され、愛の深さと真摯さが保障されているように思われるのである。『和泉式部日記』において仏教は、作品の本質に通ずる頗る重要な位置と意義を占めているといえよう。

注

（1）本書における『和泉式部日記』本文の引用は、以下総て清水文雄校注『和泉式部日記』（岩波文庫、昭56改訂版）に寄り、頁数を記した。
（2）島津久基「「つれづれ」の意義」（『国文学の新考察』至文堂、昭16）参照。
（3）藤岡忠美校注・訳「和泉式部日記」（日本古典文学全集『和泉式部日記　紫式部日記　更級日記　讃岐典侍日記』所収、小学館、昭46）の頭注参照。
（4）注（3）に同じ。
（5）円地文子・鈴木一雄『全講和泉式部日記増補版』（至文堂、昭48）参照。
（6）注（3）に同じ。
（7）注（5）に同じ。
（8）木村正中「和泉式部日記の特質」（『日本文学』第十二巻第二号、昭38・2）参照。
（9）鈴木一雄『和泉式部日記』に描かれた帥の宮の出家の意志」（『言語と文芸』昭39・7）参照。

（10）大橋清秀「和泉式部日記鑑賞」（『平安文学研究』第三十輯、昭38・6）参照。
（11）注（5）に同じ。
（12）注（10）に同じ。
（13）注（8）に同じ。

第三節　『和泉式部日記』における自然

『和泉式部日記』の魅力の一つが、そこに描かれる類稀な深い愛の世界にあり、それは、帥宮敦道親王と和泉式部との「憂き世」の自覚から来る救いようのない「つれづれ」の情を共通の心理的基盤とすることによって、はじめて形成されたものであることは、既に多くの論者の指摘する所である。しかし、知り合った二人が、早急に互いの孤独・寂参を理解し、熱烈な愛の磁場に突入していったものでないことはいうまでもない。社会的に許されたとはいい得ない二人の関係は、それだけに障害も多く、決して順調に急速に進展するものではなかった。寄り添っては離れ、離れては寄り添うという不安定な動揺を幾度となく繰り返し、恋愛進展の過程は複雑な様相を呈する。特に、式部の心境は陰影に富み、捉え難い。帥宮への強い傾斜を示すかと思うと微妙な躊躇いを見せ、彼の訪れを待ち侘びる一方において、そうした自己を「あさまし」と深く反省してもいる。複雑な社会的背景や過去を持つ彼女には、一途な恋への耽溺を抑制する何物かが存し、恋情の率直な発露を塞止めているもののようである。したがって、彼らの恋愛の深まり行く過程を、作品の中から正確に跡付けることは、必ずしも容易でない。

一体、公私両面に渡る多くの障害を抱え、心理的な躊躇を感じながらも、徐々に二人の共感を深めていく、その機縁となったものは何であろうか。遂には愛の極致ともいうべき典型的な精神の融合、共感をもたらす程の深い魂の触れ合いを可能にしたものは何だったのか。勿論、一口に恋愛進展の契機とはいっても、容姿・容貌の感覚的な魅力、詩人としての才藻の均衡等[1]々多くの要因が複雑に影響し合っていることであろう。本論では、そうしたものの一つとして自然の存在を考えてみたいと思うのである。即ち、互いに対する理解がまだ十分でない段階において、二人の孤独な魂の共感を導いたものは、彼らが共通に感受し、観賞していたであろう自然、景物の情趣ではなかったか。季節折々の風情、情趣を媒介とすることによってはじめて、彼らは、心情の触れ合いを可能とし、深い愛の世界を形成することができたのではなかったかと思うのである。

一

故為尊親王の一周忌も真近い四月中旬、帥宮の橘花の贈与から始まる彼らの関係は、一夜の契りを結んで後、一時停滞する。心理的な齟齬が生じ、帥宮の誤解を招く擦れ違い事件も出来して、「いとはるかなり」といわれる状況であった。そうした時に、二人の心情を再び寄り添わせる機縁となったのが、次の場面である。

雨うち降りていとつれぐなる日比、女は雲間なきながめに、世の中をいかになりぬるならんとつきせずながめて、すきごとする人々はあまたあれど、たゞ今はともかくも思はぬを、世の人はさまぐにいふめれど、『身のあればこそ』と思ひて過ぐす。宮より、「雨のつれぐはいかに」とて、

大方にさみだるゝとや思ふらん君恋ひわたる今日のながめを

とあれば、折を過ぐし給はぬをかしと思ふ。あはれなる折しもと思ひて、

しのぶらんものとも知らでおのがたゞ身を知る雨と思ひけるかな

と書きて、紙の一重をひき返して、

ふれば世のいとゞうさのみ知らるゝに今日のながめに水まさらなん

待ちとる岸や」と聞えたるを御覧じて、たちかへり、

なにせんに身をさへ捨てんと思ふらんあめの下には君のみやふる

誰もうき世をや」とあり。（25～26頁）

五月雨の降り続くある日、鬱陶しい思いに捉われ、「つれづれ」の情に沈む式部のもとに帥宮からの便りが届く。「折を過ぐ」さぬ贈歌に心開かれた彼女は、心底に巣喰う憂苦・厭世の思いを二首の和歌に詠じて送る。折り返し帥宮から心優しい共感と慰藉に満ちた返歌が届けられるという次第であり、見事な呼吸の一致と深い共感の世界が成立しているといえる。この場における式部が、憂鬱な思いに暗く心を閉ざされていたのは、多分に雨の影響によろう。勿論、『和泉式部日記』における式部は、常に何等かの物思いの状態にあり、本来的に或る種の下降的な心情を抱いていたことは確かであるが、いつにも増して深い孤独・寂寥の鬱屈した思いに捉われていたのは、やはり五月雨の持つ情趣が及ぼして力があったと思われる。即ち、常に心底に蟠る「つれづれ」の情が、五月雨の風情に触発されて心の表面に浮び出、強く全精神を領するという状況だったのではあるまいか。歌語としての「ながめ」が、長雨と眺めとの懸詞の意に頻繁に用いられることからもわかるように、一般に平安朝の人々にとって、雨、特に長雨は物思いと密接に結び付いていた。それも、性的不満から来る孤独寂寥の場合が殆どであるという。(2)

花の色はうつりにけりないたづらにわが身世にふるながめせしまに　　（巻二・小野小町）

やよひのついたちより、忍びに人に物らいひて後に、雨のそぼふりけるに、よみてつかはしける

おきもせずねもせでよるをあかしては春のものとてながめくらしつ　　（巻一三・在原業平朝臣）

なりひらの朝臣の家に侍りける女のもとに、よみてつかはしける

つれづれのながめにまさる涙河袖のみぬれてあふよしもなし　　（巻一三・としゆきの朝臣）

『古今和歌集』所載の右の三首の歌は(3)、いずれも雨に寄せて、満たされぬ恋の思いを詠み込んだものであり、「ながめ」と恋との深い関係を示している。『王朝恋詞の研究』では、この点に関し次のように説明している(4)。

日本の農村では、陰暦五月の田植えに先立って厳重な物忌みが行なわれた。（中略）したがって、五月雨のころは、男女が相あうことができず、家にこもってゆううつな状態にある。ながむということばは、そういう性欲的に満たされない、もの思いを続ける境遇にあることを原義としている。

古代農耕社会における風俗習慣が、どの程度王朝貴族の内面に痕跡を留めていたかよくは分からないが、雨に対する心象の形成が平安朝時代に始まったものではなく、それより久しい以前であったことを説く点において興味深い。訪れが途絶え、音信も滞りがちであった帥宮が、「雨のつれづれはいかに」と文を送るのも、恐らくは雨にまつわるこうした共通の心象を踏まえてのものであったろう。あるいは、帥宮自身、式部と同様に雨に触発されての孤独な「つれづれ」の状態にあったのかもしれない。いずれにしろ、人誰れもが物淋しい思いに心を閉ざされ、何となく憂

鬱に沈む雨の日は、恋人同士が互いに語り合い慰め合う恰好の時であったわけで、彼の贈歌はまさに時宜を得たものであったといえる。「折を過ぐしたまはぬををかしと思ふ」という式部の感想はその謂であろう。いわば、五月雨という景物を契機としての「折を過ぐさぬ」帥宮の贈歌が、式部の孤独な心情に触れ、二人の共感をもたらしているといえる。

清水文雄氏は、この場の「をり」を説明して次のようにいわれるが、[5]納得し難い。

「をり」とは、和泉自身が今「あはれ」を感じている、その「をり」である。そして「をりをすぐし給はぬ」というのは、和泉自身で「あはれ」を感じている、その「をり」を知って、その「をり」にふさわしい歌を、機を逸せず詠んでよこされたことをいう。和泉の立場からいうと、自分の心中を見すかされたときの、「的中の感」とでも呼ぶことのできそうな感情が、「をかし」という評語となってあらわれたのである。

「をり」や「をりを過ぐさぬ」という言葉は、果たして自分自身の内面を問題とする、これ程主観的なものであろうか。本作品中「をり」の用例は、「折ふし」(二例)「折々」(一例)を含めて一三例を数えるが、いずれも客観的な事象を表現したもので、「時、時宜」という意味のようである。

①人などのある折にやと思へば、つゝましう　(31頁)

②かくいふほどに、七月になりぬ。七日、すきごとどもする人のもとより、織女、彦星といふことどもあまたあれど、目も立たず。かゝる折に、宮の過ごさずのたまはせし物を、げにおぼしめし忘れにけるかな、と思ふほどに

ぞ、御文ある。（42頁）

③晦方に、風いたく吹きて、野分だちて雨など降るに、つねよりももの心細くてながむるに、御文あり。例の折知り顔にのたまはせたるに、日ごろの罪もゆるし聞えぬべし。（49頁）

④すべてこの頃は、折からにや、もの心細く、つねよりもあはれにおぼえて、ながめてぞありける。（50頁）

⑤よし見たまへ、手枕の袖忘れ侍る折や侍る（60頁）

紙数の関係上全用例の引用は控えるが、他も同様な使われ方をしている。②番の「かかる折」は「七夕のような時」であり、④番「折からにや」も「秋の季節のせいであろうか」の意である。①⑤は単に「時」といい換えてもよかろう。まぎらわしいのは③番であるが、これとても、「もの心細くてながむる」折を知り顔にというのではなく、「風いたく吹きて、野分だちて雨など降る」折の風情をよく理解してという意味であろう。殊更、式部の主観的な心情の世界を表現したものと解釈しなければならないことはないようである。したがって、当用例の「あはれなるをり」も式部自身が「あはれ」を感じている折というよりは、五月雨の降るしみじみとした趣深い時、風情のある時という意味に解した方が穏当であろう。

さらにまた、「をかし」という言葉の意味にしても、氏のいわれるように、自分の心中を見すかされた時の「的中の感」といった感情の表現などではあるまい。この時点の二人は、それ程深く心を通わせていたわけではない。双方共に今一歩恋愛に対する積極性に欠け、心理的な齟齬の多い時であった。離れたままの式部の心情を的確に推測できる程、帥宮は、彼女を十分に理解しているとはいえず、一方式部にしても、「的中の感」の感激を味わう程深く帥宮を知り尽くしていたわけではなかった。十月十日過ぎの部分に、次のような記事が見られる。

かくて、二三日音もせさせ給はず。頼もしげにのたまはせしことも、いかになりぬるにか、と思ひつゞくるに、いも寝られず。目もさまして寝たるに、夜やうゝふけぬらんかしと思ふに、門をうちたゝく。あなおぼえなと思へど、問はすれば、宮の御文なりけり。思ひかけぬほどなるを、「心やゆきて」とあはれにおぼえて、妻戸押し開けて見れば、……（69頁）

自邸への移居を勧誘しながら三日音沙汰のない帥宮のことを考えて煩悶する式部は、思いがけない彼からの手紙を手にして、「心や行きて」と深く感動したというのである。これこそまさに、的中の感というべきものであろう。即ち、二人の間に式部の帥宮邸への移居が話し合われる程の深い愛の形成があってはじめて、こうした心の交流を感じているのである。ここに至るまでにはもっともっと互いに対する理解と共感を深める必要があったであろう。この場はやはり、風情ある時宜を逃さず贈歌する帥宮の奥床しい心情に対する称賛の思いが「をかし」となって表われたものと見るのが穏当かと思われる。

ただ、同じく客観的な「時、時宜」を意味する「折」であっても、右の例文の③④番のように、季節、景物の風情、情趣が重要な意味を持ち、それらを含めて「折」と表現している場合と、そうした情趣的な色合いの全くない単に「時」という説明的な叙述の意味に用いられているものとの二つの場合があるようである。そして、二人の恋愛進展に大きな関わりを持つのは、いうまでもなく前者の「折」である。即ち、自然折々の風情、情趣を鋭く感受し、それに即応した和歌を詠み合うことによってはじめて、二人は心的融合、共感の世界に浸ることができたのであり、彼らを取り巻く外界の自然、景物が、恋愛進展においていかに重要な役割を果たしていたかが理解されるかと思うのである。

二

「折を過ぐさぬ」帥宮の音信が式部の心情に触れ、二人の愛の形成を深めていくのは、右に見た五月雨の場だけには限らない。「折」の使用例として挙げた②・③番の場面もそうした例に属す。七月七日の七夕には、牽牛星と織女星が年に一度の逢瀬を楽しむという故事に因んで、恋の詩歌が盛んに作られ、かつ贈答されたという。雨、風等の自然物とは違い、半ば人事的なものではあるが、ある意味を持った特別な日であったことは確かであろう。ただ一首の和歌を記すだけの簡単な文ではあったが、「さはいへど、過ごし給はざめるは、と思ふも、をかしうて、」と、式部が深く感動しているのもその故であろう。この時点の二人は、「(帥宮は自分のことを)げにおぼしめし忘れにけるかな」という表現からもわかるように、決して順調なものではなかった。そうした中で、七夕に因んでの時宜を得た帥宮の文が、式部の恋情を新たなものにし、二人の関係を繋ぎ留めているのである。

③番の場面にしても、式部は、「例の折しり顔」な帥宮の手紙に「日ごろの罪もゆるし聞えぬべし」というまでに深く感激している。そして、「歎きつゝ秋のみ空をながむれば雲うちさわぎ風ぞはげしき」という帥宮の歌に対し、「秋風は気色吹くだにかなしきにかき曇る日はいふかたぞなき」とこれまでには見られない素直な共感を寄せているのである。折を知るとは、時々の風情、情趣をよく理解し、感受することであり、帥宮の折を知った、それに相応しい贈歌が、深く式部の心を捉えるのである。この時、彼は式部がいつもよりも深く物思いに沈んでいることを見通して和歌を送ったものではあるまい。風が激しく吹き、野分のように雨などの降る情景に誘発されての行動が、結果的に彼女の孤独な心情に触れることになったのである。式部の物思いもまた、多分に外界の情趣に触発されてのものであったろう。即ち、雨、風という自然の景物が、二人の心情を寄り添わせる上に、頗る重要な役割を果たしていると

いえる。

九月二十日過ぎのある日、有明の月に誘われて式部のもとへ訪れた帥宮が、邸内からの返答のないまま虚しく帰るという事件があった。帥宮からの便りでそのことを知った式部は、次のような感想を抱いている。

猶折節は過ぐしたまはずかし、げにあはれなりつる空の気色を見給ひける、と思ふに、をかしうて、この手習のやうに書きゐたるを、やがて引き結びて奉る。（52頁）

結局は会えなかったものの、帥宮の有明の月の「折ふし」を過ごさぬ訪れが式部の心を感動させ、彼女に手習の文を送るという行動を取らせているのである。もともと自分自身の鬱懐を晴らす孤独な慰み事であるはずの手習の文を送るということは、それだけ深い親愛と信頼を帥宮へ示すことを意味する。こうした心許した式部の姿勢が、他の女性への代詠を依頼するというより一層胸襟を開いた帥宮の行動へと繋がっていくのであり、後の恋愛の展開に重要な意味を持つこの場の心の触れ合いもまた、有明の月を契機になされていることに注意される。

さらにまた、「折」という言葉は見られないにしても、内容的にはこれと同様な、季節折々の情趣を踏まえた帥宮の贈歌が式部の心情に触れ、二人の恋愛を促進するという場面も少なくない。そもそも、作品冒頭の二人の馴れ初めにあたる帥宮の橘花の贈与もまた、時宜を得たものであったといえる。橘花は、初夏の代表的な景物の一つであると共に、「さつきまつ花橘の香をかげば昔の人の袖のかぞする」(6)という古歌を踏まえ、昔の人を偲ぶという意味を持つものでもあった。為尊親王の一周忌にま近い四月中旬、萌え出る若葉を眺めながら故宮への追慕と寂寥に沈む式部にとって、師宮の便りはまさに恰好な品による恰好な時の見舞いであったわけである。社交儀礼を逸する程の大胆な返歌をするのもその故であろう。当初から帥宮は、式部の胸に奥床しい印象を留めていたものと思われる。

月に因む次のような贈答の場面もまた、そうした例に挙げてよかろう。

二三日ばかりありて、月のいみじう明かき夜、端にゐて見るほどに、「いかにぞ。月は見給ふや」とて、

わがごとく思ひは出づや山の端の月にかけつゝ歎く心を

例よりもをかしきうちに、宮にて月の明かゝりしに、人や見けん、と思ひ出でらるゝほどなりければ、御返し、

一夜見し月ぞと思へばながむれど心もゆかず目はそらにして

と聞えて、なほ一人ながめゐたる程に、はかなくて明けぬ。（34頁）

月明の夜、帥宮邸内の人目まれな場所でひっそりと二人だけの恋を語り合う場面のすぐ後の記事である。式部が帥宮の文を「例よりもをかし」と感動しているのは、それが、殊更に美しいその夜の月の風情を見逃さぬものであったからであろう。八代集中の月の歌は、皓皓と澄み渡る秋の満月を賞美するものか、物思いと関連させての詠出かのいずれかであるという。そこでは、月は「物思いの対象となったり、物思いを慰めてくれる存在となったり、あるいは月が物思いを誘なったりしている」とのことである。(7) 又、『源氏物語』『蜻蛉日記』『枕草子』『紫式部日記』に出る天象気象語を精査された阿部俊子氏は、『源氏物語』『蜻蛉日記』に共通して風、空、月の順に頻度数の高いことを指摘し、次のように言われる。(8)

筆者の環境も境遇も性格も、又作品のジャンルも異るが、心に悶々の情を抱く作中の人物の思いに、共通点があ

るせいであろうか。空を抑ぎ月をながめ、風の音に耳をかたむけるのは、切ない思いにため息をつき物を思う時の姿勢なのであろうか。

一般に、王朝貴族にとって月は、清澄な美しさを観賞するものであると同時に、しみじみとした物思いを誘うものでもあったらしい。『和泉式部日記』における式部も、よく月を見ながら下降的な物思いに沈んでいる。さらに、社会に共通する一般的な心象に加え、月は、濃密な愛の世界を思い出させるよすがとして、二人だけに通ずる特別な意味を持つものでもあった。月は、彼らにとってまさに「あはれ」深いものだったのである。そうした月夜の時宜を逃さぬ帥宮の文が、式部の孤独な心情に触れ、忘れ難い印象を留めることになるのである。「なほ一人ながめゐたる程に、はかなくて明けぬ」と記される所から窺われるように、この時の贈答は新たな恋愛の進展を呼び起こすものではなかったが、しかし、訪れも便りも間遠な折のこうした文の交換が、式部の帥宮への思いを繋ぎ留め、全体的な愛の形成過程から見た場合は、頗る重要な意味を持つものとなってくるのである。

二人の恋愛は、八月の石山寺参籠の場あたりを界として、以後順調に進展し、やがて十月、十一月頃には愛の極致ともいうべき典型的な心的融合、共感の世界を見せることになる。勿論、危機的な状況が一度もないわけではないが、あくまでも強い心的結合を基盤としての動揺であって、互いに対する理解が十分でなかったこれまでの不安定な心の擦れ違いとは質を異にする。揺るぎない愛の形成の果たされたこの時期においてもまた、月、霜、雨等の景物に因んでの和歌の贈答が目立ち、まさに折々の自然、景物を契機とし、媒介とすることによって、二人は、愛情の確認をし合っているといえる。

・色々に見えし木の葉も残りなく、空も明かう晴れたるに、やうく入りはつる日影の心細く見ゆれば、例の聞ゆ。

慰むる君もありとは思へども猶夕暮は物ぞかなしき

とあれば、

夕暮は誰もさのみぞおもほゆるまづいふ君ぞ人にまされる

と思ふこそあはれなれ。ただ今参り来ばや」とあり。

又の日の、まだつとめて、霜のいと白きに、「たゞ今のほどはいかゞ」とあれば、

起きながら明かせる霜の朝こそまされるものは世になかりけれ

など聞えかはす。（86～87頁）

・十一月ついたちごろ、雪のいたく降る日、

神世よりふりはてにける雪なれば今日はことにもめづらしきかな

御かへし、

初雪といづれの冬も見るまゝにめづらしげなき身のみふりつゝ

など、よしなしごとに明かし暮らす。（88～89頁）

濃やかな愛情を示す贈答歌群から任意に二、三引用した。彼らが日々嘱目する自然と一体になり、あるいはそうなることによって二人の共感と愛情を育む具体的な様相を窺うことができよう。いうまでもなく、心の思いを外界の自然物に託して詠ずる恋歌の手法は、既に『万葉集』以来の伝統であり、『和泉式部日記』の特異性とも漸新性ともいえないことは勿論である。しかし、愛の極みにおいて交わされた恋歌の類例が他に乏しいせいであろうか、右のよう

な贈答歌群は、不思議に在り来たりな平凡さを感じさせない。むしろ、折々の景物に因む和歌の贈答によって展開されるその濃密な愛の世界は、彼ら独自の個性的な印象すら与える。それだけ確乎とした一つの生きた恋愛の世界を『和泉式部日記』は形象化し得ているということなのであろう。恐らくは当時盛んに行なわれていたであろう和歌による愛の交流の具体的な典型的な姿を見る意味においても頗る興味深い。

全体的に『和泉式部日記』の記事は、大部分二人の間に取り交わされた贈答歌や消息の類から成る。作品の主題ともいえる局面局面の恋愛の様相や式部の心理情感の表現も、殆ど和歌によって成されているといってもよい。これら贈答歌群の中で、特に外界の自然、景物を契機に贈答の始められたものがどれ位あるかを調査してみた。一口に贈答歌とはいっても、和歌一首対和歌一首という基本的な形をはじめ、消息文対和歌、物品対和歌、一首の歌を契機に継起的に和歌の詠みつがれるもの等々、その形態は様々であり、中にはどこまでが一回の贈答歌なのか見分け難い場合もある。一応ここでは、同一時点において取り交わされたものを一贈答歌とし、内容的には一連のものであっても、数日おいて新たに交換されたものは別の贈答歌として扱った。考え方の相違により、数の上には多少の異同が生じてくるかもしれない。調査の結果であるが、本作品中贈答歌群は全部で57あるが、その中で自然の景物あるいはその情趣が契機となって贈答が始まるものが、過半数の29ある。また、全歌数144首中自然の景物を踏まえて詠まれたものが77首（式部39首、帥宮37首、二人の連歌1首）、全体の53％に及ぶ。こうした点からも二人の恋愛において自然、景物がいかに重要な働きを成していたかが推測できるであろう。

三

式部と帥宮の愛の世界が、季節折々の風情を踏まえた「折」を過ごさぬ贈答によって徐々に形成されていく様相を、本文に即して具体的に見てきた。自然の情趣を媒介に心情の融合、共感がなされたということは、二人が共に外界に対する鋭い感覚と繊細な感受性を持っていたことを意味する。特に式部は、季節折々の情趣に深く捉われ、まさに自然と共にあったといえる。『和泉式部日記』の冒頭から既に、初夏の物憂い景情に抱かれながら「つれづれ」の思いに悩む彼女の姿が印象深く描かれ、作品全体に渡っての式部と自然とのあり方を強く暗示している。中でも、九月中旬の手習の文には自然の情と一体となって生きる彼女の典型的な姿を見ることができよう。四首の和歌を含み、「憂き身」「憂き世」の感慨を綴るその文章は、秋の「あはれ」深い雨、風、草木の描写がそのまま孤独寂寥に沈む式部の心情表現ともなり得ており、両者が分かち難く一体となっていることを示している。また、式部から帥宮への便りも、殆どの場合折々の風情を鋭く捉えた、まさに時宜を得たものであった。

・晦の日、女、

　時鳥世に隠れたる忍び音をいつかは聞かん今日も過ぎなば

と聞えさせたれど、……　（20頁）

・かくて後も、猶間遠なり。月の明かき夜、うち臥して、「うらやましくも」などながめらるれば、宮に聞ゆ。

　月を見て荒れたる宿にながむとは見に来ぬまでもたれに告げよと　（37頁）

特に、四月に詠まれた「時鳥」の歌は、時鳥にまつわる俗伝を踏まえた機知溢れる風流なもので、季節の流れと共に過ごす式部にしてはじめて発想し得たものであるといえよう。式部が外界の情趣と共にあったとはいっても、勿論、凡ての自然に等しく共感しているわけではない。既に『全講和泉式部日記』に詳細に指摘されているように、『和泉式部日記』に出てくる景物は、月が圧倒的に多く、雨、風、露、霜がそれに次ぐ。花、紅葉等の華やかな物は殆ど見られない。[9] 式部が本来的に持つ心情と共鳴し得る自然が、自ずからにして選ばれているといえる。鈴木一雄氏は、この点に関し次のようにいわれる。[10]

つまりは『日記』の心の世界―女の孤独と寂寥、「忍びの恋」の性格―のおのずからの反映なのであろう。景と情との融合、合致を特色とするこの『日記』の書きかたから見れば、自然の選択は、そのままこの『日記』の性質を暗示するのである。

常日頃月を見て物思いに沈み、雨、風の中に我身の拙さを反芻する式部であったが故に、折々の風情を見過ごさぬ帥宮が殊更に床しく思われ、贈られる和歌が何物にも替え難い心の慰みとなり得たのである。即ち、本論で見てきた恋愛の特質は、式部の、ひいては帥宮の人並み優れた詩人的資質に大きく胚胎するものであったといえよう。『和泉式部日記』の特質の一つとして指摘される「景と情との融合、合致」[11] ということは、単に表現技巧に止まらず、こうした二人の恋愛のあり方と深く関わるものであった。景情一致であること、そのことがとりもなおさず二人の恋愛を進展させる一つの大きな要因でもあったのである。まさに、式部と帥宮の恋愛は、自然と共に、季節の流れと共にあったといえよう。

注

（1）　清水文雄氏は「和泉式部の文学」（日本文学研究資料叢書『平安朝日記Ⅱ』有精堂、昭50）において、帥宮と和泉との間に恋歌の贈答がスムーズに進行させられるためには、「たれもうき世」の連帯意識が心理的基盤として存在すると同時に、二人の間の才藻の均衡と折すぐさぬ詠出という二つの条件が加わらなければならなかったといわれる。「折すぐさぬ詠出」が重要な要因であったこと自体は異論はないが、その意味内容の捉え方において大きく私見と異なる事、本論で詳述した通りである。

（2）西村亨『王朝恋詞の研究』（慶應義塾大学言語文化研究所、昭47）416〜420頁参照。
（3）窪田章一郎校注『古今和歌集』（角川文庫　昭48）による。
（4）注（2）参照。
（5）注（1）に挙げた清水文雄氏の論文参照。
（6）「古今和歌集」（巻三、よみ人しらず）の歌。角川文庫『古今和歌集』による。
（7）藤木庸子「八代集における「花」の歌と「月」の歌」（『国文目白』第十四号、昭50・2）参照。
（8）阿部俊子「紫式部の自然描写の特質」（紫式部学会編『源氏物語と女流日記研究と資料　古代文学論叢第五輯』武蔵野書院、昭51）参照。
（9）円地文子・鈴木一雄『全講和泉式部日記　増補版』（至文堂、昭48）参照。
（10）注（9）に同じ。
（11）注（9）に同じ。

第四節　『和泉式部日記』における容姿美の描写をめぐって

『和泉式部日記』の作者については、今井卓爾氏の他作説[1]、鈴木知太郎氏の自作説[2]、川瀬一馬氏の藤原俊成作説[3]を代表とし、それらを巡ってこれまで数多くの論文が発表されている。大勢は自作説に傾きつつも、決定的な論拠に欠け、定説を見るに至っていない。昭和四十年代までの研究状況は、石原昭平「和泉式部日記研究小史」（日本文学研究資料叢書『平安朝日記Ⅰ』昭50、解説）に詳しい。近年においても、清水好子「和泉式部日記の基調[4]」、高島猛「「和泉式部日記」論[5]」等は、自作説に立って作品の特質や執筆動機への考察を深めている一方、年代的に最も新しい注釈書である小松登美『和泉式部日記全訳注』（講談社学術文庫、昭60）は、自他作いずれとも現時点では決しがたいという立場を取る。筆者は、これまで清水文雄氏[6]、木村正中氏[7]、鈴木一雄氏[8]、藤岡忠美氏[9]等の高論に学び、自作説の立場に立って作品を読み進めてきた。が、『和泉式部日記』が和泉式部本人の手に成るものかそうでないかは、作品を読み解く上で、さらには和泉式部という女性の人間と文学を考える上において頗る重大な問題であり、何か確信の持てる確かな痕跡がないものかと常に気になっていた。最近、男女の感覚的・官能的な魅力を表す容姿美の描写が、女には一例もなく宮にだけ偏在していることに気付き、これは女本人が作者の故ではないだろうかと考えるようになった。

決定的な論拠というわけではは勿論ないが、こうしたことも自作説補強のささやかな一材料になりはしないだろうかと思い、以下愚考を報告する次第である。

一

女と宮とが初めて相逢う場面の一節に、次のような叙述がある。

西の妻戸に藁座さし出でて入れたてまつるに、世の人のいへばにやあらむ、なべての御様にはあらず、なまめかし。これも心遣ひせられて、物など聞ゆるほどに、月さし出でぬ。（16頁）

「なまめかし」は、洗練された上品で優雅な美であり、「なべての御様にはあらず、なまめかし」とは、女の目に映った宮の並々ならぬ美しさを描写したものである。見られるように、ここには宮の容姿美の描写はあるものの、女の容姿・容貌を説明する言葉は一つもない。当時は現代とは風俗を異にし、男性でも女性と同様に顔貌や服装の美が大きく問題にされた時代であり、宮の容姿の説明があること自体さして不思議ではないが、本作品が和泉式部以外の手に成る恋愛物語であるとした場合、男女の初会の場において感覚的・官能的な魅力を表す容姿美の描写が男性の側だけになされ、女性には一切ないことに大きな疑問を感ずる。『源氏物語』をはじめ王朝の物語類が、髪をはじめとして姿・貌・服装等の女性美の描写にいかに精力を注いでいるかを思う時、一言なりと女の容姿への言及があってもよさそうに思われる。ただ、本段は終始女の視点からのみ物語られており、それ故女本人の外形の描写はできなかったのであると、一応理解することもできる。そこで、容姿美の描写が他の部分ではどうなっているかを調査してみた。用例は案外に少なく引用文を除いて作品全体で僅かに次に掲載する四箇所のみである。

①女、道すがら、あやしの歩きや、人いかに思はむ、と思ふ。あけぼのの御姿のなべてならずみえつるも、思ひ出でられて、……（31頁）

②女は、まだ端に月ながめてゐたるほどに、人の入り来れば、簾うちおろしてゐたれば、例のたびごとに目馴れてもあらぬ御姿にて、御直衣などのいたう萎えたるしも、をかしう見ゆ。（中略）前栽のをかしき中に歩かせ給ひて、「人は草葉の露なれや」などのたまふ。いとなまめかし。（37～38頁）

③前近き透垣のもとに、をかしげなる檀の紅葉のすこしもみぢたるを折らせ給ひて、高欄におしかゝらせ給ひて、

言の葉ふかくなりにけるかな

とのたまはすれば、

白露のはかなくおくと見しほどに、

と聞えさするさま、なさけなからずをかし、とおぼす。宮の御さま、いとめでたし。御直衣にえならぬ御衣、出だし袿にし給へる、あらまほしう見ゆ。目さえあだくしきにやとまでおぼゆ。（71～72頁）

④宮もおはしますを見参らすれば、いと若ううつくしげにて、多くの人にすぐれ給へり。これにつけても、我が身恥づかしうおぼゆ。（101頁）

引用文中特に傍線を付けた部分は、外見的・感覚的な美の描写であると言えよう。異性を引き付ける重要な魅力の一つであると思われるが、いずれも女から見た宮の様子であり、女の描写は一例もない。特に、③の場面は、叙述が

女の視点からのみなされているわけではなく、宮の目から見た女の様子も「なさけなからずをかし」と写されている。しかし、この言葉は、「物の情趣をよく心得ていて素晴らしい」といった意味であって、人間の外形というよりは内面的なものへの評価である。容姿美の描写とは言えないであろう。女性から見た男性の姿が、「いとめでたし」「あらまほし」といわれ、その美しさに女性自らが「目さへあだ〳〵しきにや」と感じる程、陶然と魅せられている場面にあって、男性の目に映じた女性は、内面的・精神的な観点からのみ評価され、感覚的な女性美への言及が一言もないというのは頗る興味深い。

また、②においても同一場面内で宮の視点からする女の描写が見られる。折角訪れながら部屋に上ることもなく虚しく帰ろうとする宮に、女は「こゝろみに雨も降らなん宿すぎて空行く月の影やとまると」と歌いかける。それを聞く宮の心情として、「人のいふほどよりもこめきて、あはれにおぼさる。」（39頁）とある。「こめきて（子供っぽくて、あどけなくて）」は、純粋に外形の様子というよりは、より多く内面的なものによってもたらされる全体的な風情であろう。ここでも、宮の容姿美が再三に渡って称賛されているのに対して女には一言もなく、宮の心を引き付ける魅力としては精神的な可憐美が指摘されているだけである。

更に、女の容姿・容貌の美しさを描写しようとするならば十分に可能であり、第三者の書いた物語であるならば当然あったであろうと思われる次のような箇所にも、それが全く見られない。

⑤わざとあはれなることの限りをつくり出でたるやうなるに、思ひ乱るゝ心地はいとそゞろ寒きに、宮も御覧じて、人の便なげにのみいふを、あやしきわざかな、こゝにかくてあるよ、などおぼす。（59頁）

⑥一夜の空のけしきのあはれに見えしかば、心からにや、それより後心苦しとおぼされて、しば〳〵おはしまして、

有様など御覧じもてゆくに、世に馴れたる人にはあらず、たゞいとものはかなげに見ゆるも、いと心苦しくおぼされて、あはれに語らはせ給ふに、……（61頁）

⑤は、十月十日頃訪れた宮が「あはれなることの限り」をお話しになり、女は深く感動する。そうした親密な会話の中で互いへの理解を深めもはや離れがたい程の決定的な愛の共感に浸るという場面の一部であり、⑥は、二人の愛情は更に深まりやがて宮の口から宮邸への誘いがなされる直前の記事である。いずれも、「宮も御覧じて」「有様など御覧じもてゆくに」とあるように、熟視する宮の視点に立って正面切って女の様子を語ろうとする部分であり、更に目前の女の姿態に深く魅了され激しく愛情を燃え立たせる場面である。いかようにでも女の美しさを描写でき、物語類であるならば当然魅惑的な女性美の詳細な描写があって然るべき箇所であろう。ところが、「ここにかくてあよ」とは、宮の話に感動し涙に浸って横たわる淋しげでいじらしい女の様子を指し[10]、「世に馴れたる人にはあらず、たゞいとものはかなげに見ゆるも」は、男擦れしたしたたかな女性ではなくただ大層頼りなげに見えるということであって、共に内面的・精神的なものからくる人間性全体への評価である。容姿・容貌の説明は一言もない。

作品全体を通じて容姿美の描写が宮に対してだけなされ、女には当然あって然るべきな箇所にさえもないということういう事実は、一体どういうことなのであろうか。女（和泉式部）があまり美人でなかったからという訳では決してなかろう。生前より多くの艶聞を流し、死後中世・近世期を通じて各地に様々な伝説・説話を生んだ和泉式部は、吉田幸一氏の言うように「稀に見る美貌と歌才の持主であった[11]」と考える方が穏当であろう。二人の恋愛にあって帥宮の心を引き付けたものは、式部の歌才や性格であって、女性としての性的な魅力ではなかったからとするのも不自然である。聞き苦しい世間の噂を背に式部を邸内に引き取り、北の方が居たたまれなくなる程に激しく打ち込んでいく帥宮の恋情に、式部の女性としての肉体的・官能的な魅力が何の影響も及ぼしていなかったはずはなく、女が再三に渡って宮の容姿美に感激しているのと同様に、あるいはそれ以上に帥宮も彼女の女性的な魅力を強く感じ取っていたはずだと思われる。たとえ、百歩譲って女が美人ではなかったとはしても、女主人公の容姿・容貌の説明が一切ない物語は、物語として頗る奇妙な作品であると言わざるを得ないであろう。

やはり、これは、作者が和泉式部本人であったからと考えた方がいいのではなかろうか。自分で書いた物語であるが故に、自分自身である女の容姿・容貌の美を殊更に描写することができなかったのであろう。『尊卑分脈』に「本朝第一美人三人（之）内也」[12]と記される道綱母が、『蜻蛉日記』の中に自らの容貌を「かたちとても人にも似ず」[13]と極端に卑下して書き残しているのなども、同様の例として思い浮ぶ。現代人にも共通する一種の羞恥心とでもいったものであろうか。あるいは、そこに和泉式部の年齢的なものからくる遠慮や弱みといった意識もあったかもしれない。『和泉式部日記』に展開される恋愛の行われた長保五年時点の式部の推定年齢は、論者によって二五歳から三八歳までの様々な説があるが、一応二七、八歳であったとして、二三歳の帥宮よりも四、五歳年長であった。[14]自分の方が年上でありしかももう若くはないという思いが、若々しく美しい帥宮に対して「我が身恥づかしう」と感じさせ、帥宮の容姿美は描写しても、自分自身を美しいとは表現できなかったという事情もあったかもしれないと思われる。

言うまでもなく、自分で書いた文章に自分自身の容姿・容貌を絶対に描写できないといったものではなく、その意味で確定的・決定的なものでないことは勿論であるが、本作品における容姿美描写の偏在という事実は、私にとっては作者が和泉式部本人であったからと解釈する方が最も自然なように感じられ、こうした事柄も自作説の一補強材料になり得るのではないかと思うのである。

二

更に、引用文②③⑤⑥の場面に見るように、宮の心を強く捉えるに至る宮の目に映じた女の姿が、専ら知的精神的・内面的な観点からのみ批評され、しかも「人のいふほどよりもこめきて」「人の便なげにのみいふを、あやしきわざかな、こゝにかくてあるよ」など、一般的な世評との対比の中にそれとは裏腹な姿として描かれている点に注目される。

⑦かろぐしき御歩きは、いと見苦しきことなり。そが中にも、人々あまた来通ふ所なり。便なきことも出でまうで来なん。（29頁）

⑧ある人々聞ゆるやう、「このごろは源少将なんいますなる。昼もいますなり」といえば、又、「治部卿もおはすなるは」など、口々聞ゆれば、……（39〜40頁）

⑦は女のもとに出かけようとする宮を戒める侍従の乳母の言葉の一部であり、⑧は宮の側近の人々の言葉である。こうした記事からも窺われるように、女に対する世間の評判は、男出入りの多いけしからぬ女性というものであった。そして、その噂が必ずしも事実無根でなかったらしいことは、「すきごとする人々はあまたあれど」（25頁）、「すきごともする人のもとより、織女、彦星といふことどもあまたあれど」（42頁）、「よからぬ人々文おこせ、又みづからもたちさまよふにつけても、よしなき事の出で来るに」（73頁）といった女自身の言葉によっても知れる。女の周辺に見え隠れする男性たちの存在が、宮の疑心を招き、恋愛の進展に最後まで様々な影響を与えていることは既に知られる通りである。実際、女の中に時に世間の顰蹙をも買いかねない情熱的で奔放な一面があったらしいことは、宮と

の対応の中にも十分に読み取ることができる。二人の馴れ染めである宮の橘花の見舞いに対する女の返歌は、「薫る香によそふるよりは時鳥聞かばや同じ声やしたると」という、貞淑な人妻や初心な姫君であったなら決して贈ることのなかったであろうような、社交儀礼の域を大きく逸脱した頗る挑発的なものである。女の最初の歌が、男性がどうしても更なる便りをしないではいれないような誘惑に満ちたものであったが故に、以後の二人の交際はあったのだとも言えよう。また、初めての逢瀬を求める宮の「語らはば慰むこともありやせんいふかひなくは思はざらなん　あはれなる御物語聞えさせに、暮にはいかゞ」（15頁）という誘いに対し、「慰むと聞けばかたらまほしけれど身のうきことぞいふかひもなき『生ひたる蘆』にて、かひなくや」（15頁）と返しをする。憂き身の辛さを訴えて遠慮するだけの、拒絶の言葉は一言もない、当時の女性としては非常に大胆なものである。会いたい気持がないわけではないと言いつつ辞退することは消極的な許容に等しく、こうした文を手にした男性は宮でなくとも実際に訪ねないではいられなかったであろう。初会の後朝の遣り取りの後、訪れも便りもないとなると自ら進んで歌を送り、得恋の余裕と深入りすることへの警戒から積極性を欠く宮に、「かゝれどもおぼつかなくも思ほえずこれも昔のえにこそあるらめ　と思ひ給ふれど、慰めずは、つゆ」（20頁）と甘えかかり恋情を刺激する。女の手紙は、常に男性の更なる行動を可能にし誘うような何かしら眉態めいたものが存し、二人の恋愛を終始リードしていたのは、結局の所宮ではなく受身の立場にあるはずの女の方ではなかったかと思われる。

宮以外の男性との交渉がないわけでもなく、世間の非難を受けても止むを得ない奔放な一面を確かに秘めた女性であったと思われるが、しかし、宮の目に映ったその姿はひたすら可憐で子供っぽく男性擦れしたしたたかさなどどこにも感じられない。孤独・寂寥に苦しむ頼りないいじらしい女性として見られ、それが宮の心を強く捉えるに至っているのである。どうもここは、事実そのままというよりは、作者である女の願望の入った多少理想化された表現がなされているのではないか。実際に宮が看取し理解した通りの姿というよりは、女が宮に自分をこう見てほしい、理解してほしいと望んでいた姿を宮の目に映ったものとして描いているのではないかと思われる。とはいっても⑤⑥などに描かれた女の姿が粉飾の施された全くの虚構であるというのでは勿論ない。むしろ、これこそが女にとって自分の真実の姿であったのであろう。すなわち、世間の噂に塗れて誤解されがちな自分の本当の姿を、宮が見つめ理解してくれた所に二人の本当の意味の深い共感があったのであると言いたかったのではなかろうか。そして、多くの非難を浴び世間の人々から必ずしも正しく理解されているとはいえない帥宮との恋愛における自分の、ひいては恋愛そのものの真実の姿を描きたいということこそが、本作品執筆の一つの動機だったのではないかと思うのである。本書執筆の動機に関しては、早くに、帥宮との恋愛の記念として「式部の魂の必然の要請から形象化されたもの」であるという清水文雄氏の卓見があり[15]、多くの賛同を得ている。第一の主たる動機は確かにそうした純粋に内発的なものであったろうと思われるが、又、それと同時に世間に自分達の立場を弁明するという対読者意識といったものもあったのではないかと思うのである。

⑤⑥の場面で宮が看取する女の淋しげで頼りない姿は、読者にとって何も新しい情報であったわけではない。作品全体に終始描かれている所のものであり、憂き世・憂き身の自覚からくる救いようのない「つれづれ」の情を、語り合い慰め合う所に二人の恋愛の本質があったということは、本作品の主題論として既に定説に近い。また、言い寄る男性達に関しても、「たゞ今はともかくも思はぬを」（25頁）、「目も立たず」（42頁）、「さりとて、ことざまの頼もしき方もなし」（63頁）等と記すように、世間に取り沙汰されるような事実があったかなかったかは別にして、しかし、そうした事柄は格別な感動を催さず、今は宮様以外に真剣に愛する男性はいないのであるというのが、女の心の真実であったであろう。宮の疑心により二人の関係が停滞していた六月の頃、女は「いかで、いとあやしきものに聞しめ

したるを、聞しめしなほされにしがな」（39頁）と切願していた。まさにその望み通りに、十月になりようやく宮は世間の噂に惑わされず自分の真実の心と姿をしっかりと理解してくれたのであると言いたかったのであろう。見てきた以外に、宮から女への直接的な批評としては、次のような例が見られる。

⑨　夜もすがら何事をかは思ひつる窓うつ雨の音を聞きつゝ
陰にゐながら、あやしきまでなん」と聞えさせたれば、なほいふかひなくはあらずかし、とおぼして、御かへり（27頁）

⑩あやしうすげなきものにこそあれ、さるは、いとくちをしうなどはあらぬ物にこそあれ、呼びてやおきたらまし、とおぼせど、……（29〜30頁）

⑪宮も、いふかひなからず、つれ〴〵の慰めにとはおぼすに、……（39頁）

⑫　ふけぬらんと思ふ物から寝られねどなか〳〵なれば月はしも見ず
とあるを、おしたがへたる心地して、なほくちをしくはあらずかし、いかで近くてかゝるはかなしごともいはせて聞かん、とおぼし立つ。（70頁）

⑨⑫は明らかに歌及び消息文の受け答えの妙への賛美であり、⑩⑪は話し相手として取り得がないわけではなく心引かれる女性であるという意味である。いずれも知性・教養という内面的なものへの称賛である。このように、作品全体を通して宮から女への評価は、総て内面的・精神的な観点からのものばかりである。つまり、宮の心を捕えた女の魅力は、容姿・容貌の美しさではなく、それ以上に会話における受け答えの妙であり、歌や消息文の素晴らしさで

あって、そして何よりも頼りなげではかない可憐な人間性であったのだと言いたいのであろう。更にまた、二人の恋愛の本質も、享楽的な肉欲などにあったのではなく、もっと深く切実な精神的・人間的な結合にあったのであると主張しているのではないかと思われる。

三

さて、『和泉式部日記』が、恋愛の真実の姿を無理解な世間に伝えたいとの意図のもとに和泉式部本人によって書かれたものであるとした場合、最も釈明を必要とする重要な部分は、女が召人として宮の邸宅に入り、北の方が家を出ていくという所であったろう。それこそが二人への悪評を決定的にする大きな醜聞であったろうと思われるからである。その点、本書はこの間の経緯に最も詳しい。どういう事情のもとにどのような思いで宮の屋敷に移り住むに至ったかを、作品全体の三分の一以上の分量を費やし、宮の勧誘の言葉、女の様々な思考、決意を促すに至る濃密な愛の交流等々事細かに詳細に語っている。十月十日過ぎに宮の口から最初の誘いがなされて後の二人の交流は、現実的にも常にそのことが念頭にありそれへ向けての遣り取りであったと覚しく、その間の恋愛の様相を語ることが、とりもなおさず宮邸入りへの過程を説明するものになっていると言える。式部は、宮との同棲について「この宮仕へ本意にもあらず、巌の中こそ住まほしけれ」（80頁）と言い、「なにの頼もしきことならねど、つれぐのなぐさめに思ひ立ちつるを」（92頁）と言う。更に、最後の決断をするに至った心境も次のように説明する。

かばかりねんごろにかたじけなき御こころざしを見ず知らず、心こはきさまにもてなすべき、異事はさしもあらず、など思へば、参りなんと思ひ立つ。（79頁）

これ程深く畏れ多い愛情を受けつつお言葉に従わないのもいかにも強情なようで失礼であると思い、参ることを決意したというのである。いかにも、宮邸入りの責任は宮にあり、自分は宮の強い愛情に引きずられるような形でついていったのであるという自己弁護的な筆致が感じられる。又、実際の転居の様子も、宮の一方的な強引な行動により、自分は何も知らないうちに移り住むことになっていたとのように語る。宮邸入り後の宮と北の方との確執の様相を語る中に見られる次のような記述にも、紛争の渦中における自分の立場と心境を説明するものとして、同様な自己弁明的な口振りがあると言えよう。

・かくて候ふほどに、下衆などのなかにも、むつかしきことといふを聞しめして、かく人のおぼしのたまふべきにもあらず、うたてもあるかな、と心づきなければ、内にも入らせ給ふ事いと間遠なり。かゝるも、いとかたはらいたくおぼゆれば、いかゞはせん、たゞともかくもしなさせ給はんまゝにしたがひて候ふ。（102頁）

・……と聞えさわぐを見るにも、いとほしう苦しけれど、とかくいふべきならねば、たゞ聞きゐたり。聞きにくきころ、しばしまかり出でなばや、と思へど、それもうたてあるべければ、たゞに候ふも、なほもの思ひ絶ゆまじき身かな、と思ふ。（104〜105頁）

このように、無理解で批判的な世間に、自分達の恋愛の真実の姿を伝えんとする対読者意識は、宮邸入り前後の記述の中に特に顕著に認められるように思われる。

以上、『和泉式部日記』は、和泉式部本人の手に成る、自分のそして恋愛そのものの真実の姿を伝えたいという対読者意識を持った著作ではなかったかという結論的には既に指摘されている事柄ではあるが、論証過程に幾らかなりとも新味や個性がありはしないかと思い、まとめてみた。

注

（1）今井卓爾「和泉式部物語」（『平安時代日記文学の研究』明治書院、昭32、後に文学研究資料叢書『平安朝日記』有精堂、昭50）参照。
（2）鈴木知太郎『和泉式部日記』（古典文庫、昭23）解説、参照。
（3）川瀬一馬「「和泉式部日記」は藤原俊成の作」（『青山学院女子短期大学紀要』第二輯、昭28）参照。
（4）清水好子「和泉式部日記の基調」（『関西大学国文学』第五四号、昭52）参照。なお、氏は昭和60年発行『王朝の歌人和泉式部』（集英社）においても「私も自作説を支持したい。そして慎重を期して他作説にもふれるということを以後やめたい。」と自作説の立場を鮮明にしている。
（5）高島猛「「和泉式部日記」論」（『北海学園大学学園論集』第四七号、昭59）参照。
（6）清水文雄校注『和泉式部日記』（岩波文庫、昭56改訂版）。
（7）木村正中「和泉式部日記の特質」（『日本文学』昭38・2）。
（8）鈴木一雄・円地文子『全講和泉式部日記』（増補版、至文堂、昭48）。
（9）藤岡忠美校注・訳「和泉式部日記」（日本古典文学全集『和泉式部日記　紫式部日記　更級日記　讃岐典侍日記』所収）。
（10）「ここにかくてあるよ。」の解釈を野村精一校注『和泉式部日記』（新潮日本古典集成）では「ここに二人きりでいるではないか」とし、小松登美全訳注『和泉式部日記』（講談社学術文庫）は「わたし（宮）はここにこうして来ている」としている。しかし、岩波文庫をはじめ山岸徳平校注『和泉式部日記』（日本古典全書）、鈴木一雄・円地文子著『全講和泉式部日記』、藤岡忠美校注・訳『和泉式部日記』（日本古典文学全集）、川瀬一馬校注・現代語訳『和泉式部日記』（講談社文庫）等他の多くは、女の様子を表現したものとして解釈している。

（11）『日本古典文学大辞典』（岩波書店刊）の「和泉式部」（吉田幸一執筆）の項目、参照。

（12）『尊卑分脈』の記事は『新訂増補国史大系』第五八巻による。

（13）『蜻蛉日記』の本文は犬養康校注『蜻蛉日記』（新潮日本古典集成）による。

（14）和泉式部の年齢に関しては、上村悦子「和泉式部考」（『王朝女流文学の研究』笠間書院、昭50所収）に諸説を整理した一覧表があり、それによった。

（15）清水文雄校注『和泉式部日記』（岩波文庫）解説、参照。

第五節　『大斎院前の御集』『大斎院御集』に見る王朝女性の生活と和歌

『大斎院前の御集』『大斎院御集』とは、円融、花山、一条、三条、後一条の五代を通して斎院の職にあり、世に大斎院と呼ばれた村上天皇の第十皇女選子内親王のもとで詠まれた歌の集である。選子内親王個人の歌集というよりも斎院の御所の女房たちによる集団の歌集であり、『前の御集』は永観二年（九八四）から寛和二年（九八六）の三年間、『御集』は長和三年（一〇一四）から寛仁二年（一〇一八）の五年間の歌がそれぞれ編集されているという(1)。歌数は、『私家集大成』（第二巻　中古Ⅱ）『新編国歌大観』（第三巻　私家集編Ⅰ）の歌番号によると、『前の御集』は三九四首、『御集』は一三五首である。天延三年（九七五）から長元四年（一〇三一）の実に五十七年間の長きに渡る選子の斎院期間中、わずかに三年、五年という限られた年数の記録ではあるが、斎院の御所内における日常の生活と和歌活動の実態を示すものとして貴重である。両歌集では、内容上多少の変化が見られるものの、基本的には「斎院の情趣生活の記録」であり(2)、日常詠の集積である。本論は、『大斎院前の御集』『大斎院御集』の文学的な特質の解明というよりは、両集を基に当時の日常生活における和歌のあり様、その位置、意味、効用等について考えてみようとするものである。

一

『大斎院前の御集』の冒頭は、「正月我はさわかしくて、人〳〵のわすれぬ、正月一日まて雪のきえのこりたるを、梅花につけていたす、さふらひに」との詞書のもとに「ものことにあらたまるけさ白雪の　ふるき物とてのこれるを見よ」という歌があり、「返し」という文字の後一行分空白、以後次のように続いている。[3]

二月

なまゆふくれに、山にかすみのいといみしうたちたり、かすみかけふりか、なといへは　宰相

2　いつしかとかすみもさわく山へかな　のひのけふりのたつにやあるらむ

むま

3　かすかのゝとふひのゝもり心あらは　けふのかすみをため□はせよ

進

4　はるひやく山のかすみてけふれるは　みねのこのめやもえいてぬらむ

これをのちにきこしめして

5　野辺ことにかすみはゝるのさかなれは　たちいてゝ見ねとそらにしりにき

1番歌の返しは脱落し、3番歌の第五句に二字程度の脱字が認められる。1番歌の詞書「我はさわかしくて、人〳〵のわすれぬ」は意味不明であり、石井文夫『「大斎院前の御集」注釈稿』では、この部分を切り離して独立させ、

集全体についての序として解釈しようとしている。[4]このように本書は、全体に渡って脱字、脱文、錯簡による本文の乱れがあり、解釈不能の箇所が少なくない。本文校定・注釈の作業も不充分であり、全体に渡るものとしてはほんの一、二を数えるほどであるが、今は現時点で解釈可能な範囲内で、内容を辿っていきたい。

2番歌の詞書の「二月」を石井氏は、「月ごとに整理して歌を書こうとして、標目のように月名を書いたのであろう。しかし、それは「二月」までで、「三月」からあとは、こうした標目のような月名はなくなってしまう。[5]」と説明しているが、それにしては一月の歌が一首だけというのは不可解である。7番歌の後に「六日のひるつかた」とあり、8番歌の詞書に「十日」、10番歌の詞書に「二月五日」とある所などから、「二日」の誤りではないかとも考えられる。1番の歌は、正月一日に消え残った雪を梅花につけて斎院司の男性職員たちに送ったものであり、2番から5番は、二日の夕暮れ山に霞の深く立ちこめる光景を見て女房同志が歌い合い、後でそのことを聞いた斎院がさらに和したものである。いずれも、ふと目にした何気ない自然、季節の情感を詠じた歌のやり取りである。本集の圧倒的多数は、こうした歌からなる。日常属目する自然美・季節美を題材とする歌のやり取り、歌い合い、時には三人以上の女房による連作唱和。また、詞書に「ふかきよの月といふことをたいにてよませ給ほとに」、「きつねといふことをそへてよませ給へは」などとあるように、斎院から具体的な歌題が出され、その場に集う女房たちが次々と詠み合う連作も多数に上る。特別実用的な意味があってのことではなく、自分たちだけの娯楽・慰安であり趣味的な会話である。しかも、「正月一日」「二日」「十日」と、具体的な日付の記されることの多い所から見て、日々の営みとして毎日のように詠歌され、記録されていたのではないかとも思われる。恐らく、実際には本書に収録された歌数に倍する以上の歌が作られていたのではなかろうか。

三日まてまいる人ひとりなし、あさましうもひとのまいらてくれぬるかな、まいるへきひとやはある《なき》、いとおほかる物を、などいふをきこしめして、かすみをふかみとふ人もなしといふ事をよませたまふ　さい将

23　やまさとはふかきかすみにことよせて　わけてとひくる人もなきかな

進

24　かすみのみふかき山辺にいへゐして　おぼつかなさ（の）《を》なけ□るかな

きこしめしいてゝ

25　はるはまたかすみにまかふやまさ《と》を　たちよりてとふひとのなきかな

「三日」とは、前後の関係から正月三日と思われ、「ある」と「なき」が並記されているが、「なき」の方が意味が通じる。24番歌の欠字を含む第五句は「嘆きけるかな」であろうこと、石井氏の詳細に考証される所である。[6] 永観二年（九八四）か寛和元年（九八五）の正月に、三日まで誰一人外部からの訪れがなかったらしく、そのことを驚き嘆く歌の歌い合いである。斎院の御所は、街衢を離れた郊外に位置し、神に奉仕する清浄の地として俗世から隔離され、葵祭り等の大きな神事以外世間との交渉の極めて少ない閉鎖的な世界であった。変化、刺激の乏しい単調な生活の心の慰めとして、日々の詠歌の営みがあったともいえる。女房達による活発な和歌活動と、斎院御所の置かれた世間とは没交渉の寂しい環境とは、密接な関係にあったものと思われる。23番から25番の歌は、斎院御所での生活のそうした一面が非常に良く表れた歌ではなかろうか。

『今昔物語集』巻第十九「村上天皇御子大斉院出語第十七」には、「今昔、大斉院卜申スハ、村上ノ天皇ノ御子ニ御

マス。（中略）斉院ニテ御マス間、世に微妙ク可咲クテノミ御マセバ、上達部殿上人不絶ズ参レバ、院ノ人共モ緩ム事無ク、打チ不解ズシテノミ有レバ、「斉院許ノ所無シ」トナム世ノ人皆云ヒケル。」[7]とあり、大斎院の御所は趣のある素晴しい所として注目され、上達部・殿上人の訪問も頻繁であったという。また、『枕草子』第八三段「職の御曹司におはしますころ、西の廂に」[8]の一節にも、朝早く斎院からの贈り物を受け取った清少納言が、まだお休みになっている定子中宮の御帳台近くの格子をギシギシという物音をたてて急ぎ引き上げる場面があり、いかに大斎院が定子中宮によって格別に尊敬されていたかを示す記事がある。

御返り書かせたまふほども、いとめでたし。斎院には、これより聞えさせたまふも、御返りも、なほ心異に、書きけがし多う、御用意見えたり。

贈り物への返信を認める定子についての説明である。一条帝時代、大斎院の御所は、確かにこのように風流高雅な場として世間の注目を集め、人々の出入りも多かったようであるが、しかしながら、それは、選子が斎院の職についた当初からのものではなかったであろう。斎院内部での無聊な生活の慰安としての日常不断の和歌活動が、やがて外部に漏れ、徐々に評判を取っていったものと思われる。殿上人の訪問も、世間の評価の高まりと共に増えていったであろう。その間の事情は、『大斎院前の御集』とそれから三十年後の記録である『大斎院御集』の内容の中に如実に反映されている。橋本不美男氏は、早くにその点に注目され、両集の差異として詳細に論じている。[9]氏は、『前の御集』は、「内親王を中心とした斎院女房達の連作が圧倒的におおく、集の大部分を占め」、『御集』は「外部との贈答がその過半を占めている」といい、「孤絶した日常に密着した素朴な情趣生活」が斎院前期の『前の御集』であり、

『御集』に見られる後期斎院は「当時の若公達の数奇を競うはなやかな社交場であり、斎院内部での斎王・女房一体となった内輪の情趣生活は減少している」という。橋本氏の御論は、贈答歌の組数の数値、御所に出入りする公達の具体的な人名を挙げての頗る説得的なものであり、御指摘の通りであって何ら異論とてはないが、ただ一つ付け加えたいことは、氏は『大斎院御集』には斎院内部の内輪の情趣生活は減少しているというが、あくまでも『大斎院前の御集』と比較してのことであり、斎院での基本の生活は情趣生活であり、『大斎院御集』の和歌の基調も季節折節の風情を契機としての情感の歌い合いであったことは『前の御集』と同様であるということである。全百三十五首中自然美・季節美と全く関係のない歌は十首だけであり、外部の人間とのやり取りも、90、91番歌の人康上人との仏教関係の歌以外総て何らかの自然の景物、季節の風情を契機とするものである。若公達の訪問が多くなったとはいっても、自ずから人数と機会に限りがあったであろう。紫式部は、斎院を評して「所のさまはいと世はなれ、かんさびたり。またまぎるることもなし。うへにまうのぼらせたまふ、もしは、殿なむまゐりたまふ、御宿直なるなど、ものさわがしきをりもまじらず⑽」と後宮との違いを指摘しているが、俗世間とは一線を画して、隔離された清閑の地であることは変わりなかったであろう。『大斎院御集』の終わり近くに次のような歌がある。

おなし十九日夜、あかつきちかうなるまてなかむるに、そらのけしき、風のをと、すへてくきしかたゆくさきかゝるよあらしとおもふに、ものおほえすいかゝはせんとて　たいふ

116　きりこめてたえくわくる月かけに　よはのむら風ふきかへさなん

なかつかさ

117　月はよしはけしきかせのをとさへそ　身にしむはかり秋はかなしき

なを〱あかねは、おなし中つかさ
118 a あきにかへるいのちとやいはむ
たいふ
118 b 身は風に心は月につくしては

秋のとある月の十九日、二人の女房が、空、月、風のいつにも増して素晴しい夜の風情を夜明け近くまで陶然と眺め、歌を詠む。一首ずつの歌い合いではなお飽き足らず、風や月に身も心も尽くしはてて秋の風情に命をかえてもいいと連歌する。まさに自己を滅却し自然に没入するといった体の徹底した自然観賞である。このような季節折節の情感の深い享受が斎院内での日常の感情生活であり、そこから産み出される右のような歌が、『大斎院前の御集』『大斎院御集』に共通する選子内親王のもとでの歌の基調であり、真髄であったと思われる。右の場面は、さらに次のように続いている。

くちき、みとり、こき木のうしろにありけるものか、みとり、こきくあうつ
119 心さへそらにみたれぬあきのよの　あかつきやまのきりはらふかせに
くちき
120 よのさかゝみる人からかなかむれは　なみたきりたつあきのよの月

「こきくあうつ」の語句、意味不明。石井氏は「とりもあへず」などとあるとよいところであるという。[11] 二人のや

り取りを几帳の陰で聞いていた人があったらしい。「ありけるものか」とは、今初めて気がついて驚いている気持ちを表していよう。くちき、みとりという女性は、たいふ、中つかさ達とは同席できない格下の女房なのであろう。さらに、その二人が歌を和す。119、120番歌は、116〜118番歌に比して決して見劣りするものではないであろう。くちき、みとりの二人の贈答は他にも112、113番として収録されている。くちき、みとりという実名で呼ばれる極めて下級の女房が、他に伍して遜色のない歌を日常的に即詠するということは、斎院における和歌活動の盛況とレベルの高さを窺わせるものとして注目される。単調無聊な日々の慰めとしての和歌の創造と鑑賞が、外界への感受性をより繊細鋭敏にし、季節・自然の情趣への味わいをさらに深め、感情生活を豊かにする。そして、そのことがさらに和歌の技法、批評を洗練させ、いつの間にか斎院内での和歌活動が時代全体の情趣生活をリードするものになっていたというのではなかろうか。

二

廿日のほとに、うたのかみにすけなさせ給に、すけになりて
92　みはなれとさきたゝさりし花なれは　こたかきえにそおよはさりける
ときこえさせたれは　　おほん
93　しつえたといたくなわひそすゐのよは　こたかきみこそなりまさるへき
かくつかさ〳〵なりてのち、ものかたりのすけ《のかみうたの》は、うたつかさこそかくへけれとて、ものかたりのかみ、
うたのすけに
94　うちはへてわれそくるしきしらいとの　かゝる（て）《つ》かさはたえもしなゝむ

かへし

95　しらいとのおなしつかさにあらすて《と》ふ《こ》　おもひわくこそくるしかりけれ

大斎院のもとでは、官界の職制に準じて歌司・物語司という職務を設け、歌や物語の管理に当たらせていたとしてよく引用される人口に膾炙した『大斎院前の御集』の一節である。こうした職制を設け、事に当たらせる程、歌、物語の創作享受が盛んであったこと、また歌司と物語司では上下の差がありどの職務に着くかを互いの名誉にかけて競い合っていたらしいことなど色々興味深いことがあるが、そうしたこととは別に今注目したいことは、斎院を取り巻く女房同士が胸にある不平不満を率直に言い、慰め合うという極めて親密な遠慮のない物言いをしているということである。92番歌、実は成りましたが先に咲かない花ですので木高い枝には及ばないことでしたとは、歌司のすけになった女房がかみになれなかったことを悔やみ訴えたものであろう。それに対し斎院自ら、下の枝であるからといってそんなに嘆きなさいますな、やがて高い枝となり実を結ぶこともあるであろうからと優しく慰め励ましている。94番歌は、物語のかみは歌司をも兼務すべきであるといわれた新任の物語のかみが、引き続き私は苦しいことです、このような物語の司などという職はなくなってしまえばいいのにと、歌司のすけに苦情を言ったものであろう。恐らく、歌司の方が用務も多く重責で、物語司は多少下に見られていたのであろう。かみにはなれても物語のかみでは少しも嬉しくないというのではなかろうか。95番歌、私と同じ司ではないといって区別するのは苦しいことですというのは、たとえ歌司でないとしても同じ司ですのでお互いに頑張りましょうという励ましであろうか。かみになれないことを嘆いていた歌のすけが、今度は同じような嘆きを訴える物語のかみを逆に慰めているのも面白いことである。斎院あるいは上席の女房への不平不満、批判を含むこのような歌を当の斎院の面前で詠むことは、互いに対する深い信頼関係なくしてはできないことである。特に、94番は多少自爆自棄的ではあるが、制度そのものへの攻撃的な批判とも受け取られかねない歌である。選子内親王を中心とする女房集団は、人情の機微に触れる相当きつい事柄をも遠慮なく率直に言い合える極めて親密な集団であったように思われる。同じく『大斎院前の御集』に次のような歌がある。

　　　　御ことを秋にしらへさせ給へは　　宰相君

6　あつさゆみはるにいり立ころなるを　いかにしらふることにかあるらむ

　　　進

7　あつさゆみひくねはことにたかはねと　ゝきにあはすときくそくるしき

「御こと」「しらへさせ給へは」とある所から、琴を弾じているのは斎院であろう。主人の演奏に対し、6番歌は季節は春であるのにどうして秋の調べで引くのでしょうと言い、7番歌は同じ琴の音色ですけれども時に合わないのは聞き苦しいことですと言う。共に辛辣な批判であり、場合によっては身分をわきまえない失礼な言葉となるであろう。相当な信頼と愛情なくしては詠めない和歌である。あるいは、宰相や進は二十一、二歳の選子内親王よりも人生経験の長い年輩の女房であり、琴は季節に合った調べで引くものですよと優しく教え諭してでもいるのであろうか。

また、240番と241番歌は宰相と馬との、353・354番歌は宰相と進との親密な交流を示すものであり、次に挙げる255、256番歌も遠慮のない大袈裟な言い方から、宰相と誰か女房との親愛の深さを窺わせるものである。

　　　宰相、なほるへきさまになりたれと、ひさしく人のとはさりけれは

255　とはれぬはいけるもいける心地せて　しな（し《ま》）しよりも物をこそ思へ
　　ひと、いとほしかり（り《わ》）ひて
256　いかにせんつらかりけりとおもはれて　いけるもいける心地やはする

重い病気から回復しつつある宰相が見舞いのなかった友人に対して、あなたの見舞いがありませんでしたので生きていても生きている心地がせず死んだのよりももっと深い物思いをしていますと歌を送り、友人があなたから薄情だと思われて生きていても生きているような気持ちが致しませんと歌い返したものであろう。「ひと」とはどういう人か明らかではないが、恐らく斎院の女房の一人であろうと思われる。

斎院と女房、また女房同士の親密な交流は、斎院後期の記録である『大斎院御集』の中にも同じように見ることができ、終始変わりなかったもののようである。58番～60番歌、63、64番歌、88、89番歌などは女房同士の交流の深さを直接的に示す歌であり、81番、127番歌には個々の女房それぞれに対して濃やかな心遣いを示す選子内親王の姿を見てとることができる。斎院内におけるこのような良好な人間関係は、必ずしも活発な歌の詠み合いばかりから産み出されたものではないであろうが、とかく嫉妬、反目、競争から小競り合いの生じやすい女性集団にあって、融和的・家族的な関係を形成し維持し得たのには、「力をもいれずして、天地をうごかし、目に見えぬ鬼神をもあはれとおもはせ、男女のなかをもやわらげ、たけきもののふの心をもなぐさむるは歌なり。[12]」といわれる歌の持つ、心を解きほぐし互いを深く結び付けるという力も大きな働きをなしていたものと思われる。主従揃っての日常的な歌の歌い合いが、互いの共感を深め友好と協調の心情を涵養していたのではあるまいか。『大斎院前の御集』と『大斎院御集』に見る和気あいあいとした歌の詠み合いは、歌による君臣和楽の具体的な姿を示すものとして頗る興味深い。

三

俗世間から隔離され娯楽・慰安の乏しい単調な生活の中で、和歌の創作享受を日々の営みとする斎院の人々の情趣生活は、洗練を極める。次に見る歌の歌い合いなどは、生活からの美の発見の域を越えて、生活そのものの美化・風流化として、みやびの技の高度な発展といえる。

六日、あめいみしうふる、もりて、れいはありともしらぬ御ゆふねを、おまへちかうひきよせて、もるところにすゑたるをこらんして

158 かつきわひなけなのうらにみをすてし　あまふねとこそいふへかりけれ

とのたまはせて、ひと〳〵つけよとのたまはすれは、こゝろ〳〵にいふ　進

159 おきとろしらさりつれとこれにより

160 うらみつゝよをうみわたるわか身をは　左門

161 たちまさるなみのたよりによるみれは

『大斎院前の御集』の一節である。158番歌の「なけな」、159番歌の「おきとろ」は、このままでは意味不明。それぞれ「なけき」「おきところ」であろう。「六日」とは前後の関係から五月の六日と思われる。激しい雨が降り斎院の起居する部屋に雨漏りがして、普段はあることさえも忘れていた湯船を持ち出して据える。その光景を見て斎院がまず

歌を歌い、女房達にも歌い継がせる。159～161番歌の下句には共に「あまふねとこそいふへかりけれ」という同じ句が入るのであろう。以下、上句だけを付け変えた連歌ではなく、部屋に据え置かれた湯船を題材に詠んだ女房たちの歌が168番まで続き、併せて11首の連作となっている。雨漏りが、それも手近にある器では間に合わず湯船を持ち出さざるを得ない位の大きな雨漏りがするというのは、不便でもあり、みすぼらしく惨めな情況である。普通なら滅入った気分に落ち込んでしまう所であるが、斎院は、珍しく目にする湯船を題材に歌を歌い、女房にも歌わせる。発想の妙と機知を競う歌が次々と詠み上げられ、一座はたちまち楽しい歌の会となる。貧乏臭くおよそ風流とは縁遠い雨漏りとそれを受ける湯船が、いかにも味わい深い優雅なものへと転換する。和歌による侘しい非美的な生活の美化、風流化といってもよいであろう。次の場面もまた同様の例である。

をなし月の廿日、きたのたいこほちて、そらもあらはな、ゆきふりいりて、をりのほりのわた殿ゝみちいといみしうけれは、えまうのほらて、進、このゆきはいかゝとて

333　かへるへきかたこそしら《みえ》ねこのゆきに　こちこし道のあともまきれて

宰相

334　こしの道かへるの山もありといふを　さてやは人のゆきとまるへき

「こほつ」は、音を立てて壊す意という。(13)　修理の為の解体でもあろうか、北の対の一部が取り壊されて空もあらわな状態となり、渡殿に雪が吹き込んで通行不能となる。右のやり取りは、「雪が積もって斎院様のもとへ参上しようにも行けなくなってしまったわ」「そうはいってもそちらに留まっていることはできないでしょう。無理をしてでも

いらしゃいよ」といった進と宰相の会話であろう。家屋の一部が壊れ日常使用する用に堪えないというのは不自由で困った状況であり、寒々と侘しい感じすら与える。ところが、それが、「かへる山」「こしの道」という情感豊かな地名を詠み込み、懸詞を駆使した機知に溢れる歌に詠まれた場合、一転して高雅なゆとりある生活の一風景へと転化する。いついかなる場合でも余裕とユーモアの精神を忘れない教養豊かな進、宰相という女房の人間性と巧みな和歌のなせる技であろう。

・をなしころ、おほむものいみなるに、よふくるまておはしまして、すみめすに、めしこめたるかきりまいらせつと申せは、いたのありけるを、あつまりてふきさはけともえ（□《つ》）はつかねは
・廿八日、はきをすこしをりて、御前のすひつにたきて

前者は302番から305番歌までの連作四首の詠まれた状況説明であり、後者は341、342番歌の詞書である。後者の萩を折って薪にしたというのは、342番歌の後に「これをためまさきゝて、きを一そくはかりのほとにきりとゝのえて、一にゝしして、あふこつゑなとして、さかきさしてまいらせたれは」とあり、伝え聞いた為正が切り揃えた木の一荷を送り届けている所から、用意していた薪がなくなった故のようである。炭や薪が尽き果てて代りに身近にある板や木を燃やして暖を取るという物質的な欠乏の生活にあっても、逆にそのことを題材に歌を歌い合い、雅びな情趣生活の一コマに化していく。大斎院のもとでの世間の注目を集める高雅な生活は、物質的な豊かさからではなく、心の豊かさから産み出されたものだったのである。これもまた和歌活動の功績の一つといえるのではなかろうか。

清少納言は、『枕草子』第二六二段の中で、世の中が腹立たしく煩わしく一時といえども生きていたくなくどこへ

なりと行ってしまいたいと思う時、「ただの紙のいと白うきよげなるに、よき筆、白き色紙、陸奥紙など」を手に入れるとこの上なく心が慰みこのましばらく生きていても良いように思う。「高麗縁の筵青うこまやかに厚きが、縁の紋いとあざやかに黒う白う見えたるを、ひきひろげて見れば」やはりこの世は捨てることができないと思い命さえ惜しい気持ちになるという。日常何気ないものの美しさの享受、快感がこの上ない心の慰安となり、次に生きる力にもなるというのであろう。そして、清少納言にとって鬱屈した心情の慰安となり生きる糧となるものは、何もここでいう美しい白い紙や高麗縁の筵に限ったことではなく、例えば第二一八段「月のいと明きに、川を渡れば、牛の歩むままに、水晶などのわれたるやうに水の散りたるこそ、をかしけれ。」といわれる、月の光の中の一瞬の水滴の輝きなどもその一つであろう。第二十六段に「心ときめきするもの」として挙げられる「雀の子飼」「ちご遊ばする所の前わたる」「よき薫物たきて、ひとり臥したる」のそれぞれも同じく「こよなうなぐさみて、さはれ、かくてしばしも生きてありぬべかんめり」と思われるものだったのではあるまいか。『枕草子』全体が、一面において生活の中からのこのような美の発見の報告であるともいえる。大斎院選子内親王のもとにおける和歌もまた、これと同様な意味を持つものだったのではなかろうか。和歌の創作享受といっても、特別高級なものでも御大層なものでも決してなく、実生活に密着した日々の営みであり、この上ない心の慰安であって、そのことの故に次に生きる力の源泉ともなるものであったのだと思われる。そして、このことは、大斎院のもとにおいてばかりではなく、定子中宮、彰子中宮のもとにおいても基本的には同じであり、また有名無名を問わず多くの人々にとっても同様であったであろう。単調無聊な日々の慰安、消閑の具として人々の生活と共にあったことが、王朝時代における和歌の活況をもたらしていた一つの理由であったともいえるのではなかろうか。

三田村雅子氏は、「斎院の人々の風流は閉ざされた空間であるだけに」「基本的に自閉的・自己満足的な性格を持ち」

「風化するみやび、消耗されるみやびであって、そのことの魅力と欠点を同時に持つものであった」という。[14] 確かに、大斎院のもとでの和歌活動は基本的に仲間内の風流であり、『御集』の中に多く見られる外部の若公達との贈答が世間に斎院の趣味教養のレベルの高さを知らしめるものとして多少社会的政治的な意味を持つものであるとはしても、多くは実用性を持たない趣味的な会話である。しかし、筆者は、そこに風化するみやび、消耗されるみやびとしての欠点を見ることはできない。『大斎院前の御集』『大斎院御集』に展開される主従揃っての和気あいあいとした歌の詠み合いの中には、日常生活における和歌の意味と力を感じ、むしろ和歌活動の始原的で健康な姿を見る思いがする。

注

（1）『私家集大成　第二巻　中古Ⅱ』（明治書院、昭57再版）の解題参照。
（2）橋本不美男『王朝和歌史の研究』（笠間書院、昭47）第五章第三節「社交圏と家集」参照。
（3）『大斎院前の御集』『大斎院御集』の本文の引用は、以下総て『私家集大成　第二巻　中古Ⅱ』（明治書院、昭57再版）による。
（4）石井文夫『「大斎院前の御集」注釈稿』（私家版　昭57）1頁参照。
（5）『「大斎院前の御集」注釈稿』5頁参照。
（6）『「大斎院前の御集」注釈稿』30〜32頁参照。
（7）『今昔物語集』の本文の引用は、日本古典文学全集『今昔物語集（2）』（小学館、昭47）による。
（8）『枕草子』の章段の区分と本文の引用は、以下総て石田穣二訳注『枕草子上・下巻』（角川ソフィア文庫、昭55）による。
（9）注（2）に同じ。
（10）『紫式部日記』参照。本文の引用は日本古典文学全集『和泉式部日記・紫式部日記・更級日記・讃岐典侍日記』（小学館、昭46）による。

（11）『「大斎院御集」注釈稿』170頁参照。
（12）『古今和歌集』の本文の引用は、窪田章一郎校注『古今和歌集』（角川ソフィア文庫、昭48）による。
（13）『岩波古語辞典』参照。
（14）三田村雅子「女性たちのサロン―大斎院サロンを中心に」（『国文学』学燈社、平1・8）参照。

第六節　『堤中納言物語』「このついで」試論

『堤中納言物語』中の一篇「このついで」は、周知の如く、后（中宮）と覚しき女性のもとでの物語りの会の模様を、順次語られる話をそのままに含み物語化したものである。この物語りする場の女主人である后（中宮）に関して、三谷栄一氏は、鑑賞日本古典文学『堤中納言物語』の「本文鑑賞」の項において、「春のものとてながめさせ給ふ昼つかた」(1)という冒頭文に注目し、次のように言う。(2)

多くの注釈書は「ながめさせ給ふ」の主語を「中宮」と記しているが、物語中では身分の高い后であることはわかるが、彼女が皇后・中宮・女御のどれであるかは何等言及していないのである。それゆえ、本書では「后」と記したのだが、まず彼女が物思わしげに春雨をながめているという冒頭文は異状である。

后が物思いにふけるということは、当時の習俗からいって、帝の寵愛が遠ざかっていることを意味していよう。この物語の前提に、帝の寵愛が薄れている后のことを意識しておかないと、後の場面は明晰にならないので、何よりもまずこのことを強調しておきたいと思う。

さらに、宰相中将が持参し話の会のきっかけとなる薫物に関しても、単に「つれづれ」を慰めるというよりも一種の呪的なものとして理解する必要があり、「薫物は自分のためであると同時に、異性を呼ぶ力をもっているのであって、ここでは帝の寵愛を呼び起こそうとする呪的な役割を担っているのである。」とも言う。

物語りする場の女主人が帝寵の衰えを嘆く后であって、三つの話の背後に常に物思いに沈む彼女の存在を意識して作品を読み取る必要があるというこうした解釈は、本書以前の注釈書には見ることができず、三谷栄一氏の創見かと思われる。(3) が、後に与えた影響は大きく、近年氏の説をそのまま受け継ぐ注釈をよく目にする。

①後宮の殿舎でつれづれの物思いにしずむ女御のもとに、兄弟の宰相の中将が訪れるところから物語は始まる。物語の約束では、春宮（皇太子）を擁する女御が中宮となっているが、このお方は帝の寵愛が思ったほどでないと悩んでいるらしく、いちおう女御と見ておきたい。

②春雨けぶる後宮の昼つ方、帝寵の遠ざかったのを嘆く中宮を囲んで、薫物の「ついで」の巡り物語‒オムニバス映画のような三つのお話である。

①は三角洋一著講談社学術文庫『堤中納言物語全訳注』の鑑賞の一節であり、(4) ②は新日本古典文学大系『堤中納言物語』の大槻修氏の解説である。(5) また新潮日本古典集成『堤中納言物語』は、帝寵の遠ざかっている后との明言はなく、両者程三谷氏の解釈をそのまま踏襲するものではないが、次のように言う。(6)

春雨の煙る、昼ごろの後宮である。天皇の渡御がない、女性ばかりの殿舎には、無聊と倦怠との空気が揺曳している。年若い女御は、所在のない徒然に、鬱屈した心境で、漫然と降雨に見入っている。

女主人の身分を三角氏以外は総て中宮か后とする中にあって、[7]入内して日の浅い年若い女御とし、「鬱屈した心境で」とこの場の彼女の物思いを極めて深刻に受け止めるあたり、三谷説を強く意識してのことかと推察される。一方、女主人の「ながめ」の原因が帝寵から遠ざかったためと理解すべき根拠は作品内部に指摘しがたく、「最後に天皇の渡御があることで、帝寵ある女性と理解することも、可能であろう。帝寵格別なるがゆえに、天皇不在の寂寥空虚が深切であったとも理解しうる。」という神尾暢子氏の反論もあり、[8]池田利夫訳注『堤中納言物語』（対訳古典シリーズ、旺文社文庫）のように「ながめさせ給ふ」中宮の中に格別な意味を認めない従来通りの解釈もあって、[9]鑑賞日本古典文学『堤中納言物語』出版以後の注釈が総てその影響下にあるというわけではない。しかし、講談社学術文庫、岩波書店刊新日本古典文学大系という極めて社会的影響力の大きい二書が、そのまま踏襲していることもあり、帝寵の薄さを嘆く后という読解は、「このついで」の一つの解釈として定着しつつあるように思われる。

確かに、三谷氏の見解は、これまで気付かれなかった一つの新しい意味の発見であり、物語られた三つの話だけでなく、物語りの場そのものの中にも人間的なドラマが進行していることになって、一篇の味わいが二重三重にも複雑化する。特に、宰相中将が実家から持参した薫物が呪的な力となって帝の出御を招くという指摘などは、本篇に描かれる総ての事柄が何一つとして無駄がなく緊密に主題に直結するという意味において、頗る興味深い。しかしながら、こうした見方には、基本的な所で一、二大きな疑問があり、幾分深読みにすぎるのではないかという印象を拭い難い。作品全体の捉え方においても、多少イメージを異にするものがあり、以下その点について私見を述べ、大方の御批判を乞いたい。

一

まず、素朴な疑問の第一は、女主人が帝寵の薄さを日々思い悩む后であったとした場合、その「つれづれ」を慰めるために、女房たちが、本話に語られるような薄幸な女性の話をするであろうかということである。和歌の力によって夫の足を引き留める第一の話はまだしも、が、それにしても、「きびしき片つ方」の存在は元のままであり、はかなく不安定な結婚生活であることは以前の通りである。后は、話の中の女性の姿に自分自身の不幸を重ね合せ、更に悲しみを新たにするということはなかったであろうか。山寺に籠もって涙を流し深く厭世の思いに沈む第二話や、惜しみためらう法師を説得し涙ながらに出家する第三の話などは、何の心の慰みにもならなかったであろう。かえって心を暗くし益々深刻な苦悩に追い込むものではなかったであろうか。主人の胸中を知悉し心を慰めようとする女房たちが、逆に辛い気分に陥らせるこのような話をするとはとても思えない。

この場の話が后の心を慰めるものではなく、逆に暗く追い詰めるものであろうという点に関しては、三谷氏も同様に認める所であり、第二、第三話の解説として次のように言う。(10)

○前話は男の愛をとりもどすことによって、后の心はなごんだであろうが、この話に入ると、厭世的な思想さえあり、后の気持ちは不安が増していくに相違ない。

○第三話は第二話の厭世感を受けて、さら話題が出家にまで歩んでいる。（中略）この話を聞いている后の感情は極めて追いつめられたものになったはずである。

ただ、氏は、こうして追い詰められた后の心は、帝の渡御を告げる本話の末尾の文章「など言うほどに、上渡らせ給ふ御けしきなれば、まぎれて少将の君も隠れにけりとぞ。」の部分で大きく喜びへと変わるのであるとし、問題はないと考えているようである。暗から明への鮮やかな逆転、最後は逆に后の喜びを強調して終るあたり「極めて見事な構成」であるとし、逆に作者の構成の巧みさを積極的に称賛している。こうした読み取りは、三角、大槻両氏も同様であり、それぞれ次のように言う。(11)

○少将の君の話が終らないうちに、帝がこちらにお越しになるという知らせがはいって、重苦しい空気も吹き飛んで、ひとつの救いを得たところで結ばれている。みごとな趣向のこらされた一編である。

○第三話の出家譚へと、追いつめられた中宮の心理は、このエピソードで一転して、帝の渡御という喜びに変わる。いわば計三つのお話は、この作品の末尾を際だたせる明暗の対照をくっきり描く作為でもあったか。

しかしながら、たとえ後に帝の渡御という大きな逆転が用意されていたとしても、あくまで作者の胸中のことであり、作中の女房たちには知るはずのない事柄である。他者への不断の気遣いと心配りを必要とされ、特に主人に対しては以心伝心の極めて行き届いた奉仕をもとめられる後宮にあって、帝寵の衰えという深刻な悩みを抱える主人を前に、女房たちが不安定な結婚生活に悩み、厭世、出家へと追い詰められる女の話を次々としていたということには、どうしても不自然さや違和感が感じられてならない。

そして、根本的な疑問の第二は、本篇の結末の部分に本当に三氏が指摘する大きな逆転の意図が籠められているのであろうかという点である。もしそうであるとした場合、その場面は作品全体にとって頗る重要な箇所となるはずである。それが、「上渡らせ給ふ御けしきなれば、まぎれて少将の君も隠れにけりとぞ。」という一文だけというのはあまりに簡単すぎる。余韻余情の効果をねらったものにしても簡略にすぎ、もう少し多少なりとも女房たちや后の喜ぶ姿、あるいは喜びを暗示する描写が欲しい所である。このままでは、帝の渡御は、「まぎれて少将の君も隠れにけり」の理由を説明しているにすぎない。すなわち、最後の一文は、少将の君の退席に焦点を置くものであり、話の会の散会を告げ本篇全体を締め括ろうとするものであって、それ以上の意図を読み取ることは甚だしく困難である。そして、逆に後宮の場でのとある日の物語りの会をそのままに描写するという設定の本篇の終らせ方としては、非常に気のきいた巧みなものであるといえよう。さらに、帝の渡御が話の会を散会させ、本篇全体を終息させるものであるとした場合、それが、稀な珍しい出来事であるというよりも、極くありふれた日常的な事柄であったとする方がいいのではなかろうか。つまり、帝寵の薄い后であるよりも、逆に帝寵の厚い后である方が、作品全体にとって都合がいいということになるのではないかと思われるのである。

二

春のものとてながめさせ給ふ昼つかた、台盤所なる人々、「宰相中将こそ参り給ふなれ。例の御にほひいとしるく」など言ふほどに、つい居給ひて、「よべより殿にさぶらひしほどに、やがて御使になむ。東の対の紅梅の下にうづませ給ひし薫物、今日のつれぐ〳〵に試みさせ給ふとてなむ」とて、えならぬ枝に、白銀の壺二つけ給へり。（372頁）

筆者は、右のように語り始められる本話の冒頭場面から、ここに登場する女主人に対し、帝寵の衰えを嘆く不幸な后としてではなく、逆に一族供々今を時めく帝寵の厚い后というイメージを抱く。それは、兄弟が宰相中将という「将来の栄達が保証された[12]」地位にあり、その来訪が女房集団を活気づかせる評判の貴公子であるらしい点や、長雨の無聊を薫物の試行でまぎらわしその一部を「えならぬ枝に白銀の壺二つけ」て宮中に送る実家の雅やかで裕福な生活の様子、また右にすぐ続く次のような描写から窺われる后本人の、いかにも上流婦人らしいゆったりとした余裕のある風情などによるものである。

やがて試みさせ給ひて、すこしさしのぞかせ給ひて、御帳のそばの御座にかたはら臥させ給へり。紅梅の織物の御衣に、たゝなはりたる御髪のすそばかり見えたるに、……（372頁）

三谷氏はじめ三角、大槻両氏が帝寵の衰えを嘆く后とする根拠は、言うまでもなく、「春のものとてながめさせ給ふ」、「つれづれにおぼしめされて侍るに」というように、本文の中に后が「ながめ」「つれづれ」の状態にあるとはっきりと説明されている点であろう。確かに、「ながめ」「つれづれ」は、物思いに耽り焦燥感・苦痛感を伴う暗く憂鬱な思いに沈む情感を表す言葉ではあるが、この場合は、具体的な深刻な悩みを抱え、深く憂鬱に沈むという重い意味においてではなく、特別な悩みもない順境にある人であっても時として感ずる人生の倦怠感、なすこともなく所在ない折に感ずる物憂い気分を表す言葉として使われているのではなかろうか。『枕草子』の「つれづれなるもの」の章段には、「所去りたる物忌。馬下りぬ双六。除目に司得ぬ人の家。雨うち降りたるは、まいていみじうつれづれなり[13]」とある。「除目に司得ぬ人」は確かに問題が深刻であり、真実滅入った強い憂鬱感を指すと思われるが、「馬下りぬ双六」は遊びの世界における思うにまかせぬ苛立ちやうっとうしさであり、「所去りたる物忌」も、他家で物忌を過ごす折の退屈さを指していよう。ともに、特定の悩みを抱え真剣に思い煩うとは多少違った軽い意味合いのものであろう。『源氏物語』の中にも、次のような「つれづれ」の用例を見ることができる。

①日もいと長きにつれづれなれば、夕暮のいたう霞みたるにまぎれて、かの小柴垣のもとに立ち出でたまふ。（若紫　第一巻　205頁）

②「つきづきしくうしろむ人なども、事多からでつれづれにはべるを、うれしかるべきことになむ」とのたまふ。（玉鬘　第三巻　128頁）

③長雨例の年よりもいたくして、晴るる方なくつれづれなれば、御方々絵、物語などのすさびにて明かし暮らしたまふ。（蛍　第三巻　210頁）

①は瘧病の養生に訪れた北山での光源氏の描写、②は玉鬘の養育を託されたときの花散里の答え、③は長雨の降り続くある日の六条院の女性たちの描写である。いずれも、単に成すこともない折の退屈な所在ない思いを表している。また、「ながめ」に関しても、『源氏物語』に見られる多くの用例は、確かに特定の不幸感があり具体的な物思いに耽る気持を表すものであるが、中には次のような例もある。

④いとあはれに見たてまつる御ありさまを、今はまして片時の間もおぼつかなかるべし。明け暮れながめはべる所に渡したてまつらむ。（若紫　第一巻　245頁）

⑤二年ばかりこの古宮にながめたまひて、東の院といふ所になむ、後は渡したてまつりたまひける。
（蓬生　第二巻355頁）

⑥あなたのお前を見やりたまへれば、枯れ枯れなる前栽の心ばへもことに見わたされて、のどやかにながめたまふらむ御ありさま容貌もいとゆかしくあはれにて、え念じたまはで、……
（朝顔　第二巻472～473頁）

⑦をかしき夕暮のほどを、二ところながめたまひて、あさましかりし世の、御幼さの物語などしたまふに、恋しきことも多く、人の思ひけむことも恥かしう、女君は思し出づ。
（藤裏葉　第三巻456頁）

④は、少納言の乳母に向かい紫上を手元に引き取ることを伝える光源氏の言葉の一部である。「明け暮れながめ侍る所」とは二条院を指し、自らの日常の生活を「ながめ侍る」と表している。⑤は、明石から帰った光源氏に見出され生活の安定を取り戻した後の末摘花の状況説明。荒れ果てた屋敷も整理され散り散りになった召使いも帰参して前以上の生活に復した末摘花には、幸福感や安心感こそあれ何ら不幸感、悲傷感はなかったと思われる。それを「ながめ給ひて」と表現している。⑥は、桃園の宮邸を訪問し女五の宮と会話しながら朝顔の姫宮の住まいする方向に心惹かれる光源氏の描写である。「のどやかにながめたまふらむ御ありさま」とは朝顔の姫宮を指す。斎院を退下したばかりで世間との交渉の薄い彼女の生活は、物淋しいものではあったろうが、以後再三に渡る光源氏の求愛を拒み現状通りの独身生活を続けることより見て、彼女にとってはある程度自足したものであったと思われる。⑦は、結婚し三条の宮に移り住む夕霧と雲居雁の描写。長い憂悶の日々を耐え忍び願い叶って結婚したばかりの二人は、今が幸福の絶頂ともいえ、物思いの種とてあるはずもなく、「二所ながめ給ひて」とは、物静かな夕暮れ時に誰しもがふっと陥る感傷的な気分を指してのものであろう。このように、「ながめ」は、はっきりした理由があって深刻に思い煩う場

合ばかりでなく、軽い意味でぼんやりと思いに沈む状態にも使われる言葉であることが確認できる。したがって、后が、「春のものとてながめさせ給ふ」、「つれづれにおぼしめされて侍る」と説明されているとしても、必ずしも帝寵の衰えを嘆くという深刻な意味に解する必要はなく、帝寵厚く今を時めく后ではあっても、春雨に降りこめられて憂鬱になり、退屈を感じている状態であると解釈することもできるのではなかろうか。

三

「このついで」に語られる三つの話は、既に広く指摘されているように、内容表現ともに『伊勢物語』『大和物語』『源氏物語』等の先行物語の強い影響のもとにある、というよりも、意図的積極的な摂取の上に成るといえる。ただ、両者の大きな違いの一つは、『伊勢物語』や『大和物語』は女性の悲劇的な人生を感動的に語り、「あはれ」深いものとして味わおうとし、『源氏物語』に至ってはその悲劇性を主題としさらに深く追求していこうとするのに対し、「このついで」は「あはれ」な人生の内容そのものには深く関わっていこうとしない点である。各話の末尾は、それぞれ次のようである。

・「いかばかりあはれと思ふらむ」と、「おぼろげならじ」と言ひしかど、誰とも言はで、いみじく笑ひまぎらはしてこそ止みにしか。（373頁）

・まことにいとあはれにおぼえ侍りながら、さすがにふといらへにくゝ、つゝましくてこそやみ侍りしか」と言へば、「いとさしも過し給はざりけんとこそおぼゆれ。さてもまことならば、口惜しき御ものづつみなりや。いずら、少将の君」（374頁）

・さて取らせたれば、持て来たり。書きざまゆゑ〳〵しうをかしかりしを見しにこそ、くやしうなりて　（375頁）

第一話は、宰相中将が「あはれと思ひて、人の語りし事」をそのままに紹介するものであるが、話に感動した宰相中将が「いかばかりあはれと思ふらむ」「おぼろげならじ」と更なる説明を求めた所、語り手は誰のことども言わず笑って紛らしてしまったというのである。「あはれ」深い話も、笑い紛らすという態度で締め括られ、内容への深い感情移入が拒まれている。第二話の中納言の君の話は、まさか貴方が歌を贈らないままで終ったとは思えませんね、もし本当であるならばまことに残念な御遠慮でしたね、という聞き手を代表しての宰相中将の批評の言葉で終る。一座の人々によって最後に最も関心が持たれているのは、話された女の不幸の内容そのものではなく、中納言の君が贈歌したかどうかという点であったということなのではなかろうか。第三話も、贈り返された歌の書き振りが、あまりに趣があり優れていてなまじ下手な歌を贈ったのが恥ずかしく残念に思われましてという少将の君の贈歌したことへの反省の弁で終る。出家した姫君の妹からの返歌の紹介さえもない。

第二、第三話は、語り手の垣間見した一場面の描写だけであり、山寺に籠もって泣きながら勤行、または出家する女性の不幸の原因など、詳しい生活の事情については一切詮索されることがない。話として比較的まとまりのあるのは第一話だけであるが、それとてもその後の女の生活は不明であり、問題は未解決である。語られた女の不幸に同情し、その人生を深く観照しようとする場合、三話いずれも話として不完全であり甚だしく物足りない。すなわち、語る人も聞く方もこの場の人々は、「あはれ」な女の話を人生上の問題として真剣に受け止め、感情移入して内容を深く考えようとするのではなく、一時の心の慰めとして単に面白い話として味わい楽しもうとしているのであるといえよう。そして、作者の意図もまた、女性の悲劇の追求にあるのではなく、物語している場を物語にするという物語作りの巧みさ—着想の妙、構成の妙、表現の妙といった物語創作上の技術的な巧みさを追求する点にあったのだと思われる。こと技法という観点から見た場合、本篇は、幾重にも趣向の凝らされた頗る技巧的な作品である。まずは物語する場の物語であるという点、三話それぞれが独立した話でありながら、内容的には深く関連し「恋愛・（家庭）→厭世（参籠）→出家（尼寺）という、王朝女性が歩んだ悲しい一筋の人生が、おのずから[14]」浮び上がるように出来上がっている点、歌物語的、日記的、物語的と語り方が少しずつ変化している点[15]、さらには、第一話が又聞きであり、第二話は直接の見聞談であるが、話の中には関与していかない、第三話は、歌を送るという形で話の世界に直接関与していくというように語り手と話の距離も徐々に変化している点など、細かな所まで見事な趣向が凝らされており、こうした知的趣向の誇示こそが作者の目指すものであったと思われてならない。『堤中納言物語』中の十篇の短編物語に広く通じる一つの特徴は、後宮、内親王、斎院等のサロンで創作、享受されたいわゆるサロンの文学であること、そこから際物性、機知性、技巧性といった性格が共通して見られるといった事柄は[16]、既に当物語研究上の共通認識であると思われるが、「このついで」はまさにこうしたサロン文学としての特徴を著しく示すものであるといえよう。また、薄幸な女性が登場し、「あはれ」の情感を醸し出しつつも、その悲劇性が主題化されることがないということも、本話に限らず「花桜折る少将」「ほどほどの懸想」「具合」「思はぬ方にとまりする少将」「はい墨」等他の作品にも広く認めることができる。女性の哀話が、主題とは別に物語の味付けとしてよく使われるということは、それが、物語というジャンルにとって頗る馴染みのものであり、主たる読者層である女房たちの興味を引き付ける強い吸引力を持つものであったということなのであろう。

このような『堤中納言物語』全体に通じる文芸的な性格という観点からしても、本篇は、今を時めく裕福で余裕のある后のもとで、「あはれ」な女の話を退屈な心を慰める面白い話として楽しく味わっている場面を物語化したものであると見るべきであって、逆に、帝寵の衰えを嘆き日々物思いに沈む后の心情を慰めるための物語りの会を写したものと解釈した場合には、物語りの場そのものの中にまでも深刻な問題を持ち込むことになり、作者の意図から遠ざかることになりはしないであろうかと思うのである。

注

（1）『堤中納言物語』の本文の引用は、以下総て寺本直彦校注『堤中納言物語』（日本古典文学大系、岩波書店、昭32）による。

（2）三谷栄一『堤中納言物語』（鑑賞日本古典文学、角川書店、昭51）「本文鑑賞」参照。

（3）鑑賞日本古典文学『堤中納言物語』出版以前に刊行された『堤中納言物語』の注釈書で管見に触れたものを列記する。佐伯梅友校注『堤中納言物語』（新註国文学叢書、講談社、昭24）、松村誠一校注『堤中納言物語』（日本古典全書、朝日新聞社、昭26）、松尾聡編『昭和校註堤中納言物語』（武蔵野書院、昭27）、同著『堤中納言物語全釈』（笠間書院、昭46）、佐伯梅友・藤森朋夫『堤中納言物語新解』（明治書院、昭29）、清水泰『堤中納言物語詳解』（要書房、昭29）、寺本直彦校注『堤中納言物語』（日本古典文学大系、岩波書店、昭32）、山岸徳平『堤中納言物語全註解』（有精堂、昭37）、同訳注『堤中納言物語』（角川文庫、昭38）、稲賀敬二校注・訳『堤中納言物語』（日本古典文学全集、小学館、昭47）、土岐武治『堤中納言物語の注釈的研究』（風間書房、昭51）、伊藤博編『堤中納言物語』（桜楓社、昭51）

（4）三角洋一『堤中納言物語全訳注』（講談社学術文庫、昭56）参照。

（5）大槻修校注『堤中納言物語』（新日本古典文学大系、岩波書店、平4）参照。

（6）塚原鉄雄校注『堤中納言物語』（新潮日本古典集成、新潮社、昭58）参照。

（7）注（3）（5）に記した注釈書及び池田利夫訳注『堤中納言物語』（対訳古典シリーズ、旺文社文庫、昭63）などは総て「中宮」と解し、鑑賞日本古典文学『堤中納言物語』は「后」とする。管見に触れたものの中で「女御」と解するのは、三角洋一『堤中納言物語全訳注』と塚原鉄雄校注『堤中納言物語』の二書のみである。

（8）神尾暢子「このついで物語」（三谷栄一編『体系物語文学史』第三巻、有精堂、昭58）参照。
（9）注（7）に記した池田利夫訳注『堤中納言物語』参照。
（10）注（2）に同じ。
（11）注（4）（5）に同じ。
（12）注（6）に同じ。
（13）『枕草子』本文の引用は、石田穣二訳注『新版枕草子』（角川ソフィア文庫、昭55）による。
（14）鈴木一雄『堤中納言物語序説』（桜楓社、昭55）の「各篇の展望『このついで』」参照。
（15）注（2）に同じ。
（16）三谷栄一「後宮・内親王サロンの文学」（『物語史の研究』有精堂、昭42、後に『平安朝物語Ⅲ』（日本文学研究資料叢書、有精堂、昭54）に収録）、神野藤昭夫「六条斎院家物語合考―物語史の動向を考える―」（『国文学研究』第54集、昭49、後に『平安朝物語Ⅲ』（日本文学研究資料叢書、有精堂、昭54）に収録）等参照。

初出一覧

第一章　『源氏物語』の主題と構想

第一節　『源氏物語』の構想に関する考察

一　帚木系の巻々の後記挿入をめぐって

二　紫上の役割の変更をめぐって

・『源氏物語』の構想に関する試論―玉鬘系の巻々の後記挿入をめぐって―」（『金城日本語日本文化』第92号、平28・3）・『源氏物語』朝顔姫君及び朝顔の巻をめぐって」（『金城学院大学論集』人文科学編　第9巻第1号、平24・9）を結合、再構成し、重複部分を削除し、改訂。

第二節　『源氏物語』の世界

一　紫上の物語

・『源氏物語』悲劇の構造に関する試論」（『文芸研究』第108集、昭60・1）・「若菜上の巻における源氏の忍び歩きの段をめぐって」（『秋田語文』第2号、昭47・12）・『源氏物語』における愛のかたち―宇治の大君論補遺―」（『菊田茂男退官記念　日本文芸の潮流』平6、おうふう）の内容の一部を踏まえて書き下ろし。

二　大君の物語

・『源氏物語』宇治の大君像をめぐって」（『文芸研究』第117集、昭63・1）を一部改訂。

三　浮舟の物語

・『源氏物語』浮舟の行方―宇治十帖の結末に関する一解釈―」(『文芸研究』第145集、平10・3)の中に「『源氏物語』手習の巻における中将求婚の挿話をめぐって」(『金城学院大学論集』国文学編、第41号、平11・3)・『源氏物語』薫の行方―宇治十帖結末に関する一解釈・再論―」(菊田茂男編『源氏物語の世界』風間書房、平13)を挟み込み、重複部分を削除し改訂。

四　花散里の物語

・『源氏物語』における愛のかたち―花散里の場合―」(『金城学院大学論集』国文学編、第46号、平16・3)の一部改訂。

第三節　王朝時代における愛のかたち

一　『斎宮女御集』に見られる斎宮女御の愛のかたち

・『斎宮女御集』に見る斎宮女御像試論―『源氏物語』との関連から―」(『金城国文』第75号、平11・3)の一部改訂。

二　『紫式部集』に見られる紫式部の交友

・「紫式部の交友―『紫式部集』を中心として―」(『平安文学研究』第62集、昭54・12)の一部改訂。

三　『更級日記』に見られる孝標女の交友

・『更級日記』試論―孝標女の交友―」(『金城学院大学論集』国文学編、第42号、平12・3)の一部改訂。

第二章『源氏物語』に関する諸論

第一節　式部卿宮に関する試論

・「源氏・紫上と式部卿宮夫妻の関係における構想的意義」（『秋田語文』第一号、昭46・12）
第二節　朱雀院の人物像
・「朱雀院」（源氏物語講座第2巻『物語を織りなす人々』勉誠社、平3）
第三節　夕霧の物語に関する試論
・「『源氏物語』夕霧の物語試論」（『秋田語文』第3号、昭48・12）
第四節　夕霧の巻の本文解釈をめぐって
・「『源氏物語』夕霧の巻の本文解釈をめぐって」（『名古屋平安文学研究会会報』第32号、平20・12）
第五節　幻の巻における光源氏像をめぐって
・「『源氏物語』幻の巻における光源氏像をめぐって」（『金城国文』第65号、平1・3）
第六節　宇治十帖の中君の人物像
・「中の君の女性像」（金沢春彦編『女性別源氏物語下』大学書院、平3）
第七節　宇治十帖の浮舟の人物像
・「『源氏物語』浮舟象をめぐって」（『名古屋平安文学研究会会報』第7号、昭56・12）
第八節　匂宮の人物像
・「匂宮試論―色好みの魅力と限界―」（人物で読む源氏物語『匂宮・八宮』勉誠出版、平18）

第三章　周辺文芸に関する諸論
第一節　『伊勢物語』における女性たち

・『伊勢物語』における女性達」（片野達郎編『日本文芸思潮論』おうふう、平3）
第二節　『和泉式部日記』における仏教
・『和泉式部日記』における仏教」（『平安文学研究』第52輯、昭49・7）
第三節　『和泉式部日記』における自然
・『和泉式部日記』における自然―恋愛進展の一契機として―」（『金城学院大学論集』国文学編、第20号、昭52・12）
第四節　『和泉式部日記』における容姿美の描写をめぐって
・『和泉式部日記』における容姿美描写をめぐって」（『金城学院大学論集』国文学編、第32号、平2・3）
第五節　『大斎院前の御集』『大斎院御集』に見る王朝女性の生活と和歌
・『大斎院前の御集』『大斎院御集』に見る王朝女性の生活と和歌」（『金城国文』第74号、平10・3）
第六節　『堤中納言物語』「このついで」試論
・『堤中納言物語』「このついで」試論―「帝寵薄き后」という解釈をめぐって―」（『金城学院大学論集』国文学編、第36号、平6・3）

以上、いずれも文章の一部を修正した。

おわりに

第一章第一節において、偉大な英雄の生涯を語ろうとする所から出発した『源氏物語』は、途中それだけでは満足できず、より人間のあり様、現実のあり様に迫る物語をと考え、薄雲や朝顔の巻執筆あたりに当初構想されていた紫上を巡る物語の内容を大幅に変更し、新たな巻々も挿入して、物語全体を修正したものではないかと論じ、第二節においては、最終的に作者の執筆意欲を最も強く惹きつけていたであろうと思われる紫上の物語、大君の物語、浮舟の物語を通して、当時の社会において結婚という形での女性の幸福に絶望していた作者が遥か遠くに望んでいたものは、男女が男女の愛を超えて、人間愛、友愛といったもので心を通わせる姿ではなかったかと論じた。男女の愛を超えた人間愛、友愛といった観念は著しく近現代的であるが、呼称は別にしてそれと類似の心の交流が王朝時代にありえたかどうか当時の文芸作品を通して調査したのが第三節である。男尊女卑、一夫多妻という女性にとって極めて不都合な世の中にあって、男女間の愛とは別な形の愛情によって豊かな人間関係を築こうとした女性たちが現実の中にいたのではないかと思われ、それを文芸作品を通して確認したかったのである。本論では、紫式部を含め僅かに三例しか見ることができなかったが、より広く王朝時代の私家集・日記・説話などを渉猟すると、他にも例を挙げることができるのではないかと考えている。今後の課題としたい。

第二章、三章は、第一章の問題とは直接関係のない、その時々の問題意識のもとに書かれたものである。全体のまとまりに欠け、中には本文の一部の解釈というごく小さな主題の論もあるが、本文の正確な解釈を通して作品の本質に迫りたいという研究の基本姿勢は一貫しており、それぞれの論から作品そのものの面白さを感じてもらえたら幸甚である。

山上　義実（やまかみ　よしみ）
1948年9月　秋田県に生まれる
1971年3月　秋田大学教育学部卒業
1973年3月　東北大学大学院文学研究科修士課程修了
1976年3月　東北大学大学院文学研究科博士課程満期退学
論　文　「『源氏物語』悲劇の構造に関する試論」（『文芸研究』第108集，1985年1月，日本文芸研究会）
「『源氏物語』宇治の大君像をめぐって」（『文芸研究』第117集，1988年1月，日本文芸研究会）
「『源氏物語』浮舟の行方―宇治十帖結末に関する一解釈―」（『文芸研究』第145集，1998年3月，日本文芸研究会）
他。

新典社研究叢書317

源《げん》氏《じ》物《もの》語《がたり》と周《しゅう》辺《へん》文《ぶん》芸《げい》の研《けん》究《きゅう》

令和元年12月3日　初版発行

著　者　山上義実
発行者　岡元学実
印刷所　惠友印刷㈱
製本所　牧製本印刷㈱
検印省略・不許複製

発行所　株式会社　新典社
東京都千代田区神田神保町一―四四―一一
営業部＝〇三（三二三三）八〇五一番
編集部＝〇三（三二三三）八〇五二番
ＦＡＸ＝〇三（三二三三）八〇五三番
振　替　〇〇一七〇―〇―二六九三二番
郵便番号一〇一―〇〇五一番

ISBN978-4-7879-4317-0 C3395
http://www.shintensha.co.jp/ E-Mail:info@shintensha.co.jp